HEYNE BÜCHER

W0413338

Fantasy

Herausgegeben von Wolfgang Jeschke

Von Alan Dean Foster erschienen in der Reihe
HEYNE SCIENCE FICTION & FANTASY:

Die Eissegler-Trilogie:
* Die Eissegler von Tran-ky-ky · 06/3591
* Die Moulokin-Mission · 06/3777
* Die Fahrt der Slanderscree · 06/4618

* Das Tar-Ayim Krang · 06/3640
* Die denkenden Wälder · 06/3660; auch als 06/4729
Alien · 06/3722
* Der Waisenstern · 06/3723
* Der Kollapsar · 06/3736
Kampf der Titanen · 06/3813
Outland · 06/3841
* Cachalot · 06/4002
* Meine galaktischen Freunde · 06/4049
* Auch keine Tränen aus Kristall · 06/4160

* Homanx Eins · 06/4220
Drei Romane in Kassette zum Sonderpreis
* Das Tar-Aiym Krang
* Der Waisenstern
* Der Kollapsar

* Der Bannsänger-Zyklus:
Bannsänger · 06/4276
Die Stunde des Tors · 06/4277
Der Tag der Dissonanz · 06/4278
Der Augenblick des Magiers · 06/4279
Die Pfade des Wanderers · 06/4508
Die Zeit der Heimkehr · 06/4509

Colligatarch · 06/4338
* Die Reise zur Stadt der Toten · 06/4308
El Magico · 06/4355
Das dunkle Land · 06/4407
Pfade des Ruhms · 06/4533
Afrikas dunkles Herz · 06/4559
* Prisma · 06/4626
* Long Tunnel · 06/4657

In der ALLGEMEINEN REIHE:
Das Ding aus einer anderen Welt · 01/6107
Krull · 01/6286
Starman · 01/6369
Pale Rider. Der namenlose Reiter · 01/6596
Aliens · 01/6839
Spacecop L.A. 1991 · 01/7727

Die mit * gekennzeichneten Romane und Erzählungen spielen in Alan Dean Fosters Homanx-Commonwealth.

ALAN DEAN FOSTER

BANNSÄNGER

Erster Roman
des Bannsänger-Zyklus

Fantasy

Deutsche Erstveröffentlichung

WILHELM HEYNE VERLAG
MÜNCHEN

HEYNE SCIENCE FICTION & FANTASY
Band 06/4276

Titel der amerikanischen Originalausgabe
SPELLSINGER

Deutsche Übersetzung von Leo P. Kreysfeld
Das Umschlagbild schuf Klaus Holitzka
Die Karte zeichnete Erhard Ringer

5. Auflage

Redaktion: E. Senftbauer

Printed in Germany 1991
Umschlaggestaltung: Atelier Ingrid Schütz, München
Satz: Schaber, Wels
Druck und Bindung: Elsnerdruck, Berlin

ISBN 3-453-31273-2

PROLOG

Mißvergnügen und Unzufriedenheit beherrschten die Sterne, und es erschienen böse Vorzeichen in den Himmeln.

Am vierten Tag von Eluria, der dem *Fest der Blutsverwandtschaft* folgt, wurde ein großer Komet im nächtlichen Firmament gesichtet. Er flog von Ost nach West über Den Baum und war einen Viertelmonat lang zu sehen. Er ließ eine schwarze Narbe im Fleisch des Seins zurück, eine Narbe, die glomm und fortlebte.

Gesichter bildeten sich in der Zeitnarbe. Nur wenige waren fähig, ihr Vorhandensein wahrzunehmen. Niemand verstand ihre Bedeutung. Die Gesichter tanzten und spotteten ihrer unwissenden Beobachter in schieläugiger Boshaftigkeit. Ratlos oder lediglich erschreckt wandten sich die wenigen ab, die sehen konnten, oder unterzogen die Erscheinung, die sie beunruhigt hatte, einer bewußt beschwichtigenden Interpretation.

Einer tat dies nicht. Er konnte es nicht, denn jene Visionen verfolgten ihn im Schlaf und marterten seine Tage. Er ließ Worte bei Formeln aus, verpfuschte simple Beschwörungen, brachte sie durcheinander, stotterte bei seinen Lese- und Reimstudien.

In der Welt ging ein großes Übel um, ein Übel, dem der Hexer zeit seines langen Lebens zweimal begegnet war. Aber nie zuvor schien es so machtvoll gewesen, in seiner Ankündigung kommenden Todes und kommender Zerstörung. Sein Kern verblieb gerade jenseits der Wahrnehmung; aber er wußte, daß es etwas war, das er nicht verstand, etwas Neues und Bedrohliches, das die Regeln der alltäglichen und normalen Magie hinfällig werden ließ. Es war widerwärtig, völlig fremd, auf schauerliche Weise frei von Gefühl und Bedeutung. Es machte ihm Angst.

Er war sich nur einer Sache sicher: Er brauchte diesmal Unterstützung; nur ein anderer, der auf dieses Unbekannte

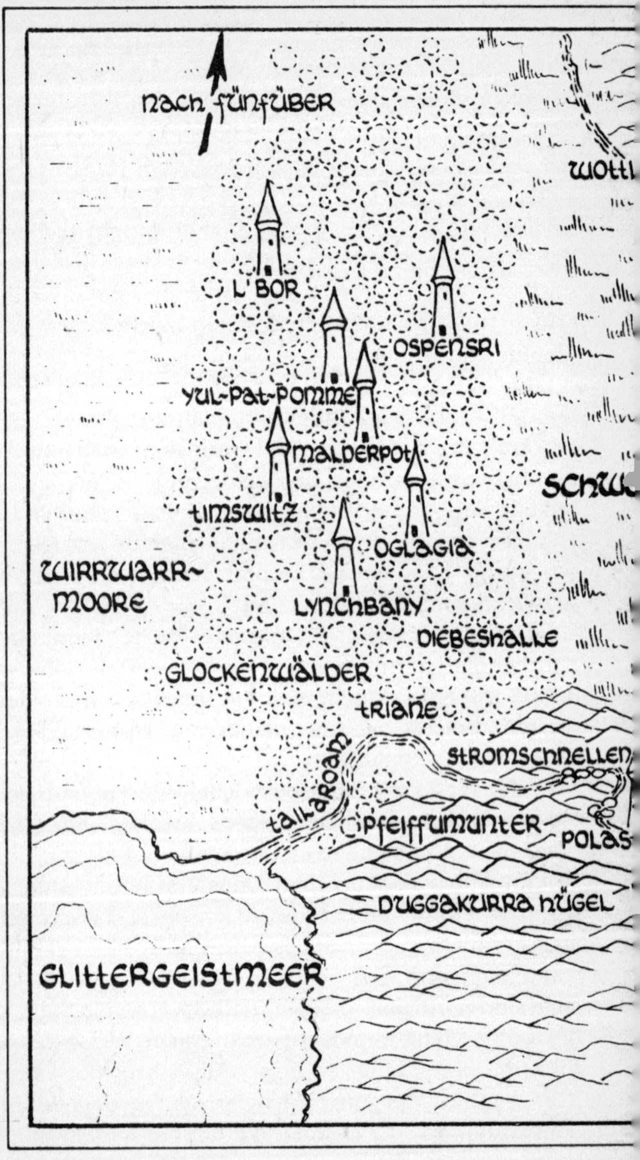
nach fünfüber
L' BOR
OSPENSRI
YUL-PAT-POMME
MALDERPOT
TIMSWITZ
OGLAGIA
WIRRWARR-
MOORE
LYNCHBANY
DIEBESHALLE
GLOCKENWÄLDER
TRIANE
STROMSCHNELLEN
tallaroam
PFEIFFUMUNTER
DUGGAKURRA HÜGEL
GLITTERGEISTMEER

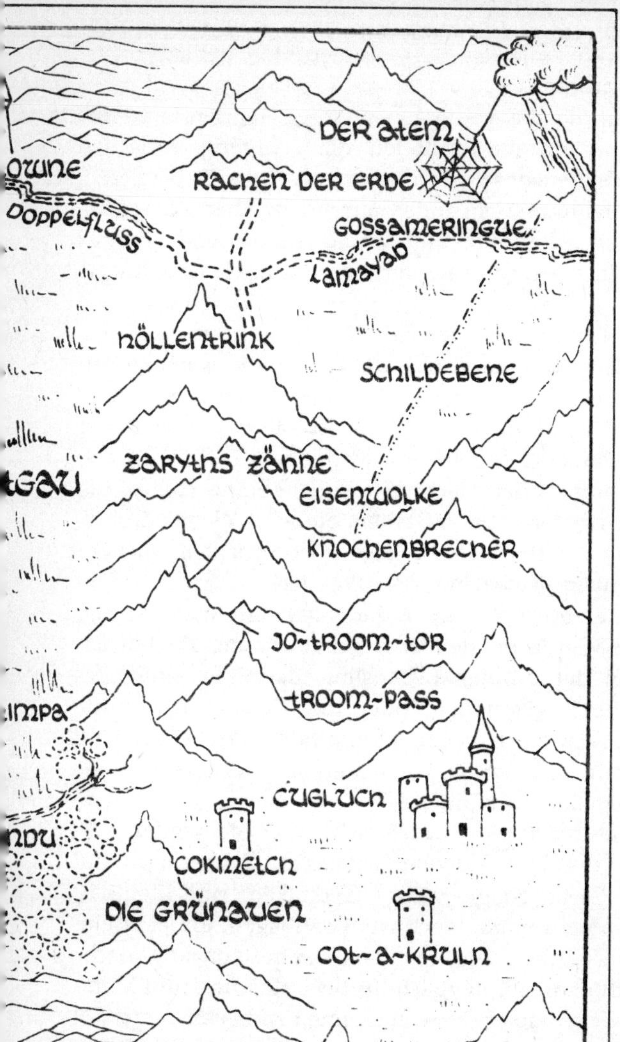

DER ATEM
OWNE
RACHEN DER ERDE
DOPPELFLUSS
GOSSAMERINGUE
LAMAYAD
HÖLLENTRINK
SCHILDEBENE
ZARYTHS ZÄHNE
TGAU
EISENWOLKE
KNOCHENBRECHER
JO-TROOM-TOR
TROOM-PASS
IMPA
CUGLUCH
NDU
COKMETCH
DIE GRÜNAUEN
COT-A-KRULN

eingestimmt war, konnte es begreifen. Nur ein anderer konnte die Welt vor dem Schrecken erretten, der sie zu verschlingen drohte.

Für jene, die die verborgenen Wege kennen, sind die Tunnel zwischen den Realitäten, die Übergänge zwischen den Universen nicht schwieriger zu queren als die Barrieren, die ein Individuum vom anderen trennen. Aber solche Passagen treten selten auf, und sobald die passende Formel einmal rezitiert ist, kann sie nur schwerlich wiederholt werden.

Und doch war es an der Zeit, das Wagnis einzugehen.

Also mühte und plagte sich der Hexer und warf die Anforderung aus, die sorgfältig mit seinem Bewußtsein verknüpft und verbunden war. Sie schwebte in die Leere der Raumzeit hinaus, angetrieben von einem Geist großer, wenn auch alternder Macht. Sie suchte einen Helfer, um diese neue Düsternis zu verstehen, die seine Welt bedrohte. Dimensionen glitten beiseite, teilten sich vor dem suchenden Gedanken, gaben ihm den Weg frei.

Der Hexer erzitterte unter der massiven Anstrengung. Denkende Winde heulten über seinen Baum, zerrten gefährlich an der dünnen Lebenslinie darin. Er wußte, es mußte schnell geschehen, oder die Verbindung würde schwinden, ohne sich an einen Verbündeten zu heften. Und dies war eine Verbindung, von der er nicht hoffen durfte, sie wiederherstellen zu können.

Und doch brachte die Leere nichts und niemanden hervor. Die ... der sich windende Tentakel aus Zaubermacht traf auf einen Geist, einige wenige Gedanken, eine Identität. Unsicher, aber unfähig, noch weiter zu jagen, drang er ein. Zu seiner Überraschung war der Geist geschmeidig, nachgiebig und offen, empfänglich für Beeinflussung und Manifestation. Er schien es fast willkommen zu heißen, ergriffen zu werden, akzeptierte das Zerren mit williger Gleichgültigkeit, die den Zauberer zurückstieß, für die er aber nichtsdestoweniger dankbar war. Dieser Geist war losgelöst, entrückt. Es würde leicht sein, ihn herüberzuziehen.

Leicht – ohne den Kräfteschwund des gealterten Magiers. Er zog und zerrte, setzte jedes Quentchen Energie ein, das in ihm war. Aber trotz des fehlenden Widerstands des Subjekts war die Materialisation nicht sauber. Im letzten Moment riß die Verbindung.

Nein. Nein …! Aber die Energie schwand, war verloren. Eine seltene, doch jetzt schädliche Altersschwäche breitete sich in diesem großen, aber erschöpften Geist aus und senkte den Schlaf über ihn …

Und während er schlummerte, schwärte das zufriedene Böse, dehnte sich aus, plante, bereitete sich vor, und ein Schatten begann sich über den Seelen der Unschuldigen auszubreiten …

Die Bürger von Pelligrew lachten über die Invasoren. Obwohl sie von allem zivilisierten Volk den Grünauen am nächsten wohnten, fürchteten sie die schrecklichen Einwohner jener Gebiete nicht. Ihre Stadt hatte Mauern und Wälle und schmiegte sich in die zerklüftete Flanke eines Berges. Der einzige Zugang führte über einen schmalen Pfad, der, wie es hieß, von fünf alten Frauen und ein paar Säuglingen gehalten werden konnte.

Als also der Führer des absurd kleinen Stoßtrupps ihre Kapitulation forderte, lachten sie und warfen Müll und Nachtdung auf ihn hinunter.

»Geht nach Haus!« forderten sie ihn auf. »Geht zurück in eure stinkenden Häuser und zu euren scheißefressenden Müttern, bevor wir unseren Berg mit eurem Blut schmükken!«

Sonderbarerweise erregte dies den Führer des Trupps nicht. In der Stadt wiesen einige wenige darauf hin und machten sich Sorgen, aber alle anderen lachten weiterhin.

Der Führer begab sich zurück zu seinen Truppen, seine Würde war unverletzt. Er wußte, was ihm versprochen war.

Schließlich erreichte er ein Zelt, das größer und dunkler war als die anderen. Hier wurde er schwankend in seinem Mut, denn es machte ihm kein Vergnügen, mit dem zu sprechen, der darin hauste. Und doch war es an ihm, es zu tun. Er trat ein.

Obwohl es draußen später Morgen war, herrschte im Innern Dunkelheit, schwarz und schwer vom Gestank verderbter Dinge und der Nähe des Todes. Im Hintergrund des Zeltes, umwimmelt von Gehilfen, wartete der Hexer. Hinter ihm stand der Born des Bösen.

»Um Vergebung, Meister!« begann der Führer der Soldaten und berichtete von dem verachtungsvollen Empfang durch die Pelligrewer.

Als er geendet hatte, sprach die zusammengekauerte Gestalt aus der Dunkelheit des Zeltes: »Kehr zu deinen Soldaten zurück, guter Hauptmann, und warte dort!«

Der Gruppenführer entfernte sich eilig, froh, daß er diesem unsauberen Ort entkommen war und wieder unter seiner Truppe sein durfte. Aber es war schwer, dort einfach nur zu warten, hilflos vor der unübersteigbaren Mauer, während die Städter spotteten und lachten und seinen wütenden Soldaten ihre Hinterteile darboten.

Plötzlich wurde es dunkel; der Himmel nahm die Farbe von Blei an. Es donnerte, doch Wolken waren nicht zu sehen. Dann verschwand die Mauer von Pelligrew, wurde zusammen mit einer Vielzahl ihrer entgeisteten Verteidiger zu Staub. Einen Augenblick lang waren auch seine Krieger gelähmt. Dann belebte sie der Blutdurst, und sie schwärmten kreischend vor frohlockender Erwartung in die ungeschützte Stadt.

Das Gemetzel war allumfassend. Keine Seele blieb am Leben. Diejenigen, die Fleisch verschmähten, entspannten sich und schlürften von den Blutpfützen der Sterbenden.

Es stand zur Debatte, die Kinder der Stadt zur Aufzucht am Leben zu lassen oder nicht. Nach kurzer Überlegung entschied der Hauptmann dagegen. Er hatte keine Lust, eine lärmende, jammernde Bande von Kindern zurück nach Cugluch zu geleiten. Außerdem verdienten seine Soldaten eine Belohnung für die Geduld, die sie gezeigt hatten angesichts der verbalen und körperlichen Beleidigungen der jetzt ausgelöschten Stadtleute. Also gab er seine Zustimmung zu einem generellen Schlachten des Nachwuchses.

In dieser Nacht wurde Pelligrew ein Opfer der Flammen, und die Kinder waren den Soldaten ein wohlschmeckendes Mahl. Das Holz der Häuser und das Stroh der Dächer brannten die ganze Nacht hindurch bis in den folgenden Morgen.

Der Hauptmann sah zu, wie die letzten Flammen erstarben, und nickte anerkennend, als eben zubereitetes Fleisch für die Rückreise aufgeladen wurde. Er saugte das Mark aus einem dünnen Arm, während er den Flieger ansprach.

»Reise mit den schnellsten Luftströmen, Herold!« wies er den geflügelten Soldaten an. »Eile rasch zur Hauptstadt! Sag jedem, daß das höhnende Pelligrew, der tausendjährige Stachel in unserem Fleisch, nicht mehr ist. Berichte dem Volk und dem Hof, daß der erste kleine Erfolg unser ist und daß die sanfte Freundlichkeit der westlichen Warmlande bald folgen wird – und bald die ganze Welt jenseits davon!«

Der Flieger salutierte und erhob sich in die Bergluft. Der Hauptmann wandte sich um und sah, wie die Bewohner des dunklen Zeltes ihren eigenen ekligen Bedarf packten. Er sah, wie der Hexer das sorgfältige Verladen des schrecklichen gespenstischen Gebildes überwachte, das Pelligrew zerstört hatte, und ihn schauderte, als er sich abwandte.

Durch die Kraft dieser Scheußlichkeit und das Wissen des Hexers mochten sie wahrlich bis zur Herrschaft über das gesamte Universum voranmarschieren – falls dem Hexer zu glauben war. Aber was ihn selbst anging, so war er entschlossen, sich so weit davon entfernt zu halten wie irgend möglich.

Er mochte wirklich alles, was neue Methoden des Tötens erschloß, aber das hier hatte eine Reichweite, die Welten umfaßte ...

I

Allein Größe und Kleidung hätten den riesenhaften Otter beachtenswert gemacht, selbst wenn er nicht über Meriweathers Füße gestolpert wäre. Mit gespreizten Schnurrhaaren im Gras liegend, maß das Wesen kaum dreißig Zentimeter weniger als der ein Meter neunzig lange schlacksige junge Mann.

Es war der bei weitem größte Otter, den Jon Meriweather je gesehen hatte. Obwohl Student der Geschichte und nicht der Zoologie, war er trotzdem bereit zu wetten, daß ein Meter sechzig ein wenig über dem lagen, was Otter normalerweise erreichten. Trotz des Nebels, der sein Gehirn immer noch einhüllte, war er auch ziemlich sicher, daß sie nicht in Spitzkappen aus grünem Samt, Schlangenhautwesten und kastanienbraunen Samtpuffhosen umherliefen. Jon erhob sich sehr bedächtig, bemerkte den Stummel des Joints, den er zwischen rechtem Daumen und Zeigefinger festklammerte, und schnippste ihn angewidert weg. Das augenblickliche Problem war nicht so sehr der völlig unmögliche Otter, sondern die Lösung der Frage, womit sein Freund Shelly das *Gras* verschnitten hatte.

Dessen ungeachtet konnte Jon den Blick nicht von dem Wesen wenden, das sich jetzt auf sein Hinterteil rollte. Die samtenen, an den Knöcheln zusammengebundenen Pumphosen machten ihm einen Umstand klar, über den nachzudenken er zuvor nie Grund gehabt hatte: Otter haben sehr tiefe Gürtellinien.

Dieser zog seine gefederte Kappe fest über keksförmige Ohren und machte sich daran, die Pfeile einzusammeln, die aus dem Köcher an seinem Rücken gefallen waren. Das Unterfangen wurde durch das kurze Schwert behindert, das in seiner Scheide vor der Brust des Otters hing; es kam ihm jedesmal in die Quere, wenn er sich vorbeugte. Einige beiläufige mörderische Blicke auf Jon gaben diesem das Gefühl, daß es dem Tier Freude bereitet hätte, einen der ellenlangen Pfeile in ihn zu versenken.

Das war kein Grund, sich Sorgen zu machen. Er schwankte und genoß behaglich die Halluzination. Cannabis hatte nie zuvor Halluzinationen in ihm erzeugt, aber es gab immer ein erstes Mal. *Womit* hatte Shelly ihren Stoff nur verschnitten?

Der Beweis, daß er mit etwas sehr Kräftigem versetzt sein mußte, stolperte vor ihm durchs Gras, murmelte böse vor sich hin und sammelte Pfeile ein.

Zweifellos litt sein überfordertes Hirn unter den langen Studierstunden, die er kürzlich eingelegt hatte – zusätzlich zu seiner Arbeit von abends neun bis morgens drei. Es war notwendig gewesen. In sieben Wochen standen die Abschlußprüfung und die Vorlage seiner Magisterarbeit bevor. Einmal mehr ließ er das Thema auf der Zunge zergehen: *Manifestationen und Vorformen demokratischer Regierung in Amerika am Beispiel der ›Verbindungen des Edlen Sonnenkönigs der Inka‹ 1248–1350.* Es war ein großartiger Titel, fand er; und bei der Vorlage einer Dissertation war ein guter Titel schon ein halb gewonnener Kampf. Mochten Recherchen und Stil auch noch so brillant sein – ohne Titel war man verloren.

Nachdem er den letzten Pfeil in seinen Köcher geschoben hatte, zog der Otter ihn vorsichtig zurück auf den Rücken. Dann blickte er sich auf der Wiese um; seine scharfblickenden schwarzen Augen registrierten jeden Baum und jeden Busch. Schließlich kam der aufmerksame Blick auf der verträumten Gestalt Jon Meriweathers zur Ruhe.

Da die Vision augenscheinlich auf irgendeinen Kommentar zu warten schien, sagte der freundlich gestimmte Student: »Was kann ich für dich tun, Sproß meines nächtlichen Tagtraums?«

Anstelle einer Antwort richtete das Tier seine Aufmerksamkeit wieder auf die andere Seite der Wiese, suchte kurz und zeigte dann auf ein entferntes Gebüsch. Träge folgte Jon der Geste des Otters.

Unter einem moosigen Findling von der Form und Größe eines demolierten Volkswagens verschwand eine leuchtend gelbe Waldeidechse, die etwas größer war als ein Huhn. Sie schoß auf ihren Hinterbeinen davon, den langen peitschenartigen Schwanz zur Balance nach hinten ausgestreckt. Einmal starrte sie über die Schulter zurück und enthüllte eine Doppelreihe aus hellrosa Punkten, die von der Kehle über die Brust verlief. Dann war sie in der Sicherheit ihres Baus verschwunden.

Die Realität begann ihr häßliches Haupt zu heben. Jon nahm langsam Notiz von seiner Umgebung. Sein Bett und sein Zimmer, die Buchreihen auf dem Regal aus Brettern und Ziegelsteinen, die Pin-up-Girls, der lädierte Fernseher – das alles war durch einen Wald aus Eichen, Platanen, Birken und Pinien ersetzt. Tulpenartige Blumen erhoben sich über dichtes Gras und vereinzelte Blaukleebüschel. Ein leises Klingeln wie von Tempelglocken drang von den entfernten Bäumen herüber.

Jon preßte die Hände an den Kopf. Klare Gedanken flohen weiterhin lachend seinen Geist. Er erinnerte sich schmerzhaft an ein Zerren, das ihm das Gehirn aus dem Schädel zu reißen drohte. Dann war er dahingetrieben, in einem anderen Treiben als in der entspannenden Schummrigkeit, die ihn üblicherweise nach einer Nacht angestrengten Lernens und schweren Kiffens einhüllte. Der Kopf pulsierte.

»Nun?« fragte der Otter unerwartet mit einer sehr hohen, aber nicht direkt quiekenden Stimme.

»Nun – was?« Bald, sagte er sich in wilder Verzweiflung, bald werde ich in meinem Bett aufwachen, die *Geschichte aller römischen Kaiser* neben mir, die ich noch zu Ende lesen muß. Kein Hasch, dachte er. Irgend etwas Stärkeres. Himmel, mein Kopf!

»Du 'ast gefragt, was du für mich tun kannst.« Der Otter deutete wieder mit einer raschen Bewegung in die Richtung des Findlings am Rande des Waldes. »Weil dein verdammter großer Fuß mich zu Fall brachte und ich das Granbit verloren 'ab, könntest du's auch verdammt gut für mich ausbuddeln.«

»Wozu? Wolltest du es essen?«

»Nee.« Der Ton des Otters troff vor bitterem Sarkasmus. »Ich wollte mir den dämlichen Zweibeiner um den 'als wikkeln und als Kette tragen, wollt ich.« Die Schnurrhaare bebten vor Wut. »Du willst wohl den Klugscheißer spielen, wa? Glaubst wohl, deine Größe konnt dich schützen, wa?«

Das Tier ruckte wie beiläufig den Bogen an Brust und Rücken zurecht, zog das Schwert und trat auf Jon zu, der nicht zurückwich. Wie konnte er auch, da er doch tief schlief?

»Ich weiß, was jetzt passiert.« Er bewegte die Füße und fiel fast hin. »Du tötest mich, und ich wache auf. Es wird Zeit. Ich muß noch ein ganzes verdammtes Buch zu Ende lesen.«

»Du bist wohl bekloppt!« Der Kopf des Otters fuhr nervös herum, und eine pelzige Pfote kratzte eine Wange. »Türlich, ich glaub, du bist es.« Er sah sich aufmerksam um. »Ich weiß nich, welche Einflüsse an diesem Ort 'ne Rolle spielen, aber sie 'aben mich 'nen Granbit gekostet. Ich mach 'nen Abgang. Willst du dich nich wenigstens entschuldigen?«

»Weil ich dich zum Stolpern brachte, meinst du?« überlegte Jon. »Ich habe überhaupt nichts getan. Ich schlafe, hast du das vergessen?«

»Du siehst verdammt übler aus als nur 'n Schläfer. Das Granbit läßt dich Eingeweide kotzen, wenn du das Glück hast, es zu erwischen. Ich bin jedenfalls fertig damit, wenn es bedeutet, Typen wie dir zu begegnen. Und wenn du mir folgen solltest, schlitz ich dich vom Schlund bis zum Arsch auf. Be'alt also deine verdammte Entschuldigung für dich, und nimm dafür das als Abschiedsgeschenk!«

Damit hieb er mit dem Traumschwert nach Jon. Es durchschnitt das Hemd und schlitzte ihn links genau über dem Jeansgürtel auf. Ein blendender Schmerz explodierte in der Hüfte, nur schwach gedämpft durch die abklingenden Effekte des nächtlichen Rauchens. Jons Mund öffnete sich zu einem kleinen »Oh!« der Überraschung. Beide Hände fuhren an die Rippen.

Der Otter zog sein Schwert zurück, dessen Spitze jetzt feucht-rot schimmerte, und schob es in die Scheide, nachdem er es in dem hohen Gras gereinigt hatte. Er drehte sich um und ging, Obszönitäten murmelnd, davon. Jon sah ihm nach, wie er durch das Gras auf die Bäume zu watschelte.

Der Schmerz in seiner Seite verstärkte sich. Rot durchtränkte sein blaues T-Shirt. Warme Feuchtigkeit tropfte unangenehm an seinem Slip herunter und lief dann am linken Bein seiner Jeans weiter. Oberflächliche Wunden bluten unverhältnismäßig stark, verglichen mit ihrer Ernsthaftigkeit, sagte er sich. Aber es tut weh! dachte er verzweifelt.

Mein Gott, hoffentlich wache ich bald auf!

Aber falls er schlief ... der Schmerz war zu real, weit mehr als die Bäume oder der Otter. Blut benetzte das Gras; doch er humpelte hinter seinem Angreifer her.

»Warte einen Moment ... bitte warte!« Die Worte kamen ihm rauh aus der trockenen Kehle, und er hatte einen Mordshunger. Die Linke gegen die Seite gepreßt, mit der Rechten wedelnd, stolperte er dem Otter nach. Klee barst zart unter seinen Sandalen, und kleine fliegende Dinger brachen in Panik aus dem Gras unter seinen Füßen hervor, um sich rasch in anderen Nischen des schützenden Grüns zu verbergen.

Helles Sonnenlicht erfüllte die Lichtung. Vögel sangen seltsame Lieder. Schmetterlinge mit Buntglasflügeln krönten die Tulpen.

Der Otter, der die ersten Bäume erreicht hatte, zögerte unter einer dunkelbraunen Platane und zog sein Schwert halb aus der Scheide. »Mir is nich bang vor dir, Dämonenmann. Komm näher, und ich piek dich noch mal!« Aber während es seine mutige Herausforderung äußerte, zog sich das Tier langsam in den Wald zurück, suchte rechts und links nach einem Fluchtweg.

»Ich will dir nichts tun.« Jon flüsterte die Worte, zum einen wegen der Schmerzen, zum anderen weil er das Wesen nicht erschrecken wollte. »Ich will einfach nur aufwachen, das ist alles.« Tränen traten ihm in die Augen. »Bitte laß mich aufwachen! Ich möchte raus aus diesem Traum und zurück an die Arbeit. Ich nehme nie wieder einen Zug, ehrlich! Es tut weh.«

Er blickte über die Schulter zurück und betete darum, sein überfülltes kleines Zimmer mit der abblätternden Decke und den schmutzigen Fenstern zu sehen. Statt dessen sah er nur noch mehr Bäume, Tulpendinger und Glasschmetterlinge. Ein schmaler Bach verlief dort, wo eigentlich sein Bett stand.

Er wandte sich wieder dem Otter zu, trat einen Schritt vor, stolperte über einen Felsbrocken und fiel, geschwächt durch den Blutverlust. Der Geruch von Pfefferminze und Heidekraut stieg ihm in die Nase.

O Gott! Bitte, laß mich nicht in einem Traum sterben ...

Einzelheiten strömten auf ihn ein, als er die Augen wieder öffnete. Es war hell draußen. Er war auf seinem Bett eingeschlafen, hatte bis zum Morgen durchgepennt und das Buch nicht gelesen. Und um acht hatte er bei einer Vorlesung über brasilianische Regierungsgeschichte zu erscheinen.

Nach der Intensität des Lichts zu urteilen, hatte er kaum genug Zeit, sich zurechtzumachen, seine Bücher und Notizen zu schnappen und bis zur Uni zu kommen. Und er mußte Shelly ein paar passende Worte sagen, weil er ihn nicht vor der Potenz des von ihm verkauften Stoffs gewarnt hatte.

Und es war komisch, wie sehr ihm die linke Seite weh tat.

»Muß aufstehen«, murmelte er benommen.

»'Ee, immer langsam, Chef!« sagte eine Stimme, weder seine eigene noch die von Shelly, und doch vertraut. »Nich so 'astig! 'Ast ziemlich einen abgekriegt, als du gefallen bist.«

Jons Lider klappten hoch. Ein borstig-pelziges Gesicht mit tanzenden schwarzen Augen starrte ihn unter dem Rand einer hellgrünen Spitzkappe entgegen. Jons Augen weiteten sich. Einzelheiten des Traums stürzten in sein Denken. Das Tiergesicht zog sich zurück.

»Und probier keinen deiner Dämonentricks an mir ... falls du welche 'ast!«

»Ich ...« Jon konnte sich nicht entscheiden, ob er dem dumpfen Klopfen im Kopf oder dem Schmerz an der Hüfte mehr Aufmerksamkeit schenken sollte. »Ich bin kein Dämon.«

Der Otter produzierte ein zufrieden zwitscherndes Geräusch. »Ah! 'Ab ich eigentlich auch nie gedacht. 'Ab ich die ganze Zeit gewußt, 'ab ich das. Erstens würd sich 'n Dämon nie so leicht pieken lassen wie du, und zweitens fallen die nich flach auf die Fresse, wenn sie ihre Beute verfolgen. Der schlechteste Levitationsversuch, der mir je untergekommen is. Dachte mir, ich 'ätt dich wegen meinem Ärger über die entgangene Beute wohl falsch beurteilt, und 'ab dir des'alb den kleinen Piekser verbunden. Schätze, du bist bloß ein Mensch, wa? Nichts für ungut, Kumpel!«

Jon sah an sich herunter. Sein Hemd war hochgezogen. Ein primitiver Verband aus einem faserigen Material war mit einem Schlangenhautriemen um die Taille befestigt. Ein dumpfer Schmerz meldete sich aus der bandagierten Körperregion. Er fühlte sich, als hätte man ihn als Punchingball benutzt.

Er setzte sich langsam auf und nahm erneut Notiz von seiner Umgebung. Er war nicht in seinem Apartment – ein winziges, elendes Loch, das ihm jetzt so erstrebenswert und unerreichbar erschien wie der Himmel.

Traumbäume spendeten Traumblumen weiterhin ihren Schatten. Unter ihm bildeten Gras und blauer Klee eine frühlingshafte Matratze. Traumvögel sangen oben in den Ästen, nur daß sie keine Vögel waren. Sie hatten Zähne und Schuppen und Klauen an den Flügeln. Ein Glasschmetterling ließ sich auf Jons Knie nieder, befächerte ihn mit Saphirschwingen und flatterte davon, als er versuchsweise die Hand nach ihm ausstreckte.

Sehnige Muskeln spannten sich unter seinen Armbeugen, als der Otter hinter ihn trat und ihn aufhob. »Bist 'n ziemlich Großer ... 'ilf ein bißchen mit, ja, Kumpel?«

Mit der Unterstützung des Otters stand Jon bald wieder auf den Füßen. Er schwankte ein wenig, aber der Nebel im Kopf hob sich.

»Wo ist mein Zimmer. Wo ist die Uni?« Er drehte sich im Kreis, sah auf allen Seiten Bäume und nicht die Spur eines Gebäudes, das sich darüber erhob. Wieder begannen die Tränen zu fließen; überraschend für Jon, denn er war auf seine gefühlsmäßige Selbstkontrolle immer sehr stolz gewesen. Aber er war schwer, fast gefährlich desorientiert. »Wo bin ich? Was ... wer bist du?«

»Alles gute Fragen, Mann.« Ist das ein komischer Kerl! *dachte* der Otter. Paß bloß auf! »Was dein Zimmer und die, äh, Uni angeht, 'ab ich keine Ahnung. Wo wir sind, das is ganz einfach. Das 'ier sind die Glockenwälder, wie jeder Narr weiß. Wir sind 'n paar Tagesmärsche außer'alb von Lynchbany, und mein Name wäre Mudge. Wie wäre denn deiner, Verehrtester, falls du einen 'ast?«

»Meriweather«, antwortete der junge Mann betäubt. »Jonathan Thomas Meriweather.«

»Nun dann, Jnthin Tos Miwath ... Joneth Omaz Morwoth ... also 'ör mal, Mann, so geht das einfach nich! Das is kein richtiger Name. Bis man den ausgesprochen 'at, is man zweimal gegen die Sonne um die glatten Schenkel der samtpelzigen Felice getanzt, von der gesagt wird, daß sie mehr Männer zu Narren machte, als es Bürokraten in Polastrindu gibt. Ich werde dich Jon-Tom nennen, wenn es dir nichts ausmacht und wenn du drauf bestehst, mehr als einen Namen zu haben. Aber ich werde dir keine drei geben. Das rasselt ungeziemlich in den Ohren.«

»Glockenwälder«, plapperte der schlacksige, desorientierte junge Mann. »Lynchbany ... Lynchbany ... ist das in der Nähe von Culver City? Es muß irgendwo an der South Bay liegen.«

Der Otter legte die Hände um die Gelenke von Jon-Tom und drückte. Kräftig. »Also 'ör mal, Junge!« sagte er ernst. »Ich weiß nich, ob du nun verdreht oder ver'ext bist, aber am besten nimmst du dich jetzt zusammen. Ich 'ab nich die

Zeit, deine Probleme zu lösen oder dir deine Kullertränen wegzuwischen. Du bist so wirklich, wie du dich fühlst, so wirklich wie unsereins, und wenn du nich anfängst, auf dich selbst achtzugeben, bist du 'ne wirkliche Leiche mit wirklichen Würmern, die an dir nagen und sich keinen Schlagenfurz drum scheren, woher du stammst. 'Örst du, Junge?«

Jon-Tom hörte auf zu schniefen und schien plötzlich wieder sein wirkliches Alter zu haben. Ruhig! sagte er sich. Nimm es für bare Münze, und beiß dich durch das Rätsel, was immer es ist. Richte dich nach der inneren Logik, und bete, daß du aufwachst, selbst wenn es in einem Krankenhausbett sein sollte. Ob dieses Tier nun real ist oder nicht, es ist alles, was du hast. Ist nicht nötig, daß du dich selbst zum Narren machst, selbst wenn es nur ein imaginärer Narr ist.

»Das is besser.« Der Otter ließ die Gelenke los. »Du murmelst da Namen, von denen ich nie ge'ört 'ab.« Plötzlich schlug er die Pfoten zusammen und sprang erfreut in die Luft. »Natürlich! Kannst mich ruhig 'nen rattenköpfigen Narren nennen, daß ich nich früher daran gedacht 'ab! Das muß Clodsa'amps Werk sein. Der alte Säufer hat wieder mal mit den Kräften der Natur 'erumgespielt.« Sein Verhalten war augenblicklich verständnisvoll-mitfühlend, die Schnurrhaare bebten, als er dem staunenden Jon-Tom wissend zunickte.

»Jetzt is alles ganz klar, du armer Kerl. Is überhaupt kein Wunder, daß du so verwirrt und benommen bist und daß ich dich über'aupt nich begreifen konnte.« Er trat heftig mit dem Fuß in den Boden; Blumen flogen davon. »Du bist 'ier'er magieriert worden.«

»Magieriert?«

»Jawohl! Oh, sieh mich nich so an, Chef! Ich glaube nich, daß es schlimm is. Der alte Clodsa'amp is 'n ehrbarer Gelehrter und 'n ziemlich gerissener 'exer, wenn er nüchtern und bei Verstand is. Und die schlimmste Landplage, wenn er in Altersschwachsinn abgleitet, was in letzter Zeit 'äufiger vorkommt. Is manchmal schwer zu sagen, ob er noch ganz klar is. Nich, daß es sein Fehler wär, daß er alt und spinnig wird. Passiert uns schließlich allen, würd ich meinen. Ich 'alt mich von ihm fern, 'alt ich mich. Wie jeder, der Köpfchen genug 'at. Man weiß nie, in was für 'ne verrückte Beschwörung er einen vielleicht reinzieht.«

»Dann ist er also ein Hexer«, murmelte Jon-Tom. Bäume, Gras, der Otter vor ihm nahmen die durchdringende Klarheit eines Feueralarms an. »Dann ist alles wirklich.«

»Das 'ab ich dir gesagt. Mit deinen Ohren is alles in Ordnung. Nich nötig, daß ich wieder'ole, was ich schon gesagt 'ab. Du 'hörst dich ohne'in ziemlich blöd an.«

»Blöd? Jetzt hör mal!« sagte Jon-Tom ein wenig hitzig. »Ich bin verwirrt. Ich bin ziemlich beunruhigt. Ich gebe zu, daß ich vor Angst fast von Sinnen bin.« Eine Hand fuhr an seine Wunde. »Aber ich bin nicht blöd.«

Der Otter schnaubte geringschätzig.

»Weißt du, wer von 1936 bis 1941 Präsident von Paraguay war?«

»Nein.« Mudges Nase zuckte. »Weißt du, wie viele Nadeln auf dem Kopf eines Engels tanzen können?«

»Nein. Und außerdem«, – Jon-Tom zögerte, seine Augen verengten sich –, »geht es darum, wie viele Engel auf einer Nadelspitze tanzen können.«

Mudge stieß ein angewidertes Pfeifen aus. »Wir glauben, wir sind schlau, was? Ich kann nicht zündeln, bin nicht mal 'n Eleve, und ich kann nadeltanzen.«

Seine Pfote holte fünf kleine silbrige Nadeln aus einer Westentasche. Jede war gut einen halben Zentimeter lang. Der Otter murmelte etwas Unverständliches und vollführte ein, zwei Bewegungen über den Metallstiften. Die Nadeln erhoben sich und tanzten einen sehr respektierlichen Cakewalk über seiner geöffneten Pfote.

»Linksum«, kommandierte der Otter. Die Nadeln gehorchten, nur die einzelne außen hatte Schwierigkeiten, sich in das Muster des Tanzes einzufügen.

»Kriege die fünfte Nadel nie richtig 'in. Wäre gut, wenn wir den Kopf von 'nem Engel 'ätten.«

»Das ist sehr beachtlich«, bemerkte Jon-Tom ruhig. Dann fiel er in Ohnmacht ...

»Wenn du so weitermachst, Chef, wird deine Birne 'inten so rauh wie die Hügel von Kilkapnys Klauc. Gar nich zu reden davon, was du damit deinem Fell antust.«

»Mein Fell?« Jon-Tom rollte sich auf die Knie und atmete mehrmals tief durch, bevor er sich erhob. »Oh.« Leicht verlegen glättete er seine schulterlangen Locken und stützte sich auf den hilfsbereiten Otter.

»Da ihr Menschen so wenig davon 'abt, solltest du besser darauf achtgeben.« Mudge ließ den Arm Jon-Toms los. »Nackte 'Aut ohne Fell ... dann noch lieber die Blattern.«

»Ich muß zurück«, murmelte Jon-Tom müde. »Ich kann hier nicht bleiben. Ich habe einen Job und Vorlesungen und eine Verabredung für Freitagnacht, und ich muß ...«

»Deine anderweltlichen Belange sind bedeutungslos für mich.« Mudge deutete auf den feuchten Verband unter Jon-Toms Rippen. »Ich 'abe dich nicht schlimm verletzt. Du müßtest rennen können, falls nötig. Wenn du nach 'Ause willst, gehen wir am besten zu Clodsa'amp. Ich werd dich ihm übergeben. Ich 'abe meine eigenen Geschäfte. Kannst du ge'en?«

»Ich kann gehen, um diesen ... Hexer zu treffen. Clodsahamp hast du ihn genannt?«

»Jawohl, so 'eißt er, Junge. Der alte ärgermachende Knülch, der mit Kräften herumpfuscht, die er nich mehr kontrollieren kann. Da gibt's für mich keinen Zweifel, Kumpel. Daß du 'ier bist, is sein Werk. Er muß dich da'in zurückschicken, wo du 'inge'örst, bevor du wirklich verletzt wirst.«

»Ich kann auf mich selbst aufpassen.« Jon-Tom war für sein Alter ausgedehnt gereist. Er war stolz auf seine Fähigkeit, sich an exotische Umgebungen anzupassen. Objektiv betrachtet, war das Land, in dem er sich jetzt befand, nicht fremdartiger als das amazonische Peru und vergleichsweise weniger als Manhattan.

»Also los, machen wir uns auf den Weg, um diesen Hexer zu finden!«

»Das is der richtige Geist, Chef!« Im stillen hielt Mudge den hochgewachsenen jungen Mann immer noch für ein weinerliches, triefnasiges Kleinkind. »Wir werden die Situation 'ier in Null Komma nichts in Ordnung bringen, wa?«

Eichen und Pinien überragten, den Wald beherrschend, die Platanen und Birken. Jon-Tom glaubte hin und wieder auch eine Fichte zu erkennen. Sie lebten einträchtig beieinander in einem botanischen Alptraum, obwohl Jon-Tom nicht genug von Botanik verstand, um die Unstimmigkeit der Landschaft zu erkennen.

Überall wucherten schmarotzende Büsche, ebenso wie gigantische Champignons und andere Pilze. Verstreute Nester von Kletterpflanzen trugen die Last schwarzer, scharlachroter oder granatgrüner Beeren. Hier und da wuchsen Schößlinge aus dem Boden, die Ulmen hätten sein können, wäre nicht ihre schillernd blaue Rinde gewesen.

Die Glasschmetterlinge waren überall. Ihre Flügel sandten vereinzelte Strahlen aus Regenbogenlicht durch die Zweige. Und doch schien alles zusammenzugehören, schien natürlich, bis hin zu den Glocken, die von den Blättern eines unbekannten Baumes gebildet wurden; sie läuteten im Wind und gaben dem Namen des Waldes Substanz.

Das kühle Gehölz mit seinem allgegenwärtigen Duft belebender Minze war fast vertraut geworden, als er schließlich zum ersten Mal einen ›Vogel‹ aus der Nähe sah. Das Wesen saß auf einer niedrig hängenden Ranke und beäugte die Vorübergehenden neugierig.

Die Ähnlichkeit mit einem Vogel endete bei den Federn. Eine kurze Schnauze zeigte winzige scharfe Zähne und eine lange gespaltene Zunge. Die Flügel entsprangen einem schuppigen gelben Körper. Das gefederte Reptil (oder der geschuppte Vogel?) löste seine klauenbewehrten Füße von der Ranke und zog ein paar Kreise über ihren Köpfen. Es stieß ein bezauberndes Tirilieren aus, das den erstaunten

Jon-Tom an die Stimme einer Spottdrossel erinnerte. Doch zeigte es insgesamt eine größere Ähnlichkeit mit dem Wesen, das unter dem Findling verschwunden war, als mit einem Vogel und war eher verwandt mit einer Viper als mit einem Finken.

Ein kleiner Felsbrocken zischte durch die Luft. Mit einem wütenden Quäken wirbelte die gefiederte Erscheinung herum und verschwand im Schutz der Bäume.

»Warum hast du das getan, Mudge?«

»Er is über uns rumgeflogen, Mann.« Der Otter schüttelte betrübt den Kopf. »Du bist nich gerade 'elle. Oder lassen die Flieger deiner Welt ihren Kot nich auf unvorsichtige Reisende fallen? Oder 'ast du deine eigenen magierierten Gründe, auf dich scheißen zu lassen?«

»Nein.« Er versuchte, etwas von der Achtung des Otters zurückzugewinnen. »Ich mußte auch schon ein paarmal Vögeln ausweichen.«

Das Bekenntnis rief eine andere als die erhoffte Reaktion hervor.

»Vögel?« Das Gesicht des Otters zeigte völligen Unglauben, die dünnen Barthaare zitterten nervös. »Kein Vogel, der was auf sich 'ält, würde eine derartige Beleidigung wagen. Der wäre schneller vorm Rat, als man braucht, um 'ne Schlange zu verschlucken. Glaubst du, wir sind hier unzivilisierte Monster, wie die Gepanzerten?«

»Tut mir leid.« Jon-Tom klang zerknirscht, wenn auch immer noch verdutzt.

»Du paßt besser auf, was du sagst, Junge, sonst stößt du noch auf einen, der 'n bißchen tiefer piekt, als ich es getan 'ab.«

Sie gingen weiter zwischen den Bäumen hindurch. Kurzgewachsen und O-beinig wie alle seiner Art, glich der Otter seine kleine Schrittweite durch unerschöpfliche Energie aus. Jon-Tom mußte hin und wieder in einen leichten Trab fallen, um mit ihm Schritt zu halten.

Die Samen in den Glockenbaumblättern erzeugten mit jeder sich ändernden Brise eine neue Musik, klangen einmal wie Schlittenschellen, ein anderes Mal wie ein Dutzend wütender Tambourine. Ein Bienenpaar summte an ihnen vorüber. Sie schienen in dieser verrückten Welt so schmerzlich normal, so heimatlich, daß Jon-Tom den machtvollen Wunsch verspürte, ihnen bis zu ihrem Stock zu folgen, und sei es nur deshalb, um sich zu vergewissern, daß dieser nicht mit Miniaturfenstern und -türen ausgestattet war.

Mudge versicherte ihm, daß dem nicht so sei. »Aber es gibt die anderen, die mit diesen 'ier verwandt sind, und sie sind alles andere als normal.« Er zeigte warnend nach Osten. »Viele Langmeilen in diese Richtung, über Polastrindu und die Quelle des Flusses Tailaroam 'inaus, weit jenseits der Schwertgau, auf der anderen Seite von Zaryts Zahn, liegt 'n Land, aus dem noch kein warmblütiger Reisender zurückkehrte. Ein Land, um das man sich nich kümmern sollte, ein Land, das von Auswurfgezücht, eiterbeuligem Gesindel und stinkenden Kreaturen von so widerlicher Gemein'eit bewohnt wird, daß es die Erde selbst beschämt. Ein Land, wo diejenigen 'errschen, die keine Tiere sind wie wir. Ein Land namens Cugluch.«

»Ich betrachte mich nicht als Tier«, kommentierte Jon-Tom; er vergaß die Bienen und fragte sich, was in einem so selbstbewußten Wesen wie Mudge eine derart offensichtliche Abscheu und Furcht hervorrufen konnte.

»Du 'ast auch nicht gerade viel von einem Menschen.« Mudge stieß ein schrilles, amüsiertes Pfeifen aus. »Aber ich vergesse mich. Du bist 'n Fremder 'ier, der gegen seinen Willen durch Magie aus irgend'nem unwissenden Land gepflückt wurde. Gegen deinen Willen bist du 'ier'ergemogelt worden, und ich sollte mich nich über dich lustig machen.« Plötzlich verzog sich sein Gesicht, und er trat fehl. Er beäugte seinen größeren Begleiter unsicher.

»Du 'ast das richtige Ausse'en, und du fühlst dich auch richtig an, aber bei Magie kann man nie sicher sein. Du *'ast* doch warmes Blut, Kumpel, oder?«

Jon-Tom stöhnte und sackte links zusammen. Ein kräftiger Arm stützte ihn. »Danke«, sagte er zu dem Otter. »Du solltest es eigentlich wissen, du hast genug davon vergossen.«

»Jawohl, es schien ziemlich warm, obwohl meine Gedanken woanders waren.« Er zuckte mit den Schultern. »Du 'ast dich jedenfalls als ziemlich 'armlos erwiesen. Clodsa'amp wird wissen, warum er dich 'ergerufen 'at.«

Was will dieser Hexer von mir? fragte sich Jon-Tom. Warum wird das mir angetan? Warum nicht Shelly oder Professor Stanhope oder sonst jemandem? Warum ich? Er bemerkte, daß sie stehengeblieben waren.

»Sind wir da?« Er sah sich um, erwartete irgendwie eine malerische Hütte mit Strohdach. Doch es war keine Hütte zu sehen, überhaupt kein irgendwie geartetes Haus. Dann traf sein Blick auf die dunklen Fenster im Stamm der massigen alten Eiche, den Rauchfaden, der träge aus dem Schornstein zwischen den Hauptästen hoch oben aufstieg, und die bescheidene Tür, die zwischen einem Paar gewaltiger knorriger Wurzeln zermalmt zu werden schien.

Sie gingen auf den Einlaß zu, und Jon-Toms Aufmerksamkeit wurde nach oben gelenkt.

»Was is los?« fragte Mudge, der bemerkte, daß sein überwältigter Begleiter nicht mehr aufmerksam seinen Beschreibungen der zunehmenden Sonderlichkeiten Clodsahamps lauschte.

»Ein Vogel. Ein richtiger, diesmal.«

Mudge blickte uninteressiert in den Himmel. »Natürlich is es ein Vogel. Was 'ast du denn erwartet?«

»Eins von diesen hybriden Echsen-Dingern, wie sie uns im Wald begegnet sind. Der hier sieht aus wie ein echter Vogel.«

»Du 'ast verdammt recht, es is einer. Und sei froh, daß er dich nich so reden 'ören kann.«

Es war eine Wanderdrossel, indes mit einer Flügelspanne von knapp einem Meter. Sie trug eine Weste aus seetanggrünem Satin, eine Kappe, ähnlich der von Mudge, sowie einen rot und umbrafarben gemusterten Kilt. Vor der Brust war ein Sack festgeschnürt. Außerdem stellte sie einen halbdurchsichtigen Augenschutz zur Schau, der mit unbekannten Buchstaben beschriftet war.

Drei Stockwerke über dem Boden ragte ein hölzerner Pflock aus dem massigen Baum. Die Drossel kam mit einem eleganten Landemanöver darauf zur Ruhe. Sie langte mit überraschend beweglichen Flügelspitzen in den Brustsack, kramte herum und zog einige kleine Zylinder heraus, bei denen es sich um Schriftrollen handeln mochte.

Der Vogel schob sie in eine dunkle Vertiefung, einen Schlitz oder ein kleines Fenster in der Flanke des Baums. Er trillerte zweimal durchdringend und klang den Drosseln sehr ähnlich, die die Akazie vor der Kinsey-Halle der Uni bevölkerten.

Er beugte sich zu dem Schlitz, bog eine Flügelspitze zum Schnabel und rief deutlich vernehmbar: »Hee, Blödian! Komm hoch mit dei'm fetten Arsch und sammel deine Post ein! Die verschimmelt hier schon seit drei Tagen, und wenn ich morgen vorbeikomm, und sie is immer noch da, werd ich sie zum Nestfüttern benutzen!« Es folgte eine Kette von Obszönitäten, die überhaupt nicht zu dem ansonsten freundlichen Verhalten des Vogels passen wollten. Er wandte sich mit mürrischem Tschirpen vom Schlitz weg und murmelte etwas vor sich hin.

»Horace!« rief der Otter. Der Vogel blickte nach unten und ließ sich von der Sitzstange fallen, um über ihnen zu kreisen.

»Mudge? Was machst 'n du hier?« Die Stimme erinnerte Jon an eine andere, die er hin und wieder während einer Reise zu einem anderen exotischen Teil der Welt gehört hatte, einem Bereich, der als Brooklyn bekannt ist. »Hab dich inner letzten Zeit nich viel inner Stadt gesehn.«

»Bin jagen gewesen, bin ich.«

»Wo haste diese komische Type aufgegabelt?«

»Laaange Geschichte, Kumpel. 'Ab ich recht ge'ört, daß der alte Knacker seit drei Tagen nicht zu 'Ause war?«

»Oh, der is da«, erwiderte der Vogel. »Hexend und zaubernd wie immer. Ich weiß das, weil's immer wieder anders aus diesem Postschlitz stinkt, wenn ich vorbeikomm. Du hast nich zufällig 'n Wurm bei dir, hm?«

»Tut mir leid, Kumpel, mein Geschmack sind e'er Austern und Krabben.«

»Jaa, weiß ich. Fragen kostet nichts.« Er warf Jon-Tom einen hoffnungsvollen Blick zu. »Wie steht's mit dir, Freundchen?«

»Leider nicht.« Begierig, zu gefallen, fummelte er in seinen Jeanstaschen herum. »Wie wär's mit 'nem Fruchtdrops?«

»Danke, was 'n Drops ist, weiß ich nicht, aber ich hab mehr Früchte verspeist, als ich ertragen kann. Ich bin bis zu den Arschfedern voll mit Früchten.« Er starrte Jon-Tom noch einen Moment an und verabschiedete sich dann zivilisiert.

»Ich 'ab diese Vögel immer beneidet.« Mudge guckte neidisch. »Flügel sind soviel schneller als Füße.«

»Ich glaube, mir sind richtige Füße und Hände lieber.«

Mudge grunzte. »Das is allerdings 'n Punkt, der nich ganz unwichtig is, Chef.« Sie gingen zur Tür. »Jetzt geht es los. Denk dran«, flüsterte er, »daß du dich so gut wie möglich benimmst, Jon-Tom. Der alte Clodsa'amp soll zwar für 'nen 'Exer ziemlich freundlich sein, aber sie sind allesamt 'ne verschrobene Bande. Verwandeln dich so schnell in 'nen Mistkäfer, wie sie dich anse'en. Is nich gut, einen zu provozieren, besonders nich einen, der so mächtig und senil is wie der alte Clotzabums 'ier.«

Der Otter klopfte an die Tür, und klopfte nervös nochmals, als keine Antwort kam. Jon-Tom bemerkte Mudges Anspannung und schloß, daß dieser trotz seiner Scherze und schnoddrigen Bemerkungen eine tiefe Angst vor Hexern hatte und allem, was mit ihnen zusammenhing. Die Füße des Otters zuckten und bewegten sich unablässig, während sie warteten. Jon-Tom fiel auf, daß er ihn nie völlig bewegungslos gesehen hatte. Er bemühte sich, den Schmerz in seiner Seite zu ignorieren, und versuchte, aufrecht und würdevoll zu stehen.

Gleich würde sich die Tür knarrend nach innen öffnen, und er würde von Angesicht zu Angesicht einem – zumindest für Mudges Vorstellung – echten, mit Magie arbeitenden Hexer gegenüberstehen. Es war leicht, ihn sich auszumalen: an die zwei Meter groß, gewandet in eine fließende Purpurrobe, die mit mystischen Symbolen bestickt war; das majestätische Haupt gekrönt von einem sternübersäten spitzen Hut. Der Teil des Gesichts, der nicht von einem wallenden weißen Bart verhüllt wurde, wäre faltig und würde finster wirken; und es wäre sehr wahrscheinlich von einer dicken Brille geziert.

Die Tür öffnete sich nach innen. Sie knarrte unheilverkündend. »Guten Morgen«, setzte er an. »Wir ...«

Der Rest der sorgfältig vorbereiteten Begrüßung blieb ihm quer in der Kehle stecken, als er in Panik zurückstolperte, strauchelte und fiel. Irgend etwas in seiner Seite riß, und er spürte, wie es dort feucht wurde. Er fragte sich, wie lange er die Wunde noch unbehandelt lassen durfte, und ob er an diesem Ort trügerischer Heiterkeit sterben würde, so weit von zu Hause entfernt, wie man nur sein konnte. Die Ungeheuerlichkeit, die die Türöffnung ausfüllte, trieb auf ihn zu, während er versuchte, davonzukrabbeln, davonzukriechen ...

II

Mudge starrte angewidert auf seinen Schützling und klang sowohl verärgert als auch verlegen, als er sagte: »Also was zum Teufel is jetzt wieder mit dir los? Das is doch nur Pog.«

»P-p-pog?« Jon-Tom war außerstande, seinen Blick von dem schwebenden Schrecken zu wenden.

»Clods'amps Famulus, du Superblödian! Er ...«

»Ischt egal«, grummelte der gigantische schwarze Fledermäuserich. »Ischt mir egal.« Seine Flügelspitzen kratzten an den Türpfosten, als er in das Portal zurückflatterte. Übergroße rosafarbene Ohren und vier scharfe Fänge fingen das Licht ein. Seine Stimme war unglaublich rauh und hallte, als käme sie aus einer tiefen Kiesgrube. »Ich weisch, dasch ich nicht hübsch bin. Ich habe allerdingsch noch nie jemanden damit umgeworfen.« Er flog wieder heraus, um in Jons Nähe schweben zu bleiben.

»Du bischt schelbst nicht besondersch anschehnlich, Mensch.«

»Nimm's ihm nich übel, Pog!« Mudge versuchte einen versöhnlichen Tonfall anzuschlagen. »Er is aus seiner Welt in unsere magieriert worden, und er is außerdem verletzt.« Der Otter vermied es diplomatisch zu erwähnen, daß er die Ursache der Verletzung war.

Jon-Tom kämpfte sich unsicher auf die Füße. Blut sickerte rot und warm aus seinem linken Hosenbein.

»'At Clodsa'amp irgendwelche außerweltliche Beschwörungen ausgearbeitet?«

»Ich weisch nicht, jedenfallsch scheint er momentan mehr bei Verschtand alsch schonscht.« Pog stieß ein höhnisches Schnauben aus.

Eine volltönende, kehlige Stimme rief aus den Tiefen des Baumes, eine beeindruckende, wenn auch leicht zittrige Stimme, die Jon-Tom instinktiv als zum Meister-Hexer gehörig erkannte. »Wer ist da, Pog?«

»Mudge, der Otterjäger, und ein verletschter, dämlich dreinschauender Mensch.«

»Mensch, sagst du?« In der Frage schwang ein erregter Unterton mit. »Herein mit ihnen! Bring sie herein!«

»Kommt!« befahl Pog kurzangebunden. »Scheine Erlaucht möchte euch schehen.« Der Fledermausfamulus verschwand im Innern des Baumes; seine Flügel, größer als die der Drossel, paßten kaum durch die Tür.

»Bis du in Ordnung, Kumpel?« Mudge sah seinen ungewollten Begleiter schwanken. »Warum 'ast du dich so erschreckt? Pog is nich 'äßlicher als andere Fledermäuse.«

»Es war ... es war nicht sein Gesicht, das mich ... Es war seine Größe. Da wo ich herkomme, werden Fledermäuse meist nicht so groß.«

»Pog is durchschnittlich, würd ich sagen.« Mudge ließ das Thema fallen. »Komm jetzt und versuch, nicht so stark auf den Boden zu bluten.«

Jon-Tom wies die Hilfe des Otters zurück und stolperte hinter ihm drein. Die Diele war ein Schock. Sie war viel zu lang, um in die Eiche zu passen, obwohl diese einen bemerkenswerten Durchmesser hatte. Dann betraten sie ein Zimmer, das mindestens sieben Meter hoch war. Bücherregale säumten die Wände, vollgepackt mit Folianten jeder Größe und Bindung und deutlich erkennbaren Alters. Weihrauch stieg von einem halben Dutzend Brennern auf, konnte aber das in der Nase beißende Miasma nicht überdecken, das den Raum erfüllte.

Zwischen den Büchern verstreut fanden sich sonderbar befleckte und verschmutzte Tiegel und Schüsseln, Glasfläschchen, Phiolen, Gefäße mit widerwärtigen Objekten und andere befremdliche Utensilien. An den Wänden hingen auf verschiedene Weise behandelte und verzierte Schädel. Zu Jon-Toms Schrecken waren zwei davon offensichtlich menschlich.

Fenster ließen Topaslicht herein. Es tauchte den hohen Raum in Bernstein und Gold und ließ die in der ungesunden Luft tanzenden Staubteilchen lebendig erscheinen. Der

Boden war aus Holzschindeln gefertigt. Einige stark benutzte Möbel aus schwerem Holz und Reptilienhaut beherrschten die Mitte des Raumes. Zwei offenstehende Türen führten in schwach beleuchtete andere Räume.

»Das ist einfach unmöglich«, sagte Jon-Tom mit gedämpfter Stimme zu Mudge. »Der ganze Baum ist nicht groß genug, um allein diesem Raum Platz zu bieten, ganz zu schweigen von den anderen und der Diele, durch die wir gerade gekommen sind.«

»Ja, Chef, das is ein 'übscher Trick, is das.« Der Otter klang beeindruckt, wenn auch nicht übermäßig. »Löst bestimmt das Raumproblem, nich? Ich 'abe es in einigen Städten bei den Wohl'abenden gese'en. Glaub mir, der Ausgangszauber kostet 'ne Menge, von den 'äufigen Wieder'olungen ganz zu schweigen. Permanent geschlossene 'yperdimensionale vertexile Ausweitungen sind nich billig, wa?«

»Warum nicht?« fragte Jon-Tom verdutzt, angesichts der geometrischen Unmöglichkeit außerstande, einen intelligenteren Kommentar zu produzieren.

Mudge blickte verschwörerisch zu ihm auf. »Inflation.«

Sie sahen sich um und bemerkten Pog, der aus einem anderen Raum zurückkehrte. »Er schagt, er ischt in ein, schwei Minuten schoweit.«

»Wie ist seine Verfassung?« Jon-Tom sah den Fledermausgehilfen hoffnungsvoll an.

»Er ischt bei Verschtand.« Der geflügelte Famulus balancierte in der Luft und griff mit der winzigen Hand an der Mitte seines linken Flügels in einen an seiner Brust festgeschnürten Beutel. Er war erheblich kleiner als der der Drossel. Die Hand kam mit einer Zigarre zum Vorschein. »Hascht du Feuer?«

»Mir sind die Feuersteine ausgegangen, Kumpel.«

»Eine Sekunde.« Jon-Tom fummelte aufgeregt in seinen Jeanstaschen herum. »Ich habe.« Er zeigte ihnen ein billiges Wegwerffeuerzeug.

Mudge nahm es in Augenschein. »Interessant.«

»Jaa.« Pog flatterte heran. Jon-Tom zwang sich, die Nähe der schimmernden nadelscharfen Fänge zu ignorieren. »Scho einen Feuermacher habe ich noch nie geschehen.« Pog schwenkte die winzige Zigarre im Mund herum.

Jon-Tom drehte das Rädchen. Pog entzündete die Zigarre und paffte zufrieden.

»Laß mich mal se'en, Kumpel!« Jon-Tom überreichte dem Otter das Feuerzeug, der es mit den Pfoten hin und her drehte. »Wie funktioniert es?«

»So.« Jon-Tom nahm es zurück und drehte das Rad. Funken, aber keine Flamme. Er sah sich den durchscheinenden Boden an. »Kein Gas mehr.«

»Bischt wohl mit einem wertloschen Schauber reingelegt worden?« Pog klang mitfühlend. »Mach dir nichtsch drausch. Und danke für dasch Feuer«, sagte er und blies Rauchquadrate.

»Das hat nichts mit Zauber zu tun«, protestierte Jon-Tom. »Es funktioniert mit Flüssiggas.«

»Ich ließe mir mein Geld zurückgeben«, riet ihm der Otter. Jon-Tom sah auf sein Handgelenk. »Meine Uhr läuft auch nicht mehr. Brauche 'ne neue Batterie.« Er hob die Hand. »Und ich will nichts mehr über Zauber hören.« Mudge zuckte die Achseln und bedachte Jon-Tom mit einem Blick, mit dem man einen debilen Verwandten ansähe. »Na, wo ist denn jetzt dein alter, fauler, sogenannter Hexer?« wandte sich Jon-Tom an Pog.

»HIER DRÜBEN!« donnerte eine machtvolle Stimme.

Bebend, da seine ungehörige Bemerkung gehört worden war, drehte sich Jon-Tom langsam um, um dem namhaften Clodsahamp gegenüberzutreten.

Es gab keine fließenden Gewänder und keinen weißen Bart, keinen spitzen Hut und keinen geheimnisvoll gemusterten Mantel. Die dicke Brille aber war da. Irgendwie hielt sie über einem breiten gerundeten Schnabel, genau über winzigen Nasenöffnungen. Die Brille hatte keine Bügel, die nach hinten über Ohren führten, da die Ohren von Schildkröten fast unsichtbar sind.

Ein dickes Buch in der stummelfingrigen Hand, watschelte Clodsahamp zu ihnen herüber. Er war gute dreißig Zentimeter kleiner als Mudge.

»Ich wollte nicht respektlos sein«, hatte Jon-Tom die Geistesgegenwart zu sagen. »Ich wußte nicht, daß Sie im Raum sind, und ich bin fremd hier, und ich ...«

»Unsinn, Junge.« Clodsahamp lächelte und wedelte die bevorstehende Entschuldigung beiseite. Seine Stimme hatte einen normalen Tonfall angenommen, das hexerische Donnern war verschwunden. »Ich bin nicht leicht zu beleidigen. Wäre solches der Fall, wäre es mir unmöglich, mich mit *ihm* abzufinden.« Er zeigte mit dem Daumen in Pogs Richtung. »Einen Augenblick, bitte!«

Er sah an sich herunter. Jon folgte dem Blick und bemerkte einige kleine Knopfgriffe, die aus dem Panzer des Hexers ragten. Clodsahamp zog mehrere heraus und enthüllte winzige Schubladen, die in seine Vorderseite eingebaut waren. Entschuldigungen murmelnd, suchte er nach irgend etwas.

»Die einzige Möglichkeit zu verhindern, daß ich die wirklich wichtigen Pulver und Flüssigkeiten verliere«, erläuterte er.

»Aber wie können Sie ... ich meine, tut das nicht weh?«

»Beim Himmel, nein, Junge!« Er stieß ein ansteckendes Kichern aus. »Ich verwende dieselbe Technik, die mir ermöglicht, das Innere meines Baumes zu vergrößern, ohne das mit dem Äußeren auch zu tun.«

»Der prahlt hier rum«, meckerte Pog, »während der arme Kerl offenschichtlich Schmerschen hat.«

»Hüte deine Zunge!« Der Famulus flatterte in engen Kreisen herum, sagte aber nichts mehr. »Ich muß seine Impertinenz im Zaum halten.« Clodsahamp blinzelte. »Das letzte Mal habe ich ihn fixiert, so daß er nur mit der rechten Seite nach oben schlafen konnte. Ihr hättet ihn sehen sollen, wie er versuchte, an den Ohren zu hängen!« Er kicherte wieder.

»Aber in Anwesenheit von Gästen verliere ich nicht gern den Gleichmut. Ich kultiviere eine Reputation für Sanftmütigkeit. Also dann«, sagte er mit professionellem Unterton, »schauen wir uns mal deine Verletzung an.«

Jon-Tom sah dem Schildkrötenzauberer zu, wie er sanft den groben Verband beiseite zog, den Mudge angelegt hatte. Stummelfinger betasten das feuchtglänzende blutige Fleisch, und der junge Mann stöhnte.

»Verzeihung! Besser, du setzt dich hin.«

»Vielen Dank.« Sie gingen zu dem in der Nähe stehenden Sofa, dessen Beine einmal einem Wesen von nicht mehr rekonstruierbarer Gestalt gehört haben mußten. Jon ließ sich vorsichtig nieder, da die Polster sich kaum fünfzehn Zentimeter über dem Boden befanden, eine Höhe, die für das niedrige Hinterteil der Schildkröte angenehm war.

»Stichwunde.« Clodsahamp betrachtete nachdenklich die häßliche Verletzung. »Allerdings nicht tief. Das haben wir bald wieder in Ordnung gebracht.«

»Entschuldigung, Eure 'Exerschaft«, mischte sich Mudge ein. »Bitte um Vergebung, aber ich 'abe immer ge'ört, daß es zauberische Gepflogen'eit is, sich für magische Dienste im voraus bezahlen zu lassen.«

»Das ist in diesem Falle kein Problem ... was hast du gesagt, wie dein Name lautet?«

»'Abe ich nich, aber er lautet Mudge.«

»Hmpf. Wie ich sagte, wird die Bezahlung für diesen Jungen kein Problem sein. Wir werden diese kleine Reparatur einfach als Vorauszahlung auf seine Dienste ansehen.«

»Dienste?« Jon-Tom guckte argwöhnisch. »Was für Dienste?«

»Er is eigentlich zu über'aupt nichts gut, soviel ich gese'en 'abe«, piepste Mudge dazwischen.

»Ich erwarte kein Verständnis von einem bloßen Aasesser, wie Ihr einer seid, Herr Mudge.« Der Hexer rückte überheblich die Brille zurecht. »In der Welt waren Kräfte am Werk, die nur ich voll begreifen konnte und mit denen umzugehen nur ich ausreichend gerüstet bin. Die Anwesenheit dieses Jungen hier ist nur ein kleiner Teil eines gefährlich komplexen Puzzles.«

Da! dachte Mudge triumphierend. Wußte doch, daß er herumgepfuscht hat.

»Er ist offensichtlich derjenige, nach dem ich letzte Nacht gegriffen habe. Siehst du – er ist selbst ein Hexer.«

»Wer ... er?« Mudge lachte otterisch, hoch und quiekend, nach der Art eines altklugen Kindes. »Sie machen Witze, Chef.«

»Ich scherze nicht in Angelegenheiten von derart gravierender und wichtiger Bedeutung«, erklärte Clodsahamp düster.

»Jaaa, gut, aber *er* ein 'Exer? Er konnte nich mal den Zauber seines Feuermachers erneuern.«

Der Schildkrötenzauberer seufzte und sagte langsam: »Da er aus einer Welt, aus einem Universum kommt, das von unserem differiert, steht zu erwarten, daß auch einiges seiner Magie von der unsrigen abweicht. Ich bezweifle, daß ich in seiner Welt von meinen formidablen Talenten Gebrauch machen könnte. Aber überall in der Welt, Mudge, ist eine furchteinflößende interdimensionale Magie tätig. Um sie erfolgreich zu meistern, benötigen wir die Unterstützung und das Wissen einer Person, die mit ihrer Wirkweise vertraut ist.« Er sah besorgt aus, als würde irgendein unsichtbares Joch auf ihm lasten, das er seinen Zuhörern auch weiterhin zu verbergen wünschte.

»Er ist der Magier, nach dem ich suchte. Ich habe viele neue und unerprobte Worte verwandt, viele seltene und schwer zu mischende Formeln und Intergramme. Ich habe stundenlang und unter großer Anspannung gesucht und hinausgegriffen. Ich hatte die Hoffnung aufgegeben, jemanden zu lokalisieren, als ich zufällig auf diesen umhertreibenden Geist stieß, so verfügbar und frei.«

Jon-Tom erinnerte sich, was er geraucht hatte, er war umhergetrieben, kein Zweifel. Aber was sollte das alles – daß er ein Hexer-Magier sei?

Scharfblickende Augen starrten durch dicke Linsen in seine Augen. »Sag mir, Junge, sind nicht die Hexer und Magier deiner Welt als Inschinnscheure bekannt?«

»Inschinn ... Ingenieure?«

»Ja, so klingt es wohl richtig, denke ich.«

»Ich schätze, das ist eine ziemlich gute Analogie.«

»Siehst du?« Der Hexer wandte sich wissend an Mudge. »Und mit seinen Diensten wird er zurückzahlen.«

»Äh, Herr Hexer ...?« Aber Clodsahamp war hinter einem hoch aufragenden Bücherstapel verschwunden. Leises Klirren wurde hörbar.

Mudge war jetzt überzeugt, daß es ihm viel besser ergangen wäre, wenn er nie dieses Granbit verfolgt oder einen Blick auf diesen eigentümlich schlaksigen jungen Menschen geworfen hätte. Er betrachtete die zusammengesackte Gestalt des jungen Mannes. Jon-Tom redete zwar ziemlich koboldhaft ... aber ein Hexer? Trotzdem, man konnte nie ganz sicher sein, wenn man es mit hexerischem Treiben zu tun hatte; besonders nicht, was den Augenschein anging. Normale Leute taten gut daran, so etwas zu meiden.

Wie war ein Hexer zu erklären, der keinen einfachen Feuermacher zaubern und noch viel weniger seine Verletzung heilen konnte? Angst und Verwirrung des Jungen waren ziemlich real, und beide sprachen nicht für die Natur von Hexern. Vielleicht war es das beste, abzuwarten und zu sehen, welche verborgenen Fähigkeiten dieser Jon-Tom noch enthüllen würde. Sollten diese Fähigkeiten plötzlich zum Vorschein kommen, wäre es außerdem ratsam sicherzustellen, daß er vergaß, wer ihm das Loch in die Rippen beschert hatte.

»Also, Junge, scher dich gar nich drum, was Clodsa'amp über Bezahlung und so sagt. Ganz egal, was es schließlich kostet, wir werden uns darum kümmern. Ich fühle mich irgendwie verantwortlich dafür.«

»Das ist sehr freundlich von dir, Mudge.«

»Ja, ich weiß. Geld erwähnst du gegenüber seiner Erlaucht am besten erst gar nicht.«

Beladen mit Flaschen und sonderbaren Keramikbehältern, watschelte der Schildkrötenmagier zu ihnen zurück. Er arrangierte die Kollektion ordentlich auf den Holzschindeln vor dem Sofa, wählte verschiedene Gefäße aus und mischte ihren Inhalt in einer Bronzeschüssel zwischen Jon-Toms Beinen. Dann mengte er der trüben Pfütze in der Schüssel ein gelbes Pulver bei, worauf ein kaum hörbares Murmeln folgte. Mudge und Jon-Tom griffen sich an die Nase. Die Paste produzierte plötzlich einen Duft von unbeschreiblicher Widerwärtigkeit.

Clodsahamp fügte noch ein letztes Quentchen blaues Pulver bei, rührte die Mixtur um und schmierte sie direkt auf die offene Wunde. Gedanken an eine Infektion schwanden, als Jon-Tom bemerkte, daß die Paste sich dämpfend auf den Schmerz auswirkte.

»Pog!« Clodsahamp schnippte mit kurzen Fingern. »Bring mir einen kleinen Tiegel, den mit den seitlich eingravierten Sonnensymbolen!«

Jon-Tom glaubte, gehört zu haben, wie die Fledermaus gemurmelt hatte: »Warum holscht du ihn dir nicht schelbscht, du fauler, fetter Vetter einer Muschel.« Aber er war sich nicht sicher.

Jedenfalls sagte Pog nichts, als er mit dem gewünschten Utensil zurückkehrte. Er deponierte den Tiegel zwischen Jon-Tom und dem Hexer und flatterte dann aus dem Weg.

Clodsahamp maß die Paste in den Tiegel und fügte eine übel riechende Flüssigkeit aus einer giftig-schwarzen Flasche und dann eine Prise einer braunroten Substanz aus einem Schubfach neben seinem rechten Arm hinzu. Jon-Tom fragte sich, ob die eingebauten Laden des Hexers wohl manchmal juckten.

»Wo zum Teufel habe ich diesen Zauberstab ... ah!« Unter beständigem Murmeln machte der Zauberer sich daran, die Flüssigkeit mit einem kleinen Ebenholzstab umzurühren, den Silber- und Amethyst-Intarsien zierten.

Die Paste in dem Tiegel hatte die Konsistenz einer dicken Suppe angenommen. Sie begann in tiefem Smaragdgrün zu glühen. Winzige Explosionen brachen durch die Oberfläche und spiegelten sich in Jon-Toms aufgerissenen Augen. Das Gemisch roch jetzt nach Zimt statt nach Sumpfgas.

Der Hexer nahm mit seinem Stab ein wenig von der Flüssigkeit heraus und kostete sie. Augenscheinlich zufrieden, nahm er den Stab an beiden Seiten zwischen Daumen und Zeigefinger und führte ihn in flachen Stößen über den kochenden Tiegel. Die Funken auf der Oberfläche der Flüssigkeit nahmen an Leuchtkraft und Häufigkeit zu.

»Terra bakteria,
Rot für Muskel, Blau für Blut,
Desintegration, Agglutination, Konfrontation,
Vereint euch überlegen.
Pyroxin für Nerven, Penicillin für Gerinsel.
Chirurgische Kräfte, Herd der Schwäche, ich gebiete:
Beendet euren unerquicklichen Kampf!«

Jon-Tom lauschte völlig verwirrt. Da war keine kehlige Anrufung von Salamanderschwänzen oder Fledermauszähnen. Kein Spinnenblut und keine Ochsenaugen; allerdings erfuhr er auch nichts über die Pulver und Flüssigkeiten, die der Hexer eingesetzt hatte. Clodsahamps mystischer Singsang von Pyroxin, agglutinieren und so weiter klang verdächtig nach dem, was ein praktizierender Arzt vielleicht in einer Anwandlung nicht unterdrückbarer Albernheit zum eigenen Vergnügen schreiben würde.

Sobald die Rezitation beendet war, fragte Jon-Tom nach den Worten.

»Das sind die magischen Worte und Symbole, Junge.«

»Aber sie bedeuten tatsächlich etwas. Ich meine, sie haben Bezug zu wirklichen Dingen.«

»Natürlich haben sie das.« Clodsahamp starrte Jon an, als sei er mehr um dessen geistige Gesundheit besorgt als um die Wunde. »Was sollte realer sein als die Komponenten der Magie?« Er wies mit dem Kopf auf die Armbanduhr. »Ich bin mit deinem Zeitmesser nicht vertraut, doch ich akzeptiere, daß er gut die Zeit anzeigt.«

»Das ist allerdings nicht magisch.«

»Nein? Erklär mir genau, wie er funktioniert.«

»Es ist ein Quarzkristall. Die Elektronen fließen durch ... ich meine ...« Er gab auf. »Es ist nicht mein Fachgebiet. Aber es funktioniert elektrisch und nicht mit magischen Formeln.«

»Wirklich? Ich kenne viele elektrische Formeln.«

»Aber, verdammt, es läuft mit einer Batterie!«

»Und was befindet sich in jenem Ding, das du als Batterie bezeichnet hast?«

»Gespeicherte elektrische Energie.«

»Und es gibt keine Formel, um das zu erklären?«

»Natürlich gibt es die. Aber es ist eine mathematische Formel, keine magische.«

»Du willst behaupten, Mathematik sei keine Magie? Was für ein Hexer beanspruchst du zu sein?«

»Das versuche ich ja Ihnen die ganze Zeit zu sagen, ich bin ...« Aber Clodsahamp hob schweigengebietend die Hand und überließ es dem frustrierten Jon-Tom, sich in wortlos kochender Wut über die Halsstarrigkeit des Hexers zu ergehen.

Jon-Tom begann über das nachzudenken, was der Hexer gerade gesagt hatte, und wurde zunehmend verwirrter.

Zu den feurigen Explosionen, die auf der Oberfläche des Pastengebräus tanzten, war eine Farbänderung von Grün nach Gelb und ein beständiges Pulsieren gekommen. Clodsahamp legte zeremoniell den Stab beiseite. Er hob den Tiegel und bot ihn den vier Himmelsrichtungen dar. Dann neigte er ihn und trank den Inhalt.

»Pog.« Er wischte sich Paste vom Schnabel.

»Ja, Meister.« Die Stimme der Fledermaus klang ehrerbietig.

Clodsahamp reichte ihm den Tiegel und dann die Bronzeschüssel. »Spülarbeit.« Die Fledermaus nahm beide Behälter und flatterte in eine entfernte Küche.

»Nun, wie ist es, mein Junge?« Clodsahamp sah ihn mitfühlend an. »Geht es dir besser?«

»Sie meinen ... das war es? Sie sind fertig?« Jon-Tom sah an sich herunter. Die häßliche Wunde war vollständig verschwunden. Das Fleisch war glatt und ebenmäßig, der einzige Unterschied bestand darin, daß die neue Haut nicht sonnengebräunt war wie der Rest des Rumpfes. Er bemerkte, daß auch der Schmerz nicht mehr da war.

Probehalber drückte er auf die ehemals blutige Region. Nichts. Er wandte der Schildkröte einen großäugig staunenden Blick zu.

»Bitte.« Clodsahamp wandte sich ab. »Nackte Bewunderung macht mich verlegen.«

»Aber wie ...?«

»Die Beschwörungen haben dich geheilt, mein Junge.«

»Was war dann der Zweck von dem Zeug in der Schüssel?«

»Das? Oh, das war mein Frühstück.« Clodsahamp grinste, soweit es sein Schnabel zuließ. »Es hat dich außerdem wundervoll abgelenkt, während du genast. Einige Patienten regen sich erheblich auf, wenn sie mit ansehen, wie ihre Körper heilen ... der Anblick kann manchmal höchst unappetitlich sein. Also stand ich vor der Wahl, dich einzuschläfern oder abzulenken. Das letztere war sicherer und einfacher. Außerdem war ich hungrig.

Und jetzt, denke ich, sollten wir uns dem Thema zuwenden, dessenthalben ich dich aus deiner Welt in diese Welt gezogen habe. Weißt du, ich nahm einige beachtliche Schwierigkeiten auf mich – von der Gefahr ganz zu schweigen –, als ich die Tore zwischen den Dimensionen öffnete und die Raum-Zeit beugte. Aber zuerst ist es notwendig, diesen Raum zu versiegeln. Geh dort hinüber, bitte!«

Immer noch sprachlos ob seiner erstaunlichen Genesung, trat Jon-Tom gehorsam bis zu einem Bücherregal zurück. Mudge schloß sich ihm an, ebenso der zurückkehrende Pog.

»Tiegel schrubben«, grummelte die Fledermaus verhalten. Clodsahamp hatte seinen Zauberstab ergriffen und schwenkte ihn, kryptisch murmelnd, durch die Luft. »Dasch ischt allesch, wasch ich hier mache, die Teller waschen, die Bücher bringen, den Dreck bescheitigen.«

»Wenn dich das so anwidert, warum bleibst du dann

hier?« Jon-Tom sah den Fledermaus-Famulus mitfühlend an. Er hatte sich fast an dessen Scheußlichkeit gewöhnt. »Willst du so unbedingt Hexer werden?«

»Scheische, nein!« Pogs grobe Verdrießlichkeit machte heftiger Erregung Platz. »Hexerei ischt eine mächtig gefährliche Schache.« Er flatterte näher. »Ich habe mich alsch Gegenleischtung für eine volle permanente Totalumwandlung mit einem Lehrvertrag an dasch alte Wrack gebunden. Ich musch nur noch ein paar Jahre auschhalten ... denke ich ... bevor ich meine Beschahlung verlangen kann.«

»Was für 'ne Verwandlung 'ast du im Auge, Kumpel?«

Pog wandte sich dem Otter zu. »Kennscht du den Teil der Schtadt am Ende der Avenue der Paschgänger? Dasch grosche alte Gebäude, dasch über die Schtälle gebaut wurde?«

»'Türlich, was treibst du da 'erum? Du paßt nich in diese Kreise. Das is eine teure Gegend, is das.« Die Barthaare des Otters bebten über einem breiten Grinsen.

»Ich weisch, ich weisch«, bekannte der untröstliche Pog. »Ich habe einen Freund, der bei den Rennen grosch abschahnte und mich eine Nacht schum Feiern dorthin mitnahm. Er kennt Madame Scorianscha, die dasch Hausch für Flügelträger führt. Da gibt esch ein Mädchen, dasch da arbeitet, gerade eben erscht flügge geworden, dasch schuperbeschte Falkenweib, dasch ihr je geschehen habt. Schie heischt Uleimee, und schie ischt«, – er tanzte fast in der Luft, als er zurückdachte –, »dasch exquischiteschte aller Weschen mit Flügeln. Scholche Gratschie, scholche Farbe und Kraft, Mudge! Ich dachte, ich schterbe vor Ekschtasche.« Die Erregung der Erinnerung zitterte in der Luft.

»Aber schie will nichtsch mit mir schu tun haben, wenn ich nicht schahle wie jeder andere auch. Schie ischt vernarrt in einen reichen alten Fischadler, der drüben in Winztraubental eine Advokaturkanschlei hat. Mit mir macht schie gerade mal einen schnellen Looping, aber wann immer diescher Bursche auch nur mit einer Feder schnippt, ischt schie bereit, mit ihm um die Welt schu fliegen.«

»Dann vergiß sie doch, Kumpel!« riet ihm Mudge. »Es

gibt andere Vögel, und nicht nur bei Madame Scorianza, und einige davon sind verdammt gut ausse'ende Fledermäuse. Ein Flug'undmädchen, das ich 'ier in der Stadt gese'en 'abe, darf immer seine Flügel um mich legen, wa.«

»Mudge, du bischt nie verliebt geweschen, nicht?«

»Natürlich bin ich ... oft.«

»Scho hatte ich esch mir vorgeschtellt. Ich kann nicht erwarten, dasch du verschtehscht.«

»Ich verstehe.« Jon-Tom nickte wissend. »Du willst, daß Clodsahamp dich in den größten, schnellsten Falken überhaupt transformiert, richtig?«

»Mit dem gröschten Schnabel«, ergänzte Pog. »Dasch ischt der einschige Grund, warum ich diesche gansche Warterei bei dieschem alten, tattrigen, knickrigen Grieschgram auschhalte. Ich konnte esch mir nie leischten, für eine permanente Totalumwandlung schu schahlen. Ich musch mich dafür schinden.«

Jon-Tom wandte den Blick wieder der Mitte des Raumes zu. Der tattrige, knickrige alte Griesgram, der auf rätselhafte Weise die Stichwunde kuriert hatte, winkte ihnen, zu ihm zurückzukommen. Die Fenster wurden rasch dunkel.

»Kommt näher, meine Freunde!« Mudge und Jon-Tom gehorchten; Pog hing sich an die Oberkante eines in der Nähe stehenden Bücherregals.

»Eine schwere Krise droht über uns hereinzubrechen«, sagte der Hexer ernst. Im Baum wurde es immer dunkler. »Ich kann es in der Bewegung der Würmer in der Erde spüren, an der Art und Weise, wie die Winde miteinander flüstern, wenn sie sich unbelauscht glauben. Ich nehme es in dem Muster der Regentropfen wahr, im frühen Fall der Blätter des vergangenen Herbstes, im Ruf der widerstrebenden Wintersämlinge und in dem nervösen Bauchkriechen der Schlange. Die Wolken über uns stoßen zusammen, so interessiert sind sie an den Ereignissen, die unter ihnen Gestalt annehmen, und sogar der Erde selbst stockt manchmal das Herz.

Es ist eine Krise unserer Welt, aber ihr wesentlicher Kern,

ihr Zentrum, kommt aus einer anderen ... aus *deiner* Welt.« Und er zeigte mit einem kurzen Finger auf den schockierten Jon-Tom.

»Ruhig, mein Junge! Du selbst hast nichts damit zu tun.« Im Baum war es jetzt nachtdunkel. Jon-Tom spürte die Dunkelheit wie ein Gewicht im Nacken. Oder kamen andere Dinge unsichtbar näher, versammelten sich, kämpften darum, durch den schützenden Mantel zu horchen, den der Zauberer dicht um den Baum gelegt hatte?

»Einem ungeheuerlichen Übel ist es gelungen, die Gesetze von Magie und Vernunft auf den Kopf zu stellen, Beschwörungen schrecklicher Macht von deiner Welt in unsere zu bringen, um unsere friedlichen Lande zu bedrohen. Es liegt jenseits meiner schwachen Fähigkeiten zu bestimmen, was diese Macht ist, oder gar mit ihr fertig zu werden. Nur ein großer Inschinnscheur-Magier hat vielleicht den Schlüssel zu dieser Bedrohung. Es ist eine elende Schwierigkeit, das Tor zwischen den Dimensionen zu öffnen, und doch hatte ich nach einer solchen Person zu suchen. Es kann nur ein oder zweimal im Jahr getan werden, so groß ist die Belastung bestimmter Teile des Geistes. Da also hast du den Grund, warum du jetzt unter uns weilst, mein junger Freund.«

»Aber ich versuche es Ihnen doch dauernd zu sagen: Ich bin kein Ingenieur.«

Clodsahamp wirkte bestürzt. »Das ist nicht möglich. Die Tore konnten sich *nur* zum Durchlaß eines Inschinnscheurs öffnen.«

»Es tut mir ehrlich leid.« Jon-Tom breitete hilflos die Hände aus. »Ich bin nur Student der Rechtsgeschichte und Möchtegern-Musiker.«

»Das ist unmöglich ... zumindest denke ich, daß es unmöglich ist.« Plötzlich sah Clodsahamp tatsächlich sehr alt aus.

»Was is denn das für eine vermaledeite Krise?« wollte der unbezähmbare Mudge wissen.

»Das weiß ich nicht mit Genauigkeit. Mit Sicherheit weiß

ich nur, daß sie sich um irgendeine machtvolle Magie gruppiert, die aus der Welt-Zeit dieses Jungen gerissen wurde.« Eine hornige Hand hämmerte auf einen Tisch, ließ Gefäße und Behälter tanzen. Donner flutete durch den Raum.

»Die Beschwörung konnte nur bei einem Inschinnscheur funktionieren. Mein Suchen und Greifen war blind, und ich war müde, aber darin kann ich mich nicht irren.« Er holte tief Luft. »Junge, du sagst, du bist Student?«

»Richtig.«

»Ein Inschinnscheurstudent vielleicht?«

»Tut mir leid. Rechtsgeschichte. Und ich glaube auch nicht, daß eine elektrische Amateurgitarre mich qualifiziert. Außerdem arbeite ich zeitweilig als Hausmeister bei ... he, einen Moment!« Er guckte betroffen. »Mein offizieller Titel ist *Sanitäringenieur**.«

Clodsahamp stöhnte verzweifelt auf und ließ sich auf das Sofa sacken. »So endet die Zivilisation.«

Pog löste sich vom Bücherregal, flog so hoch wie möglich und stieß ein entzücktes Grummeln aus. »Wundervoll! Herrlich! Ein Dunghexer, ein Abfallhexer!« Er ließ sich jäh nach unten sacken und fing sich flatternd vor Jon ab. »Willkommen, o willkommen, allerhöchschter erhabener Hexer! Bleib und hilf mir, all den Schmutsch in dieschem Dreckloch verschwinden schu laschen!«

»HINFORT!!« donnerte Clodsahamp in einem Ton, der besser zu der Kehle eines Berges als der einer Schildkröte paßte. Jon-Tom und Mudge erbebten, als das unnatürliche Röhren den Raum erfüllte; Pog wurde gegen die hintere Wand des Baumes geworfen. Er trudelte fast bis auf den Boden, bevor er sich mit zitternden Flügeln wieder fing. Dann huschte er durch eine Seitentür davon.

»Lästerlicher Schwätzer!« Der Schildkrötenzauberer sprach wieder mit normaler Stimme. »Ich weiß nicht,

---

* In den USA werden Hausmeister und Kalfaktoren oft beschönigend als ›Sanitation Engineer‹ (wörtlich übersetzt ›Sanitätsingenieur‹) bezeichnet. – *Anm. d. Übers.*

warum ich ihn in meinen Diensten behalte ...« Er seufzte, rückte die Brille zurecht und sah Jon-Tom traurig an.

»Es ist nun ziemlich klar, was geschehen ist, mein Junge. Ich war bei der Definition der Parameter des Zaubers nicht präzise genug. Ich bin eine alte Schildkröte und sehr müde. Unsaubere Arbeit hat ihren gerechten Lohn erhalten.

Ich habe Monate gebraucht, die Beschwörung vorzubereiten. Vier Monate sorgfältiges Studium der Runen, Zusammenstellung der erforderlichen Materialien und Zitationen, ein großer Kessel voll gekochter subatomarer Partikel und so weiter – und zum Schluß kommst du heraus.«

Jon-Tom fühlte sich gegen alle Vernunft schuldig.

»Mach dir deshalb keine Sorgen, mein Junge! Du kannst daran nichts ändern. Ich muß einfach noch mal von vorn beginnen.«

»Was passiert, wenn Sie es nicht rechtzeitig schaffen? Wenn Sie nicht die Hilfe erhalten, die Sie für nötig halten?«

»Dann werden wir vielleicht alle sterben. Was aber nur ein kleines Intermezzo im universellen Plan der Ereignisse ist.«

»Mehr nicht?« fragte Jon-Tom sarkastisch. »Nun ja, ich habe Arbeit, an die ich zurück muß. Es tut mir wirklich leid, daß ich nicht das bin, was Sie erwartet haben, und ich habe für die Heilung meiner Wunde zu danken. Aber ich würde es wirklich begrüßen, wenn Sie mich zurückschicken könnten.«

»Ich glaube nicht, daß das möglich ist, mein Junge.«

Jon-Tom versuchte, seine Panik nicht durchklingen zu lassen. »Falls Sie dieses Tor oder was immer für mich öffnen könnten, könnte ich vielleicht den Ingenieur suchen, den Sie brauchen. Jede Art von Ingenieur. Meine Universität ist voll davon.«

»Dessen bin ich sicher«, erklärte Clodsahamp milde. »Andernfalls hätte das Tor das Gewebe deiner Welt nicht an dem gegebenen Ort und der entsprechenden Zeit durchstoßen. Ich habe durchaus im richtigen Gebiet gefischt und dabei einfach nur das falsche Subjekt geangelt.

Dich zurückzuschicken, ist keine Frage der freien Wahl, sondern der Zeit und der Vorbereitung. Bedenke, daß ich dir sagte, daß eine derartige Beschwörung Monate verlangt, und ich muß mich möglichst ein volles Jahr erholen, bevor ich die Anstrengung noch einmal riskieren kann. Und wenn ich das tue, so fürchte ich, muß es wegen wichtigerer Dinge geschehen, als dich zurückzusenden. Ich hoffe, du verstehst das, aber es macht nichts, wenn du es nicht verstehst.«

»Was ist mit einem anderen Hexer?« fragte Jon-Tom hoffnungsvoll.

Clodsahamp klang stolz. »Ich wage zu behaupten, daß auf der ganzen Welt kein anderer die nötigen Sprüche und physikalischen Verwindungen zu handhaben vermag. Sei versichert, daß ich dich zurückschicken werde, sobald es mir möglich ist.« Er tätschelte Jon-Tom väterlich die Schulter und mahnte ihn mit wackelndem Zeigefinger.

»Keine Angst! Wir werden dich zurücksenden. Ich hoffe nur«, fügte er bedauernd hinzu, »daß ich dazu imstande bin, bevor die Krise ausbricht und wir alle dahingeschlachtet werden.« Er flüsterte ein paar Worte und schwenkte abwesend seinen Zauberstab.

»Lichtrefraktion nicht mehr bestehe,
Solare Verwünschung auch vergehe.
Bitterkeit gib Retina und Zäpfchen frei,
Moleküle, fließt aufs neu.«

Das Licht kehrte voll und höchst willkommen in das dimensional verzerrte Innere des Baumes zurück. Mit der Dunkelheit verschwand auch Jon-Toms Eindruck unsauberer Dinge, die über seinen Rücken krochen. Von den Ästen draußen drang wieder das Singen der Flugechsen herein.

»Ich hoffe, es stört Sie nicht, wenn ich es erwähne – aber Ihre Magie ist überhaupt nicht das, was ich erwartet habe«, erklärte Jon-Tom.

»Was hast du erwartet, mein Junge?«

»Da wo ich herkomme, werden magische Formeln immer

mit Tränken aus Spinnenbeinen und Kaninchenfüßen zurechtgemacht und ... ach, ich weiß nicht! Mystische Wörter aus dem Lateinischen und anderen alten Sprachen.«

Mudge schnaubte höhnisch, während Pog, der durch eine Türöffnung lugte, sich ein quiekendes Kichern erlaubte. Clodsahamp schenkte dem Paar nur einen mißbilligenden Blick.

»Was Spinnenbeine angeht, mein Junge, die Kleinen unter unseren Füßen sind so gut wie zu nichts nutze. Die Größeren hingegen ... aber ich habe nie meinen Aufenthalt in Gossameringu genommen und rechne auch in Zukunft nicht damit.« Clodsahamp deutete mit einer Geste Spinnen an, die so lang waren wie sein Arm; Jon-Tom hielt seine Frage nach Gossameringu zurück; er hatte kein sonderliches Interesse am Aufenthaltsort von Spinnen dieser Größenordnung.

»Und was die Kaninchenfüße betrifft, rechne ich damit, daß jedes Kaninchen, das auch nur ein wenig Selbstachtung im Leibe hat, mich aufschlitzt und als Waschbecken benutzt, falls ich die Idee zur Sprache bringe. Die Worte und Prozeduren sind über die Zeit durch Experimente erprobt und werden während der Sitzungen des Großrats der Zauberer in Übereinkunft gebracht.«

»Aber was verwenden Sie dann, um einen Durchgang zu einer anderen Dimension zu öffnen?«

Clodsahamp trat verschwörerisch näher. »Du verstehst sicherlich, daß es mir nicht gestattet ist, Zunftgeheimnisse zu verraten. Aber ich denke, du wirst dich nicht einmal daran erinnern. Man benötigt ein paar Germaniumkristalle, ein Quentchen Molybdän, einen Teelöffel Californium ... und mit diesen kurzlebigen Superschweren zu arbeiten, ist eine königliche Qual, kann ich dir verraten. Dazu kommen ein paar reguläre Radioaktive und ein, zwei Transurane, deren Beschaffung eine Herausforderung für sich ist.«

»Wie finden Sie ...?«

»Das ist eine andere Formel. Dabei geht es um Ingredenzien, die ich einem Nichteingeweihten gegenüber eindeutig nicht erwähnen darf. Du plazierst die gesamte Reaktionskette in den größten Kessel, den du hast, rührst gut um, tanzt dreimal in Mondrichtung um das nächste Nickel- und Zinklager und ... aber genug der Geheimnisse, Junge!«

»Komische Art von Magie. Klingt fast wie wirkliche Wissenschaft.«

Clodsahamp sah ihn enttäuscht an. »Habe ich dir das nicht bereits erklärt? Magie ist fast überall ziemlich gleich, ganz egal, in welcher Welt oder Dimension du existierst. Nur die Zaubersprüche und Formeln sind unterschiedlich.«

»Sie sagen, daß ein Kaninchen sich weigern würde, einen Fuß herzugeben. Sind Kaninchen auch intelligent?«

»Mein Junge, mein Junge!« Clodsahamp ließ sich müde auf dem Sofa nieder, das unter seinem Gewicht krachte. »Alle Warmblüter sind intelligent. So sollte es auch sein. Das ist so, seit wir eine Geschichte haben. Auch die Vögel verfügen darüber; nur die Reptilien nicht – bis auf uns Schildkröten, aus bestimmten Gründen. Und die Einwohner von Gossamringu und der Grünhügellande natürlich. Und je weniger wir über jene reden, desto besser.« Er musterte Jon-Tom.

»Da wir dich also nicht nach Hause schicken können, mein Junge, was fangen wir mit dir an ...?«

III

Clodsahamp bedachte sich eine Zeitlang. »Wir können dich nicht einfach in einer fremden Welt aussetzen, vermute ich. Ich fühle mich auf irgendeine Weise ein wenig verantwortlich. Du brauchst etwas Geld und einen Führer, der dir einiges erklärt. Du, Otter, Mudge!«

Der Otter war auf einen voluminösen Wälzer konzentriert, den Pog begierig durchblätterte. »Ihr zwei macht, daß ihr von den Sexzaubern wegkommt. Ihr hättet sowieso nicht die Geduld, die entsprechenden Geister anzurufen. Es geschähe euch beiden recht, wenn ich euch mit ein, zwei Formeln davonkommen ließe und ihr sie dann schön schlau verpatzt und geschlechtslos werdet.«

Mudge schloß das Buch, während Pog sich damit beschäftigte, Fenster abzustauben.

»Was wollt Ihr von mir, Eure 'Exerschaft?« fragte ein unglücklicher Mudge besorgt und verfluchte sich, weil er sich hatte hereinziehen lassen.

»Dieser ehrerbietige Ton täuscht mich nicht, Mudge.« Clodsahamp sah ihn warnend an. »Ich weiß, wie du über mich denkst. Das ist allerdings unerheblich.« Er wandte sich wieder Jon-Tom zu und examinierte das Erscheinungsbild des jungen Mannes: den armseligen verzierten Ledergürtel; die abgenutzten Sandalen; das T-Shirt mit dem Bild eines zottigen Menschen, der ein Rauchinstrument schwenkte; die verblichenen Jeans.

»Du kannst so, wie du aussiehst, ganz offensichtlich nicht in Lynchbany oder sonst irgendwo herumreisen. Irgend jemand würde dich wahrscheinlich herausfordern. Das könnte gefährlich sein.«

»Jawohl, sie könnten sich totlachen«, schlug Mudge vor.

»Wir kommen sehr gut ohne deine üblen Witzeleien aus, Sproß einer spastischen Bisamratte. Was dich amüsiert, ist für diesen Jungen eine gravierende Angelegenheit.«

»Ich bitte um Entschuldigung, Herr Magier«, mischte sich Jon-Tom entschieden ein, »aber ich bin vierundzwanzig. Kaum ein Junge.«

»Ich bin zweihundertsechsunddreißig, mein Junge. Es ist alles relativ. Also, wir müssen jetzt etwas wegen dieser Kleidung unternehmen. Und einen Führer.« Er starrte Mudge bedeutungsvoll an.

»Nun warten Sie mal 'ne Minute Chef. Es war Ihr vermaledeites Tor, durch das er gestolpert is. Ich kann doch nichts dafür, wenn Sie den falschen Burschen aufgepickt 'aben.«

»Nichtsdestotrotz bist du vertraut mit ihm. Du wirst daher die Verantwortung für ihn übernehmen und darauf achten, daß ihm kein Leid geschieht, bis zu der Zeit, da ich andere Arrangements für ihn treffen kann.«

Mudge deutete mit pelzigem Daumen auf den Menschen. »Nich, daß er mir nich leid täte, Eure 'Exerschaft. Ich empfände dasselbe für jede 'albverrückte Kreatur ... ganz zu schweigen von einem armen fellosen Menschen. Aber mich dafür verantwortlich machen, auf ihn aufzupassen, Chef? Ich bin Jäger von Beruf und 'ne verdammt schlechte Kinderschwester.«

»Du bist ein Handlanger von Beruf und in Nebenbeschäftigung ein Trunkenbold und Wüstling«, entgegnete Clodsahamp mit bemerkenswerter Gewißheit. »Du bist weit davon entfernt, der ideale Hüter für den Jungen zu sein, aber ich weiß von keinen Gelehrten, die das übernehmen könnten, so unbedeutend, wie Lynchbany ist. Also ... bist du erwählt.«

»Und wenn ich mich weigere?«

Clodsahamp rollte nichtexistente Ärmel hoch. »Dann verwandle ich *dich* in einen Menschen. Ich werde deinen Bart schrumpfen lassen und deine Nase bleichen, deine Beine werde ich gerade und dünn machen und dein Gesicht zusammenquetschen. Das Fell wird dir ausfallen, und du wirst für den Rest deines Lebens mit nacktem Fleisch herumlaufen.«

Der arme Mudge schien wahrhaftig erschrocken, seine

Keßheit völlig verschwunden. »Nein, nein, Euer Zaubererschaft! Wenn es so bestimmt is, nehm ich den Jungen in meine Pflegschaft, ich ge'öre nicht zu denen, die das Schicksal 'erausfordern.«

»Eine kluge und prosaische Entscheidung.« Clodsahamp setzte sich. »Ich finde keinen Gefallen daran zu drohen. Jetzt, da das Problem des Führers gelöst ist, bleibt der Bedarf nach Geld.«

»Genau.« Das Gesicht des Otters hellte sich auf. »Man kann 'nen Fremden ja schließlich nich unwissend und ohne 'nen Pfennig in 'ne grausame Welt schicken.«

»Denk daran, Mudge, was ich dem Jungen gebe, ist nicht durch Saufen und Hurerei zu verschwenden!«

»O nein, nein, nein, Chef! Ich kümmere mich darum, daß der Junge vernünftig angezogen und in 'nem freundlichen Wirts'aus untergebracht wird, das Menschen aufnimmt.«

»Dann gibt es Leute wie mich in dieser Stadt?« fragte Jon-Tom erfreut und aufgeregt.

Mudge beäugte ihn aus nächster Nähe. »Natürlich gibt es Leute in Lynchbany, Kumpel. Es gibt auch ein paar Menschen; allerdings keine von deiner Größe.«

Clodsahamp durchstöberte einen Stapel Schriftrollen. »Na, wo ist denn dieser Zauberspruch für Gold?«

»'Ier, Chef«, sagte Mudge munter, »lassen Sie mich beim Suchen 'elfen.«

Der Hexer schubste ihn beiseite. »Das kann ich allein.« Er sah blinzelnd auf den Papierhaufen.

»Gänse ... Geschenke ... Geschwafel ... Gnieschies ... *Gold*, da haben wir es.«

Wieder kamen Pulver und Elexiere zur Anwendung, in einer flachen Pfanne diesmal, statt in einer Schüssel. Sie wurden über eine einzelne Goldmünze gehäuft, die Clodsahamp einer Lade in seinem Panzer entnahm. Er bemerkte, daß Mudge der Prozedur aufmerksam und begierig folgte.

»Vergiß es, Otter! Es wird dir nie gelingen, die richtige Betonung zu bewerkstelligen. Und diese Münze ist eine alte und besondere. Wenn ich immer Gold machen könnte, hätte ich es nicht nötig, meine Dienste zu verkaufen. Dies ist allerdings ein besonderer Anlaß. Bedenke, was geschehen würde, wenn jedes Tier herumlaufen und Gold machen könnte.«

»Es würde euer monetäres System ruinieren«, meinte Jon-Tom.

»Ha, bei meinem Panzer, Junge, das ist richtig! Dann hast du also doch etwas Bildung.«

»Ökonomie ist mehr meine Richtung.«

Der Hexer schwang seinen Stab über der Pfanne.

»Postuliere, postuliere, postuliere,
Schwermetall integriere.
Simuliere Golddevisen,
Türm es auf, gestalt es rund,
Ich fordere vom Wissensgrund.
Metall träge, Metall rein – wundersam,
Geh in die Verwandlung ein!«

Es gab einen Blitz und einen kurzen Ozonhauch. Die Pulver verschwanden von der Pfanne. An ihrer Stelle lag ein Häuflein schimmernder Münzen.

»Na, das is 'n wirklich ordentlicher Trick«, flüsterte Mudge Jon-Tom zu, »für den würd ich 'ne ganze Menge geben.«

»Komm, bedien dich, mein Junge!« Clodsahamp fuhr sich mit der Hand über die Stirn. »Dieser Spruch ist zwar kurz, aber ziemlich anstrengend.«

Jon-Tom nahm sich eine Handvoll Münzen. Er wollte sie in eine Hosentasche stecken, als ihm ihre ungewöhnliche Leichtigkeit auffiel. Zur Probe spielte er mit ihnen herum.

»Die scheinen mir ziemlich leicht für Gold, Herr Hexer. Nichts für ungut, aber ...«

Mudge streckte einen Arm aus und schnappte sich eine Münze. »Leicht ist gar kein Wort, Kumpel. Es sieht aus wie Gold, is aber keins.«

Der stirnrunzelnde Clodsahamp wählte eine der goldenen Scheiben aus. »Hm, um die Münze scheint eine dünne Kante zu verlaufen.«

»Um diese auch.« Jon-Tom zupfte an der Kante. Eine dicke Goldfolie schälte sich ab und enthüllte das darunterliegende dunklere Material. Hoch über ihnen zog Pog seine Kreise in der Luft und gackerte hysterisch.

»Das entzieht sich meinem Verständnis.« Clodsahamp befreite sein Exemplar ganz von der Folie. Er begriff im selben Moment, als Jon-Tom einen experimentellen Biß wagte.

»Schokolade! Und keine schlechte.«

Clodsahamp wirkte ziemlich niedergeschmettert. »Verdammt! Ich muß die Formel für mein Frühstück mit der für die Transmutation vermischt haben.«

»Nun«, meinte der verhungernde Jon, während er eine weitere Münze pellte, »Sie machen vielleicht schlechtes Gold, aber dafür sehr gute Schokolade.«

»Toller Hexer!« rief Pog aus dem Schutz einer Fensternische. »Schaubert Schokolade schtatt Gold! Habe ich erschählt, wie er verschucht hat, eine Waschernymphe schu beschwören? Hatte scheinen Raum auschgelegt wie ein Biberlager, jawohl. Weihrauch und Parfüm und Schpiegel. Bekam seine Waschernymphe, jawohl. Nur dasch esch eine Libelle ausch Cugluch war, die ihm fascht den Arm auschgerischen hat, bevor er ...«

Clodsahamp stieß einen Finger in Pogs Richtung, ein winziger Lichtblitz schoß daraus hervor und versengte das Holz dort, wo noch vor wenigen Sekunden der Famulus gewesen war.

»Er hat noch nie gut schielen können«, höhnte die Fledermaus.

Ein weiterer Blitz verfehlte den Spötter mit größerem Abstand als der erste und zerschmetterte eine Reihe von Glasbehältern auf einem hohen Regal. Sie fielen krachend und klirrend auf den Schindelfußboden, während der Fledermausgehilfe mit einem flattrigen Hüpfer den Scherben auswich.

Clodsahamp fummelte an seiner Brille herum und wandte sich ab. »Muß neue Linsen hexen«, grummelte er. Er griff sich in den unteren Teil seines Panzers, holte eine Handvoll kleiner silbriger Münzen hervor und reichte sie Jon-Tom. »Hier, mein Junge!«

»Äh, wäre es nicht einfacher gewesen, mir die gleich zu geben?«

»Ich lege Wert darauf, in Übung zu bleiben. Irgendwann wird dieser Goldspruch wie am Schnürchen klappen.«

»Warum macht Ihr dem Jungen nicht eine neue Ausstattung?« fragte Mudge.

Clodsahamp hielt sich zurück, den Finger noch einmal auf den spottenden Famulus zu richten, und sah den Otter ärgerlich an. »Ich bin Hexer, kein Schneider. Derartige weltliche Belange überlasse ich deiner Obhut. Und vergiß nicht: keine Obhut, kein Fell!«

»Immer mit der Ru'e Chef. Ge'en wir, Jon-Tom. Is ein langer Marsch, wenn wir vor Einbruch der Dunkel'eit noch was schaffen wollen.«

Sie verließen einen Clodsahamp, der bei vergeblichen Versuchen, seinen Beleidigungen ausstoßenden Assistenten zu versengen, Gefäße und Fläschchen, Bilder und Regale auseinanderplatzen ließ.

»Interessanter Charakter, dein Zauberer«, sagte Jon-Tom im Plauderton, als sie auf einen stark benutzten Waldpfad einbogen.

»Nich mein Zauberer, Kumpel.« Eine hellfedrige Echse zupfte an einer bananenähnlichen Frucht, die an einem Baum hing.

»Noch eine Schokoladenmünze?«

»Nein danke.«

»Da wir gerade von Münzen reden: Dieweil du unter meinem Schutz stehst, kannst du diesen kleinen Beutel mit Silber, den er dir gegeben 'at, genausogut mir zur sicheren Verwahrung überlassen.«

»Das ist schon in Ordnung.« Jon-Tom klopfte auf die Tasche mit den Münzen. »Es ist sicher genug bei mir, glaube ich. Außerdem liegen meine Taschen erheblich höher als deine. Schwerer zu beklauen.«

Anstatt beleidigt zu sein, lachte der Otter schallend. Er schlug eine pelzige Pfote auf Jon-Toms unteren Rücken. »Vielleicht bist du doch nich der Blödmann, der du scheinst, Kumpel. Der Frost soll mich schlagen, wenn wir nich doch noch ein anständiges Tier aus dir machen!«

Sie wateten durch einen Bach, der beklemmend dem im botanischen Garten der Uni ähnelte. Jon-Tom kämpfte tapfer gegen melancholische Erinnerungen. »Bist du nicht wenigstens ein bißchen neugierig auf die große Krise, von der Clodsahamp gesprochen hat?« fragte er.

»Quark, das is wahrscheinlich bloß 'ne reine Ausgeburt seiner zauberischen Phantasie. Ich 'abe viel darüber ge'ört, was diese alten Knaben rauchen und trinken, wenn ihnen danach is. Sie nennen es magische Spekulation. Ich für mein Teil nenne es Total-voll-sein. Außerdem – warum soll sich einer mit Krisen beschäftigen, eingebildeten oder wirklichen, wenn er von Tag zu Tag soviel Spaß 'aben kann?«

»Du solltest dich bemühen, aus dem Lauf der Geschichte zu lernen.«

Mudge schüttelte den Kopf. »Du redest wie die in Lynchbany, und du *wirst* Ärger 'aben, Kumpel. Der Lauf der *Geschichte*, wa? Bist du sicher, daß du mir mit dem Silber nich trauen willst?« Jon-Tom lächelte nur. »Na gut.«

Jeder noch verbliebene Gedanke, alles sei vielleicht doch nur ein Alptraum, aus dem er bald erwachen würde, war für immer verbannt, als sie sich nach mehreren Tagesmärschen Lynchbany auf zwei Kilometer genähert hatten. Jon-Tom konnte die Stadt noch nicht sehen, sie lag jenseits eines dichten Pinienhains auf der anderen Seite einer Erhebung. Aber er konnte sie deutlich riechen. Der Duft Hunderter von Tierkörpern, der in der Wärme des Vormittags aufblühte, war unverwechselbar.

»Stimmt irgendwas nich, Kumpel?« Mudge streckte sich, um die Reste der letzten Nachtruhe zu beseitigen. »Du siehst 'n bißchen gallig aus.«

»Dieser Geruch ...«

»Wir sind kurz vor Lynchbany, wie ich versprochen 'abe.«

»Du meinst, dieser Gestank ist normal?«

Mudges schwarze Nase zuckte schnuppernd durch die Luft. »Nein ... ich würde ihn 'eute 'n bißchen schwach nennen. Warte, bis es Mittag is, wenn die Sonne am 'öchsten steht. Dann is er normal.«

»Ihr habt große Zauberer wie Clodsahamp, hat keiner von ihnen die Formel für Deodorants entdeckt?«

Mudge schien verwirrt. »Was is das, Kumpel? Noch eins von deinen unbegreiflichen anderweltlichen Dingen?«

»Sie bewahren dich davor, übel zu riechen«, erklärte Jon-Tom mit geziemender Würde.

»Na, ihr habt wunderliche Vorstellungen in den anderen Welten. Wie soll einer seine Feinde erkennen, wenn er sie nich riechen kann? Und kein Freund kann übel riechen. Das wäre 'n Widerspruch, oder? Wenn er übel wäre, könnte er kein Freund sein. Ihr Menschen natürlich« – er schnaubte verächtlich –, »'abt nie 'nen besonders guten Geruchssinn ge'abt. Vermutlich gefiele es euch, wenn die Leute über'aupt nich riechen.«

»Das wäre gar keine schlechte Idee.«

»Na, dann verbreite deine bizarren religiösen Überzeugungen besser nich in Lynchbany, sonst schaffst du's selbst mit meinem Schutz nich bis zum Ende des Tages.«

Sie folgten weiter dem Weg. So nahe an der Stadt zeigte er die Abdrücke vieler Füße.

»Kein Geruch«, murmelte Mudge vor sich hin. »Nie mehr die süßen Düfte der Freunde und Damen genießen dürfen. Ich wär lieber blind, als nich mehr imstande zu riechen, Kumpel. Über'aupt – was für Sinne benutzen sie eigentlich in deiner Welt?«

»Die üblichen: Hören, Sehen, Berühren, Schmecken und ... Riechen.«

»Und du willst irgend'ner verrückten theologischen Theorie 'n Fünftel deiner Wahrnehmung des Universums opfern?«

»Das hat nichts mit Theologie zu tun«, entgegnete Jon-Tom, der sich zu fragen begann, ob seine Sicht der Dinge nicht selbst ihm albern erschien. »Es ist eine Frage der Etikette.«

»Scheiß auf deine Etikette! Keine begrüßenden Gerüche.« Der Otter klang absolut angewidert. »Ich glaube nich, daß ich Lust 'ätte, deine Welt lange zu besuchen, Jon-Tom. Aber wir sind fast da. Denk dran: Überleg dir deine Äußerungen!« Er konnte die Vorstellung, daß irgend jemand den Geruch eines anderen freundlichen Wesens übel finden könnte, immer noch nicht fassen.

»Rümpf die Nase vor irgend jemandem, und er wird dir wahrscheinlich die Eingeweide neu sortieren.«

Jon-Tom nickte zögernd. Atme ein paarmal tief durch! sagte er sich. Das hatte er irgendwo gehört. Atme einfach nur ein paarmal tief durch, und du hast dich bald daran gewöhnt.

Sie erreichten die Kuppe des kleinen Hügels und blickten plötzlich über Baumwipfel hinweg auf die Stadt. Im selben Augenblick schlug es mit voller Reife auf ihn ein. Der stikkige Mief war wie der eines heiß dampfenden Tierstalls in einem Sumpf. Jon stand dicht davor, den Inhalt seines Magens durch die falsche Öffnung von sich zu geben.

»'Ee, langsam, kotz mich bloß nich voll!« Mudge trat hastig ein paar Schritte zurück. »Nimm dich zusammen, Junge! Es wird dir bald gefallen.«

Sie stiegen den Hügel hinunter; der Otter beschwingten Schrittes, Jon-Tom stolpernd und bemüht, ein ausdrucksloses Gesicht zu bewahren. Sie kamen kurz in den Genuß eines Anblicks, der sowohl jeden Gedanken an eine Magenentleerung beiseite schob, als Jon-Tom auch daran erinnerte, daß die Welt, in der er sich jetzt befand, gefährlich und kaum zivilisiert war.

Es war ein Körper, ähnlich wie der von Mudge, aber doch anders. Die Pfoten waren hinter den Rücken gefesselt und die Beine aneinander gebunden. Der Kopf hing in einem Winkel, der auf einen sauber gebrochenen Nacken hinwies.

Der Körper war fast nackt. Sonderbar, wie schnell die Idee eines bekleideten Tiers sich in der Vorstellungswelt ausbreitet! dachte Jon-Tom.

Irgeneine Art von flüssigem Harz oder Kunststoff umhüllte den ganzen Körper. Die Augen waren gnädigerweise geschlossen, der Gesichtsausdruck bot kein angenehmes Bild. Hinter dem baumelnden, konservierten Leichnam war an einem in den Boden getriebenen Pfosten ein Schild mit einer fremdartigen Schrift befestigt. Der Mensch wandte sich fragend an den Otter.

»Das is der Gründer der Stadt«, kam die Antwort.

Jon-Toms Blick blieb an dem grotesken Denkmal hängen, während sie darum herumschlenderten. »Hängen sie hier immer die Stadtgründer auf?«

»Üblicherweise nich. Nur unter besonderen Umständen. Das is die Leiche vom alten Tilo Bany. Müßte jetzt einige 'undert Jahre alt sein.«

»Dieser Körper hängt seit Hunderten von Jahren so?«

»Oh, er is gut konserviert, is er. Der 'iesige 'Exer 'at ihn 'übsch ordentlich einbalsamiert.«

»Das ist barbarisch.«

»Möchtest du die Einzel'eiten 'ören?« fragte Mudge. Jon-Tom nickte.

»Wie es 'eißt, war der alte Tilo – er is 'n Frettchen, wie du siehst, und die 'aben allesamt keinen guten Ruf – ein Schwindler und Gauner. 'At die Bauern jahrelang geschröpft, 'at ihnen fast immer ihr Geld genommen und bei Gelegen'eit ihre Töchter.

Na, ein paar von ihnen sind ihm schließlich auf die Schliche gekommen. Er 'atte von einem Bauern mit geborgtem Geld Korn gekauft, es an einen anderen verkauft und dann noch mehr gekauft. Das spitzte sich schließlich zu, als 'n paar seiner frü'eren Abnehmer 'erausfanden, daß das Korn, das sie im voraus gekauft 'atten, nur in Tilos Kopf existierte.

Sie rotteten sich zusammen, kesselten ihn in diesem 'Ain ein und 'ängten ihn 'übsch ordentlich auf. In diesem Augenblick beschloß 'ne Gruppe reisender 'Andwerker –

Zimmerleute und Tischler und 'n Silberschmied, glaube ich, oder vielleicht war einer auch ein Schuster –, daß dieses Tal mit seinem leicht nutzbaren Wasser ein netter Ort sei, um 'ne 'Andwerkergilde zu gründen; und die Stadt begann irgendwie darum 'erumzuwachsen.

Als dann Leute aus anderen Gegenden wissen wollten, wo die 'Andwerker zu finden seien, sagte ihnen jeder, das sei dort, wo sie Tilo Bany gelyncht 'ätten, das betrügerische Frettchen. Und wenn du es noch nich bemerkt 'aben solltest, Chef, du atmest jetzt ziemlich leicht.«

Zu Jons großer Überraschung war die Übelkeit zurückgegangen. Der Geruch schien nicht mehr so überwältigend. »Du hast recht. Es ist nicht mehr so schlimm.«

»Das is gut. Bleib dicht bei mir, Kumpel, und paß auf dich auf. 'N paar von den 'iesigen Raufbolden machen sich gerne ihren Spaß mit Fremden, und du bist ein Fremder wie kein anderer. Nich, daß ich Angst 'ätte, irgendeinen von ihnen zu ermahnen, wohlgemerkt.«

Sie verließen den Schatten des Gehölzes. Mudge deutete nach vorn. Seine Stimme war voll von provinziellem Stolz.

»Da ist sie, Jon-Tom: Lynchbany.«

IV

Keine märchenhaften Türme, keine schlanken, schimmernden und von Wimpeln übersäten Minarette, sinnierte Jon-Tom, während er auf das Städtchen blickte. Keine Regenbogenzinnen, keine an die Wolken reichenden Marmorfinger mit Gold-, Silber- und Edelsteinintarsien. Lynchbany war nicht gebaut worden, um betrachtet zu werden, sondern als Ort, in dem man leben konnte. Offensichtlich wußten seine Einwohner nicht mehr von maurischen Palästen und pfauengeschmückten Gärten als Jon-Tom.

Zu beiden Seiten vom Wald bedrängt, schlängelten sich die Gebäude und Straßen durch ein enges Tal. Ein Fluß, kaum einen Meter breit, strömte durch das Stadtzentrum. Er teilte die Hauptstraße, die wie die meisten Nebenstraßen, die er sah, mit Kopfsteinen aus irgendeinem entfernten Flußbett gepflastert waren. Nur der schmale Wasserlauf selbst war nicht gepflastert.

Sie folgten weiter dem Pfad, der ein Kopfsteinpflaster bekam, als er dem rauschenden Wasser zu folgen begann. Trotz seiner Entschlossenheit, seine wahren Gefühle für sich zu behalten, führte der frische Gestank, der ihn begrüßte, als sie die ersten Gebäude erreichten, zu einer ungesunden Verfärbung des Gesichts. Es war offensichtlich, daß der kleine Fluß der Gemeinde sowohl zur Abwasserbeseitigung als auch zur Trinkwasserbeschaffung diente. Er ermahnte sich, in Lynchbany nichts zu trinken, das nicht abgekocht war oder aus Flaschen stammte.

Um sie herum erhoben sich drei-, manchmal vierstöckige Häuser. Spitze Dächer waren mit mächtigen Holz- oder Schieferschindeln gedeckt. Aus den zweiten und dritten Geschossen richteten Fenster matt durchscheinende Augen auf die Straße. Hier und da ragte ein Balkon über die Straße.

In den vierten Stockwerken und in noch höheren Dachkammern taten sich runde Öffnungen zur freien Luft hin auf. Unter jedem dieser Durchlässe waren kurze dicke Stangen angebracht. Runde Fenster umrahmten viele dieser luftigen Portale. Sie waren offensichtlich das Zuhause der flügeltragenden Stadtbewohner, Vettern des zotenmächtigen öffentlichen Bediensteten, dem sie vor ein paar Tagen an Clodsahamps Baum bei der Postzustellung begegnet waren.

Das kleine Tal war weder sehr tief noch besonders eng, doch die Häuser drängten sich trotzdem aneinander wie Kinder in einem dunklen Zimmer. Der Grund war ökonomisch: Es ist einfacher und billiger, für zwei verschiedene Gebäude eine gemeinsame Wand zu haben.

Ein paar Städter ließen von Stangen an ihren Vorderfronten oder den Firsten scharfgiebliger Dächer Wimpel wehen. Es mochten Familienwappen sein oder Hinweise, oder Reklame; Jon-Tom hatte keine Ahnung. Einfacher zu identifizierende Banner hingen in Gestalt außergewöhnlicher Wäsche von Leinen, die über enge Gassen gespannt waren. Er versuchte die Form ihrer Eigentümer aus Lage und Länge der Arme und Beine zu erkennen, mußte aber vor der Vielfalt kapitulieren.

Zur Zeit arbeiteten pelzige Hände und Arme in den oberen Etagen und rupften unter Murmeln und leisem Schimpfen hastig die Wäsche von den Leinen. Donner rollte durch die Stadt, wurde vom Kopfsteinpflaster der Straßen und den feuchten Wänden aus geschnittenem Fels und dicken Holzbalken zurückgeworfen. Jedes Gebäude war auf Haltbarkeit und Stabilität gebaut, ein kleines Heim mit der Stärke einer Burg.

Fensterläden klapperten hohl gegen ihre Halterungen, als die Bewohner ihre Häuser vor dem aufkommenden Sturm verschlossen. Rauch, aschig und beißend, trieb, von einer verirrten Böe getragen, auf den Menschen und den Otter herunter. Ein erneutes Rumpeln hallte durch die Stadt. Der Blick nach oben zeigte dunkle Wolken, die sich wie schwarzer Rahm zusammenballten. Die ersten Regentropfen trafen Jons Haut.

Mudge beschleunigte seine Schritte, und der junge Mann beeilte sich, um nicht zurückzufallen. Er war zu fasziniert von der Stadt, um zu fragen, wohin sie hasteten, so von seiner Umgebung gefangen, daß er nicht das vereinzelte Starren bemerkte, mit dem ihn andere Passanten bedachten.

Nach einigen weiteren Kreuzungen wurde er sich schließlich der Aufmerksamkeit bewußt, die er und der Otter auf sich zogen.

»Es is deine Größe, Kumpel«, erklärte ihm Mudge.

Während sie weitereilten, nahm Jon-Tom sich die Zeit, die Bürger, die sie anstarrten, genauer in Augenschein zu nehmen. Keiner war größer als Mudge. Die meisten erreichten eine Höhe von einszwanzig bis einsfünfzig – was ihm kein Gefühl von Überlegenheit gab; vielmehr fühlte er sich äußerst unbeholfen und fehl am Platz.

Er zog auch die gleichermaßen neugierigen Blicke der Menschen auf sich, an denen er hin und wieder vorüberkam. Alle Städter waren ähnlich gekleidet, zeigten aber durchaus Unterschiede in Geschmack und Stand. Seide, Wolle, Baumwolle und Leder schienen die gebräuchlichsten Materialien zu sein. Hemden, Blusen, Westen und Hosen waren oft mit Perlen und Federn geschmückt. Man trug eine erstaunliche Vielfalt an Kopfbedeckungen, von breitrandigen gefederten Hüten im Stil des siebzehnten Jahrhunderts über winzige einfache Barette bis zu gefederten Spitzkappen wie der von Mudge. Füße unterschiedlichster Größe trugen Sandalen oder Stiefel. Er erfuhr später, daß man die Wahl zwischen warmen stickigen Stiefeln oder eisigen, aber leicht zu reinigenden Sandalen hatte.

Sauber zu bleiben, konnte zu einer Vollzeitbeschäftigung werden. Sie überquerten die Hauptstraße gerade rechtzeitig genug, um einer vom Wind getriebenen kleinen Flutwelle zu entgehen, als eine nervöse, ergraute Opossumgroßmutter von einer Veranda einen Kübel mit Schmutzwasser in den Zentralstrom leerte und das Paar unter sich nur knapp verfehlte.

»Hee ... paß auf!« rief Jon-Tom zu den sich schließenden Läden hinauf.

»Was is?«

»Das war nicht sehr rücksichtsvoll«, murmelte Jon-Tom und zuckte unter dem Duft mit der Nase.

Mudge sah ihn stirnrunzelnd an. »Deine Gebräuche klingen immer fremdartiger und sonderbarer, Chef. Was sonst soll sie denn mit dem Nachtdung ihres 'Aus'alts anfangen?« Er deutete auf den gewundenen Lauf des stetigen Stroms, der durch die Mitte der Straße floß.

»Zur Zeit regnet es jede Nacht. Der Regen wäscht den Dung in den Fluß, und der trägt ihn 'übsch ordentlich weg.«

Jon-Tom dankte inbrünstig dafür, daß er nicht im Sommer in diesem Land aufgetaucht war. »Ich habe nicht geschrien, weil sie etwas ausgegossen hat, sondern wegen ihres Ziels. Ich bin verdammt sicher, daß sie versuchte, uns zu treffen.«

Mudge lächelte. »Na ja, das könnte schon sein, Kumpel. Aber wenn du so ausgetrocknet und ans 'Aus gefesselt bist wie diese verwelkte Alte, wirst du wahrscheinlich auch jede Chance nutzen, dich zu amüsieren.«

»Und wie steht's mit gegenseitiger Höflichkeit und Rücksichtnahme?«

»Verlaß dich drauf, wenn du jung sterben willst, sage ich.«

Vor ihnen klangen Rufe auf. Sie traten zur Seite und lehnten sich gegen die geschlossenen Fensterläden eines Geschäfts. Ein riesiger Doppelwagen kam auf sie zu, der eine im Schlepp des anderen. Das Fahrzeug beanspruchte fast die gesamte Breite der Straße, um durchzukommen.

Jon-Tom sah interessiert hin. Der hagere tropfnasse Fahrer war ein Baumozelot. Die leuchtenden Augen der kleinen Tigerkatze blitzten unter dem breitrandigen Filzschlapphut, den sie trug. Hinter dem Fahrer, auf dem zweiten Teil des Wagens, saß ein fluchendes Eichhörnchen, kaum einen Meter groß. Der Schwanz war über dem Kopf zusammengerollt und bot so einen zusätzlichen Schutz gegen den jetzt stetig fallenden Regen. Es mühte sich, schwere Pack- und Ledertücher über die Ladung aus Früchten und Gemüsen zu zerren.

Der Doppelwagen wurde von vier breitschultrigen Echsen gezogen, die in irisierendem Grün und Blau schimmerten. In der einsetzenden Dunkelheit leuchteten ihre Augen in einem verblüffenden Rosa – wie die Rücklichter von Motorrädern. Sie schwankten beständig von einer Seite zur anderen und forderten so die ungeteilte Aufmerksamkeit ihres heulenden, zischenden Lenkers, der sie mit ebenso vielen Flüchen wie Geknalle seiner langen dünnen Peitsche dirigierte.

Gegenwärtig lauter dröhnend als die gelegentlichen Donnerschläge, rollte das enorme Gefährt vorbei und verschwand hinter einer entfernten engen Kurve.

»Ich 'abe nichts übrig für 'nen Kerl, der sein Metier nich beherrscht«, schnaubte Mudge, als sie ihren Weg fortsetzten und sich zum Schutz vor dem Niederschlag gegen die Häuser drückten. »Diese Partie hätte schon längst abgedeckt sein müssen.«

Es regnete ziemlich stark. Die meisten Fenster waren inzwischen durch Läden verschlossen. In der Dunkelheit hatte es den Anschein, als beugten sich die Gebäude über die Straße.

Hinter ihnen klang oben in der Luft ein entferntes scharfes Tschilpen auf. Jon-Tom blickte über die Schulter zurück und glaubte auf einer der Landestangen einen Eichelhäher in einem gelb-purpurnen Kilt und entsprechender Weste zu erkennen, der sich durch die Öffnung darüber quetschte. Ein dumpfer Knall meldete, daß er die runde Tür hinter sich geschlossen hatte.

Sie eilten weiter, rannten von einem wackligen hölzernen Vordach zum nächsten. Einmal hielten sie im Windschutz einer Art Buchhandlung. Schriftrollenhandlung vielmehr, denn in den bis zur Decke reichenden Holzgestellen befanden sich Öffnungen wie in Weinregalen. In jedem Loch steckte eine dicke Papierrolle.

Wie Mudge gesagt hatte, wusch der Regen den Schmutz vom Kopfsteinpflaster, und der angeschwollene Hauptwasserlauf trug ihn davon.

Die Gewitterfront zog vorbei, und der Donner schwand. Statt des schweren Regens setzte ein beständiges Nieseln ein. Die Temperatur war gefallen, und Jon-Tom zitterte in dem durchnäßten Hemd und den feuchten Jeans.

»Vergebung, Herr.«

Jon-Tom entfaltete die Arme. »Was?« Er sah nach rechts. Der Ursprung der Stimme lag in einer schmalen Nebenstraße, die kaum breit genug war, zwei Leute aneinander vorbeikommen zu lassen, ohne daß sie sich zur Seite drehen mußten.

Ein Gibbon kauerte unter einem wackligen Vorbau und drängte sich schutzsuchend zwischen mehrere mit Abfall gefüllte Tonnen. Das flusige Gesicht wurde von mehreren großen Fetzen Packpapier gekrönt, die zusammengebunden und mit einem geknoteten Band am Kinn befestigt waren. Der Behelfshut hing aufgeweicht am Gesicht herunter. Übel zerrissene Hosen aus irgendeinem Baumwollmaterial bedeckten die haarigen Beine. Er trug kein Hemd. Lange Arme umklammerten den zitternden Oberkörper, und das Haar war in großen wunden Stellen kreisförmig ausgefallen. Eine Augenöffnung war ein kleines dunkles Loch.

Eine zartgliedrige Hand streckte sich Jon-Tom hoffnungsvoll entgegen. »Ein Silberstück, Herr? Für einen, den im Krieg das Unglück traf und noch mehr im Frieden? Eine mißglückte Erziehung und eine fehlgeleitete Gerichtsbarkeit kosteten mich dieses Auge, Herr. Jetzt lebe ich nur durch die Duldung anderer.« Jon-Tom blieb stehen und starrte die bedauernswerte Kreatur verblüfft an.

»Dann ein paar Kupfermünzen, Herr, wenn Ihr kein Silber übrig habt?« Die Stimme des Gibbons krächzte bronchitisch.

Plötzlich zuckte er zurück und fiel gegen die schützenden Abfallbehälter. Einer kippte um und verstreute Papierfetzen, Knochen und anderen Unrat über die Gasse. Dimensionale Verlagerung beseitigt nicht das universale Problem des Mülls.

»Nein, Herr, nein!« Der Affe hielt sich einen zitternden Arm vor das Gesicht. »Ich wollte nichts Böses.«

Mudge stand neben Jon-Tom. Das Schwert des Otters war halb aus dessen Brustscheide gezogen. »Ich werd dich lehren, diesen 'Erren zu belästigen, während er in meiner Ob'ut is!«

Er trat einen weiteren Schritt auf den ruinierten Anthropoiden zu. »Vielleicht willst du nichts Böses, vielleicht doch, du wirst es jedenfalls nich tun, solange ich da bin.«

»Immer ruhig!« murmelte Jon-Tom, der den zusammengekauerten Gibbon mitleidig ansah. »Siehst du nicht, daß er krank ist?«

»Krank? Widerlich, würde ich sagen. Weißt du nich, wie man Bettler be'andelt, Kumpel?« Er zog sein Schwert weiter heraus. Der Gibbon stöhnte schwach.

»Weiß ich.« Jon-Tom griff in die Tasche und tastete nach der Leinenbörse, die ihm Clodsahamp gegeben hatte. Er nahm eine kleine Münze heraus und warf sie dem Gibbon zu. Der Affe wühlte im Abfall danach herum.

»Seien Sie gesegnet Herr! Möge der Himmel Sie küssen!«

Mudge wandte sich ab und schob angewidert sein Schwert zurück in die Scheide. »Geldverschwendung.« Er legte eine Hand auf Jon-Toms Arm. »Na, dann komm! Bringen wir dich zu dem Laden, an den ich denke, bevor du dich völlig verausgabt hast. Die Welt ist 'art, Kumpel, und das lernst du besser sehr schnell. Du hast das Messer von dem Knülch nich bemerkt, wenn ich es richtig se'e?«

»Messer?« Jon-Tom blickte zu der Straßenmündung zurück. »Welches Messer?« Er fühlte sich plötzlich unwohl.

»Ja wirklich – welches Messer?« Mudge stieß einen scharfen Quiekser aus. »Wär ich nich bei dir gewesen, 'ättest du 'erausgefunden, welches Messer. Aber ich glaub, du kannst gar nichts dafür. Dein Kopf schwebt so weit in den Wolken, daß du gar nicht mitbekommst, was unten passiert, wa?

Welches Messer ... pfuh!« Er hielt inne und starrte zu dem benommenen Jon-Tom hinauf.

»Also, wenn es nach mir ginge, Kumpel, könntest du dich so sehr zum Narren machen, wie du willst. Aber ich kann es nich riskieren, seine 'Exerschaft zu verärgern, verstehst du? Also wirst du mir von jetzt an so lange den Gefallen tun, dich nach meinem Rat zu richten, bis ich dich sicher in der Welt eingerichtet und auf einen Weg gebracht 'abe, von dem ich glaube, daß du allein auf ihm zurechtkommst. Und wenn du schon nich an dich selbst denkst, 'abe wenigstens Mitleid mit mir. Denk daran, womit Clodsa'amp mir gedroht 'at.« Er schüttelte den Kopf und machte sich wieder auf den Weg. »Mir! Der so unglücklich war, über dich zu stolpern, als du in meinen Tag tapptest.«

»Jaa? Und was ist mit mir? Glaubst du, es gefällt mir hier? Glaubst du, du gefällst mir, du stoppelgesichtiger kleiner Furz?«

Zu Jon-Toms Bestürzung lächelte Mudge, statt zu seinem Schwert zu greifen. »Na, das is schon besser, Kumpel! Das is 'n besseres Ver'alten, als sein Geld wegzugeben.« Er spuckte in Richtung der Gasse. »Der gottverdammte, stinkende, 'erumlungernde Abschaum verstreut dir deine Därme genauso schnell, wie er auf dich pinkelt. Wundert es dich, daß es mir im Wald besser gefällt, Kumpel?«

Sie schwenkten in eine etwas kleinere Nebenstraße ein. Es war eine lange Sackgasse, die sich zu einem Miniaturplatz erweiterte und an ihrer engsten Stelle etwa ein halbes Dutzend dichtgedrängter Geschäfte aufzubieten hatte. Eine einzelne hohe Öllampe spendete spärliches Licht. Stoffmarkisen berührten sich fast über der Mitte der Straße und schlossen einen Großteil des Lampenlichts ebenso aus wie den Regen. Am Ende der Sackgasse entsprang eine Miniaturausgabe des Zentralstroms.

Jon-Tom schüttelte sich Wasser von den Händen und wrang sich die langen Haare aus, als er sich unter den Schutz einer Markise duckte. Sie war nicht dazu konstruiert, jemanden seiner Statur zu beschirmen. Er starrte auf das Schild über dem großen Vorderfenster des Ladens. Es war fast verständlich. Vielleicht paßte sich sein Gehirn um so mehr an, je länger er sich hier aufhielt. Jedenfalls mußte er den Schriftzug gar nicht verstehen, um zu wissen, was für ein Geschäft dies war. Das Fenster war voll von Westen und Hemden, kunstvoll bestickten Kniehosen mit Strümpfen sowie einer langen Hose mit Glöckchen an den Außennähten. Einige der Stücke lagen auf einem länglichen Podest, andere waren über Schneiderpuppen gestreift, die manchmal mit Ohren prunkten und gewöhnlich Schwänze hatten.

Eine Glocke klingelte hell, als Mudge die Tür aufstieß. »Gib jetzt auf deinen Kopf acht, Jon-Tom!« Sein hochgewachsener Begleiter beachtete die Warnung und bückte sich.

Im Innern des Ladens roch es nach Leder und Lavendel. Es war niemand zu sehen. Mehrere Stühle mit gerundeten Sitzflächen und Lehnen standen, ordentlich zu einer Gruppe arrangiert, in der Mitte des Raums. An kreuzförmigen Gestellen, die auf langen Stangen ruhten, hingen verschiedene Kleidungsstücke.

»Heda, Schneider!« brüllte Mudge. »Zeig dich und deine Arbeit!«

»Und die werdet ihr sehen, meine geehrten Wer-immer-ihr-seid.« Die Antwort kam aus der hinteren Ecke des Geschäfts. »Arbeit der höchsten Qualität, des saubersten Nadelstichs und aus strapazierfähigsten Materialien und den hübschesten ...«

Der Fuchs hielt inne und starrte an Mudge vorbei auf die tropfende, schlaksige Gestalt Jon-Toms. Die Füße des Inhabers steckten in seidenen Sandaletten. Er trug eine Art seidenen Morgenrock mit vier dazu passenden Bändern in hellem Aquamarin. Sie liefen in sich überkreuzenden Schlaufen um seinen Schwanz und vereinigten sich an der weißen Spitze zu einer Schleife. Er trug außerdem einen praktischer aussehenden Gürtel, aus dem er Maßbänder, Markierungsnadeln, mehrere Stücke dunkelgrünen Ölsteins und verschiedene andere Instrumente der Schneiderkunst hervorholte.

»Was ... ist *das?*« fragte er betont bedächtig und deutete zögernd auf Jon-Tom.

»Das is die Arbeit, von der wir sprechen, und es wird Arbeit werden, schätze ich.« Mudge ließ sich unter völliger Nichtachtung der Polster und des Umstands, daß er tropfend naß war, heftig auf einen der schwach geschwungenen Stühle fallen. Er legte die kurzen Beine über eine Armlehne und schob sich die gefiederte Kappe in die Stirn. »Dann los jetzt – das is 'n guter Freund!«

Der Fuchs stemmte die Pfoten auf die Hüften und starrte Mudge durchdringend an. »Ich kleide *keine* Monster ein. Ich habe die Gewänder für einige der bestgekleideten Bürger Lynchbanys und darüber hinaus geschaffen. Ich habe die Kleidung für Madame Scorianza und ihre besten Mädchen gemacht, für den Bankier Flaustyn Wolfe, für Mitglieder des Stadtrats und für die bekanntesten Händler und Handwerker, aber ich kleide *keine* Monster ein.«

Mudge beugte sich über den Stuhl und bediente sich aus einem mit langen dünnen Stäbchen wohlgefüllten hohen Glas, das neben ihm auf einem Tischchen stand. »Sieh es als eine 'Erausforderung an, Kumpel!« Er zündete den Stab mit einem winzigen feuersteinbetriebenen Funkensprüher an.

»Also«, sagte Jon-Tom, »ich will Ihnen keinen Ärger verursachen.« Der Fuchs trat vorsichtig einen Schritt zurück, als die aufragende Gestalt näher kam. »Mudge hier glaubt, daß ... daß ...« Er zeigte auf den Otter, der zufrieden an seinem dünnen Stäbchen sog. Rauch füllte den Raum mit einem erfreulich vertrauten Aroma.

»Hee!« rief Jon-Tom. »Glaubst du, daß ich auch eins von diesen, äh, Stäbchen haben könnte?«

»Für die Bequemlichkeit der Kundschaft, Kumpel«, erklärte Mudge und reichte ihm großmütig ein Stäbchen und den Funkensprüher. Jon-Tom konnte nicht erkennen, wie er funktionierte, war aber in diesem Augenblick mehr als bereit zu glauben, daß er mit einem guten Feuerzauber behandelt worden war.

Ein paar tiefe Züge an dem Stäbchen wirkten mehr als entspannend. Es war nicht alles so schrecklich, wie es schien, stellte er fest. Es war das Rauchen gewesen, das ihn für die suchenden Gedanken Clodsahamps greifbar gemacht hatte. Vielleicht brächte es jetzt irgend etwas dazu, ihn zurückzuschicken.

Zehn Minuten später war es ihm egal. Durch Mudge und die verträumten Antworten des Riesen etwas mutiger gemacht, maß der leise vor sich hinmurrende Fuchs einen Jon-Tom aus, der ziemlich zufrieden auf dem Teppich lag. Mudge lag neben ihm – die beiden befanden sich geistig in einem bemerkenswert höheren Zustand als körperlich. Der Schneider, dessen Name Carmelot war, wandte nichts gegen ihr Rauchen ein, was entweder auf einen reichlichen Vorrat der wirkungsvollen Rauchstäbchen hinwies oder auf einen gut entwickelten Sinn für Öffentlichkeitsarbeit – oder auf beides.

Er verließ sie schließlich und kehrte nach mehreren Stunden zurück, um Otter und Mensch stockvoll vorzufinden. Sie lagen immer noch auf dem Boden und sannen über die Vielfalt der Wurmlöcher im Holzdach nach.

Viel später erst hatte sich Jon-Tom soweit erholt, daß die Anprobe stattfinden konnte. Als er sich endlich im Spiegel betrachtete, zerriß der Schock die verwirrenden Schleier ein gutes Stück.

Das indigofarbene Seidenhemd lag ihm wie kühler Dunst auf der Haut. Es war ordentlich in eine gerade geschnittene Hose aus einem Material zwischen Drillich und Flanell gesteckt. Sowohl Hose als auch Hemd waren durch dazu passende schwarze Lederknöpfe gesichert. Die nachtfarbene Lederweste hatte Fransen an der Unterkante und trug als Schmuck eine Glasperlenstickerei. Die Hosenbeine waren gleichermaßen gefranst, was er allerdings zuerst nicht sehen konnte, da sie in wadenhohe Stiefel aus schwarzem Leder mit umgeklappten Stulpen gestopft waren. Im ersten Moment fand er es überraschend, daß es dem Schneider überhaupt gelungen war, eine passende Fußbekleidung aufzutreiben, da er doch weit größer war als der durchschnittliche Mensch dieser Welt. Dann fiel ihm ein, daß viele der anderen Bewohner wahrscheinlich Füße hatten, die im Verhältnis zu ihrem Körper größer waren als die von Menschen.

Ein Gürtel aus Metallgliedern, Silber oder Zinn, hielt die Hose und schimmerte in scharfem Kontrast zu dem wunderschön irisierenden hüftlangen Umhang aus grünem Echsenleder. Ein Paar zierlicher, aber zweckdienlicher Silberklipps hielt das Cape am Kragen zusammen.

Obwohl Mudge darauf bestand, lehnte er es kategorisch ab, die apfelsinenfarbene Dreispitzkappe zu tragen. »Ich mag Hüte nun mal nicht.«

»Wie schade.« Carmelots Verhalten hatte sich von Gequältheit in beträchtlichen Stolz gewandelt. »Er ist wirklich nötig, um den Gesamteindruck zu vervollständigen, der, wenn ich mir das zu sagen erlauben darf, sowohl höchst eindrucksvoll als auch unvergleichlich ist.«

Jon-Tom drehte sich und betrachtete die Schuppen des Umhangs, die selbst in dem schummrigen Licht noch aufflammten. »Damit würden sie sogar in L.A. Furore machen.«

»Nich schlecht«, räumte Mudge ein. »Is fast seinen Preis wert.«

»›Fast‹ – wirklich!« Der Fuchs umrundete Jon-Tom und untersuchte die Gewandung auf irgendwelche Fehler oder Risse. Er hielt einmal inne, um einen losen Faden von einem Hemdärmel zu schnippen. »Es ist gedämpft und doch erregend, aufmerksamkeiterregend, ohne aufdringlich zu sein.« Er lächelte und zeigte die scharfen Zähne in der langen Schnauze.

»Der Mann sieht aus wie ein Edler – oder besser noch: wie ein Bankier. Wenn man mit soviel Oberfläche konfrontiert ist, die es zu bedecken gilt, ist die Aufgabe im ersten Moment entmutigend. Allerdings, je mehr man hat, um damit zu arbeiten, desto befriedigender sind die Endresultate. Beachten Sie diesen gewöhnlichen Hinterwäldler gar nicht, mein hochgewachsener Freund«, fuhr der Fuchs fort, während er besitzergreifend zu Jon-Tom aufblickte, »und sagen Sie mir, was Sie davon halten.«

»Es gefällt mir, besonders das Cape.« Er drehte eine kleine Pirouette, fiel beinahe um, gewann aber das Gleichgewicht zurück und balancierte elegant. »Ich wollte schon immer einen Umhang tragen.«

»Das freut mich zu hören.« Der Schneider schien auf etwas zu warten, er hüstelte dezent.

»Herrje, Kumpel«, schnappte Mudge, »bezahl den Burschen!«

Ein gutgelauntes Feilschen folgte, wobei Mudges Aufgabe dadurch erschwert wurde, daß Jon-Tom sich auf die Seite des Schneiders schlug. Trotzdem wurde ein vernünftiger Vergleich erzielt, da Carmelots natürliche Neigung, soviel Profit wie möglich herauszuschinden, ein wenig durch die Befriedigung abgemildert wurde, die er durch die Bewältigung einer so schwierigen Arbeit erfahren hatte.

Das hielt Mudge aber nicht davon ab, Jon-Tom zurechtzuweisen, als sie den Laden verlassen hatten. Der Nieselregen war zu einem dichten Nebel geworden.

»Kumpel, ich kann dir nich viel einsparen, wenn du die Partei des Schneiders ergreifst.«

»Mach dir darüber keine Gedanken!« Zum ersten Mal seit langer Zeit fühlte er sich fast glücklich. Die nachlassenden Auswirkungen des Kiffens und die Überzeugung, daß ihn seine neue Gewandung zu einer eleganten Erscheinung machte, versetzten ihn in ausgesprochene Hochstimmung. »Es war eine schwere Aufgabe für ihn, und er hat verflucht gute Arbeit geleistet. Ich mißgönne ihm das Geld nicht. Außerdem« – er klimperte mit der Börse in seiner Tasche –, »haben wir immer noch etwas übrig.«

»Das ist auch gut so, weil wir noch mal einen 'Alt einlegen müssen.«

»Noch einen?« Jon-Tom runzelte die Stirn. »Ich brauche keine weitere Kleidung.«

»Ach ja? Soweit es mich angeht, Kumpel, läufst du völlig nackt 'erum.« Mudge wandte sich nach rechts. Sie gingen an vier oder fünf Läden der Hauptstraße vorbei, überquerten das Kopfsteinpflaster sowie eine kleine Brücke, die über den Zentralstrom führte, und betraten ein weiteres Geschäft.

Hier herrschte eine völlig andere Atmosphäre als in dem warmen Schneiderladen, den sie gerade verlassen hatten. Während das Etablissement des Fuchses freundlich und bequem gewesen war, hatte dieses die Kühle eines höchst unerfreulichen Gewerbes.

Eine ganze Wand war von Wurfgeräten jeder Größe und Form übersät. Da gab es Dutzende von Messern – ellipsoide, stilettartige, dreieckige, mit oder ohne Blutrinne, juwelenbesetzte kleine Hirschfänger für streitlustige Damen, Trickmesser, die in Brillenkästchen und Stiefelsohlen verborgen waren ... die gesamte tödliche Vielfalt der Messerschmiedkunst.

Morgensterne schimmerten im Lampenlicht wie der Christbaumschmuck Satans. An einer ausgeklügelten Hellebarde hing eine stachelbewehrte Bola. Streitkolben und -hämmer wechselten sich an der Wand mit Speeren und Schilden, Piken und Äxten ab. Im hinteren Teil des Verkaufsraums befanden sich die edleren Waffen: Langbogen und Schwerter mit einem breiteren Spektrum an Griffen (um zu vielen verschiedenen Handgrößen und -formen zu passen) als an Klingen. Ein besonders häßliches Kurzschwert sah mehr aus wie eine Doppelsichel. Es war leicht, sich den Schaden vorzustellen, den es verursachen konnte, wenn es von einem kundigen Arm geschwungen wurde. Der eines Gibbons mit großer Reichweite zum Beispiel.

Einige der Schwerter und Wurfmesser hatten ein gefurchtes oder hohles Heft. Jon-Tom konnte sich nicht im mindesten vorstellen, für welche Art von Wesen sie konstruiert waren, bis er sich an die Vögel erinnerte. Eine Hand konnte nur schlechten Gebrauch von solchen Griffen machen, für eine flexible Flügelspitze aber waren sie bestimmt ideal.

Einige hochfliegende Augenblicke lang war es ihm gelungen zu vergessen, daß dies eine Welt gewohnheitsmäßiger Gewalt und schnellen Todes war. Er beugte sich über die Theke, die den rückwärtigen Teil des Raums vom Rest abtrennte, und betrachtete etwas, das an eine Frisbee-Scheibe mit Rasierklingen erinnerte. Ihn schauderte, und er sah sich nach Mudge um.

Der Otter war um die Theke herumgegangen und hinter einer Art Bambusvorhang verschwunden. Gerade als Jon-Tom daran dachte, nach ihm zu rufen, kehrte er, mit dem Eigentümer plaudernd, zurück. Der gedrungene, muskulöse Waschbär trug nur eine Schürze, Sandalen und ein rotes Stirnband mit zwei Federn hinter dem linken Ohr. Er roch – wie der hintere Teil des Verkaufsraums – nach Kohlenrauch und Stahl.

»Das ist also derjenige, der eine Waffe braucht?« Der Waschbär schürzte die Lippen und musterte Jon-Tom über eine schwarze Nase hinweg.

»Mudge, ich halte nichts davon. Ich habe immer nur mit dem Mund gekämpft und sonst nicht.«

»Ich verste'e, Kumpel«, meinte der Otter freundlich. »Aber es gibt gewichtige Argumente 'ier, und es gibt gewichtige Argumente da.« Er hob einen großen Streitkolben hoch, um seinen Standpunkt zu illustrieren. »Auch wenn du keinen von diesen Pieksern und Kitzlern benutzt, is es verdammt besser, einen davon vorzuführen, wenn du nich zeigen willst, daß du 'n einfaches Opfer bist.

Also, kannst du eins von diesen Spielzeugen benutzen?«

Jon-Tom begutachtete das verwirrende Aufgebot an Verstümmelungswerkzeugen. »Ich kann nicht ...« Er schüttelte benommen den Kopf.

Der Waffenschmied griff ein. »Es ist offensichtlich, daß er keine Erfahrung hat.« Sein Ton war mißbilligend, aber geduldig. »Woll'n mal sehen. Mit seiner Länge und Reichweite ...« Er ging nachdenklich zu einer Wand, vor der Piken und Speere wie stählerner Weizen aus dem Boden wuchsen. Er rieb sich mit der rechten Pfote an der Nase.

Dann hob er mit beiden Händen eine Axt von der Wand, deren Klinge größer war als sein Kopf. »Wo Können und Kunstfertigkeit abwesend sind, ist es vielleicht das beste, von den anderen Extremen Gebrauch zu machen. Überhaupt kein Kampf- oder Waffentraining, junger Freund?«

Jon-Tom schüttelte den Kopf und sah den Schmied betont lustlos an.

»Wie steht es mit Sport?«

»Ich bin nicht schlecht in Korbball. Ziemlich guter Sprungwerfer, und ich kann ...«

»Mist!« Mudge versetzte dem Boden einen Tritt. »Was, beim Hintern des Teufels, is das? Hat es vielleicht irgendwie auch mit Stoßen und Schlagen zu tun?« fragte er hoffnungsvoll.

»Weniger«, gab Jon-Tom zu. »Hauptsächlich mit Rennen und Springen, schnellen Bewegungen ...«

»Na, das wär doch was.« Mudge sah den Waffenschmied an. »Irgend etwas weniger Bulliges als dieses Schlachterbeil, das du da 'ast. Was würdest du empfehlen?«

»Einen schnellen Rückzug.« Der Schmied wandte sich, mürrisch an den Schnurrhaaren zupfend, einem anderen Gestell zu. »Falls der Mensch allerdings ehrlich eine gewisse Gewandtheit für sich beanspruchen kann, sollte es etwas geben.« Er legte die schwere Axt ab. »Vielleicht können wir ihm ein wenig behilflich sein.«

Er nahm etwas zur Hand, das wie ein einfacher, aus dem polierten Hauptast eines Baumes gefertigter Speer aussah. Doch anstelle einer Speerspitze verbreiterte sich das obere Ende zu einem dicken Knauf mit Höckern und dunklen Vertiefungen. Die Waffe war größer als Mudge und reichte bei einem Schaftdurchmesser von etwa fünf Zentimetern bis zu Jon-Toms Ohren.

»Nur ein Knüttel?« Mudge begutachtete die Waffe unsicher.

»Er ist das Längste, was ich im Geschäft habe.« Der Schmied fuhr mit einem Nagel über den Schaft. »Das ist Rammholz. Es wird in keinem Kampf brechen. Mit seiner großen Reichweite kann dein Freund ihn benutzen, einen Gegner fernzuhalten, wenn er nicht sonderlich daran interessiert ist, ihn endgültig zu beseitigen. Und wenn es problematisch wird und er immer noch Angst vor Blut hat, nun, eine hübsche Kopfnuß mit dem dicken Ende macht jeden genauso tot, als ob man ihm den Schädel spaltete. Nicht so sauber wie die Axt, aber genauso wirksam.« Damit überreichte er dem zögernden Jon-Tom den Knüttel.

»Gibt außerdem einen guten Wanderstab ab, Mann. Und da ist noch etwas. Ich hatte etwas von behilflich sein gesagt.« Er zeigte auf die Mitte des Stabes. Dort umliefen diesen zwei eingelegte Silberbänder im Abstand von sechs Zentimetern. Der Raum dazwischen war mit vier Silbernägeln geschmückt.

»Drück auf einen davon, Mann!«

Jon-Tom drückte. Es klickte, und der Stab wurde unvermittelt um dreißig Zentimeter länger. Aus seinem anderen Ende ragten jetzt dreißig Zentimeter spitzer Stahl. Jon-Tom war so überrascht, daß er die Waffe fast fallen ließ, Mudge hingegen tanzte herum wie ein Kind in einem Bonbonladen.

»Ich leg meine Mutter aufs Kreuz, wenn das nich eine 'übsche Überraschung für jeden streitsüchtigen Blödian is, der dir draußen über den Weg laufen könnte. Ein kleiner Stoß damit wird ihn schnell kurieren, würd ich sagen!«

»Jawohl«, pflichtete ihm der Waffenschmied stolz bei. »Tritt ihnen einfach auf den Zeh, löse die Sperre, und ich garantiere dir ein paar hübsch aufgerissene Augen.« Otter und Waschbär schüttelten sich vor Vergnügen.

Jon-Tom drückte den Schaft hinunter, und der Stachel glitt in den Stab zurück wie eine Katzenkralle. Ein weiterer experimenteller Griff an die Nägel, und er schoß wieder hervor. Es war raffiniert, aber mit Sicherheit nicht vergnüglich.

»Hör mal, ich würde lieber nicht mit diesem Ding herumhantieren, aber wenn du darauf bestehst ...«

»Das tue ich.« Mudge hörte auf zu lachen und wischte sich die Tränen aus den Augen. »Ich beste'e drauf. Wie unser meisterlicher Waffenschmied 'ier sagt, mußt du diesen

Ze'enpiekser nich benutzen, wenn du nich willst. Aber es gibt bestimmt Zeiten, da du irgend'nen schwertschwingenden Säufer 'n ordentliches Stück von deinen Därmen fern'alten möchtest. Nimm ihn also und sei zufrieden!«

Jon-Tom wog den Stab in der Hand, aber er war nicht zufrieden. Schon der bloße Besitz der Trickwaffe bedrückte ihn.

Außerhalb des Waffenladens inspizierten sie den Inhalt der kleinen Börse. Sie war fast geleert. Ein paar kleine Silbermünzen schimmerten verloren am Boden des Säckchens. Jon-Tom fragte sich, ob er mit Clodsahamps Großzügigkeit nicht ein wenig zu verschwenderisch umgegangen war.

Mudge taxierte den Rest ihres Vermögens. Nebel näßte sie weiter ein und dämpfte das Lampenlicht, das die Straße und die Schaufenster der Geschäfte beschien. Mit dem Nachlassen des Regens hatten sich die Straßen wieder ein wenig belebt. Schattenhafte Tiergestalten bewegten sich undeutlich durch den Dunst.

»Hungrig, Kumpel?« fragte der Otter schließlich; schwarze Augen schimmerten im schwachen Licht.

»Ich sterbe!« Er war sich unvermittelt bewußt, daß er überhaupt noch nichts gegessen hatte. Mudges Vorrat an luftgetrocknetem Fleisch war am vorigen Abend ausgegangen.

»Ich auch.« Er schlug Jon-Tom auf den Umhang. »Du siehst jetzt fast wie eine richtige Person aus.« Er beugte sich verschwörerisch herüber. »Und jetzt weiß ich etwas für uns, wo das Silber, das wir übrig haben, uns ein so üppiges Festessen bescheren wird, wie es sich eine schwangere 'Asendame nich besser wünschen kann. Vielleicht sogar genug, um dein ausgezehrtes Loch von Magen zu füllen.« Er blinzelte. »Vielleicht auch noch ein wenig Unter'altung nebenbei. Du und ich, wir 'aben für 'eute unsere Pflicht getan, 'aben wir.«

Als sie weiter in die Stadt hineinschlenderten, stießen sie auf immer mehr Leute, die zu Fuß unterwegs waren. Hin und wieder polterte ein Wagen durch die Straße, und gesattelte Eidechsen hoppelten und rannten mit ihren Reitern vorbei. Lange Schiebebesen kamen ins Spiel, als die Ladenbesitzer das Wasser vor ihren Geschäften und Eingängen wegfegten. Fensterläden wurden geöffnet. Zum ersten Mal hörte Jon-Tom das Schreien von Kindern. ›Junge‹ war der bessere Begriff, korrigierte er sich.

Zwei junge Eichhörnchen tollten heran. Eines griff schließlich das andere an. Sie taumelten auf das Kopfsteinpflaster und rollten schlagend und tretend übereinander, während eine kleine Gruppe anderer Kinder sich versammelte und sie anfeuerte. Es war bestürzend für Jon-Tom, wie sie durch die Art und Weise, in der sie einander bissen und kratzten, ihre anfängliche Possierlichkeit völlig auslöschten. Nicht daß seine Heimatstadt frei von Gewalt war, aber hier schien sie eine Lebensweise zu sein. Ein Junges zwang schließlich das andere zu Boden und machte unverdrossen Matsch aus dessen Gesicht. Die Zuschauer applaudierten enthusiastisch und unterbreiteten Vorschläge für weitere Verstümmelungen.

»'Ne Lebensweise, Kumpel?« meinte Mudge nachdenklich, als Jon-Tom ihm seine Überlegungen mitgeteilt hatte. »Ich weiß nich. Nun, ich bin kein Philosoph, aber ich weiß eines: Du kannst 'öflich und tot oder respektiert und lebendig sein.« Er zuckte die Achseln. »Nun kannst du deine eigene Wahl treffen. Sei nur nich zu schnell bereit, dein 'übsches neues Spielzeug wegzuwerfen.«

Jon-Tom vergewisserte sich, daß der Stab fest in seiner Hand lag. Die größer werdende Menge und die Verflüchtigung des Nebels brachten erneutes Starren mit sich. Mudge versicherte ihm, daß dies nur seiner ungewöhnlichen Statur zuzuschreiben sei. Soweit das überhaupt möglich war, sei er jetzt weit besser gekleidet als der durchschnittliche Bürger Lynchbanys.

Fünf Minuten später war er nicht mehr einfach nur hungrig, er gierte geradezu nach Nahrung.

»Dauert nich mehr lange, Kumpel.« Sie bogen in eine gewundene Seitenstraße ein. Linkerhand fand sich ein fast verborgener Eingang, in den Mudge ihn drängte. Wieder einmal mußte er sich zu seiner halben Höhe bücken, um nicht anzustoßen.

Dann konnte er wieder stehen. Die Decke im Innern befand sich fast zehn Zentimeter über seinem Kopf, wofür er mehr als nur ein wenig dankbar war.

»Das *Seidige Opossum*«, erklärte Mudge mit erheblich größerem Enthusiasmus, als er bisher irgendeinem anderen Gegenstand gegenüber gezeigt hatte. »Ich für meinen Teil brauche jetzt was Flüssiges. Hier lang, Kumpel! Paß auf die Lampen auf!«

Jon-Tom folgte dem Otter in die Eingeweide des Restaurants; er bahnte sich mit den Ellbogen einen Weg durch die schiebende, dicht gedrängte Menge und achtete auf die vereinzelten Hängelampen, vor denen Mudge ihn gewarnt hatte. Draußen hatte es nicht den geringsten Hinweis auf den verschwitzten Mob gegeben, der im Innern durcheinanderwogte.

Zweieinhalb Meter vom Eingang stieg die Decke wie ein Zirkuszelt nach oben. Der höchste Punkt lag gut zwei Stockwerke über dem Boden. Darunter befand sich eine kreisförmige Theke als zentraler Verteiler für Speisen und Getränke. Sie war mit einem kleinen Bataillon aus Köchen und Schankkellnern bemannt. Der Großteil davon bestand aus Wieseln; es gab aber auch ein schmuck gekleidetes Kaninchen und eine gaunerhaft wirkende Fledermaus, kleiner und noch häßlicher als Pog. Es war nicht überraschend, daß sie hauptsächlich damit beschäftigt war, Essen und Getränke an die Tische zu bringen. Jon-Tom kannte Restaurants, die über einen flugfähigen Kellner sehr glücklich gewesen wären.

Die Tische wuchsen ohne besondere Ordnung wie fette Butterpilze aus dem Boden. Auf der gegenüberliegenden Seite des *Seidigen Opossums* gab es seitlich abgeschirmte Nischen, die dem Gespräch oder der Tändelei dienten, je nach Absicht ihrer Benutzer.

Sie bahnten sich weiter ihren Weg durch die lärmende, übelriechende Menge. Vereinzelte Alkohollachen netzten den Boden; dazwischen lagen die feuchten Splitter zerschlagener Holzkrüge. Die Eigner hatten sensiblerweise auf die Verwendung von Glas verzichtet. Zahllose Abflüsse gaben dem Holzfußboden ein pockennarbiges Aussehen. Gelegentlich tauchte jemand mit einem Kübel Wasser auf, um einen Abschnitt des Bodens aufzuwischen, der durch verschüttete Getränke oder nur teilweise verdaute Mageninhalte allzu schlüpfrig geworden war.

Jon-Tom war eindeutig der größte Mensch – das größte Tier – im Raum, obwohl es ein paar massig gebaute Wölfe und Katzen gab. Das machte ihn nur wenig selbstsicherer.

»'Ier Kumpel, 'ier drüben!« Jon-Tom folgte dem triumphierenden Ruf und wurde zu einem kleinen, aber verlassenen Tisch heruntergezerrt. Die Knie drückten sich ihm gegen die Brust – die Stühle waren viel zu niedrig, als daß er bequem darauf sitzen konnte.

Pelzige Körper preßten sich immer wieder gegen ihn, füllten ihm die Nase mit dem Gestank von Alkohol und Moschus. Die Tischfläche wurde von der Stuckskulptur eines kokett posierenden weiblichen Opossums getragen. Es war eine solche Vielzahl zotiger Kommentare eingraviert oder darauf geschrieben, daß der ursprüngliche Glanz so gut wie verschwunden war.

Irgendwie bemerkte einer der Servierer, daß bei ihnen Hände und Tisch leer waren, und drängte sich zu ihnen durch. Wie der Waffenschmied trug er eine Schürze, nur daß diese übermäßig verschmutzt war – das Muster, das sie ursprünglich geziert hatte, war durch die schmierige Fettschicht und die verfärbten Flecken nicht mehr erkennbar. Wie der Waffenschmied war er ein Waschbär mit schwarzer Maske. Ein Ohr war schwer verstümmelt, und eine weiße Narbe verlief kühn vom Ohr genau bis unter das Auge und dann vor bis zur Schnauze, war aber nur dort deutlich erkennbar, wo sie die schwarze Maske querte.

Jon-Tom war so damit beschäftigt, das Leben und die Aktivitäten rund um zu beobachten, daß er nicht bemerkte, daß Mudge bereits bestellt hatte.

»Keine Sorge, Kumpel! Ich 'abe für dich mitbestellt.«

»Ich hoffe, sowohl was zum Essen als auch was zum Trinken. Ich habe Hunger wie noch nie.«

»Das 'abe ich, Kumpel. Jeder Narr weiß, daß es nich gut is, auf nüchternen Magen zu trinken. 'Ee du, paß auf!« Er rammte einen Ellbogen in einen betrunkenen Ozelot, der in ihn hineingestolpert war.

Der Betrunkene wurde herumgewirbelt, und der Inhalt seines Krugs flog auf den Otter zu. Mudge duckte den Alkohol mit bemerkenswerter Geschwindigkeit ab. Der Ozelot heulte ein paar Bemerkungen über den Rippenstoß, war aber zu besoffen, um sich auf einen ernsthaften Kampf einlassen zu können. Er torkelte hilflos zurück in die Menge. Jon-Toms Blick verfolgte die gepunkteten schwankenden Ohren, bis sie außer Sicht waren.

Zwei große Holzkrüge mit etwas stark Kohlesäurehaltigem und nach Alkohol Riechendem trafen ein. In der winzigen Hand von Mudge wirkte der Hartholzkrug überproportioniert, aber er hatte genau die richtige Größe für Jon-Tom. Er probierte einen Schluck der schwarzen Flüssigkeit und stellte fest, daß es sich um ein kräftig fermentiertes Gebräu handelte, etwas wie ein stark alkoholhaltiges Malzbier. Er beschloß, es respektvoll zu behandeln.

Mit der anderen Hand stellte der Servierer eine große Platte ab, über die ein stark verbeulter und zerkratzter Deckel gestülpt war. Als der Deckel hochgehoben wurde, drang ein wundervoll kräftiger Duft in Jon-Toms Nase. Auf der Platte lagen alle möglichen Gemüse. Unter sonderbaren, fremden Formen fanden sich auch angenehm vertraute Karotten, Radieschen, Sellerie und winzige Zwiebeln. Auf einem Kartoffelhügel ruhte ein gewaltiger zylindrischer Braten. An beiden Seiten zeigte sich ein einzelner Mittelknochen. Das Fleisch war außen schwarzgebrannt und wurde zur Mitte hin rosa.

Er suchte vergeblich nach Besteck. Mudge wies ihn darauf hin, daß das Restaurant seine Kunden schwerlich mit Instrumenten versähe, die dazu wie geschaffen waren, aufeinander loszugehen. Der Otter zückte ein Jagdmesser. Es war kurz und dreikantig wie der Zahn eines weißen Hais und glitt leicht durch das Fleisch.

»Gut durchgebraten, medium oder blutig?« lautete die Frage.

»Egal.« Jon-Tom mußte sich anstrengen, um nicht zu sabbern. Mudge schnitt zwei respektable Fleischscheiben ab und reichte eine davon seinem Begleiter.

Sie aßen so schweigend, wie fettig schnalzende Finger und schmatzende Lippen es zuließen. Jon-Tom mühte sich, den Saft von seiner neuen Kleidung fernzuhalten. Mudge war nicht im entferntesten so heikel. Bratensoße rann ihm am pelzigen Kinn hinunter auf die Weste und wurde von dieser und dem Brustfell aufgesogen.

Sie waren halbwegs gesättigt, als Jon-Tom sich lange genug entspannte, um zu bemerken, daß von dem Mittelknochen, der durch den Braten verlief, auch noch dünne, nach unten gekrümmte Rippen abgingen.

»Mudge, was ist das für Fleisch?«

»Schmeckt's dir nich, Kumpel?« wunderte sich der Otter um einen Mundvoll Gemüse.

»Es ist köstlich, aber ich kann weder die Form noch den Geschmack erkennen. Das ist nicht irgendein Steak, oder? Ich meine: Rind?«

»Rind? Rindfleisch meinst du?« Mudge schüttelte den Kopf. »Sie sind vielleicht nich schlau, aber wir sind 'ier keine Kannibalen, sind wir nich.« Er kaute abschätzend. »Es is natürlich keine Königsboa. Python. 'Ne netzgemusterte, würde ich sagen.«

»Wundervoll.« Warum sollte er angesichts eines angenehmen Geschmacks zimperlich sein? überlegte Jon-Tom. Dazu gab es keinen Grund. Er hatte die Phobie, die manche Leute in bezug auf den Genuß von Reptilienfleisch pflegten, nie verstanden, obwohl er bisher die Möglichkeit nicht gehabt hatte, es zu probieren. Schließlich, Fleisch war Fleisch. Für Magen und Zähne war das alles Muskelfaser.

Er hatte allerdings nicht vor, einer Schlange von dieser Größe anders zu begegnen als auf einer Servierplatte.

Sie beseitigten gerade die letzten Reste des Bratens, als der Servierer unverlangt mit einer flachen Schale auftauchte, die mit irgendwelchen fettigen, an der Oberseite versengten Blätterteigküchlein gefüllt war. Obwohl er nicht mehr hungrig war, kostete Jon-Tom eines davon und war bald dabei, sie so schnell in sich hineinzuschaufeln, wie es nur eben ging. Obwohl sie so schwer wirkten, waren sie innen leicht und luftig, voll von Honig mit geraspelten Nüssen und von einer Kruste gebrannten Zimts überzogen.

Später lehnte er sich in dem kurzen Stuhl zurück und puhlte mit einem Splitter der Tischplatte zwischen den Zähnen, wie er es einigen der Gäste abgeguckt hatte.

»Nun ja, das mag uns den Rest unseres Geldes kosten, aber es war die beste Mahlzeit, die ich seit Jahren hatte.«

»Jawohl, nich schlecht.« Mudge hatte die kurzen Beine auf den Tisch gelegt; die Stiefelabsätze ruhten gleichmütig in der Kuchenschüssel.

Irgendwo hatte eine Band zu spielen begonnen. Die Musik war sowohl leicht als auch fetzig. Jon-Tom entwickelte ein beiläufiges Berufsinteresse daran. Da er die Spieler nicht sehen konnte, mußte er sich mit der Annahme zufriedengeben, daß sie ein oder zwei Saiteninstrumente, Trommeln, Glocken und ein paar sonderbar tief klingende Flöten einsetzten.

Mudge beugte sich über den Tisch und legte freundlich eine Pfote auf Jon-Toms Handgelenk. »Tut mir leid, dich in deiner Zufrieden'eit stören zu müssen, Kumpel, aber wir müssen noch über was reden. Clodsa'amp 'at mich beauftragt, auf dein Wohlerge'en zu achten, und ich 'abe die Absicht, die Aufgabe zu Ende zu führen.

Wenn du weiter so essen willst wie jetzt, müssen wir irgendwie-irgendwas finden, wovon du leben kannst, wa ...?«

V

Die Wirklichkeit regte sich kräftig in Jon-Toms Magen, vermengte sich unangenehm mit dem Kuchen. »Äh, können wir nicht einfach zurück zu Clodsahamp gehen?« Er kam zu dem Schluß, daß ihm diese Welt zu gefallen begann.

Mudge schüttelte langsam den Kopf. »Nich, wenn er diesen Goldzauber nich 'inkriegt. Denk immer daran, daß 'Exer, so nett und freundlich der alte Lüstling vor 'n paar Tagen auch schien, gottverdammt launisch sein können. Wenn wir schon jetzt zurückkommen und ihn um Geld ange'en, wird er nich besonders stolz sein auf dich. Ganz zu schweigen, wie seine Meinung über *mich* ausse'en würde. Du willst doch, daß der alte Gimpel sich weiter für das verantwortlich fühlt, was er dir angetan 'at, Kumpel.

Oh, er 'at sicherlich irgendwo 'nen 'übsch ordentlichen Vorrat an Silber versteckt. Aber sein Silbervorrat is natürlich begrenzt. Solange diese angebliche Krise seinen schwachen Verstand beansprucht, wird er nich viel Geschäfte machen. Keine Geschäfte, kein Silber. Kein Silber, keine milden Gaben, richtig? Ich fürchte, du wirst arbeiten müssen.«

»Ich verstehe.« Jon-Tom starrte trübsinnig in seinen geleerten Krug. »Könnte ich nicht mit dir arbeiten, Mudge?«

»Versteh mich nich falsch, Kumpel. Ich bin gerade soweit, daß ich deine Gesellschaft ertragen kann.«

»Danke«, entgegnete Jon-Tom beißend.

»Das is schon in Ordnung, is das. Aber Jagen is 'ne Einzelgängerarbeit. Ich glaube nich, daß ich da draußen viel für dich tun könnte, und du kommst mir nich wie der Typ vor, der sich im Wald auskennt. Du würdest so schnell über 'ne Falle stolpern, wie sie aufgestellt is, glaub ich.«

»Ich kann nicht bestreiten, daß ich mich zwischen Büchern oder in einer Korbballhalle mehr zu Hause fühle.«

»Anderweltlicher Sport hilft dir 'ier 'nen Dreck, Kumpel.

Und was das andere angeht ... was wolltest du noch mal werden?«

»Ich studiere Rechtsgeschichte, Mudge.«

»Ah, ein zukünftiger Advokat, wa? 'Ab selbst nie viel Verwendung für diese Burschen ge'abt«, fügte er hinzu, uninteressiert daran, was Jon-Tom von seiner abschätzigen Beurteilung des Juristenstandes halten mochte. »Was 'ast du neben den Gesetzen studiert? Die sind 'ier, wie du dir wohl vorstellen kannst, wahrscheinlich ein wenig anders als die deinen.«

»Allgemeine Geschichte, Verwaltung, ein wenig Politik ... ich schätze, das ist hier auch nicht besonders nützlich.«

»Ich nehme an, wir könnten dich bei einem 'iesigen Advokaten als Lehrling unterbringen«, überlegte Mudge laut. Er kratzte sich in einem Ohr und dann weiter am Rücken. »Ich weiß nich, Kumpel. Bist du sicher, daß du nich noch was anderes kannst? 'Ast du jemals mit 'ner Mistgabel gearbeitet oder Möbel gebaut? Metall bearbeitet, Wunden versorgt und Krank'eiten ge'eilt oder 'Äuser gebaut ... irgendwas *Nützliches?*«

»Eigentlich nicht.« Jon-Tom fühlte sich unwohl.

»Puh!« Der Otter stieß ein geringschätziges Pfeifen aus. »'N tolles Leben 'ast du geführt, für 'nen sogenannten 'Exer.«

»Das ist Clodsahamps Fehler«, protestierte Jon-Tom. »Ich habe nie behauptet, daß ich einer bin. Ich habe nie beansprucht, etwas anderes zu sein, als ich bin.«

»Was nich viel zu sein scheint, wenn's drum geht, dich unterzubringen. Keine weiteren Fä'igkeiten oder Fertigkeiten also?«

»Nun ...« Ein alter Ehrgeiz durchflutete ihn. Mit ihm tauchten das Gelächter seiner Freunde und die Verwünschungen und entsetzten Proteste seiner Familie auf. Sie wurden von einem Bild verdrängt, in dem er eine Gitarre in Händen hielt, und von den Erinnerungen an alle die Gruppen, deren Musik er gesammelt und deren Auftritte er in Augenblicken der mehr gefühlsmäßigen als intellektuellen

Selbstbetrachtung nachgeahmt hatte. Erinnerungen und Klänge von Zeppelin und Harum, von Deep Purple und Tangerine Dream, von Moody Blues und tausend anderen. Elektrisierende Melodien kitzelten ihn in den Fingerspitzen. Logik und Vernunft lösten sich auf. Einmal mehr trafen gesunder Menschenverstand und Wahrheit in ihm aufeinander.

Nur daß hier gesunder Menschenverstand nicht half. Seine Herzenswünsche gewannen wieder einmal die Oberhand.

»Ich spiele eine G ... einen elektrischen Baß. Das ist eine Art Saiteninstrument. Es ist nur ein Steckenpferd. Ich habe mal daran gedacht, daß ich *vielleicht* versuchen könnte, eine Karriere damit zu starten, nur ...«

»Dann bist du also ein Musiker!« Die Bestürzung schwand in dem Maße, wie sich Begreifen in dem Otter ausbreitete. Er schob seinen Stuhl zurück, stellte die Füße auf den Boden und sah sein Gegenüber mit neuem Interesse an. »Ein Spielmann. Ich will tausendfach verdammt sein! Jawohl, es könnte 'nen Weg für dich geben, 'n paar Kupferstücke einzustreichen, vielleicht sogar etwas Silber. Du wärst auf jeden Fall 'ne Neu'eit. Laß mich mal was 'ören!«

»Direkt hier?« Jon-Tom sah sich nervös um.

»Jawohl. Es wird dich sowieso keiner 'ören. Nich bei dem Gebrabbel und der Kapelle.«

»Ich weiß nicht.« Jon-Tom überlegte. »Ich muß mich aufwärmen. Und ich habe meine Gitarre nicht dabei.«

»Pfeif auf dein verdammtes Instrument!« brummte der Otter. »Wie willst du 'nen guten Spielmann abgeben, wenn du nich singen kannst, sobald man's von dir verlangt? Und jetzt kümmer dich gar nich um mich, Kumpel! Fang einfach an!« Er setzte sich erwartungsvoll zurecht und blickte ehrlich interessiert drein.

Jon-Tom räusperte sich befangen und sah sich um. Niemand schenkte ihm das geringste Interesse. Er nahm einen Stärkungsschluck aus Mudges Krug und überlegte. So was Albernes! dachte er. Na gut, am besten, du versuchst es mit einem alten Lieblingsstück. Und er begann mit ›Eleanor

Rigby‹. Bin ich jetzt einer von all den einsamen Leuten?* fragte er sich, während seine Stimme sang.

Als er fertig war, sah er den Otter gespannt an. Mudges Gesicht blieb ausdruckslos.

»Nun, wie war ich?«

Mudge lehnte sich zurück und lächelte andeutungsweise. »Vielleicht 'attest du recht, Jon-Tom. Vielleicht wäre es besser mit Begleitung. Interessante Worte, das gestehe ich dir zu. Ich kannte mal einen Burschen, der mehrere Gesichter in Gläsern aufbewahrte, allerdings 'atte er sie nich an der Tür.«**

Jon-Tom versuchte, seine Enttäuschung nicht zu zeigen, aber warum sollte er bei dem Otter eine andere Reaktion erwarten als bei seinem bisherigen Publikum?

»Ich bin eigentlich viel mehr Instrumentalist. Und was die Stimme angeht«, setzte er verteidigend hinzu, »so ist sie vielleicht nicht weich, aber ich singe mit Begeisterung.«

»Das mag sein, Kumpel, aber ich bin mir nich sicher, daß dein Publikum auch zu'ört. Ich werde versuchen, mir einfallen zu lassen, was du sonst noch tun könntest. Für den Augenblick aber wär es nett, wenn du das Singen vergessen würdest.«

»Nun, ich bin nicht hilflos.« Jon-Tom beschrieb eine den Raum umfassende Geste. »Ich will mich dir nicht weiter aufdrängen, Mudge. Diese Kneipe zum Beispiel. Ich habe keine Angst vor harter Arbeit. Die Krüge und Servierplatten, die gewaschen werden müssen, gehen sicher in die Hunderte; der Boden muß aufgewischt, Tische gesäubert und Abflüsse gereinigt werden. Es gibt verdammt viel Arbeit hier. Ich könnte ...«

Mudge griff über den Tisch, und beide Pfoten vergruben sich in Jon-Toms Indigohemd. Der Otter starrte in die Über-

---

* Eine Zeile in dem Lied der Beatles lautet: ›Where are all the lonely people now?‹ – Etwa: ›Wo sind jetzt all die einsamen Menschen?‹

** Eine andere Zeile lautet: ›She is wearing a face that she keeps in a jar by the door.‹ – Etwa: ›Sie trägt ein Gesicht, das sie in einem Gefäß/Glas bei der Tür aufbewahrt.‹ – *Anm. d. Übers.*

raschung seines Gegenüber hinauf und flüsterte eindringlich:

»Das kannst du nich tun! Das is Arbeit für Mäuse und Ratten. Laß das bloß niemanden 'ören, Jon-Tom!« Er gab die Seide frei und setzte sich in seinen Stuhl zurück.

»Ach, komm schon!« protestierte Jon-Tom. »Arbeit ist Arbeit.«

»Glaubst du das jetzt auch noch?« Mudge deutete nach rechts.

Zwei Tische entfernt sah Jon-Tom einen etwa neunzig Zentimeter großen Rattenmann. Er war in einen Overall aus irgendeinem schweren, dicken Material gekleidet, der vor Schmutz starrte. Dicke Handschuhe schützten winzige Pfoten, und kniehohe Stiefel ruhten auf dem Boden, während der Nager die Holzplanken schrubbte.

Die anderen um ihn herum ignorierten seine Anwesenheit völlig und warfen Knochen und anderen Abfall in seine Nähe, manchmal auch auf seinen Rücken. Während Jon-Tom zusah, stolperte der Nager unversehens über das Bein einer betrunkenen Möwe, die nach einem Tisch mit Sitzstangen für ihre ornithologischen Belange suchte. Der große Vogel richtete ein glasiges Auge auf die Ratte und zuckte einmal mit dem Schnabel vor, mehr hänselnd als drohend.

Die Ratte stolperte sich frei, fiel über die eigenen Füße nach hinten und schüttete ihren Kübel mit Müll und Dreckbrühe über sich. Die Schmiere lief über die Stiefel und den schützenden Overall. Einen Moment lang lag der Rattenmann betäubt zwischen dem Müll, dann kämpfte er sich auf die Füße und begann ihn schweigend wieder einzusammeln, die Pfiffe und Beleidigungen, mit denen die Gäste ihn überhäuften, scheinbar überhörend. Ein schwerer Knochen prallte ihm auf den Rücken, und er sammelte ihn zusammen mit dem restlichen Abfall ein. Die kurze Ablenkung begann die Zuschauer bald zu langweilen, und sie kehrten zum Trinken, Essen und Streiten zurück.

»Und diese Arbeit verrichten nur Ratten und Mäuse?« erkundigte sich Jon-Tom. »Ich habe etwas in der Art eigentlich immer gern getan. Erinnere dich, das hat Clodsahamp verwechselt und mich so hierhergebracht.«

»Was du anderswo tust, versuchst du besser nich 'ier, Kumpel. Jedes ehrbare Tier würde eher 'Ungers sterben, als das zu tun oder betteln zu ge'en, wie unser piekserverstekkender Freund, der Gibbon.«

»Ich verstehe das alles nicht, Mudge.«

»Versuch es nich, Kumpel! Schwimm einfach mit dem Strom, wa? Außerdem, diese Typen sind von Natur aus faul und dumm. Sie liegen lieber rum und stopfen Käse in sich rein, als irgend'ne ehrliche Arbeit zu tun. Verbringen ihre ganze Zeit – wenn sie nich gerade essen – mit wahllosem Herumbumsen, obwohl man annehmen sollte, daß sie gar nich wissen, mit welchem Teil sie's tun sollen.«

Jon-Tom kämpfte um seine Selbstbeherrschung. »An niedriger Arbeit ist nichts Schlechtes. Diejenigen, die sie tun, werden dadurch nicht niedrig, und auch ihre Intelligenz nicht. Ich ...« Er seufzte und wunderte sich über die Hoffnungslosigkeit, die in seinem Unterfangen lag. »Ich nahm einfach an, daß hier, soweit das überhaupt möglich ist, alles anders sei. Es ist mein Fehler. Ich habe mir eine Welt eingebildet, die nicht existiert.«

Mudge lachte. »Ich kann mich erinnern, daß du vor kurzem noch darauf bestandest, daß diese Welt nich existiert.«

»Oh, sie existiert, schon gut!« Seine Fäuste rieben wütend über den Tisch, als er sah, wie der Rattenmann plötzlich auf die Brust stürzte. Eine Schildkröte mit einem erheblich unfeineren Charakter als Clodsahamp hatte ein stummeliges Bein ausgestreckt und den unglücklichen Nager zu Fall gebracht. Wieder sammelte er mühselig den verstreuten Abfall ein, während unter den Zuschauern erneut Fröhlichkeit ausbrach.

»Warum gibt es auch hier diese Diskriminierung? Warum auch hier?« murmelte Jon-Tom böse.

»Diskriminierung?« Mudge schien verwirrt. »Niemand diskriminiert sie. Sie sind einfach zu nichts anderem gut. Gegen 'n Naturgesetz kommst du nich an, Kumpel.«

Jon-Tom hatte mehr von Mudge erwartet, obwohl es dazu keinen wirklichen Grund gab. Nach allem, was er bisher gesehen hatte, war der Otter nicht schlimmer als der Durchschnittseinwohner dieses stinkigen, zurückgebliebenen Nichtparadieses.

Im Restaurant fand sich hier und da auch ein Mensch. Keiner war auch nur annähernd so groß wie Jon-Tom. In der Nähe saß ein älterer Herr, der ab und zu an seinem Krug nippte und mit einem in schwarzen Seidenbrokat gekleideten Klammeraffen Karten spielte. Ihnen gegenüber hockten ein Menschenaffe, den Jon-Tom nicht einordnen konnte, und ein neunzig Zentimeter großer Ziesel, der einen knallroten Overall und die dunkelste Sonnenbrille trug, die Jon-Tom je gesehen hatte.

Ohne Zweifel waren sie genauso voreingenommen und bigott wie die anderen. Und woher nahm er das Recht, sich als Richter über die Moral einer anderen Welt aufzuschwingen?

»Daran kannst du über'aupt nichts ändern, Kumpel. Warum sollte man das auch ändern wollen? Teller waschen und Aufwischen und das alles is nich drin, außer du willst nich als richtiger Bürger respektiert werden. Du wärst natürlich auch zum Politisieren geeignet, aber das rangiert noch unter der Schmutzarbeit. Ich 'offe, du mußt nich auf deine Fä'igkeiten als Sänger zurückgreifen.« Er machte eine Pause. Als er weitersprach, lag sowohl Hoffnung als auch Neugier in seiner Stimme:

»Also, unser alter Clodsa'amp war sich verdammt sicher, daß du irgend'ne Art von Magier bist, war er. Bist du sicher, daß du nich zaubern kannst? Ich 'ab doch ge'ört, wie du den alten 'Exer-'Eini nach seinen speziellen Worten gefragt 'ast.«

»Das war nur Neugierde, Mudge. Einige der Worte kannte ich. Aber nicht in der Art und Weise, wie er sie benutzte. Selbst du hast diese Sache mit den tanzenden Nadeln gemacht. Praktizieren hier eigentlich alle Magie?«

»Oh, das tut jeder, sicher.« Mudge nahm einen Schluck

des schwarzen Gebräus. »Aber nur wenige werden gut genug, um mehr als einen oder zwei Tricks 'inzukriegen. Nadeln sind meine Grenze, fürcht ich. 'Ölle, ich wollt, ich könnte diesen Goldzauber!« Sein Blick richtete sich plötzlich nach links, und sein Gesicht verzog sich zu einem breiten Grinsen.

»Aber natürlich, wenn die Situation es erfordert, bin ich gar nich so schlecht, was bestimmte Formen der Levitation angeht.« Seine rechte Hand bewegte sich mit einer Geschwindigkeit, zu der nur Otter imstande sind.

Wie es der keck gekleideten und aufreizend geschminkten Streifeneichhörnchenfrau gelang, die sechs Bierkrüge, die sie durch die Menge manövrierte, nicht zu verschütten, war ein wenig Magie für sich, dachte Jon-Tom, als er sich duckte, um den fliegenden Schaumspritzern zu entgehen.

Sie bedachte den unschuldig dasitzenden Mudge mit einem wutentbrannten Blick. »Behalt deine Hände bei dir, du dreckfressender Sohn eines Schlammwurms! Das nächste Mal bekommst du einen von diesen hier in deinen fetten Nacken!« Sie drohte ihm mit einem der Humpen.

»'Eee, Lily!« protestierte Mudge. »'Ast du mir nich immer erzählt, du suchst nach 'nem Weg, um nach oben zu kommen?«

Sie setzte dazu an, ihre gesamte Fracht über ihn auszuleeren, und er duckte sich in gespielter Furcht zusammen, die Pfoten vor das immer noch lächelnde Gesicht gelegt. Dann überlegte sie sich, daß es besser war, das Getränk nicht zu verschwenden. Sie wandte sich vom Tisch ab und bahnte sich mit den Ellbogen ihren Weg durch die Menge; ihr Schwanz zuckte kokett von einer Seite zur anderen. Der kurze goldene Rock reichte kaum von der Taille bis zu den Knien; das graue Muster kontrastierte wundervoll zu ihrem Rostbraun und den schwarz-weißen Streifen.

»Was 'ab ich dir gesagt, Kumpel?« Mudge grinste Jon-Tom über den Rand seines Kruges an.

Der versuchte zurückzulächeln, weil er sich bewußt war, daß der Otter versuchte, die trübe Stimmung aufzubrechen, in die er verfallen war. Also zwang er sich, den Scherz fortzusetzen.

»Ziemlich kurze Levitation, Mudge. Ich glaube nicht, daß sie irgendwas davon gehabt hat.«

»Wieso sie?« Der Otter drückte sich den Daumen auf die Brust. »*Ich* bin es, dem die Levitation guttut!« Er schlug sich auf die Schenkel und lachte aus vollem Hals über seinen eigenen Scherz.

Vor den beiden Fenstern des *Seidigen Oppossums* wurden hölzerne Rolläden hinuntergelassen, und irgend jemand dämpfte die Öllampen. Jon-Tom wollte aufstehen und spürte eine Pfote am Handgelenk, die ihn zurückhielt.

»Nein, Chef, kein Grund, sich Sorgen zu machen!« Die Augen des Otters funkelten. »Ganz im Gegenteil. 'Abe ich dir nich ein wenig Unter'altung versprochen?« Er deutete auf einen Punkt über der runden Zentraltheke.

Etwas, das wie ein auf den Kopf gestellter Baum aussah, sank langsam aus einer Lücke in der Mitte der spitz zulaufenden Decke. Es war grün durch frisches Blattwerk, das allerdings angeheftet war und zweifellos regelmäßig erneuert wurde. Die immer noch unsichtbare Band fiel in eine völlig neue Melodie. Dabei trug der Schlagzeuger jetzt den Hauptanteil, wie Jon-Tom bemerkte. Der Rhythmus war schwer, langsam und sinnlich.

Die Schreie und Rufe, die die Luft des Etablissements erfüllt hatten, veränderten sich ebenfalls. Wildes Chaos wandelte sich, leiser werdend, zu erwartungsvollem Gemurmel, aus dem gelegentlich lautere, meist zotige Kommentare aufklangen.

Mudge hatte seinen Stuhl so verrückt, daß er jetzt dicht neben Jon-Tom saß. Sein Blick war auf den falschen Baum gerichtet, und er rammte seinem Begleiter wiederholt den Ellbogen in die Rippen.

»Und jetzt sperr die Augen auf, Kumpel! Es gibt keinen lieblicheren und graziöseren Anblick in ganz Lynchbany.«

In der dunklen Deckenöffnung erschien ein Tier, und die Menge brüllte auf. Es verschwand kurz und tauchte dann neckend wieder auf. Es war schlank, fast schmächtig und ließ sich sehr langsam aus der verborgenen Kammer über dem Dach in die Äste der künstlichen Konifere gleiten. Fast genau einen Meter groß, stellte es einen ruhelosen, fünfzehn Zentimeter langen Schwanz zur Schau und war völlig von einem geradezu blendenden schneeweißen Fell bedeckt; nur an der Schwanzspitze zeigten sich einige Zentimeter Schwarz.

Die Kleidung, falls eine derart geschmeidig-duftende Umhüllung so genannt werden konnte, bestand aus vielen Lagen schwarzer chiffonartiger Schleier, durch die schwach das leuchtendweiße Fell schimmerte. Das Gesicht war von roten, sonderbar geschwungenen Linien und Mustern bedeckt, die sich von der Schnauze über die Brust und die Schultern zogen und unter den luftigen Falten verschwanden. Ein Turban in passendem Schwarz war mit Juwelen übersät. Die Krönung des Ganzen waren, wie Jon-Tom fasziniert bemerkte, lange falsche Wimpern.

Die strahlende Vision war so fesselnd, daß ihm die Identifizierung erst nach einigen Sekunden gelang. Die schlanke Gestalt und der muskulöse Rumpf konnten nur zu irgendeinem Mitglied der Wiesel-Familie gehören. Als die Erscheinung lächelte und winzige scharfe Zähne zeigte, war er sich dessen sicher. Es war ein Hermelin, noch im vollen winterweißen Vlies. Das bestätigte seine Ahnung über die Jahreszeit, in der er eingetroffen war – er hatte vergessen danach zu fragen. An der Weiblichkeit des Wesens hatte er sowieso keinen Zweifel.

Gespannte gattungsübergreifende Erwartung hatte die Menge erfaßt. Alle Aufmerksamkeit war nach oben gerichtet, als die Hermelin-Stripperin mit den Schnallen zu spielen begann, die einen der Schleier hielten. Sie ließ eine aufschnappen, dann das Gegenstück. Begeisterungsschreie stiegen aus dem Publikum auf, ein verblüffendes Gemisch aus Tuten, Pfeifen, Zischen, Quietschen, Jaulen und Bellen. Mit schlangengleichen Bewegungen löste sie den ersten Schleier.

Jon-Tom hatte nie Gelegenheit gehabt, sich ein Tier vorzustellen, das etwas so Erotisches wie einen Striptease vollführt. Schließlich lag unter jeder Kleidung immer noch ein dichtes, solides Fell und nicht das bloße Fleisch eines Menschen.

Aber Erotik hat wenig mit Nacktheit zu tun, wie er bald entdeckte. Es waren die Bewegungen des weiblichen Hermelins (ein subtiles Drehen und Wenden, das keine menschliche Frau auch nur annähernd nachahmen konnte), die stimulierten. Er fand sich völlig vom Ablauf und Ausdruck des Tanzes selbst gefangengenommen.

Unter den zunehmenden Begeisterungsschreien der Menge folgte ein Schleier dem anderen. Die kühle Unberührtheit, die Jon-Tom hatte zeigen wollen, war längst einem eindeutigen Kitzel gewichen. Er war Schönheit gegenüber nicht weniger empfänglich als irgendein anderes Tier. Die Hermelin-Stripperin führte eine Reihe von Bewegungen aus, die weit jenseits der Fähigkeiten des talentiertesten Menschen lagen, und sie tat das mit der Grazie und der Haltung einer Komteß.

Dazu kam die Art, wie sie um die Äste und Blätter des Baumes glitt; sie streichelte und liebkoste sie in einer Weise mit Händen und Körper, der nur ein Klotz alten Granits zu widerstehen vermochte. Moschusgeruch lag jetzt schwer in der Luft, die Eindeutigkeit der Bewegungen und Gesten beeinflußte jedes männliche Wesen.

Der letzte Schleier fiel, glitt federleicht zu Boden. Die Musik war fast so schnell wie die Tänzerin. Das weißbepelzte Hinterteil war zu einem der Schwerkraft spottenden Metronom geworden, ein sinnliches Pendel der Leidenschaft, manchmal von dem zuckenden Schwanz verhüllt, manchmal durch ihn betont, und alles vibrierte im Rhythmus der Musik.

Die Musik erreichte einen abschließenden Höhepunkt, als das Hermelin-Mädchen, an einem der untersten Äste hängend, eine Serie von absolut unmöglichen Bewegungen vollführte, die Jon-Tom nebenher auch den Grund für die zentrale und kreisförmige Natur der Theke enthüllte. Sie diente jetzt als Festungswall, hinter dem die schwer bewaffneten Köche und auch Ausschenker in der Lage waren, die hysterischen Vorstöße der überhitzten Gäste abzuwehren.

Einem langohrigen Kaninchen gelang es schließlich, eine Handvoll von dem schwarzspitzigen Schwanz zu fassen, der ihm scheu, aber entschieden entzogen wurde. Ein stämmiger Luchs stieß das Kaninchen zurück in die wogende Menge, als die Tänzerin ihrem Publikum einen letzten Kuß zublies. Dann glitt sie durch die Zweige und Blätter zurück und verschwand mit einem abschiednehmenden Schwenken der Hüften im Dach.

Die Fensterläden und der Baum wurden wieder hochgezogen. Die Gespräche nahmen ihren Fortgang, und die Normalität kehrte in das Lokal zurück. Serviererinnen und Kellner bahnten sich wieder ihren Weg durch die Menge wie Sauerstoff durch den Blutstrom.

»Weißt du jetzt, was ich meine, Kumpel?« fragte Mudge mit der Zufriedenheit von jemandem, der gerade einen sehr hohen Scheck eingelöst hat. »Wenn ich sage, daß es keinen lieb ...« Er unterbrach sich und starrte eigenartig über den Tisch.

»Was ist?« fragte Jon-Tom verstört.

»Da soll mich doch ...« kam die verblüffte Antwort. »Du wirst ja rot! Ihr Menschen ...«

»Quatsch!« murmelte Jon-Tom und wandte sich verärgert ab.

»Nee, nee!« Der Otter beugte sich über den Tisch und sah Jon-Tom, der versuchte, sein Gesicht zu verbergen, aus nächster Nähe an. »Leck mich am Ärmel, aber es is wahr ... du bist rot wie 'n Pavian'intern, Kumpel.« Er deutete mit dem Kopf zur Dachspitze. »Dann 'ast du noch nie so eine Vorstellung gese'en?«

»Natürlich habe ich das.« Er wandte sich schwungvoll seinem Begleiter zu und bemerkte, daß er leicht schwankte. In seinem Gehirn entwickelte sich langsam die Frage, ob er einen kleinen Schwips hatte. Wieviel von diesem schwarzen Gebräu hatte er intus?

»Das heißt ... im Film, habe ich es gesehen.«

»Was wäre das?«

»Eine magische Erscheinung«, erklärte Jon-Tom rasch.

»Nun, wenn du dir so was angese'en 'ast, wenn auch nicht, wage ich zu be'aupten« – er blickte bewundernd zum Dach hinauf –, »von solcher Grazie und Kunstfertigkeit – warum dann das rote Gesicht?«

»Es ist einfach so, daß ...« Er suchte nach den Worten, die seine Verwirrung erklären konnten, »... ich nicht erwartet hätte, so eine Darbietung von ...« Wie konnte er ›einem anderen Tier‹ ausdrücken, ohne sein Gegenüber zu beleidigen? Verzweifelt suchte er nach einer anderen Erklärung. »Ich habe nie zuvor etwas gesehen, das ... nun, von einer so hochentwickelten perversen Geschicklichkeit ist.«

»Ah, jetzt verste'e ich. Pervers würde ich es allerdings nich nennen. Ich find, das war etwas von großer Schön'eit.«

»Wenn du es sagst, war es das wohl.« Jon-Tom war dankbar für dieses Schlupfloch.

»Jawohl.« Mudge knurrte leise und lächelte. »Und falls ich je die Gelegen'eit bekomme, meine 'Ände an dieses kleine geschmeidige Liebchen zu legen, dann werd ich *ihr* was von großer Schön'eit zeigen.«

Die schwere, warme Luft des Restaurants hatte Jon-Tom zusammen mit dem reichhaltigen Mahl und den Getränken eindeutig benebelt. Er war aber entschlossen, nicht wegzutreten. Mudge hielt schon jetzt nicht viel von ihm, und Clodsahamps Warnungen hin oder her, er würde nicht darauf wetten, daß der Otter bei ihm blieb, wenn er sich vollends lächerlich machte.

Entschlossen schob er den Krug weg, stand auf und sah sich um.

»Wonach suchst du jetzt, Kumpel?«

»Nach Leuten meiner Art.« Sein Blick schweifte auf der Suche nach bloßem Fleisch über die Menge.

»Was – Menschen?« Der Otter zuckte die Achseln. »Na ja,

ich 'abe eure sonderliche Vorliebe füreinander nie so recht verstanden, aber es steht dir natürlich frei, dir deinen Umgang selbst zu suchen. Siehst du irgendwo welche, hm?«

Jon-Toms Blick ruhte auf zwei vertraut haarlosen Gesichtern in einer Nische am anderen Ende des Raums. »Dahinten sitzt ein Paar, zwei Männer, glaube ich.«

»Na gut, dann.«

Jon-Tom wandte seine Aufmerksamkeit wieder dem Otter zu. »Es ist nicht so, daß ich nicht gern in deiner Gesellschaft bin, Mudge. Ich möchte einfach nur mal 'ne Zeitlang mit Leuten meiner Art reden.«

Seine Sorgen waren grundlos. Mudge war viel zu guter Stimmung, um sich durch irgend etwas beleidigen zu lassen.

»Was immer du willst, Kumpel. Dann ge'en wir eben rüber und machen 'nen Plausch, wenn du das möchtest. Aber vergiß nich, daß wir immer noch die kleine Angelegen'eit zu klären 'aben, wovon du leben sollst.« Er schüttelte den Kopf, mehr um ihn zu klären, als um sein Mißvergnügen zu zeigen.

»Spielmann ... ich weiß nicht. Da könnte immer noch der Neuheitsfaktor sein.« Er kratzte sich das Fell unterm Kinn. »Ich sage dir was. Sing uns noch ein Lied, und dann ge'en wir rüber und versuchen die Bekanntschaft von diesen Burschen zu machen.«

»Ich dachte, du hättest beim ersten Mal genug gehört.«

»Urteile nie nach dem ersten Eindruck, Kumpel! Außerdem war das 'n verdammt trübseliges und düsteres Stück, was du da zum besten gegeben 'ast. Versuch was anderes! 'N Spielmann, der 'ne bestimmte Art von Lied ver'unzt, könnte doch 'ne andere Art sehr 'übsch trillern.«

Jon-Tom setzte sich wieder, verschränkte die Finger und dachte nach. »Ich weiß nicht. Was möchtest du hören? Klassik, Pop, Blues, Jazz?« Er versuchte, ansteckend begeistert zu klingen. »Ich kenne ein paar klassische Stücke, aber was ich wirklich immer gewollt habe, ist Rock zu singen. Das ist eine Art populäre Musik, da wo ich herkomme.«

»Ich weiß auch nich, Kumpel. Wie wär's mit Balladen? Jeder mag Balladen.«

»Sicher.« Wieder erwärmte er sich für seine wahre Liebe. »Ich kenne viele. Welches Thema gefällt dir am besten?«

»Laß mich 'ne Minute nachdenken.« Tatsächlich dauerte es nur Sekunden, bis die schwarzen Augen zu strahlen begannen und das Gesicht des Otters sich zu einem Lächeln verzog.

»Schon gut«, sagte Jon-Tom hastig. »Ich denke mir selbst was aus.«

Er dachte nach, aber es war schwer, sich auf irgendein bestimmtes Lied festzulegen. Vielleicht waren es der Lärm und der Geruch, die um sie herumwirbelten, vielleicht die Nachwirkungen der Mahlzeit, aber die Worte und Noten flatterten ihm wie Mücken durchs Hirn, machten nie lange genug halt, daß er eine einzelne Erinnerung greifen konnte. Außerdem kam es ihm unnatürlich vor, ohne seine vertraute abgenutzte Gitarre vor dem Bauch zu singen. Wenn er doch nur irgend etwas hätte, und sei es nur eine Mundharmonika! Aber er konnte nicht gleichzeitig singen und darauf spielen.

»Na los, Kumpel!« drängte Mudge ihn. »Dir fällt doch bestimmt etwas ein.«

»Ich werde es versuchen.« Und das tat er, indem er eine rauhe Interpretation von ›Strawberry Fair‹ vom Stapel ließ, aber die zarten Harmonien gingen in dem Bellen, Tuten und Zischen unter, die die Luft des Restaurants erfüllten.

Auf den scharfen Hieb, der ihn zwischen den Schulterblättern traf, war er völlig unvorbereitet. Die Arme ausgebreitet, rutschte er auf der Brust über den Tisch.

Wütend und verwirrt drehte er sich um und starrte in ein wild blickendes dunkelbraunes Gesicht, das zu einem stämmigen, muskulösen Körper gehörte, der so groß war wie der von Mudge, aber mehr als doppelt so breit ...

VI

Das Schlangenhautbarett und das signalrote Halstuch milderten die einschüchternde Erscheinung des Vielfraßes nicht im mindesten.

»Tut mir leid«, murmelte Jon-Tom, unsicher, was er sonst sagen sollte.

Das Gesicht stierte wild auf ihn herunter, mächtige Kiefer öffneten sich, und zurückgezogene Lippen enthüllten scharfe Zähne. »Ees tuut diiir niiicht leihhd genuug, glauhhbee iiich!« grummelte das Wesen hohl. »Deihhnee Muutteer tuut miiir leihhd, weihhl siiie soo laangee eihhnee deeraartiiigee Stiiimmee hööreen muußtee. Duu haast meihhnee Freuhhndee geestöört uund miiir daas Eesseen veerdoorbeen.«

»Ich habe nur geübt.« Er begann wegen der Beleidigungen ein wenig ungehalten zu werden. Die Wärme des Bratens war immer noch in ihm. Den bedenklichen und besorgten Ausdruck, der auf Mudges Gesicht aufgetaucht war, bemerkte er nicht. »Es ist schwer, ohne Musikbegleitung zu singen.«

»Jaaah, aalsoo nuun, duu wiiirst niiicht meehr üübeen, höörst duu? Ees tuut miiir iiin deen Oohreen weeh.«

Mudge versuchte vergeblich, Jon-Toms Aufmerksamkeit auf sich zu lenken. Jon-Tom erhob sich von seinem Stuhl und überragte das kleinere, aber massiger gebaute Tier. Das vermittelte ihm ein besseres Gefühl, bewies einmal mehr, daß der stärker schien, der größer war. Oder bezeugte, wie ein alter Philosoph sagte, die taktische Überlegenheit der Taube über den Menschen.

Der Vielfraß allerdings war nicht beeindruckt. Er musterte Jon-Toms Länge abschätzend von oben nach unten. »Sooviiel Vooluumeen uund keihhnee Stiiimmee. Viiieleihhcht biiist duu beeseer iiim Haarmooonieesiiingeen, wieeee? Aalsoo soolltee iich viiielleihhcht eihhnee Häälftee hiiierheer uund diiie aandeeree auhhf deen Tiiisch lcegeen.« Kräftige krallenbewehrte Hände griffen nach Jon-Toms Gesicht.

Jon-Tom tauchte behende weg, glitt um den Tisch herum, brachte seinen Stab hoch und schwang das Keulenende in einem zischenden Bogen herum. Der Vielfraß, der selbst kräftig getrunken hatte, reagierte langsamer als üblich. Es gelang ihm nicht, beide Hände rechtzeitig zur Verteidigung hochzubringen, und der Stab schmetterte heftig auf einen Satz Knöchel. Der Getroffene brüllte schmerzerfüllt auf.

»Hör mal, ich will eigentlich keinen Streit.«

»Laß dir nichts gefallen, Kumpel, du bist im Recht!« ermunterte ihn Mudge, der sich überstürzt aus der Nachbarschaft des Tisches zurückzog. »Ich passe auf, daß es ein fairer Kampf wird.«

»Den Teufel wirst du tun!« Jon hielt seinen Stab fest umklammert und versuchte seine Aufmerksamkeit zwischen dem Vielfraß und dem Otter zu teilen. »Du weißt doch, was Clodsahamp gesagt hat.«

»Pfeif drauf!« Aber Mudge zögerte, eine Hand tastete auf der Brust in der Nähe des Schwertgriffs herum. Offensichtlich schätzte er das Dreieck ab, das sich um den Tisch gebildet hatte, und erwog, was wahrscheinlicher war: Clodsahamps rächende Magie oder den Vielfraß und seine Freunde zu überleben. Der eine war ein hochgewachsener Marder, der andere ein stämmiger Armadill, der an zwei Hüftgürteln je ein Schwert zur Schau trug. Aber es war natürlich nicht dasselbe, Waffen zu tragen und zu wissen, wie man mit ihnen umgeht.

Sie erhoben sich gerade, um sich dem Vielfraß an die Seite zu stellen, und sie sahen Jon-Tom entschieden unfreundlich an. Der Vielfraß selbst hatte sich wieder gefaßt und zog einen häßlich aussehenden Streitkolben aus einer Schlaufe am Gürtel.

»Ruhig Blut, Kumpel!« Der Otter machte seinem Schützling mit gezücktem Schwert Mut.

Der Vielfraß hielt den Streitkolben mit einer Hand am Griff und bewegte mit der anderen dessen gespickten Eisenkopf auf und ab. »Viiielleihcht haabee iiich miiich miiit deer Haarmooniiee geeiiirrt.« Er beäugte Jon-Toms Kehle. »Viiielleihcht soolltee iiich diiie Keehlee liiieber gaanz beeseihtiiigeen, jaaaa?« Er trat vor und stieß mit einem Servierer zusammen, der ihn beschimpfen wollte, dann aber den Streitkolben sah und in die Menge floh.

»Hiiier driiinneen iiist ees zuu vooll. Iiich glauhhbe, wiiir treefeen uuns drauhhßeen. Iiin Oordnuung?«

»Iiin Oordnuung«, entgegnete Jon-Tom bereitwillig. Er trat vor, als wollte er zur Tür, legte die Hand unter die Tischkante und hob. Tisch, Getränke, fettige Reste des Mahls, Teller und Platten regneten auf den Vielfraß, auf dessen Freunde und einige nichtsahnende Gäste an anderen Tischen hinab. Die unschuldigen Zuschauer protestierten gegen das Sperrfeuer. Einer der Kumpane des Vielfraßes wich dem Tisch mit einem Seitenschritt aus und stieß mit seinem Schwert auf das Gesicht des Otters. Mudge duckte sich unter dem Hieb des Marders und hielt sein Schwert parat, um dem jetzt vortretenden Armadill zu begegnen, während er dem streitlustigen Marder gleichzeitig elegant in die Weichteile trat. Der Getroffene griff sich zwischen die Beine und brach in die Knie.

Unter denen, die durch Jon-Toms Aktion mit höchst fragwürdigem Schmuck bedacht worden waren, befand sich ein Paar Nasenbärinnen, deren zarte Gestalten und hübsch blitzende Augen der Wut in ihren Stimmen gleichkamen. Sie hatten schlanke Rapiere gezückt und arbeiteten sich vor, um an dem Kampf teilzunehmen.

Jon-Tom hatte sich nach links zurückgezogen, da es nur dort keine potentiellen Kombattanten gab, und Mudge gesellte sich bald zu ihm. Sie zogen sich weiter zurück, bis sie einen weiteren Tisch in Aufruhr versetzten. Dies rief eine Kettenreaktion hervor, die mit verblüffender Schnelligkeit zu einem allgemeinen Handgemenge führte, das jeden in der Gaststätte Anwesenden einzubeziehen drohte.

Nur die Köche und Schankkellner behielten die Ruhe. Sie blieben hinter dem Schutz ihres runden Tresens unverwundbar und verteidigten Getränke und Speisen genauso beflissen und beharrlich, wie sie es mit Person und Ehre ihres leuchtend weißen Hermelin-Stars getan hatten. Ihre schweren Knüppel kamen nur ins Spiel, wenn einer der Schlachtteilnehmer in den Kreis ihres Territoriums stolperte. Kellner und Serviererinnen versammelten sich hinter dieser Verteidigungslinie und führten beiläufig Buch über das Kampfergebnis oder vertilgten, was eigentlich für jetzt anderweitig beschäftigte Gäste gedacht gewesen war.

Der Kampf wirbelte um diese zentrale Bastion der Ruhe, und die Luft war voll von wut- und schmerzerfülltem Kläffen und Miauen, Quieken und Schreien, Piepsen und Tschilpen.

Ein Flugwesen hätte Jon-Tom fast erwischt. Er verteidigte sich wirksam, wenn auch unelegant mit seinem langen Stab gegen die kurzen Schwerthiebe eines wütenden Pfeifhasen, als Mudge schrie:

»Jon-Tom – duck dich!«

So verfehlte die bolaschwingende Stockente den Hals des Menschen. Ihre Waffe verfing sich aber am Keulenende von Jon-Toms Stab, der sofort mit einem heftigen Ruck zog. Um in der Luft zu bleiben, mußte der Vogel seine Waffe fahren lassen, tat das aber nicht, ohne den Menschen mit einem Strom von Beleidigungen einzudecken. Jon-Tom hatte Zeit, das orange-grüne Muster auf dem Kilt der Ente zu bemerken. Er fragte sich, ob die verschiedenen Kiltmuster gattungsspezifisch oder eine Art speziesübergreifendes Klan-Äquivalent waren.

Es gab wenig Zeit für soziologische Betrachtungen. Der Marder hatte sich von Mudges Schlag erholt und machte sich daran, seine Klinge durch Jon-Toms Mitte zu schieben. Instinktiv wehrte dieser den Hieb mit seinem Stab ab. Das Schlagende kam hoch und schwang herum. Es verfehlte den beweglichen Marder, aber die hängengebliebene Bola des Vogels wickelte sich um den Hals des Angreifers.

Der ließ sein Schwert fallen, riß, als er wegstolperte, die Wurfwaffe vom Stab und mühte sich, die würgende Schnur vom Hals zu entfernen. Jon-Tom, gegenwärtig frei von Gegnern, suchte in der Menge nach seinem Begleiter.

Mudge war ganz in der Nähe, schleuderte möglichen Angreifern Möbel in den Weg, bewarf sie, wann immer es möglich war, mit Krügen und anderem Eßgerät, vermied, wo immer er konnte, direkte Konfrontationen.

Jon-Tom war weder stolz noch froh über seine neuentdeckte Fähigkeit zur gewalttätigen Selbstverteidigung. Wenn er doch nur aus diesem gefährlichen Irrenhaus heraus und in den Frieden und die Ruhe seines kleinen Apartments zurück könnte! Aber dieser entfernte, vertraute Himmel hatte sich in seiner Erinnerung immer weiter zurückgezogen, hatte den Punkt erreicht, in dem er, verglichen mit der blutigen Wildheit, die ihn umgab, nur noch als nebelverhangene Vergangenheit existierte.

Dem Himmel sei Dank, dachte er, während er einen weiteren Angreifer abwehrte, für Clodsahamps magische Dienste! Selbst eine gut verbundne Wunde wäre inzwischen wieder aufgebrochen, aber er spürte nichts in seiner ehemals verletzten Seite. Er war wohlbehalten und wirklich geheilt.

Das würde ihm aber nicht helfen, wenn einer der vielen Schwert- oder Pikenhiebe ihn erneut treffen sollte. Der unterschieds- und rücksichtslose Charakter des Kampfes war jetzt erschreckender als alles andere. Es war unmöglich, Freunde und Feinde zu unterscheiden.

Vergeblich sah er sich über dem wogenden Kampfgeschehen nach dem Eingang um. Er war scheinbar eine Meile kämpfenden Stahl- und Fellozeans entfernt. Eine verzweifelte Untersuchung des Raums zeigte keinen anderen Ausgang, außer den über die Zentraltheke, deren Verteidiger keine Flüchtlinge einließen. Damit blieben nur die Fenster übrig, eine Idee, die der keuchende Mudge rasch zunichte machte.

»Schwachsinn, Kumpel, du bist wohl bekloppt! Das Glas is 'nen guten Zentimeter stark und da, wo es eingefaßt ist, noch dicker. Ich laß mich lieber von 'nem Schwert pieksen, als mich damit in blutige Streifen zu schneiden. An der 'Interseite muß 'ne Seitengasse sein. Schlagen wir uns da'in durch!«

»Ich sehe da keine Türen«, sagte Jon-Tom, der sich mühte, hinter die rückwärtigen Nischen zu blicken.

»Da is bestimmt 'n Lieferanteneingang. Ich würd mich jetzt auch mit 'ner Müllrutsche zufriedengeben.«

Tatsächlich entdeckten sie dann schließlich eine niedrige Türöffnung, die hinter Kistenstapeln und Müllhaufen verborgen war. Der dichtgedrängte Mob machte das Vorankommen schwierig, aber langsam erkämpften sie sich ihren Weg zu der Verheißung von Sicherheit und Freiheit. Nur durch Jon-Toms Hochwuchs waren sie imstande, ihr Ziel im Auge zu behalten. Für die anderen Raufer mußte er wie ein wandernder Leuchtturm aussehen.

Sein schimmernder Schlangenhautumhang war bereits zerrissen und blutbefleckt. Besser das Cape als ich, dachte er dankbar. Das war kein netter Krawall. Die einzigen Regeln waren die des Überlebens.

Er kam an einem auf dem Bauch liegenden Eichhörnchen vorbei, dessen Schwanz eine blutverfilzte Masse war. Das linke Bein war unter dem Knie abgetrennt. Auf dem Boden waren tatsächlich soviel Blut, verschüttete Getränke und Speisen zusammengekommen, daß eine der größten Gefahren darin bestand, auf den zunehmend rutschigen Bodenplanken den festen Halt zu verlieren.

Jon-Tom beobachtete einen in ein Cape gekleideten Kojoten, der sich über einen übel blutenden Fuchs beugte. Während seine Aufmerksamkeit so vorübergehend abgelenkt war, packte ihn jemand am linken Arm. Er drehte sich, um einhändig mit dem Stab zu schlagen oder zu stoßen. Bisher war er nicht gezwungen gewesen, die verborgene Speerspitze zu benutzen, und hoffte, das werde auch nie der Fall sein.

Die Gestalt, die ihn gepackt hatte, war völlig in kastanienbraunes und blaues Material gehüllt. Er konnte wenig von der Gestalt erkennen, nur daß das fast völlig verborgene

Gesicht menschlich zu sein schien. Die kleine Gestalt zerrte heftig und drängte ihn hinter eine Wand, die aus einem Trio fetter Stachelschweine bestand, die, aus naheliegenden Gründen, wenig Probleme hatten, jeden Kampflustigen zurückzuweisen, der dumm genug war, sich ihnen überhaupt zu nähern.

Er beschloß, daß später noch Zeit für Fragen sei, da die Gestalt ihn zu dem Himmel zog, den die Hintertür versprach, die sowieso sein Ziel war.

»Beeil dich!« Die Stimme war, obwohl durch Stoff gedämpft, eindeutig menschlich. »Sie haben die Polente gerufen, und die muß jeden Augenblick hier sein.« Da war ein deutlicher Unterton von Furcht in der Stimme, für den Jon-Tom sehr bald den Grund herausfinden sollte.

Bilder von Hunderten bepelzter Polizisten, die durch die Menge schwärmten, erfüllten seine Gedanken. Aus der Größe und Intensität der Auseinandersetzung schloß er, daß selbst ein solches Aufgebot mehrere Stunden brauchen würde, um die Kämpfe zu ersticken. Er rechnete nicht mit der genialen Raffinesse, die in Lynchbany Gehorsamkeit gegenüber dem Gesetz erzwang.

Als Mudge von der bevorstehenden Ankunft der Gendarmen hörte, reagierte er mit echtem Schrecken.

»Das is 'ne faire Warnung!« schrie er durch den Lärm. »Und es ist das beste, wir kommen raus oder sterben bei dem Versuch.« Er verdoppelte seine Anstrengungen, den Weg zur Tür freizumachen.

»Warum? Was werden sie tun?« Jon-Tom schwenkte seinen Stab in einem kurzen Bogen herum und brachte ihn unter dem Kinn eines kleinen, aber tödlich gefährlichen Bisamrattenmannes hoch, der eine sensenartige Waffe gegen Jon-Toms Fußknöchel schwang. Glücklicherweise hatte er nur ein Hosenbein aufgeschlitzt, bevor er zu Boden geschickt wurde. »Töten sie hier die Leute, weil sie in der Öffentlichkeit kämpfen?«

»Schlimmer als das.« Mudge hatte die Hintertür fast erreicht und kämpfte darum, außerhalb der Schwertreichweite möglicher Gegner zu bleiben und die unverwundbaren Stachelschweine zwischen sich und den Mob zu halten. Dann schrie er mit wilder Verzweiflung:

»Schnell – schnell jetzt, um euer Leben!« Jon-Tom fand es sonderbar, daß der Otter sich nicht um die Identität ihres verhüllten Fluchtgefährten gekümmert hatte. »Sie sind da!«

Aus seiner Position, Kopf und Schultern weit über der Menge, konnte Jon-Tom zum jetzt weit entfernten Haupteingang hinübersehen. Besorgt bemerkte er, daß die Schankkellner und Servierkräfte verschwunden waren und ihre Vorräte der Menge überlassen hatten.

Vier oder fünf Gestalten mit unbestimmbarem Pelz standen in der Türöffnung. Sie trugen Lederkappen, die mit blitzenden Metallovalen geschmückt waren. Die Schulterklappenembleme ihrer Westen glitzerten im Licht der Fenster und der wenigen intakt gebliebenen Lampen. Es gab einen Krach, und er sah, daß einer der Kämpfer, ungeachtet der von Mudge beschriebenen Gefahr, durch das Erscheinen der Polizei so angsterfüllt war, daß er einen Stuhl durch ein Fenster geworfen hatte. Jon-Tom fragte sich, welches schreckliche Schicksal dem Rest des immer noch kämpfenden Mobs bevorstehen mochte.

Dann folgte er der sonderbaren Gestalt und Mudge aus der Tür. Als sie sich umdrehten, um die Tür zuzuwerfen und zu verriegeln, konnte er einen letzten Blick auf den Raum und die Polizei werfen, die jetzt gegen die Raufbolde vorging. Dieses Bild wurde von einem Dufthauch begleitet, so schrecklich, daß er jenseits aller Vorstellung lag, und so konzentriert, daß es über die Kräfte von Mensch oder Tier ging, ihn zu ertragen.

Ihm wurde so übel, daß er kaum die Kraft hatte, sein noch nicht verdautes Mahl über die gegenüberliegende Wand zu erbrechen. Es tat seinem Stolz, wenn auch nicht seinem Magen gut zu sehen, daß der kurze Geruchseindruck den gleichen Effekt auf Mudge und den kastanienbraun gekleideten Fremden hatte. Während er in der Seitengasse kniete und würgend seine gequälten Innereien entleerte, erinnerte er sich erneut an das Muster, das er bei der eintreffenden Polizei erkannt hatte.

Dann waren sie wieder auf den Beinen und rannten stolpernd über das Kopfsteinpflaster der Gasse; der Nebel war immer noch dicht, und der Geruch des Mülls Parfüm, verglichen mit dem Gestank, der mit gnädiger Raschheit hinter ihnen zurückblieb.

»Sehr ... wirksam, obwohl ich nicht sicher bin, ob ich es human nennen soll, selbst wenn niemand getötet wurde.« Er umklammerte seinen Stab, setzte ihn als Stütze ein, nachdem sie ein wenig langsamer geworden waren.

»Genau, Kumpel.« Mudge trabte beständig neben ihm her; der langbeinige Fremde war vor ihnen. Gelegentlich warf der Otter einen besorgten und angeekelten Blick zurück, um nach möglichen Verfolgern zu suchen. Es tauchten keine auf.

»Es is obszön. Man *wünscht* nur, man sei tot. Es is allerdings in jeder Stadt so. Es is sauber und es gibt 'inter'er kein Gekreisch wegen unbeabsichtigter Tötungen oder Polizeibrutalitäten und so. Und doch gibt es Schlimmeres, als 'in und wieder mal ein Schwert in die Seite zu bekommen. Sich Totkotzen zum Beispiel.

Für die Skunks is es allerdings 'ne gute Sache. Ich 'ab keine Stadtgemeinde gese'en, in der einer von diesen schwarzweißen Mistkerlen nich 'nen guten Job gekriegt 'ätte. Sie 'aben so was wie 'ne Bruder- und Schwesternschaft, was gut für sie is, da unter den normalen Lebenden niemand an ihrer Gesellschaft interessiert is. Sie sorgen für Frieden und bleiben ansonsten unter sich.« Ihn schauderte. »Und vergiß nich, Kumpel, daß wir auf der anderen Seite des Raums waren. Die an der Vordertür werden wahrscheinlich tagelang kein Essen anrühren.« Ein paar kleine Echsen ließen von ihrem Stück faulendem Fleisch ab, huschten in ein Loch in der Wand, als die Flüchtlinge an ihnen vorüberhasteten, und kehrten dann zu ihrer aasfressenden Straßenreinigertätigkeit zurück.

»'Ab sie selbst auch nie gemocht. Ich mag die Polente nich

und kann keinen, der mit seinem hinteren Ende kämpft, nich ausstehen.«

Aus der Tiefe der Gasse drangen Geräusche, Spuren jenes garstigen Duftes trieben heran und bohrten sich rücksichtslos in Jon-Toms Nase und Innereien.

»Sie folgen uns«, erklärte Mudge besorgt. »Nur das nich! Lieber laß ich mich pieksen.«

»Hier entlang!« drängte die verhüllte Gestalt. Sie schwenkten in einen Nebenpfad der Gasse. Der Nebel bedeckte alles, die feuchten Wände ebenso wie das rutschige Pflaster und den Abfall unter ihren Füßen. Sie stürzten weiter, immer in Gefahr zu straucheln.

Nach und nach wurde der Geruch schwächer. Jon-Tom war dankbar für die Zeit, die er beim Korbball verbracht hatte, und für seine ungewöhnliche Schrittweite, die es ihm ermöglichte, mit dem überaktiven Mudge und ihrem rasenden, immer noch unbekannten Retter gleichzuziehen.

»Sie haben den Hauptweg genommen«, sagte dessen Stimme. »Hier müßten wir eigentlich ziemlich sicher sein.«

Sie waren auf einer kleinen Seitenstraße herausgekommen. Der schwache, irrlichternde Schimmer von den warm leuchtenden Kugeln der Straßenlampen fiel auf die Flüchtenden. Ansonsten war es dunkel, und Jon-Tom war sicher, daß der Sonnenuntergang gekommen und vorübergegangen war, während sie im Restaurant gegessen hatten.

Der Fremde wickelte den Schal ab, der Gesicht und Hals bedeckt hatte, und ließ ihn über die Schultern nach hinten hängen. Umhang, Hemd und Hose waren aus demselben kastanienbraunen, mit wenigen Silberfäden durchsetzten Material. Es war weder Leder noch Baumwolle, sondern irgendein undefinierbares organisches Mischprodukt. In Hose, Stiefel und den Blouson waren zusätzliche zierliche Muster aus Kupferfäden eingearbeitet, genau wie in den fast napoleonischen hohen Kragen.

Eine schlanke Klinge, halb Florett, halb Säbel, hing griffbereit an der Hüfte. Die Frau erreichte fast die ein Meter siebzig von Mudge, was, wie Jon-Tom erfahren hatte, für hiesige Verhältnisse groß für weibliche Menschen war. Sie wandte sich, durch das Rennen immer noch keuchend, um und betrachtete sie. Er war froh über die Gelegenheit, seinen Dank zu zeigen.

Die kastanienbraune Kleidung lag ohne irgendwelche Befestigungen exakt an, und das Gesicht war, wenn auch erwartungsgemäß klein, doch auch hart und scharf gezeichnet. Die grünen Augen waren mehr wie die von Mudge als wie seine. Sie hasteten unablässig und mit nur wenig geminderter Geschwindigkeit weiter durch die Straßen. Die schulterlangen Locken leuchteten flammendrot. Nicht das dunkle Goldorange der meisten Rotschöpfe, sondern ein feuriges, blitzendes Karmesinrot, das im Licht der Lampen wie krauses Blut aussah.

Bis auf die Haare sowie das Fehlen von Fell und Schnurrhaaren zeigte sie alle Qualitäten eines lebhaften Otters. Nur die fahlgrünen Augen milderten das Bild der Wildheit, das sie bot, als sie nervös lauschend neben einem Gebäude stand, das sich über ihnen in den Nebel schwang.

Was den Rest von ihr anging, hatte er das verdammte Gefühl, einen herrlich appetitlichen Schokokaramelriegel mit dem großzügigsten Erdnußbesatz vor sich zu haben. Und ihre Stimme war voller Hinweise auf Pfeffer und Paprika, genauso lebendig wie ihre Augen und ihr Körper.

»Dachte, ich würde dich da nie rauskriegen.« Sie sprach zu Mudge. »Ich hab versucht, dich einzeln zu erwischen, aber« – sie sah Jon-Tom neugierig an –, »dieser große schlaksige Junge war immer zwischen uns.«

»Ich würde es begrüßen«, sagte Jon-Tom höflich, »wenn du mich nicht als ›Jungen‹ bezeichnen würdest.« Er starrte sie unverwandt an. »Du siehst nicht älter aus als ich.«

»Ich werde anders reden«, schoß sie zurück, »wenn du den Unterschied zu meiner Befriedigung demonstriert hast, obwohl ich hoffe, daß nicht mehr Zeit nötig ist. Muß allerdings zugeben, daß du dich im *Opossum* ganz gut geschlagen hast. Ungeschickt, aber wirksam. Größe kann verdammt viel ausgleichen.«

Paprika und Pfeffer, dachte er. Alle Worte waren so scharf hervorgestoßen, daß sie in der Luft explodierten wie eine Kette von Knallfröschen.

Sie wandte sich angewidert von seinem taktlosen Starren ab und fragte Mudge mit entwaffnender Offenheit: »Wie schnell können wir den loswerden?« Sie deutete mit dem Daumen auf den verwirrten Jon-Tom.

»Ich fürchte, das können wir nich, mein Liebchen. Clodsa'amp selbst 'at ihn meiner liebevollen Ob'ut anvertraut.«

»Clodsahamp, der Hexer Des Baums?« Wieder sah sie Jon-Tom neugierig an.

»Jawohl. Wie es scheint, 'at er nach 'nem speziellen anderweltlichen 'Exer geangelt und 'at statt dessen diesen Burschen Jon-Tom bekommen. Da ich zufälligerweise das Pech 'atte, in diese Erscheinung reinzustolpern, wurde mir leider, wie ich schon sagte, aufgetragen, mich um ihn zu kümmern. Zumindest so lange, bis er selbst besser dazu imstande is als jetzt.« Mudge hob eine Pfote.

»Unter der Strafe von Flüchen, die zu schrecklich sind, um sie zu erläutern, Liebchen. Aber es war nich all zu schlimm. Er is kein so schlechter Kumpel, wenn auch 'n bißchen naiv.«

Jon-Tom verspürte ein Wiederaufleben jener Lebhaftigkeit, die den Aufruhr im *Seidigen Opossum* hervorgerufen hatte. »Hee, langsam Leute! Ich bin es ziemlich leid, daß dauernd jeder die Liste meiner Unzulänglichkeiten runterrasselt.«

»Halt die Klappe, wie man es dir gesagt hat!« beschied ihn die Frau.

»Für'n Hintern, Schwester!« schnappte er wütend zurück. »Was würdest du sagen, wenn dein Po dieselbe Farbe bekommt wie dein Haar?«

Ihre rechte Hand wies plötzlich einen sechsten Finger auf. Die Klinge schimmerte im trüben Licht der Laternen. Sie war nicht länger als ihr Mittelfinger, aber doppelt so breit, und sie zeigte eine ungewöhnliche Doppelschneide.

»Und wie würde es dir gefallen, drei Oktaven höher zu singen?«

»Bitte, Talea!« Mudge plazierte sich hastig zwischen beide. »Nimm Rücksicht auf mich, wenn schon auf nichts anderes! Ich bin für ihn verantwortlich. Wenn ihm irgendwas zustößt, solange er in meiner Ob'ut is, macht Clodsa'amp mir die 'Ölle 'eiß. Und was sein Singen angeht, davon 'ab ich für eine Nacht mehr als genug. Damit 'at der Ärger im *Opossum* über'aupt erst angefangen.«

»Dann bist du wirklich zu bedauern, Mudge.« Aber die Klinge verschwand mit einer Drehung des Handgelenks in ihrem rechten Ärmel. »Waffenstillstand also, um deinetwillen ... vorläufig.«

»Ich werde mir von ihr nichts vorschreiben lassen«, erklärte Jon-Tom streitlustig.

»Na, na, Kumpel!« Mudge gestikulierte beschwichtigend. »Niemand sagt, daß du das mußt. Aber du bist doch bereit, dir Ratschläge geben zu lassen, nich? Das is ja schließlich auch das, wozu ich 'ier bin.«

»Das ist wahr«, gab Jon-Tom zu. Aber er konnte seinen Blick nicht von der tödlichen kleinen Dame wenden, die Mudge Talea genannt hatte. Ihr hitziges Temperament hatte seine ersten Empfindungen ihr gegenüber bemerkenswert abgekühlt. Sie war durch ihren Streit nicht weniger schön geworden, aber es war jetzt die Schönheit einer Rose in Acrylglas. Zartheit und Attraktivität bestanden immer noch, aber beide waren unberührbar, und es fehlte der Wohlgeruch.

»Das is das zweite Mal, daß du dich heute abend um mich besorgt gezeigt 'ast, Liebchen.« Mudge sah sie unsicher an. »Das erste Mal, als du uns ge'olfen 'ast, diesem unglückseligen Streit im *Seidigen Opossum* zu entkommen, und jetzt wieder, indem du meine Wünsche respektierst und mit dem Burschen Frieden schließt. Ich 'abe nie gemerkt, daß du so an meiner Gesundheit oder der von sonst jemand interessiert gewesen wärst, ausgenommen deiner kostbaren eigenen. Was also steckt 'inter dieser plötzlichen Fürsorge?«

»Du hast recht, was das erste angeht, Mudge. Soweit es mich betrifft, kannst du dir größtenteils deinen eigenen Weg zur Hölle suchen.« Ihre Stimme wurde zuletzt weicher, und zum ersten Mal klang sie verletzbar und menschlich.

»Wahr ist, daß ich schnell Hilfe brauche. Das *Seidige Opossum* war der nächste und wahrscheinlichste Ort, an dem ich sie finden konnte. Du warst der erste, den ich kannte, und bei dem, was da los war, hatte ich verdammt wenig Zeit, pingelig zu sein. Ich brauche wirklich deine Hilfe.« Sie sah zögernd an ihm vorbei auf Jon-Tom. »Und so muß ich mich wohl auch mit ihm abfinden.« Sie ging zu Jon-Tom hinüber und musterte ihn scharf.

»Es ist wahr, er ist ein Exemplar von beeindruckender Statur.« Jon-Tom stand aufrechter. »Was ich jetzt brauche, sind große Muskeln, nicht Gehirne.« Er verlor zwei Zentimeter.

»Ich wußte, daß du etwas brauchst, Liebchen«, meinte Mudge gescheit. »Ich konnte mir nich vorstellen, daß du dich der Philanthropie gewidmet 'aben solltest. Jon-Tom, ich darf dir Talea vorstellen. Und umgekehrt genauso.«

»Entzückt«, erklärte Jon-Tom knapp.

»Ja, ich auch.« Sie hielt nachdenklich inne. »Also hat der alte magische Perversling nach einem anderweltlichen Hexer gesucht und statt dessen dich bekommen. Ich kann mir seine Reaktion vorstellen.«

»Das habe ich nicht nötig.« Jon-Tom wandte sich ab und sprach in fast heiterem Ton. »Das habe ich alles nicht nötig. Ich werde verflucht noch mal meinen Weg selbst machen.«

»'Ee, langsam, Kumpel!« rief Mudge verzweifelt. »Denk auch mal an mich! Wenn doch nur ausnahmsweise auch mal jemand an mich dächte!«

»Wann hast du je an etwas anderes gedacht?« schnappte Talea.

»Bitte, Liebchen! Faß den armen Burschen nicht so 'art an. Es is richtig, daß du ihm nichts schuldest, genausowenig wie mir. Aber bedenke, daß er in 'ner völlig neuen Welt is, mit der er fertig werden muß, und du machst es über'aupt nich einfacher.«

»Was hab ich mit seinen Problemen zu schaffen?« entgegnete sie uninteressiert, hängte aber zum ersten Mal keine zusätzlichen Beleidigungen an.

»Du sagst, daß du unsere Hilfe brauchst«, erinnerte Jon-Tom sie. »Und ich schätze, daß wir dir einen Gefallen dafür schulden, daß du uns aus dem *Opossum* herausgeholfen hast. Oder zumindest dafür, daß du uns vor der Polizei gewarnt hast. Du kannst von meinen Muskeln Gebrauch machen, ohne daß du meine Zuneigung hast. Zumindest kann ich sie benutzen, ohne meinen Mund in Betrieb zu setzen.«

Sie lächelte fast und schnippte eine Haarsträhne weg, die ihr vor den Augen hing. Das Licht der Öllampen ließ ihre Locken aufflammen. »Das ist fair genug. Wir haben hier genug Zeit verschwendet, vermutlich fast alle, die wir haben. Folgt mir ...«

Sie marschierten hinter ihr die Straße entlang. An einem so ungemütlichen Abend waren keine Spaziergänger mehr draußen. Regenwasser rieselte von Ziegel- und Holzdächern, plätscherte metallisch durch Abflußrohre in Rinnsteine. Manchmal kamen sie an einem lauteren Glucksen vorbei, wo Tropfwasser in eine Sammeltonne stürzte.

Sie überquerten mehrere große Kreuzungen, bevor sie wieder in eine Seitenstraße abbogen. Einige Meter weiter im Verlauf der schmalen Gasse begann Jon-Tom ein sonderbares und doch irgendwie vertrautes schnüffelndes Geräusch zu hören. Es klang wie ein betrunkenes Schwein.

Er stolperte fast über etwas Festes und Schweres, sah nach unten und bemerkte zu seinem Entsetzen, daß es ein übel zugerichteter Arm mit einer offenen Wunde war, aus der ein Knochen hervorragte.

Mudge und Talea waren genau vor ihm. Der Otter beugte sich über etwas, das auf den Steinen lag, und untersuchte es. Jon-Tom beeilte sich, um sich zu ihnen zu gesellen.

Zwei Körper lagen verkrümmt auf dem feuchten Pflaster, Rinnsale aus Regenwasser in den Gesichtern. Eines gehörte einem Eichhörnchen, das er nach Kleidung und Putz für weiblich hielt. Das prächtige Faltenkleid der Frau wurde durch eine Reihe von Petticoats aufgebläht wie eine Wolke. Lange gekräuselte Puffärmel bedeckten die graubepelzten Arme. In der Nähe lag, zerbeult und zerrissen, ein breitrandiger Federhut. Sie war etwa fünfzehn Zentimeter kleiner als Talea, und das sorgfältig aufgelegte Make-up war teilweise wie Schlick über die Wangen verschmiert.

Daneben lag eine fette pelzige Gestalt, von der er zuerst gedacht hatte, daß es sich vielleicht um einen kleinen Biber handeln mochte, die sich dann aber als Bisamratte entpuppte. Ein sonderbar gefalteter Dreispitz ruhte immer noch auf dem Kopf, war aber so vorgerutscht, daß er die Augen verbarg. Ein zerbrochener Kneifer, sehr ähnlich dem von Clodsahamp, reflektierte das Licht der kleinen Pfützen zwischen den Pflastersteinen. Der blau irisierende Seidenanzug, den er trug, war so prächtig, daß er selbst im schwachen Licht der Gasse glänzte.

Ein Stiefel war von einem strumpflosen Fuß gerutscht und lag schlaff daneben. Sein mit Bergkristall geschmücktes Gegenstück ruhte an der gegenüberliegenden Wand. Talea ignorierte ihn, als sie den Körper mit professioneller Geschwindigkeit durchsuchte.

»Verflucht, Liebchen, was soll das alles?« Mudges nervöse Aufmerksamkeit war auf den schmalen, von der Straße hereinfallenden Lichtbalken gerichtet. »Ich bin mir nich so sicher, daß wir uns mit derart anrüchigen Geschäften verdächtig machen sollten.«

»Mist! Ihr seid schon dadurch verdächtig, daß ihr hier steht.« Talea zog an dem schweren Seidenjackett. »Nicht daß dein Ruf darunter litte. Wen belügst du, Mudge: dich selbst, mich oder ihn?« Sie wies kurz mit dem Kopf auf den verunsicherten Jon-Tom. »Du weißt, was die Polente mit dir macht, wenn sie dich hier findet.«

»Also Talea, Liebch ...« setzte er an.

»Ich glaube, wir haben genug Freundlichkeiten ausgetauscht, Otter. Ich brauche deine Muskeln und kein Gesäusel.

Also, ich habe nichts gegen einen gelegentlichen Raub, besonders dann nicht, wenn der Apfel geradezu darum bittet, gepflückt zu werden.« Sie rupfte Goldknöpfe von der Hose der bewußtlosen Bisamratte. »Aber Mord ist nicht mein Stil. Dieser fette kleine Knülch beschloß, sich großzutun und Widerstand zu leisten, und ich will verdammt sein, wenn diese struppige alte Vettel, die er bei sich hatte, nicht versuchte, ihm zu helfen. Sie hatte nicht die Zeit, wählerisch zu sein, also fiel sie einfach in Ohnmacht.«

Mudge ging zu der gefallenen Dame hinüber, um sie in Augenschein zu nehmen. Während Jon-Tom zusah, kniete der Otter nieder und bewegte ihren Kopf. Auf den Steinen war ein dunkler Fleck und ein entsprechender am Hinterkopf.

»Die blutet immer noch!«

»Ich wollte niemanden verletzen.« Talea klang nicht besonders zerknirscht. »Ich hab nur versucht, sie von mir fernzuhalten. Ich hab dir gesagt, sie fiel in Ohnmacht. Was zum Teufel sollte ich tun? Mich unter sie werfen und ihren Sturz abfangen?«

Mudge begab sich zu der Bisamratte und unterzog sie einer entsprechenden Begutachtung. »Na, warum hättest du das tun sollen, Liebchen, wo diese freundlichen Steine dir so 'übsch ordentlich ge'olfen 'aben?« fragte er sardonisch. Seine Pfoten glitten über das Gesicht des Rattenmannes. »Atmen beide noch. Du 'ast verdammtes Glück.« Er sah zu ihr auf.

»Also dann. Was willst du von uns?«

Sie beendete endlich ihre Plündertätigkeit und deutete zurück zur Straße. »Ich habe um die Ecke einen Wagen festgebunden. Gegenüber der Gassenmündung hätte er den Verkehr blockiert und – schlimmer noch – Aufmerksamkeit auf dieses kleine Drama gelenkt. Außerdem ist er zu breit, um durch die Mündung zu passen.

Nun, ich kann diesen fetten Burschen nicht selbst tragen. In der Zeit, da ich die beiden zum Wagen zerren könnte, hätte mich bestimmt irgendein Wichtigtuer bemerkt und

Fragen gestellt, die ich nicht beantworten konnte. Und selbst wenn ich Glück gehabt hätte, wäre es mir wahrscheinlich nicht gelungen, diese beiden aufgedunsenen Kürbisse in den Wagen zu heben.«

Mudge nickte verständig. »Das ist dann also an uns. Jon-Tom?«

Jon-Toms Kopf hatte sich schließlich vom Rauchen und Trinken geklärt, aber es blieb immer noch eine Menge Verwirrung zurück. Es war schrecklich viel schrecklich schnell passiert, und seine Gedanken schlugen Purzelbäume.

»Ich weiß nicht.«

Auch er beobachtete besorgt die Straße. Die Polizei, im Kampf gegen das Böse, konnte jeden Moment auftauchen, und was Talea zu Mudge darüber gesagt hatte – daß sie schon durch ihre Anwesenheit am Ort des Verbrechens schuldig waren –, enthielt etwas weltenübergreifend Wahres.

»Ich bin nicht sicher, daß Clodsahamp das hier gemeint hat, als er dich bat, mir Unterricht zu geben.«

»Wie schön unschuldig du bist, Kumpel! Wie just du am besten wissen solltest, sind die Zwischenfälle des Lebens durch das Schicksal bestimmt und nicht durch 'übsches Planen. Wir können 'ier nich die ganze Nacht rumstehen und quatschen, bis 'ne herumstrolchende Streife über uns stolpert. Wenn du glaubst, daß das Polizistenvolk hart zu den armen, unschuldigen Raufbolden war, bedenke, was sie wahrscheinlich mit jemandem tun, von dem sie glauben, daß er respektable Bürger überfallen 'at. Oder wäre das dort anders, wo du 'erkommst?«

»Nein. Ich denke, sie würden genauso reagieren wie hier.«

Mudge hatte einen Arm um die Taille der Eichhörnchenfrau gelegt und schwang sie dann mit einem Pfeifen über die Schulter. »Ich kümmere mich um die 'ier«, erklärte er vorwärtsstolpernd.

»Das dachte ich mir«, schnaubte Talea. »Komm, ich helfe dir!« Sie schnappte die Beine der Dame, gerade als der überlastete Mudge endgültig die Balance zu verlieren drohte, und sah sich dann nach Jon-Tom um.

»Steh nicht einfach da und glotz wie ein Kind, das 'nen Baumstrip sieht! Laß dein großes schlaksiges Selbst was tun.«

Jon-Tom nickte, kniete nieder und schaffte es, die Arme unter die schnaubende, blubbernde Bisamratte zu schieben. Das Wesen war so schwer, wie es aussah, und das Gewicht ließ Jon-Tom stolpern. Er wuchtete die Masse herum und bekam die rundliche Last schließlich in einen Feuerwehrgriff.

»Wirklich wahr, Muskeln 'at der Bursche, wenn auch noch nich viel gesunden Verstand«, stellte Mudge fest. »Nich, Liebste?«

»Machen wir weiter!« erklärte sie knapp.

Als sie das Ende der Gasse erreichten, zögerten sie. Talea nahm die rechte Seite der Straße in Augenschein, während Mudge vorsichtig die andere Seite überprüfte. In dem dämmrigen Licht der Lampen war bis auf Pflastersteine und vereinzelte Abfallhaufen nichts zu sehen. Der Nachtnebel hatte sich gegenüber dem des frühen Abends verdichtet und beschenkte die Gesetzesbrecher mit einer unbezahlbaren Gunst.

Jon-Tom eilte den beiden nach, der kugelförmige Körper des Rattenmannes hüpfte leicht auf seiner Schulter. Er spürte etwas Warmes an der Wange. Zuerst dachte er, es sei Blut, aber es stellte sich heraus, daß es nur Speichel war, der aus dem offenstehenden Mund des Ohnmächtigen tropfte. Er schob den sabbernden Kopf mehr zur Seite und konzentrierte sich darauf, dicht hinter den anderen zu bleiben, um sie nicht im Nebel zu verlieren.

Die Füße trugen ihn durch eine Bahn von Ereignissen, die zu ändern er anscheinend nicht in der Lage war. Während er die Straße entlangtrottete, bedachte er seine gegenwärtige Lage.

In der kurzen Zeit, die er in Lynchbany weilte, war er fast von einem Bettler überfallen worden, hatte an einem erschütternd gewalttätigen Aufruhr teilgehabt und diente gegenwärtig als Beihelfer zu Überfall, Raub und möglicherweise Mord. Er war fest entschlossen, mit oder ohne die Hilfe von Mudge zu Clodsahamps Baum zurückzukehren, sobald die Umstände es erlaubten. Dort würde er den Hexer dringend bitten zu versuchen, ihn zurückzuschicken, ganz egal was das kosten mochte. Noch einen weiteren Tag wie diesen konnte er nicht ertragen.

Aber er wußte nicht, daß ihm eine erheblich längere Zeit bestimmt war als nur ein Tag. Kräfte, weit größer als alles, was er sich vorstellen konnte, sammelten sich weiter – das leise Platschen seiner Stiefel in den Straßenpfützen war ein schwaches Echo des Donners, der kommen sollte ...

VII

Schließlich bogen sie um die Ecke einer anderen Straße. Mudge und Talea hoben die bewegungslose Gestalt der Eichhörnchenfrau auf die Ladefläche eines niedrigen Vierradkarrens. Klickende Geräusche wie von einem dicken Draht, der gegen Glas schlägt, drangen zu ihnen herüber. Sie erstarrten, warteten in feuchtem Schweigen. Aber das Fuhrwerk, das sie gehört hatten, bog nicht in ihre Straße ein.

»Beeil dich!« drängte Talea Jon-Tom. Sie drehte sich zu Mudge um und schnappte: »Hör auf damit! Wir müssen hier verschwinden.«

Mudge zog seine Hand unter den Kleidern des Eichhörnchens hervor, und Jon-Tom beugte Kopf und Schultern vor, um den Bisammann hinunterrutschen zu lassen. Der Unglückliche landete mit einem dumpfen Knall im Innern des Wagens. Obwohl Mudge darauf bestand, daß beide Opfer noch lebten und atmeten, hatte sich die Bisamratte für den besorgten Jon-Tom sehr tot angefühlt.

Das war jetzt eine Hauptsorge. Er hielt es für möglich, sich irgendwie herausreden zu können, wenn ihn die Polizei im selben Wagen mit zwei Opfern eines Raubüberfalls fand, falls aber eines von ihnen starb, war es zweifelhaft, ob selbst Clodsahamp ihm helfen könnte.

Talea zog eilig eine schwere Decke aus irgendeinem Gewebe über die Körper. Dann hasteten sie zum Vordersitz des Wagens.

Auf der niedrigen Plattform war nicht genug Platz für drei. Talea hatte die Zügel ergriffen und Mudge bereits neben ihr Platz genommen, so daß Jon-Tom nichts anderes übrigblieb, als sich über das Wagenrad zu setzen und sich auf die Ladefläche hinter sie zu legen.

»So is es sowieso am besten, Kumpel.« Mudge lächelte mitfühlend. »Ich weiß, das 'Olz is 'art, aber so groß, wie du bist, wollen wir nich mehr Aufmerksamkeit auf uns zie'en als nötig. Kuschel dich schön zusammen, und uns wird nichts passieren.«

Talea ließ die Zügel tanzen, rief ein leises »Hupp!«, und sie waren auf dem Weg. Und gerade rechtzeitig. Als sie die Straße entlangrumpelten, kam dicht neben ihnen ein Reiter vorbei.

Trotz Erschöpfung und Verwirrung war Jon-Toms Interesse erweckt. Er hatte kaum Zeit für einen Blick auf den nebelverhüllten Reiter.

Ein weißgesichtiger Hase in Lederkleidung saß auf einer vierbeinigen Echse. Das Reptil hatte eine lange Schnauze mit zwei gerade hinter den Nasenöffnungen aufragenden Fangzähnen. Die gelben Augen mit den schwarzen Pupillenschlitzen leuchteten scheinwerferhell.

Der Reiter saß in einem Sattel, der mit zahlreichen Gurten sicher an Hals und Bauch der Echse befestigt war. Die zusätzlichen Befestigungen waren wegen der sonderbar gewundenen, jeweils seitlich gerichteten Fortbewegungsmethode des Tieres nötig. Sie gab seinen Bewegungen etwas Schlangenhaftes. Der lange Schwanz war zu einer Spirale aufgerollt und mit einer dekorativen Silberschnecke am Hinterteil des Reptils befestigt. Die stumpfen Krallen schienen bis dicht ans lebende Fleisch getrimmt zu sein.

Während Jon-Tom sie am Ende der Straße verschwinden sah, überlegte er, daß der Reiter einen sanfteren Sitz haben mußte, als ihn ein Pferd je bieten konnte, da alle Bewegungen immer nur zur Seite gingen, anstatt nach oben und unten.

Das veranlaßte ihn, die eigenen Zugtiere in Augenschein zu nehmen. Er drehte sich auf dem Holz herum, versuchte die schrecklich bewegungslosen Gestalten unter der grauen Decke nicht zu treten, und spähte unter dem Wagensitz nach vorn.

Das Paar, das das Fuhrwerk zog, war ebenfalls reptilisch, unterschied sich aber so sehr von dem Tier des Reiters, wie er und Mudge verschieden waren. Hintereinander vor den Wagen gespannt, waren sie kürzer und stämmiger als das

Reittier, das er gerade gesehen hatte. Sie hatten stumpfe Schnauzen und wirkten weniger intelligent (diese Unterscheidung mochte aber eher auf seiner Unvertrautheit mit den hiesigen Reptilien beruhen, als auf einem echten physischen Unterschied).

Sie bewegten sich langsam stapfend über das Kopfsteinpflaster, dafür aber gehorsam und direkt nach vorn gerichtet – anstatt in der ungewöhnlichen gewundenen, seitlich verdrehten Art der anderen Echse. Die Füße der stummeligen Beine bedeckten auch weniger Bodenfläche, und ledrige Bauchfalten streiften fast die Straßenoberfläche. Offensichtlich waren sie mehr zum Ziehen schwerer Lasten bestimmt als zum bequemen oder schnellen Vorankommen.

Trotz ihrer dümmlichen Erscheinung waren sie intelligent genug, auf Taleas gelegentliches Zerren an den Zügeln zu reagieren. Interessiert sah er sich die Lenkvorgänge an, denn er konnte nie wissen, wann so ein Wissen sich als nützlich erweisen mochte. Er war ein guter Beobachter, eines der gemeinsamen Kennzeichen guter Juristen und Musiker, und trotz seiner Mutlosigkeit ob der ihn umgebenden Umstände sog er die Informationen über seine neue Umgebung weiter instinktiv in sich auf.

Die Zügel zum Beispiel waren nicht an Kandaren befestigt; die mächtigen Kiefer der Echsen hätten sogar Stahl durchbeißen können. Statt dessen liefen sie durch Ringe in den Nasenlöchern. Sanftes Rucken in diesem empfindlichen Bereich genügte, um den Kurs des polternden Karrens zu dirigieren.

Seine Aufmerksamkeit wandte sich einem weniger entfernten und interessanteren Objekt zu. Aus seiner verkrümmten Haltung konnte er nur flammende Locken und den silberdurchwirkten Blouson und die Hose erkennen.

Ob sie seinen Blick spürte, wußte er nicht, aber einmal schaute sie scharf auf ihn zurück. Anstatt sich verlegen abzuwenden, erwiderte er ihren Blick. Einen Moment lang waren sie Auge in Auge. Das war alles. Keine Beleidigungen diesmal. Als er mehr instinktiv als absichtlich einen

Schritt weiter ging und leicht lächelte, wandte sie sich einfach ab. Sie hatte nicht zurückgelächelt, aber diese ätzende Zunge hatte auch keine weiteren Kränkungen über ihn ergossen.

Er lehnte sich gegen das hölzerne Seitenteil des Wagens und versuchte sich auszuruhen. Sie stand unter einem ziemlichen Druck, sagte er sich. Genug, um jeden gereizt und unhöflich zu machen. Unter ungefährlicheren Umständen war sie zweifellos erheblich weniger feindselig.

Er fragte sich, ob das wirklich wahrscheinlich war oder ob er nur ein Verhalten wegrationalisierte, das ihn geärgert hatte. Es war zugegebenermaßen schwer, einer solchen Schönheit ein derart kriegerisches Wesen zuzuschreiben. Ganz zu schweigen davon, daß das einem zarten männlichen Ego nicht guttat.

Schluß damit! sagte er sich. Es gibt Wichtigeres, um das du dir Sorgen machen mußt. Denk mit dem Kopf statt mit den Keimdrüsen. Was wirst du Clodsahamp sagen, wenn du ihn wiedersiehst? Es wird das beste sein, wenn ...

Er fragte sich, wie alt sie tatsächlich war. Die kleine Gestalt war bei den hiesigen Menschen normal und kein Hinweis. Er wußte bereits, daß sie etwa in seinem Alter war, da sie seiner Bemerkung darüber vorhin nicht widersprochen hatte. Sie schien ziemlich erwachsen, aber das konnte die normale Konsequenz eines Lebens sein, das eindeutig um einiges härter war als das seine. Er fragte sich auch, wie sie wohl nackt aussehen mochte, und hatte so Grund, sein eigenes Erwachsensein zu bezweifeln.

Denk an deine Umgebung, Meriweather! Du bist gefangen, müde, allein und in wirklicher Gefahr.

Allein ... nun, er würde sein bestes versuchen, um Freundschaft mit ihr zu schließen, falls sie es zuließ. Es war absurd zu bestreiten, daß er sie anziehend fand – obwohl es ihr jedesmal, wenn sie den Mund öffnete, gelang, jeden Gedanken zu ersticken, den er über eine Ausweitung der erhofften Freundschaft hegte.

Sie *mußten* Freunde werden. Sie war ein Mensch, und das

allein reichte, um ihn verzweifeln und krank vor Heimweh werden zu lassen. Vielleicht würde sie sich ein wenig entspannen, wenn sie die Körper dort abgelegt hatten, wohin immer sie rollten.

Das brachte ihn dazu, sich zu fragen, wohin sie ihre verletzte Fracht tatsächlich brachten und was zu tun war, wenn sie dort ankamen.

Unter der Decke hinter ihm ertönte leises Stöhnen. Er glaubte, daß es von der Eichhörnchenfrau kam, aber er war nicht sicher.

»Es gibt da einen Doktor am Stadtrand«, bemerkte Talea in Reaktion auf sein besorgtes Gesicht.

»Das freut mich zu hören.« Also gab es da zumindest einen Hauch von Seele, der der Schönheit entsprach. Gut. Schweigend beobachtete er, wie ein zerbrechlich wirkender Wagen an ihrem Fuhrwerk vorbeiklapperte. Die beiden mondäugigen Kleinkänguruhs in der Kabine waren viel zu sehr miteinander beschäftigt, um sich für die Insassen des Fuhrwerks oder gar dessen Fracht zu interessieren.

Jetzt halb bei Bewußtsein, begann die kleine Eichhörnchenfrau kontrapunktisch zu ihrem leisen Stöhnen zu treten und herumzurollen. Er beschloß trotz seines Verlangens nach Freundschaft mit Talea, eher vom Wagen zu springen, als ihr dabei zu helfen, noch mehr Schaden anzurichten. Aber die Bewegungen erstarben nach einigen Minuten, und das unglückliche Opfer verfiel in Schweigen.

Sie fuhren seit einer halben Stunde und befanden sich immer noch zwischen Gebäuden. Trotz des mühsamen Vorankommens wies dies darauf hin, daß Lynchbany eine ziemlich große Gemeinde war. Tatsächlich war sie wahrscheinlich sogar noch größer, als er vermutete, zumal er nicht wußte, ob sie im Stadtkern oder in einem Außenbezirk losgefahren waren.

Links ragte ein zweistöckiges Steinhaus mit Strohdach und zustäzlichen Fachwerkstreben auf. Es lehnte, als wollte es sich stützen, an einem weit größeren massiven Steingebäude. Eine Reihe kleinerer Bauten, bei denen es sich um

Wohnhäuser handeln mußte, erstreckte sich in die Ferne. Ein paar hatten Lampen über ihren Türen, aber die meisten schliefen friedlich im schmeichelnden Nebel.

In den beiden dicken Fenstern des Strohdachgebäudes zeigte sich kein Licht, als Talea ihr Fuhrwerk dicht heranbrachte und anhielt. Die Straße war leer. Die einzigen Bewegungen kamen von den Mündern und Nasenöffnungen der Echsen und der Passagiere, als die zunehmende Kälte deren Atem zu dichterem, trägem Nebel kondensieren ließ. Er wunderte sich über die Reptilien. Vielleicht handelte es sich um Hybriden mit warmem Blut – falls nicht, waren sie in einer derart frostigen Nacht für Kaltblüter extrem aktiv.

Er kletterte halb aus dem Wagen und sah sich die daneben befindliche Tür an. An zwei Haken über dem Portal hing ein graviertes Schild. Weiße Buchstaben erklärten:

NILANTHOS
ARZT UND APOTHEKER

Ein kleineres Schild in dem Fenster neben der Tür führte die Leiden auf, die von dem Doktor behandelt werden konnten. Einige davon waren Jon-Tom völlig unbekannt; er wußte einiges über übliche Krankheiten, aber nichts über Veterinärmedizin.

Talea und Mudge flüsterten ihm drängend irgend etwas zu. Er sprang auf die Straße und gesellte sich bei der Tür zu ihnen.

Sie war tief in das Haus eingelassen, überdacht und so von der Straße aus nicht einsehbar. Die drei waren daher vor beiläufigen Blicken geschützt, als Talea auf die runde Milchglasscheibe im Oberteil der Tür klopfte, dann ein zweites Mal und schließlich kräftiger zum dritten Mal. Sie ignorierte die lautere Zugglocke.

Sie warteten nervös, aber niemand antwortete. Zumindest kam auf der Straße niemand vorbei, aber von der Ladefläche des Karrens drang jetzt hin und wieder ein deutliches Stöhnen herüber.

»Er is nich da, is er nich.« Mudge sah besorgt aus. »Ich

kenne einen Doktor Paleetha. Er wohnt allerdings auf der anderen Seite der Stadt, und ich kann nich sagen, wie vertrauenswürdig er is. Aber wenn wir sonst niemanden 'aben, an den wir uns wenden können ...«

Im Innern klangen jetzt Geräusche auf, und eine leise klagende Stimme kam näher. In diesem Augenblick begann Jon-Tom sich zum ersten Mal zu ängstigen, seit er in dieser Welt materialisiert war. Seine ersten Reaktionen waren mehr Unglaube und Verwirrung gewesen, und die späteren hatten mehr mit Heimweh und Furcht vor dem Unbekannten zu tun gehabt.

Aber jetzt, in einer düsteren, völlig fremden Straße, Komplize bei Raub und Körperverletzung und so absolut, total *allein*, fing er an zu zittern. Es war die Art von wirklicher, die Eingeweide vereisender Angst, die nicht so sehr erschreckt oder einschüchtert, sondern die gesamte Wirklichkeit verdrängt. Seele und Körper werden ganz und gar kalt wie Stein – kalt wie das Wasser am Grunde eines Bergsees –, und das Denken ist um eine einzelne, einfache, alles verzehrende Idee konzentriert.

Ich werde hier nie lebend rauskommen.

Ich werde hier sterben.

Ich will NACH HAUSE!

Seltsamerweise war es eine entferntere Furcht, die ihn zur Normalität zurückbrachte. Der panikartige Anfall begann zu schwinden, als er seine Umgebung in Augenschein nahm. Eine dunkle Straße, vielen anderen nicht unähnlich, Pflastersteine. Kühler Nebel in seiner Nase – daran gab es nichts zu fürchten. Und was war mit seinen Begleitern? Ein sprühender, wenn auch reizbarer Rotschopf und ein übergroßer, aber intelligenter Otter, die beide Verbündete und keine Feinde waren. Besser, sich wegen Clodsahamps Bericht über kommendes Unheil zu sorgen als wegen der eigenen unglücklichen, aber kaum tödlichen Situation.

»Was is los, Kumpel?« Mudge starrte ihn mit echter Unruhe an. »Du wirst mir doch nich wieder ohnmächtig, wirst du mir doch nich?«

»Ihm ist nur nicht ganz wohl«, erklärte Talea scharf, wenn auch nicht annähernd so scharf wie zuvor. »Ist 'n üble Sache, das.«

»Nein.« Jon-Tom schüttelte die letzten verbliebenen Reste der Furcht ab, sie verschwanden in der Nacht. »Das ist es nicht. Es geht mir gut, danke.« Seine wahren Gedanken behielt er für sich.

Sie sah ihn noch einen Moment unsicher an und wandte sich dann wieder um, als Mudge sagte: »Ich 'öre was.«

Direkt hinter der Tür waren leise Schritte zu hören. Am Türknauf ratterte es. Im Innern verfluchte jemand ein schadhaftes Schloß.

Nun, da er die Aufmerksamkeit der anderen von sich abgewendet hatte, analysierte Jon-Tom das Fragment von Clodsahamps Warnung, dessen Bedeutung ihm gerade erst aufgegangen war.

Falls irgend etwas imstande war, ein großes Übel von seiner Welt in diese zu bringen, ein Übel, das niemand hier, einschließlich Clodsahamp, begreifen konnte, warum sollte jene böse Macht nicht eines Tages den Verbindungskanal andersherum benutzen und irgendeinen vergleichbar unaussprechlichen Schrecken in seine eigene ahnungslose Welt schleudern? So total, wie sie in unbedeutenden politischen Streitigkeiten und Stammeszwisten zwischen den Nationen aufging, konnte sie einen machtvollen Überfall überstehen, der sich unbegreiflich und zerstörerischer Magie aus dieser Welt bediente? Niemand würde glauben, was geschah, genau wie er seinen ersten Begegnungen mit Clodsahamps Magie nicht geglaubt hatte.

Dem gealterten Hexer zufolge breitete sich an diesem Ort und in dieser Zeit ein Übel aus, mit dem verglichen die Schergen des Naziregimes wie Sonntagsschüler aussähen. Gäbe so eine böse Macht sich damit zufrieden, diese Welt zu verzehren, oder würde es sie nach weiteren und vielleicht einfacheren Eroberungen gelüsten?

Als Student der Geschichte kannte er die Antwort. Der Appetit des Bösen übersteigt den des Guten bei weitem. Erfolg steigert seinen Hunger nach Zerstörung nur, statt ihn zu sättigen. Das war eine Wahrheit, die die Menschheit während ihrer gesamten Geschichte gequält hatte. Was er hier seit seinem Eintreffen gesehen hatte, führte ihn nicht dazu, etwas anderes von der Macht anzunehmen, die Clodsahamp so sehr fürchtete.

Ein Schrecken, der sein Vorstellungsvermögen überstieg, wuchs irgendwo in dieser Welt heran und bereitete sich vor. Er führte sich Clodsahamp noch einmal vor Augen: die gedrungene, fast komische Schildkrötengestalt mit ihren Panzerschubladen, die kleine achteckige Brille, die geistesabwesende Art des Sprechens – und er zwang sich, hinter die bloße körperliche Erscheinung zu blicken. Er erinnerte sich an die flüchtigen Einblicke in Clodsahamps wirkliche Macht. Mochten Mudge und Pog den Hexer auch mit noch soviel Beschimpfungen bedenken, in allen schwang stets Respekt mit.

Also ruhte auf diesen runden – tatsächlich nicht vorhandenen – Schultern möglicherweise nicht nur das Schicksal einer, sondern zweier Welten: dieser und seiner, wobei die letztere unschuldig in einem Universum naturgesetzlich vorhersagbarer Ereignisse träumte.

Er sah auf seine Uhr, die nicht mehr tickte, erinnerte sich an sein Feuerzeug, das ein letztes Mal wirksam aufgeflammt war, bevor das Gas verbraucht gewesen war. Die Gesetze der Wissenschaft funktionierten hier genauso wie zu Hause. Mudge war mit der ›Magie‹, den Naturgesetzen, die sein Feuerzeug und seine Uhr arbeiten ließen, nicht vertraut gewesen. Die Forschung hatte hier einen anderen Pfad beschritten. Wissenschaft in der einen, Magie in der anderen Welt. Das Vokabular war ähnlich, nicht aber die Methode der Anwendung.

Würden in seiner Welt nicht böse Beschwörungen genau wie gute mit verblüffendem Effekt funktionieren?

Er atmete tief durch. Falls dies der Fall war, gab es für ihn keinen sicheren Ort mehr, an den er fliehen konnte.

Und wenn das zutraf, was sollte er dann hier? Er sollte vielmehr zum Baum zurückkehren, nicht um zu betteln, nach Hause geschickt zu werden, sondern um Clodsahamp das bißchen Hilfe anzubieten, das er leisten konnte, und wenn es nur seine Größe und Stärke waren. Denn falls der Schildkrötenhexer in bezug auf die Bedrohung recht hatte, die, wie Jon-Tom jetzt sah, überall existierte, dann war es ziemlich wahrscheinlich, daß er sterben würde, ebenso seine Eltern, sein Bruder in Seattle und ...

Das war eine überwältigende Ungeheuerlichkeit. Jon-Tom war kein Welterschütterer. Eins nach dem anderen! Junge, sagte er sich. Du kannst keine Welten retten, wenn du in einem schmutzigen Provinzgefängnis eingesperrt bist und dich mit deinem Mittagessen vollkotzt, weil die hiesigen Bullen nicht nach den Regeln spielen. Was dir mit Sicherheit passieren wird, wenn du nicht auf Mudge hörst und dieser wunderschönen Lady hilfst.

»Ich bin jetzt in Ordnung«, murmelte er leise. »Wir werden die Sache jetzt ganz ruhig angehen, der inneren Logik folgen. Genau wie bei der Untersuchung eines Testfalls für den Unterricht.«

»Was is das, Kumpel?«

»Nichts.« Der Otter beäugte ihn noch einen Moment lang, dann wandte er sich wieder der Tür zu.

Das Leben ist eine Reihe von Prüfungen, erinnerte Jon-Tom sich. Wo hatte er das gelesen? Nicht in den ›Gesetzen Alt-Perus‹, ›Grundlagen des Zivilrechts‹ oder ›Kalifornisches Vertragsrecht‹. Aber er war jetzt dazu bereit, welche plötzlichen Wendungen und Drehungen das Leben auch für ihn bereithalten mochte.

Erheblich mehr im Frieden mit sich selbst und dem Universum, stand er vor der Tür und wartete, daß man ihm sagte, was er als nächstes tun sollte.

Der widerspenstige Knauf drehte sich endlich. Im Innern stand eine Gestalt und starrte sie an. Sie mußte einst massige Proportionen gehabt haben, aber das Alter hatte das Fleisch erschlaffen lassen. Die Arme waren fast so lang wie der Körper des Otters. Einer hielt eine Laterne hoch genug, um selbst Jon-Tom vom oben zu bescheinen.

Die Schnurrhaare des alten Orang-Utans zeigten alle Schattierungen von Rostbraun bis Grau. Seine Goldrandbrille war rund und vertraut. Jon-Tom schloß, daß Beschwörungen zur Verbesserung der Sehstärke nicht bekannt waren beziehungsweise daß die Magie noch nicht so weit fortgeschritten war.

Ein fließender Schlafrock aus Seidenbrokat und Spitzenbesatz und ein eindeutig femininer Gesichtsausdruck kleideten die äffische Gestalt. Jon-Tom hütete sich zu lachen. Ihn überraschte nichts mehr.

»Ei nun, was haben wür denn hür zu düser Stunde?« flötete eine Stimme wie ein rostiger Rasenmäher. Dann schielte er über den Brillenrand auf Talea. »Du. Kenne üch düch nücht?«

»Du solltest mich kennen«, erwiderte die Angesprochene rasch. »Talea von den Hochwinden und der Mondflamme. Ich habe dir einmal einen Gefallen getan.«

Nilanthos starrte sie weiter an, dann nickte er langsam. »Ah, ja. Üch erünnere müch jetzt. ›Talea von den Polüzeiberüchten und dem zweifelhaften Ruf‹«, sagte er mit spöttischem Lächeln.

Talea war nicht verärgert. »Dann erinnerst du dich mit meinem schlechten Ruf auch an die sechs Phiolen mit Drogen, die ich für dich besorgt habe. Diejenigen, deren Besitz von den magischen Vereinigungen schwer mißbilligt wird, ein Verbot, das selbst«, sie hüstelte taktvoll, »Ärzte einschließt.«

»Hach, hach, natürlüch erünnere üch müch.« Er seufzte resigniert. »Je nun, eine Schuld üst eine Schuld. Was hast du denn für ein Problemchen, daß du müch zu so später Stunde aus meinem Schlaf holen mußt?«

»Tatsächlich haben wir zwei Probleme.« Sie ging zum Wagen. »Laß die Tür offen.«

Jon-Tom und Mudge schlossen sich ihr an. Hastig zogen sie die Decke beiseite und holten die unglücklichen Opfer von Taleas nächtlichen Aktivitäten an die frische Luft. Die Bisamratte schnarchte zu Jon-Toms Erleichterung laut und gesund.

Nilanthos trat zur Seite und hielt die Laterne hoch, während die Betäubten hineingetragen wurden. Er spähte ängstlich und besorgt auf die Straße. »Das Behandlungszümmer befündet süch hünten.«

»Ich ... weiß.« Talea grunzte unter ihrer halben Eichhörnchenlast. Gelegentlich tröpfelte Blut auf den gekachelten Boden. »Du hattest mir eine ›kostenlose Untersuchung‹ angeboten, erinnerst du dich?«

Der Doktor verschloß die Tür und machte nervöse, ruheheischende Bewegungen. »Psssst, bütte. Wenn ühr dü Frau aufweckt, werde üch meine Schuld nücht begleichen können. Und nüchts über Untersuchungen.«

»Hör auf zu zittern! Es gefällt mir einfach, dich ein bißchen zum Schwitzen zu bringen, das ist alles.«

Nilanthos folgte ihnen. Seine Aufmerksamkeit galt jetzt der bewegungslosen Gestalt auf Jon-Toms Rücken. »Wenn einer von düsem Paar tot üst, werden wür alle ein büßchen schwützen.« Dann weiteten sich seine Augen.

»Guter Gott, es üst Ratsmann Avelleeum! Konnest du dür kein ungefährlücheres Opfer aussuchen? Er könnte uns alle rädern und vürteilen lassen.«

»Wird er nicht. Ich verlasse mich auf dich, daß das nicht passiert.«

»Du und deine Gutmütügkeit.« Nilanthos schloß die Tür hinter ihnen und zündete die Öllampen an, die das Behandlungszimmer an den Wänden umgaben. »Du wärst besser beraten gewesen, sü sterben zu lassen.«

»Und was, wenn sie es nicht getan hätten? Was, wenn sie überlebt und sich an mich erinnert hätten? Es war dunkel, aber ich kann nicht sicher sein, daß sie mich nicht wiedererkennen.«

»Ja, ja, üch verstehe, was du meinst«, erklärte er nachdenklich. Er stand an einem Waschbecken und wusch sich sorgfältig die langfingrigen Hände.

»Nun dann, welche Geschüchte soll üch ühnen erzählen, wenn üch sü durchbringe?« Er zog sich Handschuhe an und kehrte zu dem großen Tisch in der Mitte zurück, auf den die beiden Patienten gelegt worden waren.

Jon-Tom lehnte sich gegen die Wand und sah interessiert zu. Mudge schlenderte durch den Behandlungsraum und wirkte gelangweilt. Tatsächlich behielt er aber Nilanthos in einem Auge, während er mit dem anderen nach irgend etwas suchte, das er unbemerkt klauen konnte.

Talea, die ein persönlicheres Interesse am Wohlergehen der beiden Opfer hatte, stand dicht neben dem Tisch, während Nilanthos seine vorläufige Untersuchung durchführte.

»Sag ihnen, daß sie einen Unfall hatten«, wies sie ihn an.

»Was für einen Unfall?«

»Daß sie in irgendwas reingerannt sind.« Er sah skeptisch zu ihr hinüber, und sie zuckte die Achseln. »Meine Faust. Und die Eisenkette, die ich darumgewickelt hatte. Und eine Wand vielleicht. Also, du bist der Arzt. Denk an etwas Einleuchtendes, überzeuge sie! Irgend jemand, der vorbeikam, hat sie gefunden und zu dir gebracht.«

Er schüttelte betrübt den Kopf. »Warum eine Prümatün müt deiner Attraktüvütät einem derart ruchlosen Tun frönt, üst mehr, als üch begreifen kann, Talea.«

Sie trat vom Tisch zurück. »Du flickst sie zusammen, und ich kümmere mich um mich.«

Einige Minuten verstrichen, und die Untersuchung dauerte an. »Der Ratsmann kommt schnell wüder auf dü Beine. Er hat nur eine leichte Gehürnerschütterung und unbedeutende Schnütte und Schrammen. Üch weiß. Üch werde es so arrangüren, daß er auf der Treppe zu seiner Vordertür gefunden würd; üch kenne da ein paar Ratten, dü düse Art von Arbeit tun, ohne süch durch Neugür beürren zu lassen.« Er wandte seinen Blick der Eichhörnchenfrau zu, lange Finger tasteten ihr vorsichtig durchs Haar.

»Der hür geht es nücht so gut. Es besteht die Möglüchkeit eines Schädelbruchs.« Er blickte zu Talea hinauf. »Das bedeutet auch die Möglüchkeit innerer Verletzungen.« Der Gegenstand der Untersuchung stöhnte leise.

»Sie scheint ziemlich lebendig«, bemerkte Talea.

»Der Schein kann trügen, besonders bei Kopfverletzungen.« Er desinfizierte und bandagierte die Wunde. Der Verband begann prompt einen dunklen Fleck zu zeigen. »Ich werde sü einfach nur sorgfältig beobachten müssen. Du kennst sü nücht zufällügerweise?« Talea schüttelte den Kopf.

»Üch auch nücht. Dü Dame des Ratmannes für den Abend, und vülleicht auch darüber hünaus. Sü würd wütend sein, wenn sü wüder zu Bewußtsein kommt, das üst aber keine Gefahr. Üch werde müch auch darum kümmern.«

»Gut.« Talea setzte sich zum Ausgang in Bewegung, zögerte, legte dem Orang-Utan eine Hand auf die breite Schulter. »Danke, Nilanthos. Du hast deine Schuld mehr als beglichen. Jetzt schulde ich dir was! Ruf mich, wenn du *meine* Dienste brauchst.«

Der Arzt antwortete mit einem breiten Grinsen äffischer Lüsternheit.

»Professionelle Dienste, meine ich.« Das lüsterne Grinsen wurde noch breiter. »Du bist unmöglich, Nilanthos!« Sie täuschte einen Haken auf seine Nase vor.

»Schlag nücht den Doktor, während er dabei üst, seine Heilerpflüchten zu vollzühen!«

»Das ist ein Witz, aber ich bin trotzdem in deiner Schuld.«

»Gaunerehre, üst es das?« Er blickte ernst auf die Eichhörnchenfrau und ihren jetzt stark verfärbten Verband. »Nun gut. Es üst jetzt das beste, wenn ühr alle hür verschwündet.« Er sah Mudge starr an, während er das sagte.

Der Otter nickte und entfernte sich von der Schnappriegelkassette mit den Drogen und Betäubungsmitteln, in deren Nähe er in den letzten Minuten herumgeschlichen war.

»Warum die Eile?« wollte Jon-Tom wissen.

Mudge legte ihm eine Hand auf den Arm und zog ihn

weiter. »Bist du blöde, Kumpel? Wir müssen aus der Stadt raus.«

»Aber ich habe nicht ... ich dachte ...« Er vergaß fast, sich zu ducken, als sie das Behandlungszimmer verließen. »Wenn Doktor Nilanthos sich um alles kümmert, wie er gesagt hat, warum müssen wir dann abhauen?«

»Mein Gott, er kann unsere Sorgen beseitigen, soweit die beiden da drin betroffen sind, aber es könnte uns auch jemand anderer gese'en 'aben. Vielleicht melden sie uns jetzt schon der Polizei. Deine Größe macht uns zu auffällig, Kumpel. Wir müssen weg, besonders nach diesem Kampf im *Seidigen Opossum.*«

»Aber ich verstehe immer noch nicht ...«

»Nich jetzt, Kumpel!« Mudge blieb hartnäckig. Sie waren wieder auf der dunklen Straße.

»Komm, Jon-Tom«, sagte Talea, »mach keinen Ärger!«

Er hielt inne und starrte sie mit offenem Mund an. »*Ich* mache Ärger? Ich bin das unschuldige Opfer von Ärger, seit ich meinen Fuß in diesen kümmerlichen, stinkigen, lausigen Ersatz von Welt gesetzt habe.«

»Langsam, Kumpel!« Mudge warf ihm einen Seitenblick zu. »Sag nichts, was dir später leid tun könnte!«

Jon-Toms sorgfältig aufgebaute Gelassenheit hatte etwa zehn Minuten gehalten. Seine Stimme wurde übermäßig laut, hallte im Nebel wider. »Ich bedaure nichts, was ich zu sagen habe.« Talea sah eindeutig bestürzt zur Stadt zurück. »Ich will etwas von der Güte und Freundlichkeit sehen, die diese Welt haben sollte.«

»Haben sollte?« Mudge sah ihn verwirrt an. »Durch wessen Beschluß?«

»Durch den ...« Seine Stimme verlor sich. Was konnte er sagen? Durch das Recht der Legende? Welche Legende? Durch Logik? Mudge hatte recht.

»Ach, egal!« Die Wut und die Enttäuschung, die in ihm aufgeflammt waren, schwanden schnell. »Wir sind also Flüchtlinge. Ich mache uns also auffällig. So ist das nun mal.« Er nickte. »Also, auf dann!«

Er sprang auf die Ladefläche des Fuhrwerks. Mudge kletterte auf den Vordersitz, fing Taleas fragenden Blick auf und konnte nur nichtssagend mit den Schultern zucken. Sie ergriff die Zügel und stieß ein vibrierendes Pfeifen aus. Die dösenden Echsen erwachten zum Leben und lehnten sich in ihre Gurte. Der Wagen setzte sich wieder in Bewegung; die auf das feuchte Pflaster auftreffenden große Füße des Gespanns klangen wie Mehlsäcke.

Jon-Tom sah, daß sie sich aus der Stadt herausbewegten wie Mudge es für unerläßlich gehalten hatte. Kleine Häuser mit kleinen Gärten glitten vorbei. Zu dieser finsteren Stunde zeigte sich kein Licht in den Fenstern.

Sie passierten die letzte Straßenlaterne. Die Straße ging von Kopfsteinpflaster in Schotter über. Und der machte wenig später einem schlammigen Weg Platz. Alles Licht hinter ihnen war verschwunden.

Es war jetzt tiefe Nacht. Der Nebel folgte ihnen weiter, durchfeuchtete sie und ließ sie frösteln. Der Winter ist nie so unangenehm wie in der Nacht.

Unter den Insassen des Fuhrwerks sorgte sich einzig Jon-Tom um die größere Nacht, die der Welt mehr anzutun drohte, als sie nur frösteln zu machen. Talea und Mudge sind Geschöpfe des Augenblicks, überlegte er. Sie können die Bedeutung von Clodsahamps Visionen nicht begreifen. Er schmiegte sich dichter unter das graue Tuch und ignorierte den durchdringenden Parfümduft der Eichhörnchenfrau. Er biß sich mit dem Geruch getrockneten Blutes.

Donner querte den Himmel, hörbares Zeichen der letzten entfernten Ausläufer des Nachtsturms. Er half ihnen, Lynchbany Lebewohl zu sagen. Es tat ihm nicht leid zu gehen.

Bald befanden sie sich im Wald. Eichen und Ulmen zeichneten vertraute Silhouetten vor den melodiösen, starken Stämmen der Glockenbäume und den sie krönenden Kletterpflanzen. Die letzteren produzierten ein oboenhaftes Seufzen, als bettelten sie um die Segnung des Tages und die erfrischende Wärme der Sonne.

Vier Stunden zockelten sie beständig voran. Die Straße wand sich wie ein Fluß um die Hügel, nützte die niedrigste Route aus, erklomm nur hin und wieder eine kleine Anhöhe. Manchmal flankierten kleine Seen und Weiher den Weg. Sie waren von einem riesigen Sortiment von Wasserechsen bewohnt, die anstelle von Fröschen fiepten und schnatterten. Alle glommen in einer anderen Farbe, einige grün, andere rot oder rosa, noch andere in vollem Himmelblau. Jede Geräuschblase wurde von einer Zunahme des Lichts begleitet. Die Weiher waren voll von zirpenden Scheinwerfern, die zwischen den Ufern dahintrieben.

Jon-Tom sah das Wasser und seine lumineszierenden Reptilien hinter ihnen verschwinden. Die Weiher wurden zu einem Bach, der rasch und freundlich neben dem von Wagenspuren gefurchten Weg dahinplätscherte. Anders als anderen Reisenden war es ihm gleichgültig, ob jemand seine Konversation mithörte, und er gurgelte fröhlich, während er ihre Räder neckte.

Einmal mehr war Jons natürliche Neugier stärker als seine Resignation.

»Nun, wir sind schon lange aus der Stadt raus«, sagte er zu Talea. »Wohin fahren wir?« Er erhob sich auf die Knie und streckte eine Hand aus, um sich in dem holpernden Fuhrwerk abzustützen. Es gab einen unerwarteten Ruck, und anstatt der Rückseite der Sitzbank bekam er ihre Hüfte zu fassen. Hastig zog er die Finger zurück, aber sie hatte sich weder bewegt noch protestiert.

»Dahin, wo man uns nicht festsetzen kann«, erwiderte sie. »Denn Gott weiß, daß selbst ein verblödeter Lynchbany-Polyp gleichzeitig pissen und den Spuren dieses Wagens folgen kann. Wie jedes andere Geschöpf auch ziehen wir uns in einen Schlupfwinkel zurück, und wir kämpfen nicht, solange man uns nicht in die Enge treibt. Und dort, wo wir hingehen, wagt sich nicht einmal die Polizei hin.«

»Ich bin nicht sicher, daß ich dem zustimme.« Mudge klang mehr hoffnungsvoll als überzeugt.

»Trotzdem«, entgegnete sie, »sind wir dort wahrscheinlich sicherer, als sonst irgendwo.« Jon-Tom sah sie immer noch fragend an.

»Wir sind auf dem Weg zum hiesigen Zweig der landesweiten Vereinigung der benachteiligten selbständigen kunstfertigen Handwerker und Erfolglosen«, erläuterte sie.

»Die Zunfthalle der Diebesgilde«, grunzte Mudge ...

VIII

Den Rest der Nacht verbrachten sie, unter der schweren Decke zusammengerollt, auf der Ladefläche des Fuhrwerks. Mudge und Talea waren bald so bewegungslos wie die frühere Fracht, aber Jon-Tom war zu überreizt, um zu schlafen. Talea war still wie ein Stein, aber von dem grauen Klumpen, zu dem Mudge geworden war, drang ein stetiges Schnarchen in Form eines hohen Pfeifens herüber.

Jon-Tom lag auf dem Rücken und studierte den von den überhängenden Ästen der Bäume gerahmten Nachthimmel. Einige der Konstellationen waren vertraut, wenn auch am falschen Platz. Sowohl Lage als auch Jahreszeit waren hier anders. Trotzdem war es ein großer Trost, den unverwechselbaren Leuchtpunkt Orions treu wie immer vor der interstellaren Leere schimmern zu sehen.

Einmal zog etwas mit geisterhaft fluoreszierenden Flügeln vor dem Mond vorbei, eine zarte, seelilienhafte Gestalt, die ein Reptil, ein Vogel oder irgend etwas Unvorstellbares sein mochte. Sie zog dünne gelbe Leuchtstreifen hinter sich her, und einen Moment lang glitzerte sie im Himmel auf.

Dann war sie hinter den Bäumen verschwunden. Irgendein verborgenes Baumwesen produzierte ein leises Glucksen.

Winzige Füße auf der Straße machten Geräusche wie fallende Blätter. Ihr Eigentümer machte halt, um an den Wagenrädern zu schnüffeln, bevor er weiterhuschte. Platanen und Gingkos tauschten sich in leisen philosophischen Holztönen aus. Sie lullten ihn schließlich in einen tiefen traumlosen Schlaf …

Er erwachte im willkommenen Licht der durch die Blätter scheinenden Sonne und mit einem Gewicht auf der Schulter. Er drehte den Kopf und sah Talea, die sich an ihm zusammengekuschelt hatte. Sie lag auf der Seite, den Kopf auf seiner Schulter und einen Arm locker über seiner Brust. Die Skulptur zu stören, löste gemischte Gefühle in ihm aus.

Wie dem auch war ... sie hatten ein Ziel. Er bewegte sich leicht. Ihre Lider flatterten, der Körper erstarrte. Sie blinzelte und nahm gleichzeitig von ihm und ihrer Nähe Notiz. Sich den Schlaf aus den Augen reibend, zog sie sich zurück.

»Angenehme Nacht«, murmelte sie mit belegter Stimme, »obwohl ich schon weichere Betten gehabt habe.«

»Ich auch.« Zu seiner Überraschung war Mudge schon hellwach. Er hatte keine Ahnung, wie lange der Otter schon dalag und sie beobachtete.

»Laßt uns schnell aufbrechen!« sagte der Otter munter. »Die Einsperrer aus Lynchbany sind zwar nich besonders 'artnäckig, aber wenn es eine geruhsame Nacht war, könnten sich 'n paar ehrgeizige entschlossen 'aben, uns zu folgen.« Er stand auf und deutete die Straße zurück.

»Persönlich glaube ich, daß wir sie los sind, aber man kann nie sicher sein.«

»Richtig.« Talea kletterte auf den Fahrersitz. »Bei Stinktieren riskiert man besser nichts.«

Bald darauf rollten sie wieder über die Straße, die inzwischen kaum mehr als ein Pfad war. Sie waren, wie Jon-Tom bemerkte, in einen Seitenweg abgebogen, der kaum noch Wagenspuren aufwies. Dafür lagen viele Felsbrocken herum, die seinen Nieren gar nicht guttaten.

Später pausierten sie zu einem spartanischen Frühstück aus Brot, Dörrfleisch und getrockneten Früchten, die an Limonen erinnerten, aber besser schmeckten. Dann machten sie sich wieder auf den Weg.

Es war Mittag, als Talea erklärte, sie seien angekommen. Jon-Tom lugte zwischen ihr und dem Otter nach vorn. »Ich sehe gar nichts.«

»Was erwartest du?« fragte sie ein wenig spitz. »Daß so etwas wie eine Zunfthalle der Diebe mit flatternden Bannern und einer Blaskapelle auf sich aufmerksam macht?«

Sie waren in einen noch engeren Pfad abgebogen und drangen so tief in den dichten Wald vor, wie die Bäume es erlaubten. Nach einem knappen Kilometer Fußmarsch kamen sie zu einem primitiven Pferch, der eine erstaunliche

Sammlung von Reitreptilien beherbergte. Einige hundert Meter weiter rechts machte Talea eine große Metalltür aus. Sie lag halb verborgen hinter den Wurzeln mehrerer wuchtiger Eichen und war direkt in das Felsgestein einer leicht abfallenden Klippe eingelassen.

Sie schlug mit der Handfläche dreimal hart auf das Metall, wartete und wiederholte dann das Klopfen.

Schließlich öffnete sich ein kleines Fenster im Oberteil der Tür. Kein Gesicht zeigte sich. Wer immer auch von drinnen nach draußen sah, konnte das leicht tun, ohne ein Auge einladend nahe einem möglichen Dolchstoß zu präsentieren.

»Beistand, Labsal und Unterschlupf, Hilfe, Behaglichkeit und Zeit zum Atemschöpfen für jene, die zu leben verstehen«, sagte eine Stimme von drinnen.

»Wucher treiben, ohne Einmischung«, erwiderte Mudge prompt. »Seinen gerechten Anteil bekommen, 'nem Trottel nie 'ne echte Chance geben.«

Es gab eine Pause, dann schwang die Tür in rostigen Angeln nach draußen. Talea trat als erste ein, Mudge folgte ihr. Jon-Tom mußte sich fast zu halber Höhe zusammenklappen, um nicht an die Decke zu stoßen.

Im Innern sahen sie sich einem muskulösen Otter gegenüber, der ein paar Zentimeter größer war als Mudge. Er inspizierte sie vorsichtig, mit besonderer Aufmerksamkeit für Jon-Tom.

»Den da kenne ich nicht.«

»Er is 'n Freund.« Mudge lächelte, während er sprach. »'N Bekannter aus 'ner weit entfernten Provinz, wa?« Er vertiefte das Thema nicht und erwähnte auch Clodsahamp nicht.

Der andere Otter stieß laut schnaubend die Luft aus und drehte sich desinteressiert um. Sie folgten ihm. Nach kurzer Zeit kamen sie an einer Reihe miteinander verbundener Tunnel vorbei. Sie schienen alle in eine weit größere zentrale Höhle überzugehen. In dieser drängte sich eine lärmende, derbe, schlampige, kreischende Menge, die die Gäste des *Seidigen Opossums* im nachhinein wie die Neuzugänge eines Kindergartens erscheinen ließ, die den ersten Tag von zu Hause fort sind.

Hier befand sich genug scharfer Stahl, um einen kleinen Krieg zu bestreiten. Eine beträchtliche Menge getrockneten Blutes auf dem Steinboden zeigte, daß diese Instrumente gelegentlich in Gebrauch waren. Der Lärm war in dem geschlossenen Raum tatsächlich fast betäubend. Ganz zu schweigen von dem Geruch. Jon-Tom war fast soweit, daß er die tierischen Düfte ignorieren konnte, aber in dieser vollgepfropften, kaum belüfteten Höhle, bevölkert von einer bestenfalls selten der Hygiene frönenden Versammlung, waren sie schier überwältigend.

»Und was tun wir jetzt?«

»Zuerst finden wir den Präsidenten des hiesigen Zweigs«, erklärte Talea, »und zahlen unser Schutzgeld. Damit haben wir die Erlaubnis hierzubleiben. Dann finden wir einen unbenutzten Tunnelabschnitt. Hunderte davon durchziehen diesen Abhang. Wir richten einen provisorischen Haushalt ein und warten, bis der Ratsmann eine Gelegenheit findet zu vergessen, was ihm zugestoßen ist.

Natürlich, vielleicht kauft er Nilanthos seine Erklärung ab, aber ich würde seinem Typ glatt zutrauen, daß er alle Meldungen überprüft, die von den Bürgern über diese Nacht eingehen. Und da könnten wir Ärger bekommen, wie du weißt. Wir werden ein paar Wochen warten, bis sich bei ihm alles in Erinnerungsbrei verwandelt hat. Dann können wir sicher von hier verschwinden.«

Auf seinen Blick des Elends meinte Mudge: »Guck nich so kummervoll, Kumpel! 'Errje, es sind doch nur ein paar Wochen.« Er grinste. »Das Erinnerungsvermögen der Lynchbany-Polypen is genauso mickrig wie ihr Mut. Aber es is besser für uns, 'ne Zeitlang von zufällig vorbeikommenden Reisenden nich gese'en zu werden. Und außer völlig Verblödeten wird sich diesem Fleckchen wahrscheinlich niemand nä'ern.«

Jon-Tom sah auf die vielbenutzten Schwerter und Messer. »Ich kann mir vorstellen, warum«, meinte er trocken.

Wie sich herausstellte, machten sie keine zwei Wochen Gebrauch von der Zunfthalle. Es dauerte keinen ganzen Tag, bis Jon-Tom einen Fehler machte. Zu der Zeit kam es ihm allerdings nicht wie ein Fehler vor, und hinterher war er zu verwirrt, um ihn zu bedauern.

Es gab da ein Spiel. Es war ziemlich bekannt in Lynchbany und sehr verbreitet unter denjenigen, die dessen Bevölkerung um ihr Eigentum erleichterten. Es wurde mit einem ›Würfel‹ in Form einer Pyramide aus vier Dreiecken und einem Kreis gespielt. Es gab keine verborgenen Kompliziertheiten.

Ein guter Student wie Jon-Tom hatte keine Probleme, es nach ein paar Stunden sorgfältigen Studiums zu verstehen. Er hatte immer noch leichte Hemmungen, wirklich daran teilzunehmen, aber Talea plauderte irgendwo in der Ferne mit Freunden, und Mudge war einfach verschwunden. Auf sich allein gestellt und geistig erschöpft, war er sowohl gelangweilt als auch gereizt. Ein kleines Spiel würde ihm guttun.

Clodsahamps Börse beherbergte immer noch ein paar kleine Kupfermünzen, die Überbleibsel der von Mudge gesteuerten Einkaufsorgie, die zwei von Lynchbanys Handwerkern bereichert hatte. In seinem blitzend grünen Umhang eine beeindruckende Gestalt, beugte sich Jon-Tom, auf seinen Keulenstab gestützt, vor und sah bei einem der Spiele zu, bevor er sich endgültig zum Mitmachen entschloß.

Die Runde, die er ausgewählt hatte, war augenscheinlich die größte. Niemand hatte etwas gegen seine Teilnahme oder sagte etwas dazu. Er übernahm einfach den Platz eines verwirrten Luchses, als dieser kein Geld mehr hatte und ausschied.

Ohne irgendwelche besonderen Fähigkeiten (die Unbeständigkeit des Glücksspiels ist überall gleich) schlug er sich recht gut. Pflichtschuldig konzentrierte er sich darauf, seine Ergebnisse zu verbessern. Seine Aufmerksamkeit war so auf das Spiel gerichtet, daß er nicht bemerkte, wie sich hinter ihm eine kleine Gruppe von Zuschauern sammelte.

Verärgerte Spieler zogen sich zurück und wurden durch begierige Neuankömmlinge ersetzt, die Mut und Geld noch nicht verlassen hatten. Es gab immer neun oder zehn Werfer, die um den Kreis herum hockten oder saßen.

Selbst durch die dicke Hose spürte Jon-Tom die Kälte des Felsbodens. Dafür begannen die heißumkämpften Münzen sich vor ihm aufzustapeln. Zum ersten Mal seit langer Zeit war er nicht nur entspannt, sondern hatte sogar richtigen Spaß.

Zur großen Freude der Menge, die immer von einem großen Gewinner angezogen wird, warf er zwei Neunen hintereinander. Einige der anderen Spieler murmelten etwas über Magie. Es blieb beim bloßen Murmeln. Ein alter Fledermäuserich namens Swal hängte sich an die Lampen, von wo aus er alle Spieler überblicken konnte. Seine Meinung wurde stark beachtet, wie Jon-Tom feststellen konnte, und obwohl Swal selbst nicht den kleinsten Zauber zustande brachte, war sein Wissen über Magie doch umfangreich und detailliert.

Trotzdem versuchte einer der Spieler das Glück für sich zu wenden, indem er den Würfel behexte, bevor er warf. Weder Jon-Tom noch einer der anderen Spieler oder Zuschauer spürte die unnatürliche Vibration, aber der empörte Swal bemerkte sie sofort.

»Er hat esch leische gemurmelt, aber ich habe den Schlusch geschmeckt«, erklärte Swal der Menge.

Und so bekam Jon-Tom in einer Welt, deren normale Justiz nicht für Mäßigkeit bekannt war, ein Beispiel für Ganovenrecht. Eine Gruppe erboster Zuschauer trug den schreienden, protestierenden Ziesel außer Sicht. Eine kurze Pause, dann ein nervenzerfetzender Kreischlaut. Bald darauf kehrten die Vollstrecker der Selbstjustiz zurück, in grimmiger Befriedigung die Pfoten reibend.

Ein anderer Spieler warf, und Jon-Tom hatte Zeit, einen der Zuschauer zu fragen, was geschehen war.

Der hoch aufgeschossene Hase lehnte sich leicht auf seine Schulter. »Swal sagt, daß einer es leise gemurmelt. Man betrügt nicht in der Gildenhalle. Wie Bruder betrügen, du verstehst? Ich schätze, sie machen Strafe passend zu Verbrechen.« Jon-Tom sah sein Gegenüber weiter fragend an.

Der Hase hob die Schultern. »Da er Spruch geflüstert, die anderen wahrscheinlich schneiden seine Zunge heraus. Falls er Beschwörungen mit Händen gemacht, sie die abgeschnitten. Dasselbe bei Auge und so weiter.«

»Ist das nicht ein bißchen drastisch? Es ist doch nur ein freundschaftliches Spiel.«

Seltsam rosa-milchige Augen sahen auf ihn herab. »Dies ein drastisches Geschäft, mit dem wir alle zu tun, Mann. Du weißt das. Schon schwer genug ohne betrügerische Gerichte und verschlagene Anwälte. Wir können in eigner Familie keine Hinterhältigkeiten dulden. Gerechte Bestrafungen wie die«, – er deutete mit dem Daumen in die Richtung, aus der der Schrei gekommen war –, »stellen Fairneß sicher. Der hatte noch Glück. In welchem Geschäft du?«

»Tschuldigung, ich muß werfen«, sagte Jon-Tom rasch.

Das Spiel ging weiter. Manchmal verlor er, häufiger gewann er. Die dauernde Abwesenheit von Talea und Mudge machte ihn jetzt nervös. Er fragte sich, ob er es wagen konnte, seinen Gewinn zu nehmen und auszuscheiden. Konnte es nicht sein, daß einer der großen Verlierer einen Freund oder Verbündeten in der Menge hatte, der bereit war, ihm ein Messer in den Rücken zu stoßen oder ihn der Hexerei zu beschuldigen, um seinen Freund oder Boß zu schützen?

Aber der hochgewachsene Hase blieb in der Nähe, beruhigte ihn und spornte ihn an. Das war nur natürlich, da er auf Jon-Toms Würfe setzte. Doch Jon-Toms Gedanken kehrten immer wieder zu jenem schrecklichen Schrei zurück, malten sich aus, wie das Messer auf ihn zukam ...

Swal hatte seine Position beibehalten. Hin und wieder veränderte er seine Lage an den Hängelampen oder zog die grüngefederte Kappe zurecht, die mit einem Band am Kopf befestigt war. Sein Blick wanderte beständig über die Spieler.

Aber es gab keine Betrugsvorwürfe mehr von ihm. Der

Münzhaufen vor Jon-Tom setzte sein beständiges Wachstum fort.

Dann kam es zu einer unerwarteten Unterbrechung. Eine bemerkenswert geschmeidige wölfische Gestalt mit äußerst weiblichen Formen stolperte in den Spielkreis. Die Spieler schützten ihre Münzen hastig vor den unsicheren Füßen. Sie schien verlegen und empört, ein Zustand, der durch das ungehaltene Pfeifen, Zischen und Tuten der weiblichen und männlichen Zuschauer nicht besser wurde. Die Wölfin reagierte mit rauschenden Unterröcken und ausgewählten Verwünschungen auf die Unmutsäußerungen.

Jon-Tom sah seinen Hasenfreund fragend an.

»Tut mit leid, Mann. Ich habe nicht aufgepaßt. Aber ich glaube, ich weiß, was los ist. Siehst du Fuchs da drüben?« Er deutete auf einen gutgekleideten Spieler, der müde auf der anderen Seite des Kreises saß. Auf dem Fels vor ihm lagen nur noch zwei, drei Silbermünzen.

»Er kein Geld mehr, sehe ich, will aber weiter mitmachen. Du kennst den Typ. Also setzt er das Mädchen.«

Jon-Tom runzelte die Stirn. »Ist sie eine Sklavin?«

Das provozierte eine leicht verärgerte Antwort. »Was glaubst du, sind wie hier – Barbaren? Nur die Gepanzerten halten Sklaven. Nein, wahrscheinlich er sie zur Zustimmung zu zeitweiligem Kontrakt gebracht.« Der Hase zwinkerte. »Wahrscheinlich für ein paar Nächte oder so.«

»Sie sieht nicht besonders bereitwillig aus«, meinte Jon-Tom kritisch.

»Schwer zu sagen. Vielleicht ist sie, vielleicht nicht.«

»Warum tut sie es dann?«

»Weil sie verliebt. Siehst du das nicht?« Der Hase schien erstaunt über Jon-Toms offensichtliche Naivität.

»Hee, ich kann diese Runde nicht mitspielen.«

»Warum nicht, Mann?« Plötzlich klang der Hase erheblich weniger freundlich.

»Ich habe einfach genug.« Er begann seinen Gewinn einzusammeln und suchte nach Taschen in Hose und Hemd, um die Münzen händevoll hineingleiten zu lassen. Es gab eine leichte Unruhe unter den anderen Spielern, und einige machten Gesten in seine Richtung.

Aber auch hier gab es Ehre unter den Dieben. Für jedes ärgerliche Grummeln der Spieler gab es Rufe der Zuschauer wie: »Er hat ehrlich gewonnen ... Er kann jederzeit ausscheiden ... Laßt ihn gehen, wenn er will ... Ihr dürft ihn nicht aufhalten ...« Und so weiter. Aber einige der Kommentare wurden von begierigen Blicken auf den Münzhaufen vor ihm begleitet. Jon-Tom wurde bewußt, daß der Gewinn des Geldes nicht sicherstellte, daß er damit auch von dannen ziehen konnte. Natürlich dachte niemand daran, einen ehrlichen Gewinner offen anzugreifen. Aber die Zunfthalle war voller Tunnel und dunkler Sackgassen.

Hilflos zu dem Hasen aufblickend, flüsterte er: »Was soll ich tun?«

Das Verhalten des Angesprochenen wurde weicher, wieder freundlicher. »Nun, als erstes achte auf deine Kleidung.« Er lachte und griff nach Jon-Toms Kehle; der fuhr instinktiv zurück. Aber der Hase brach seine Bewegung nur ab und grinste ihn breit an. »Mit deiner Erlaubnis?«

Jon-Tom zögerte, dann nickte er. Es gab keinen Grund anzunehmen, daß der andere ihm plötzlich übel wollte.

Der Hase öffnete die Verschlüsse des Umhangs und breitete ihn auf dem Boden aus, während die restlichen Spieler ungeduldig warteten. »Ah, ich dachte richtig. Dein Schneider gut.« Er deutete auf die verborgenen Nähte und Knöpfe, die am unteren Rand des Capes verliefen.

Bedächtig knöpfte er die Geheimtasche auf und füllte sie, unterstützt von Jon-Tom, mit den Münzen. Dann, als sie randvoll war, verschlossen sie sie wieder fest. Jon-Tom warf sich den Umhang um die Schultern. Das zusätzliche Gewicht war erträglich.

»Da«, sagte der Hase befriedigt, »das weit besser. Kein Taschendieb denken daran, Cape zu beklauen. Nur die paar hier wissen, und ich sehe keinen in der Kunst bewanderten unter ihnen. Andere, die sehen, werden glauben, nur Steine darin.«

»Warum sollte ich mein Cape mit Steinen füllen?«

»Damit es nicht über deinen Kopf fliegt und Sicht nimmt während eines Kampfes oder während du durch Sturm reitest. Auch im Kampf zu gebrauchen. Du siehst vielleicht waffenlos aus, aber du damit hast eine fünf Fuß lange elastische Keule zur Ergänzung für langen Stab.« Sein Blick richtete sich himmelwärts. »So würde ich gerne abgehen: mit dem Geld von irgend jemand totgeschlagen. Oder vielleicht ...« Er sah wieder auf Jon-Tom. »Aber das mit meinen Problemen nichts zu tun.«

»Vielleicht nicht.« Jon-Tom griff in den immer noch beträchtlichen Münzhaufen vor sich und wählte drei große Goldstücke aus. »Die hier sind jedenfalls für deine Probleme und für deinen guten Rat und deine Hilfe.«

Der Hase nahm sie dankbar entgegen, ließ sie in eine Westentasche gleiten, die er verschloß. »Das nett von dir, Mann. Ich nehme, weil ich das Geld brauche. Unter besseren Umständen so. Du erweckst Aufmerksamkeit von welchen, die nicht so nobel wie ich.

Und noch eins: Wenn du wirklich aufhören willst, dann tu. Aber du mitten in einer Runde. Es besser, wenn du sie beendest. Dann kann dir keiner was.«

»Aber was ist mit dem Mädchen?« Die Wölfin tappte mit in pastellblaue Ballettschuhe gekleideten Füßen auf den Boden und wirkte ziemlich verstimmt.

»Nun, ich sag dir was, Mann.« Der Hase blinzelte bedeutungsvoll. »Du spielst Runde zu Ende. Du weißt, ich habe drei Goldstücke. Du einen Platz in der Runde zum Beenden des Spiels. Wenn du gewinnst, ich dir für sie ein Goldstück zurück gebe. »Er beäugte die muskulöse lohfarbene Gestalt des sehr weiblichen Wolfs. »Vielleicht zwei.«

»Oh, in Ordnung.« Jon blickte sich noch einmal in der Runde der Zuschauer um. Immer noch kein Zeichen von Talea oder Mudge.

Der Würfel wanderte weiter, während die Zuschauer einander in die Seite stießen, zusätzliche Wetten abschlossen oder die Vorgänge einfach nur neugierig verfolgten. Ein Fischmarder auf der anderen Seite warf eine Sieben und stöhnte. Neben ihm hockte ein Maulwurf mit einer dunklen, immens dicken Brille und einem steifen Spitzhut. Er würfelte eine Acht, dann eine Sechs, dann eine Sieben und schließlich eine Drei, mit der er verlor.

Die ›Würfel‹ wanderten zu Jon-Tom. Er warf sie in den Kreis. Zwei Vieren und eine Zwei. Dann eine Zehn. Aus der Menge, die unhöflich gegen den Kreis der Spieler drückte und schob, stiegen Rufe auf. Jon-Tom warf eine Sechs. Dann war wieder der Fischmarder an der Reihe; er wirkte zuversichtlich. Die drei ›Würfel‹ kamen zur Ruhe und zeigten eine Eins, eine Zwei und eine Drei. Der Marder kickte Schmutz in den Kreis. Die Rufe waren trommelfellzerreißend.

Jon-Tom hatte wieder gewonnen.

Er drehte sich um und sagte: »So, mein Freund. Jetzt ist es an ...« Er unterbrach sich. Von dem Hasen war nichts zu sehen.

Nur ein in der Nähe stehender schmuck gekleideter Brüllaffe hatte das Verschwinden von Jon-Toms Ratgeber bemerkt. »Der lange Bursche? Weiß mit grauen Tupfen?« Jon-Tom nickte, und der Menschenaffe wies vage in Richtung eines Hauptganges.

»Er ist vor 'ner Weile gegangen. So'n kleines goldenes Erdhörnchen kam vorbei ... 'ne leckere kleine Bettgesellin war das ... und er ist mit ihr weggegangen.«

»Aber ich kann nicht ...«

Eine Hand berührte seine Schulter. Er drehte sich um und starrte in aluminiumhafte Augen, glänzend und durchdringend. »Ich habe es noch nicht mit vielen Menschen getan, Mann. Es heißt, daß einige von euch sonderbare Praktiken bevorzugen.« Die Stimme war leise, rauchig und klang ganz und gar nicht uninteressiert. »Gilt das auch für dich?«

»Hör mal, ich glaube, du verstehst nicht.«

»Versuch's!«

»Nein, nein ... das meine ich nicht. Ich meine ...« Seit ihrem Eintreffen in der Zunfthalle war er nicht so durcheinander gewesen. »Es ist einfach so, daß ich nicht kann, ich möchte dich nicht. Geh dahin zurück!« Er deutete mit wedelnder Hand auf die andere Seite des Kreises. »Geh zu ihm zurück!«

»Was zum Teufel soll das bedeuten, Mann? Was willst du damit sagen?« Ihre Augen flammten auf, und sie trat einen Schritt zurück.

Der Fuchs stand plötzlich neben ihr, wütend, aber nicht über seinen Verlust. »Stimmt irgend etwas nicht mit Wurreel? Glaubst du, ich brauche deine Wohltätigkeit?«

»Nein, das ist es überhaupt nicht.« Jon stellte sich langsam auf die Füße, den Stab fest im Griff. Die Menge um ihn begann unfreundlich zu murmeln. Die Blicke, die er auffing, waren ganz und gar nicht mehr freundlich.

»Bitte«, sagte er zu der Wölfin, »geh einfach zurück zu deinem Meister oder Freund oder was auch immer.«

Der Fuchs kam näher, stieß einen klauenbewehrten Finger in Jon-Toms Magen. »Was für'n Typ bist du denn eigentlich? Glaubst du, ich zahle meine Schulden nicht? Glaubst du, ich drücke mich um meine Verpflichtungen?«

»Pfeif auf deine Verpflichtungen, Mossul!« sagte die Wölfin. »Was ist mit meiner Ehre?« Tonfall und Blick waren jetzt alles andere als interessiert. »Sieh doch nur, mit welchem Widerwillen er mich ansieht. Er beleidigt mich.«

Das rief einige gehässige Rufe aus der Menge hervor: »Pfui, pfui! ... Buh! ... Unverschämtheit!«

»Das ist es nicht. Es ist einfach nur ... daß ich dich nicht will.«

Sie stieß ein unartikuliertes Knurren aus und schlug ihm mit der Faust auf die Brust. »Das reicht!« Sie sah sich im Kreis der drängelnden Zuschauer um. »Gibt es hier einen *Mann*, der meinen Ruf verteidigt? Ich verlange Genugtuung!«

»Dein Ruf ...« Jon-Tom fehlten zunehmend die Worte. »Ich habe dich nicht beleidigt ... was ist mit ihm?« Er zeigte auf den Fuchs. »Er ist derjenige, der dich verkauft hat.«

»Verliehen, nicht verkauft«, widersprach der Fuchs würdevoll. »Und es geschah in beiderseitigem Einverständnis.«

»Das stimmt. Für Mossul würde ich alles tun. Außer mich so beleidigen zu lassen, in aller Öffentlichkeit.« Sie legte liebevoll einen Arm um die Schulter des Fuchses.

»Werft ihn raus! Werft ihn raus!« stiegen die Rufe auf.

»Was ist denn 'ier los, Kumpel? Ich lasse dich ein Momentchen allein, und du schaffst es, die ganze 'Alle in Aufruhr zu versetzen.« Mudge stand hinter Jon-Tom, Talea dicht daneben.

»Ich verstehe das nicht«, protestierte Jon-Tom. »Ich habe den ganzen Tag gewonnen.«

»Das is gut.«

»Und gerade eben habe ich das gewonnen.« Er deutete auf die Wölfin. »Für ein paar Nächte.«

»Das is sehr gut. Wo liegt dann also das Problem, Kumpel?«

»Ich will sie nicht. Verstehst du nicht? Nicht daß sie unattraktiv ist oder so.« Der Gegenstand dieser Bewertung knurrte bedrohlich. »Es ist nur ... ich kann es nicht, Mudge. Ich habe keine Vorurteile. Aber irgend etwas in mir ... kann einfach nicht.«

»Jetzt mal ru'ig, Kumpel! Ich verstehe.« Der Otter klang mitfühlend. »Das ge'ört zu deinen sonderbaren Bräuchen, ohne Zweifel, und jetzt 'ast du den Schaden davon.«

»Na, dann sag ihnen das. Sag ihnen, woher ich komme. Erklär ihnen, daß ich ...«

Mudge legte kurz eine Hand über Jon-Toms Mund. »Psch, Junge! Wenn sie denken, daß du aus einem anderen Land bist, wirst du nicht mehr ihren Schutz 'aben. Gegenwärtig glauben sie, daß du ein Straßenräuber aus derselben Gegend bist wie Talea und ich.« Sein Blick nahm das Gewicht wahr, das den Saum von Jon-Toms Umhang nach unten zog. »Und nach dem zu urteilen, was du von einigen 'ier gewonnen 'ast, wären sie mehr als glücklich, wenn du zum Freiwild würdest. Du würdest es keine vier Augenblicke mehr machen.« Er zog ihn am Arm. »Komm schon! Jetzt sind Ruhe, Unauffälligkeit und Zuversicht angesagt, während die noch diskutieren, was sie tun sollen.«

Man rempelte sie an und bespuckte sie sogar, aber Mudge und Talea schafften es, sich mit ihrem völlig verwirrten Freund hastig aus dem Spielzimmer zu drängeln; dann eilten sie durch die Tunnel und die Eisentür, die die Gildenhalle von der Außenwelt trennte, nach draußen.

Es war später Vormittag. Jon-Tom bemerkte plötzlich, wie erschöpft er war. Er mußte die ganze Nacht durchgespielt haben. Das erklärte, warum Mudge und Talea nicht früher aufgetaucht waren. Sie hatten geschlafen. In der Zunfthalle trog die Zeit, die Lampen brannten rund um die Uhr, ganz in Übereinstimmung mit den Aktivitäten der Gildenmitglieder.

»Warum bist du nicht mit ihr gegangen?« Talea klang bitter. »Sieh uns jetzt nur an! Jetzt sind wir aus der einzigen Zuflucht geworfen, in der wir unerreichbar waren.« Sie ging steifbeinig weiter und suchte in dem nahegelegenen Pferch nach ihrem Gespann.

»Ich hätte wohl verlieren sollen, wie?« Jon und Mudge hatten Schwierigkeiten, mit ihr Schritt zu halten. »Das hätte dich glücklich gemacht, wie?«

»Es wäre besser als das hier«, schnappte sie zurück. »Wohin sollen wir jetzt gehen? Wenn man aus der Zunfthalle geworfen wird, kann man nirgendwo anders hin, und wir haben uns nicht annähernd lange genug darin versteckt. Falls uns jemand bemerkt haben sollte, sind wir den Bürgern immer noch frisch in Erinnerung; und natürlich der Polizei. Verfluchter Mist!« Sie setzte über den Zaun und trat einer unschuldigen Reitechse in die Flanke; das Tier zischte und machte sich davon.

»Zu schade, daß du nicht da warst, Mudge! Du hättest die letzte Runde für mich spielen können.«

»So läuft das nich Kumpel. Du mußtest sie selbst zu Ende spielen, nach dem, was ich ge'ört 'abe. Es is 'ne Schande, daß dich deine sonderbaren Bräuche dazu gezwungen 'aben, die Ehre dieser wundervollen Dame zu kränken. Du 'ast sie abgewiesen. Ich 'ätte in dem Fall auch nich für dich einspringen können, so gern ich es auch getan 'ätte.«

Jon-Tom starrte mürrisch zu Boden. »Ich kann einfach nicht glauben, daß sie sich so bereitwillig verkauft hat.«

»Ach je, Kumpel, du weißt verdammt wenig über Frauen! Sie 'at es aus Liebe zu ihrem Fuchs getan. 'Ast du das nich gese'en? Und als du sie zurückgewiesen 'ast, 'ast du auch ihn beleidigt. Du weißt nich viel über das Verlei'en von Damen, wie?«

»Das ist lächerlich. Natürlich weiß ich ...« Er blickte zur Seite. »Nein. Nein, nicht viel, Mudge. Meine Energien waren stark auf intellektuelle Ziele konzentriert. Das ist einer der Gründe, warum ich so ungeheuer gern Musiker werden wollte. Musiker scheinen sich keine Sorgen wegen Frauen machen zu müssen.«

»Unwissenheit führt nich gerade zu viel Spaß, Kumpel. Du bist offensichtlich verdammt weit davon entfernt zu begreifen, was läuft und warum.« Er deutete mit dem Kopf nach vorn.

»Jetzt sieh dir doch mal Talea da an! Sag mir nicht, daß du sie nicht anziehend findest.«

»Da müßte ich lügen.«

»Also? Ihr 'abt doch in den letzten paar Tagen eng genug beieinander gelebt, und ich 'abe nich mehr gese'en, als daß du dich mal sehr kurz an sie gelehnt 'ast. Mich kennt sie und läßt mich nich ran, aber du bist ein neuer Faktor.«

»Du machst wohl Witze.« Er sah der roten Haarmähne nach, wie sie sich durch die Echsen bewegte. »Sie würde mich von Kopf bis Bauch aufschlitzen, sollte ich es auch nur wagen, sie zu berühren.«

»Sei da nich so sicher, Kumpel! Da 'ast deine Unwissenheit schon zugegeben, weißt du.«

»Und du bist wohl der erfahrene Experte, wie?«

»Ich mache meine Erfahrungen und schlage mich damit durch, jawohl. Wir 'aben jetzt nich genug Zeit dafür. Aber denk darüber nach, was ich dir gesagt 'abe.«

»Das werde ich. Mudge! Sie hat gesagt, daß wir nirgendwo mehr hinkönnen: Ist unsere Lage wirklich so verzweifelt?«

»Schwer zu sagen, Kumpel. 'Ängt davon ab, ob jemand unser nächtliches Treiben in Lynchbany beobachtet und gemeldet 'at. Jedenfalls is es besser, wenn wir uns 'n Weilchen woandershin verdrücken.«

»Ich weiß, wohin ich möchte.« Er sah verlangend in den Himmel, obwohl er wußte, daß seine Welt noch jenseits der durch das Sonnenlicht verborgenen Sterne lag.

Irgend etwas schmerzte ihm brennend auf der Wange. Er drehte sich um und sah Mudge schockiert an.

»Ziemlich schwer, da oben 'inzulangen«, stellte der Otter barsch fest. »Jetzt 'ör mal gut zu, Kumpel! Ich 'ab es dir schon mal gesagt, und ich beabsichtige nich, noch mal Zeit damit zu verschwenden. Dies weinerliche, jämmerliche Selbstmitleid muß auf'ören. Du bist 'ier. Wir können dich nich da'in zurückbringen, wo du 'erkommst. Clodsa'amp will oder kann es auch nich. Das is verdammt noch mal so, und je frü'er du dich daran gewöhnst, desto besser für dich. Oder erwartest du, daß ich dich die nächsten sechzig Jahre bemuttere?«

Jon-Tom, immer noch wie betäubt, antwortete nicht. Sechzig Jahre ... sonderbar, daß er sein Verbleiben hier nicht mit Jahren und schon gar nicht mit Jahrzehnten in Verbindung gebracht hatte. Irgendwie war da immer der Gedanke gewesen, daß er morgen oder übermorgen wieder nach Hause könne.

Aber falls Clodsahamps Genius so sprunghaft war, wie Mudge nachdrücklich behauptete, käme er vielleicht nie mehr nach Hause. Der Hexer konnte morgen sterben. In der Nacht vor Dr. Nilanthos Haus hatte er eine zeitweilige geistige Anpassung an seine Situation erreicht. Vielleicht hatte Mudge recht, und es war Zeit, daß er diese Anpassung zu einem ständigen Bewußtseinszustand machte.

Versuch es mit negativem Denken zu sehen, wie bei einem Examen, so daß du eigentlich nur zufrieden bist, falls du versagst und null Punkte machst – und doch glücklich mit fünfzig und überschäumend bei hundert! So mußt du von jetzt an über dein Leben denken. Gegenwärtig lebte er null Punkte. Je früher er sich daran gewöhnte, desto weniger enttäuscht würde er sein, wenn Clodsahamp sich als unfähig erweisen sollte, ihn zurückzuschicken. Zurück zu den trägen geistigen Windungen der Uni, dem beiläufigen, austauschbaren Geschwätz seiner orientierungslosen Freunde, dem faden In-den-Tag-leben, dessen Unerreichbarkeit es jetzt so verlockend machte.

Null, sagte er fest zu sich. Denk an die Null!

»Verdammte, miese Hurensöhne. Mistige Arschlöcher, alle zusammen!«

Der Schrei kam von der anderen Seite der Umzäunung. Zusammen mit Mudge eilte er durch die zusammengepferchten Tiere. Aber Talea war nicht in Gefahr. Sie saß auf einem glatten Felsbrocken; Reitechsen unterschiedlicher Größe und Form drängten sich nervös um sie herum.

»Stinkende, stehlende Bastarde!« wütete sie. Jon-Tom wollte etwas sagen, hielt aber bei einem Zupfen an seinem Arm inne. Mudge legte ihm einen Finger über den Mund und schüttelte langsam den Kopf.

Sie warteten, bis die Wut verraucht war. Schließlich blickte Talea auf und schien sie zu bemerken. Sie stand auf und deutete mit einer umfassenden Geste auf den Pferch.

»Unser Gespann ist verschwunden, unser Wagen auch. Ich habe die ganze Lichtung abgesucht, und sie sind nirgends zu finden. Wißt ihr, was ich durchgemacht habe, um dieses Gespann zu stehlen?«

»Vielleicht 'aben sich Mossuls Freunde rausgeschlichen und es weggebracht, um ihm über seine Verluste hinwegzu'elfen. Oder vielleicht ist es auch eine Strafe für die Kränkung der Wölfin«, meine Mudge, nachdenklich über die Schnurrhaare streichend.

»Ich werde allen, die dafür verantwortlich sind, ihre Eingeweide rösten!« Sie setzte sich zur Zunfthalle in Bewegung. Mudge stellte sich ihr rasch in den Weg. Sie zog an ihm, versuchte an ihm vorbeizuschlüpfen, aber er war genauso schwer wie sie und erheblich schneller. Schließlich stand sie nur noch da und starrte ihn wild an.

»Sei vernünftig, Liebchen! Wir sind da kaum rausgekommen, ohne jemanden pieksen zu müssen. Wir können nicht zurück. Wut ist kein Ersatz für ein weiteres Schwert. Und selbst wenn wir unbehelligt reinkommen, könnten wir nur raten, wer verantwortlich ist. Wir können nicht sicher sein, daß es Mossul oder seine Freunde sind.«

Der wutentbrannte Blick wandelte sich zu einem resignierten. »Du hast recht, Otter, wie gewöhnlich.« Sie ließ sich auf die feuchte Erde sacken und lehnte sich gegen den Zaun. »Soviel also zur ›Gaunerehre‹.«

»Es tut mir leid.« Jon-Tom setzte sich neben sie. »Es war mein Fehler. Wenn es irgend etwas nutzt, würde ich mich freuen, wenn ich dir das Fuhrwerk erstatten dürfte.« Er klimperte bedeutungsvoll mit dem Saum seines Umhangs.

»Mach dich nicht lächerlich! Ich habe es gestohlen. Du brauchst dir nun wirklich keine Gedanken darum zu machen, etwas zu erstatten, das du gar nicht besitzt.«

Sie bedachten ihre Situation. »Wir könnten irgend jemandem sein Fuhrwerk abkaufen«, schlug Jon vor.

Mudge blickte zweifelnd. »'Ne gute Transportmöglichkeit ist einem Dieb teurer als alles Geld. In der Stadt könnten wir so was kaufen, aber nich 'ier.«

»Na, warum stehlen wir dann nicht eins von denen hier?«

»Nun, das is keine schlechte Idee, Kumpel. Du fängst an, dich einzuleben. Es gibt nur eine kleine Schwierigkeit.« Er blickte nach rechts. Zuerst sah Jon-Tom nichts. Dann bemerkte er die kleine Ansammlung von Gestalten, die vor dem Halleneingang aufgetaucht war. Kleine Rauchwolken stiegen von der Gruppe auf, und er konnte sehen, wie ihnen gelegentlich ein Blick zugeworfen wurde.

»Aber sie wissen nicht, welcher Karren und welche Tiere uns gehören«, protestierte er. »Wenn wir uns so verhalten, als wüßten wir genau, was wir tun, können sie nicht ahnen, daß wir etwas vorhaben.«

Mudge lächelte schwach. »Andererseits wissen wir nich, ob wir nich gerade eins von ihren Tieren erwischen. Ein einziger Ruf, und die ganze 'Alle ist 'inter uns 'er.«

»Zum Henker damit!« stieß Talea unvermittelt aus und sprang auf die Füße. »Also gehen wir zu Fuß – und zwar zu deinem Hexer. Er muß uns ganz einfach für ein paar Tage aufnehmen. Ist vielleicht sogar sicherer als in der Halle. Und wir können ihn sogar bezahlen.« Sie deutete auf Jon-Toms Gewinn.

»Nun mal ganz langsam, Liebchen!« Mudge sah wieder einmal besorgt aus. »Wenn wir so früh zurückkehren, muß ich zugeben, daß ich bei der Ausbildung dieses Burschen in einige Schwierigkeiten geraten bin.«

»Schwierigkeiten!« Jon-Tom lachte laut los. »Du hast es schon geschafft, mich in eine Kneipenschlägerei und in eine Polizeiangelegenheit zu verwickeln, und du«, – er sah Talea an –, »in Überfall, Raub und Diebstahl. Zwei Diebstähle. Ich muß den Karren und das Gespann jetzt wohl mitzählen.«

»Zähl, was und soviel du willst, Jon-Tom!« Sie deutete nach Westen. »Aber wir können jetzt weder in die Stadt noch in die Halle. Und ich werde mich nicht mit irgendeinem fernen Ziel wie Fünfüber oder Timswitz in die Wälder schlagen. Außerdem arbeiten sie mit der Polente von Lynchbany zusammen.«

»Sei dem, wie es will«, erklärte Mudge und verschränkte die Arme, »ich werd nich zu Clodsa'amp zurückkehren. Der alte Lüstling is für meinen Geschmack zu unberechenbar.«

»Wie du willst.« Sie blickte zu Jon-Tom auf. »Du kennst ja wohl den Weg. Hast du auch Angst vor Clodsahamp?«

»Ziemlich, und darauf kannst du einen lassen«, erwiderte er prompt, »aber ich glaube nicht, daß er zum rachsüchtigen Typ gehört, und ich wüßte auch nichts anderes zu tun.«

Sie trat mit großer Geste zurück. »Nach dir, Jon-Tom.«

Er drehte sich um und entfernte sich Richtung Süden aus dem Pferch, wobei er hoffte, daß sein Richtungssinn nicht zu sehr durch die durchspielte Nacht gestört war. Mudge zögerte, bis er sie fast nicht mehr sehen konnte. Dann bedachte er die gleichgültigen Echsen mit ein paar ausgewählten Worten und spurtete den beiden Menschen eifrig hinterdrein ...

IX

Die Zunfthalle lag südöstlich von Lynchbany. Sie mußten die Straßen der Gegend vorsichtig überqueren, da man Talea zufolge nie wissen konnte, ob man nicht einer Polizeistreife über den Weg lief, die gerade nach Banditen suchte. Außerdem mußten sie sich Zeit nehmen, um zu jagen und Eßbares zu sammeln.

Es brauchte drei Tage harten Marschierens, bevor Mudge einen Teil des Waldes wiederzuerkennen glaubte. Sie standen am Rand einer schlammigen engen Straße, als Jon-Tom den großen Sack bemerkte, der zwischen zwei Felsbrocken eingeklemmt war; Sonnenlicht brach sich funkelnd auf Metall.

»Deine Augen sind gut«, sagte Talea bewundernd, als sie über den Sack herfielen, wie Hyänen über einen Zebrakadaver.

Ihr Fund war voller Handelsgüter: Glasperlen, Gemmen aus Halbedelsteinen, bei denen es sich um Granate oder Turmaline handeln mochte. Dazu kamen einige Schriftrollen, die Talea ärgerlich zur Seite warf, als sie den Sack nach weiteren Wertgegenständen untersuchten. Es kamen weitere Schriftrollen zum Vorschein, einige Kleidungsstücke und drei Musikinstrumente. Jon-Tom griff sich eine Art gebogener Panflöte und blies in eine der Öffnungen.

»Mist.« Talea setzte sich gegen die Felsen, nahm den geleerten Sack und warf ihn sich über die Schulter. »Supermist. Selbst wenn wir Glück haben, ist es dann nachher doch nichts.«

Mudge inspizierte die Juwelen. »Die könnten uns bei einem ehrlichen 'Ehler zwei oder drei Goldstücke bringen.«

»Wie erfreulich«, meinte Talea sarkastisch. »Du pfeifst einfach einen ehrlichen Hehler her, und wir probieren es.« Der Otter stieß einen langen, schrillen Pfiff aus, den kein Mensch nachahmen konnte, und zuckte dann die Achseln.

»So was weiß einer nie, bis einer es versucht 'at.« Er verstaute die Juwelen in dem Beutel an seiner Hüfte und bemerkte, daß Talea ihn beobachtete. »Du glaubst, daß ich nicht teilen werde.« Er verzog schmollend den Mund.

»Richtig, aber das Zeug lohnt keinen Streit.« Sie rieb sich die linke Wade. »Mir tun die Füße weh.«

Jon-Tom legte die Flöte beiseite und ergriff das größte der Instrumente. Es hatte sechs Saiten, die in einer Kurve über einen herzförmigen Resonator mit drei dreieckigen Öffnungen verliefen. Die geschwungenen Drähte endeten in Stimmwirbeln. Am Unterteil des Resonatorgehäuses war ein Satz aus sechs kleineren Metallsaiten angeordnet, eine Miniaturausgabe der größeren oberen Anordnung. Zwölf Saiten insgesamt.

Nachdenklich begutachtete er diese Anordnung. Mal sehen, der kleinere Satz taugt nur zum Zupfen der feineren, höheren Töne. Also ist die zweite Sechsergruppe wahrscheinlich zum Anschlagen der Grundmelodie gedacht. Bis auf den zweiten Satz winziger Saiten sah das Instrument wie eine Plastikgitarre aus, die kurz in einem Backofen gelegen hatte.

Talea hatte sich eine der Flöten genommen. Sie versuchte einen Ton zu erzeugen, produzierte aber nur ein paar schrille Quietscher und warf das Instrument in die Landschaft. Die zweite Flöte gefiel ihr offensichtlich besser. Nach einem erfolgreichen Musizierversuch steckte sie sie in ihren Gürtel und ging auf den Wald zu. Mudge folgte ihr, Jon-Tom aber, von der sonderbaren Gitarre völlig gefesselt, blieb weit zurück.

Schließlich hielt sie inne, drehte sich zu ihm um und wartete, bis er zu ihr aufgeschlossen hatte. »Was hält dich auf, Langbein?« Er lächelte, als ob er sie gar nicht gehört hätte, und wandte seine Aufmerksamkeit wieder dem Instrument zu. Ein paar Töne von den kleinen Saiten erfüllten die Luft.

»Das ist ein Duar. Erzähl mir nicht, daß du die spielen kannst!«

»Tatsächlich 'at der Bursche be'auptet, so was wie 'n Musiker zu sein.« Mudge sah sich Jon-Toms offensichtliches Interesse hoffnungsvoll an. »Du 'ast immer gesagt, daß du mit instrumenteller Begleitung besser klingst, Kumpel.«

»Ich weiß. Ich erinnere mich.« Jon-Tom ließ die Finger über die Hochtonsaiten wandern. Der Klang war erheblich weicher, als er es gewohnt war. Fast lyrahaft, aber nicht sehr fremdartig. Dann zupfte er noch einmal an den unteren Saiten; sie ließen die oberen in tieferen Tönen mitschwingen.

Der gebogene Hals an dem herzförmigen Resonanzkörper war schwer zu greifen. Das Instrument war für eine viel breitere Brust als die seine gebaut. Der kurze Gurt, der von der Spitze des Halses zum Boden des Resonators lief, half allerdings ein wenig. Er fand heraus, daß er beide Saitensätze erreichen konnte, wenn er das Instrument einfach natürlich hängen ließ und sich vorbeugte. Es schmerzte ein wenig im Rücken, aber er glaubte, daß er sich daran gewöhnen konnte. Dann setzte er beide Hände ein und versuchte auf den unteren hellklingenden Saiten eine Melodie zur Begleitung der oberen zu zupfen.

Talea seufzte, wandte sich ab und machte sich wieder auf den Weg; Mudge folgte direkt hinter ihr, während Jon-Tom erneut zurückfiel. Das Herz schmerzte ihn immer noch mehr als die Füße, aber die Musik half. Nach und nach fand er heraus, daß er seinen Arm in einem angewinkelten Bogen bewegen mußte, anstatt ihn gerade zu halten, um der Kurve des Halses und der Saiten folgen zu können. Schon bald erzeugte er vertraute Akkorde und dann Songbruchstücke. Wie immer gaben ihm die Klänge ein Gefühl des Wohlbefindens, hoben sowohl seine Stimmung als auch seinen Adrenalinspiegel.

Einige der Songs klangen fast richtig. Aber obwohl er stimmte und nachstimmte, bis er fürchtete, daß ihm die Saiten oder die Wirbel zersprangen, brachte er die Melodien nicht einwandfrei zustande. Es lag auch nicht an dem empfindlichen Instrument, sondern an etwas anderem: Er hatte immer noch nicht entdeckt, wie es richtig gestimmt wurde.

Es war Spätnachmittag, als Talea langsamer wurde und

ihn dichter herankommen ließ, um etwas länger der Fast-Musik zu lauschen, die er machte, bevor sie ohne die üblichen Begleittöne von Bitterkeit und Sarkasmus fragte: »Jon-Tom, bist du ein Bannsänger?«

»Hmmm?« Er blickte zu ihr auf. »Ein was?«

»Ein Bannsänger.« Sie wies mit dem Kopf auf den Otter, der einige Meter vor ihnen marschierte. »Mudge sagt, daß der Hexer Clodsahamp dich in unsere Welt gebracht hat, weil er glaubte, du seist auch ein Hexer, der ihm in Zauberangelegenheiten helfen könnte.«

»Das ist richtig. Unglücklicherweise studiere ich Rechtsgeschichte.«

Sie blickte zweifelnd. »Solche Fehler machen Hexer nicht.«

»Na, dieser hat ihn gemacht.«

»Dann bist du kein ...« Sie sah ihn sonderbar an. »Ein Bannsänger ist ein Hexer, der nur mit oder durch Musik magierieren kann.«

»Das ist ein hübscher Gedanke.« Er zupfte an den unteren Saiten, und Fast-Töne tanzten durch die Luft wie Staubteilchen. »Wäre schön, wenn es auf mich zuträfe.« Er grinste ein wenig verlegen. »Ein paar Leute haben mir gesagt, daß ich trotz meines nicht gerade bannenden Tenors ein wenig Musikmagie machen kann. Allerdings nicht von der Art, an die du denkst.«

»Woher willst du wissen, daß du es nicht kannst? Vielleicht hatte Clodsahamp die ganze Zeit über recht.«

»Das ist doch albern, Talea. Ich bin genausoviel Magier, wie ich hier überhaupt irgendeinen Erfolg gehabt habe. Hölle, es war schon schwer genug für mich, dieses Ding zu spielen und gleichzeitig mit dem langen Stab im Rücken zu gehen! Er versucht dauernd nach vorn zu rutschen und mir zwischen die Beine zu geraten.

Außerdem«, – er ließ die Finger beiläufig über die oberen Saiten wandern –, »bringe ich nicht mal das hier dazu, richtig zu klingen. Ich kann kein Instrument spielen, das ich nicht stimmen kann.«

»Hast du alle Aufdus benutzt?« Als er sie verdutzt ansah, deutete sie auf die Stimmwirbel. Er nickte. »Und was ist mit den Tiefdus?« Erneut der verdutzte Blick, und diesmal wurde er überrascht.

In einer Vertiefung im Boden des Instruments befanden sich zwei Knäufe. Er hatte sie zuvor nicht bemerkt, da ihn die Saiten und die ›Aufdus‹ völlig beansprucht hatten. Er probierte an dem Paar herum. Jeder der Knäufe zog im Innern des Resonators irgendwie winzige Metall- und Holzrippen zusammen. Einer regulierte grob die Höhen, der andere senkte alles um einige Oktaven und entspach in etwa einem Baßmodulator. Er sah sie sich genauer an und blickte verdutzt noch einmal hin. Anstelle des üblichen ›Höhen‹ und ›Tiefen‹ stand da ›Schrille‹ und ›Masse‹.

Aber sie verbesserten eindeutig den Klang der Duar.

»Versuch es jetzt einmal!« drängte sie ihn.

»Was versuchen? Welche Art von Song möchtest du denn hören? Ich habe das schon mit Mudge hinter mir; wenn du es also riskieren willst, mir zuzuhören ...«

»Ich habe keine Angst«, meinte sie, ihn mißverstehend. »Bemüh dich nicht um den Klang! Selbst wenn seine Kräfte sich neigen, paßt es nicht zu einem großen Hexer wie Clodsahamp, einen derartigen Fehler zu machen.«

Bemüh dich um die Magie! dachte er. Ha ... bemüh dich um den Klang! Das hatte ihm jedenfalls einmal der Bassist einer sehr berühmten Gruppe gesagt. Der Bursche war höher gewesen als der Papst, als Jon-Tom zufällig auf einem Gang in ihn hineingestolpert war, bevor er ein Konzert vor zwanzigtausend Leuten gab. Stotternd, kaum in der Lage, etwas zu einem so bewunderten Musiker zu sagen, war er gerade noch imstande gewesen, die übliche einfältig sinnlose Bitte nach einem »Rat für einen aufstrebenden jungen Gitarristen« zu murmeln.

»Hey, Mann ... du mußt dich um den Klang bemühen. Hörst du? Bemüh dich um den Klang!«

Dieser hastig hingeworfene Satz war ausreichend ungenau gewesen, um ihm im Gedächtnis haften zu bleiben.

Jon-Tom hatte sich jahrelang um den Klang bemüht, war aber nie nahe genug herangekommen, hatte ihn nie gefunden, wie die meisten Möchtegernmusiker. Vielleicht lag hier der Unterschied zwischen Profi und Amateur. Vielleicht mußte man aber auch nur so sein, daß man den Unterschied nicht mehr bemerkte.

Ach, zum Teufel!

Er fummelte noch ein wenig an den Pseudo-Höhen/Tiefen-Kontrollen herum. Sie verbesserten die Musik ganz eindeutig. Warum also nicht etwas Schwieriges spielen? Leg dich ins Zeug, Jon-Tom, du hast nichts zu verlieren! Die beiden Kritiker hier können deine Karriere weder so noch so verändern. Es gab nur einen Klang, den er zu erreichen gehofft hatte; also versuchte er es.

»Purple Haze ...«, begann er und verlor sich bereits, wie immer, in der Musik, vergaß Talea, vergaß Mudge, vergaß, wo er war, vergaß alles, außer das ›Bemühen um den Klang‹.

So gut er eben konnte, spielte er auf dem seltsam geschwungenen Instrument. Es erhob ihn, elektrisierte ihn mit dem natürlichen High, das ihm Spielen immer vermittelte. Während er spielte, schien es ihm, daß er die freundlich prickelnde Musik seiner alten elektrischen Gitarre hören konnte. Ihr vertrautes Timbre klang ihm in den Ohren, und die Nerven bebten ihm vor Vergnügen. Er war wahrhaftig glücklich, umfing das fremdartige Instrument fast liebkosend, vergaß seine Umgebung, seine Sorgen.

Sehr viel später (vielleicht waren es auch nur ein paar Minuten) wurde er sich bewußt, daß ihn jemand schüttelte. Er blinzelte und hörte auf zu spielen, der unsaubere letzte Akkord erstarb zwischen den Bäumen. Er blinzelte Talea an, und sie ließ, während sie ein wenig zurücktrat, seine Arme los. Sie bedachte ihn mit einem sonderbaren Blick.

Mudge, der keine zwei Meter entfernt stand, starrte ihn ebenfalls an.

»Was ist los? War ich so schlecht?« Jon fühlte sich ein wenig benommen.

»'N wirklich netter Kerl bist du, deinen Kumpel so zu täuschen«, sagte der Otter mit einer Mischung aus Verwirrung, Ärger und großem Respekt. »Vergib mir, Kumpel! Ich 'atte keine Ahnung, daß du die ganze Zeit nur mit mir gespielt 'ast. Sei nich zu streng mit mir! Ich 'abe nur getan, was ich für das beste für dich 'ielt, und ...«

»Hör auf, Mudge! Wovon brabbelst du eigentlich?«

»Von den Klängen, die du erzeugt hast ... und da war noch etwas anderes – Bannsänger.« Er strarrte Talea mit offenem Mund an. »Du willst uns immer noch täuschen, nicht? Genau wie du Clodsahamp getäuscht hast. Sieh dir deine Duar an.«

Sein Blick senkte sich, und er fuhr leicht zusammen. An den Kanten des Instruments erstarben langsam die letzten Spuren einer mächtigen violetten Lumineszenz, die die Metallsaiten immer noch kräftig umzüngelte.

»Ich habe ... ich habe überhaupt nichts getan.« Er schob das Instrument weg, als könnte es sich jeden Moment umdrehen und ihn beißen. Der Riemen um seinen Hals hielt, es schwang zurück und schlug ihm gegen die Rippen. Der Keulenstab drückte ihm unangenehm in den Rücken.

»Versuch es noch mal!« flüsterte Talea. »Greif noch mal nach der Magie!«

Es schien dunkler geworden zu sein, und zwar viel zu schnell. Zögernd (es war schließlich nur ein Instrument) zupfte er an den unteren Saiten und ließ erneut ein paar Takte von ›Purple Haze‹ aufklingen. Jedesmal wenn er eine Saite berührte, ging von dieser ein kräftiges violettes Glühen aus.

Da war noch etwas. Die Musik war anders. Kalt wie das Wasser eines Bergsees, rauh wie ein Reibeisen. Sie ließ im Kopf weiße Blitze aufflammen und jagte ihm kitzelnde Schläge durch die Arme. Gedankensplitter karambolierten ihm durch den Schädel wie verrückt gewordene Billardkugeln.

Heyaa, war das ein toller Sound, ein absoluter Wahnsinnsklang!

Er versuchte es erneut, selbstsicherer jetzt. Es kamen genau die richtigen Akkorde heraus, mit einer Energie und Macht, die er nicht erwartet hatte. Die ganze Zeit hallten sie durch den Wald, wurden von den Bäumen zurückgeworfen, und es war nirgendwo ein Verstärker in Sicht. Der ungeheure Klang ließ Purpur aus der Duar strömen, die fest auf seiner Schulter ruhte; unter seinen tanzenden Fingern trat Licht hervor.

Ist es das Instrument, das verwandelt ist? rasten seine Gedanken. Oder etwas in mir?

Dann fiel ihm auf, daß das eigentlich die Schlüsselzeile eines ganz anderen Liedes war. Aber sie gab immerhin dem, was hier im Wald geschah, eine Deutung, wenn sie es auch nicht erklärte, dachte er.

»Ich bin kein Bannsänger«, sagte er schließlich zu seinen Gefährten. »Ich bin mir überhaupt nicht sicher, was das ist.« Der Anklang von Demut in seiner Stimme überraschte ihn. »Aber ich habe immer geglaubt, daß ich etwas in mir habe. Jeder Möchtegernmusiker tut das. Es gibt da eine Zeile, die lautet: ›The magic's in the music and the music's in me.‹* Vielleicht hast du recht, Talea. Vielleicht war Clodsahamp präziser, als selbst ihm klar war.

Ich werde tun, was ich kann, obwohl ich keine Ahnung habe, was das sein könnte. Alles was ich bisher weiß: daß ich diese Duar violett leuchten lassen kann.«

»Scher dich nich drum, wie es zustande kommt, Kumpel!« Mudge platzte fast vor Stolz über die Talente seines Begleiters. »Vergiß nur nich, wie du es machst!«

»Wir müssen experimentieren.« Taleas Gedanken arbeiteten rasend. »Du mußt es schaffen, deine Fähigkeiten zu lenken und zu konzentrieren, Jon-Tom. Jeder Hexer ...«

»Nenn ... nenn mich nicht so!«

»Jeder Bannsänger, dann eben, muß imstande sein, seine Magie präzise und zielgerichtet einzusetzen. Ungezielte, ungenaue Magie ist nicht nur nutzlos, sie ist gefährlich.«

---

* Etwa: »Die Magie ist in der Musik, und die Musik ist in mir.« – *Anm. d. Übers.*

»Ich kenne keinen einzigen der richtigen Begriffe«, protestierte er. »Ich kenne keine Songs mit wissenschaftlichen Wörtern.«

»Du hast die Musik, Jon-Tom. Das ist Magie genug, um die Worte funktionieren zu lassen.« Sie sah sich im Wald um. Die Dämmerung senkte sich sanft über die Baumwipfel. »Was brauchen wir?«

»Geld«, sagte Mudge prompt.

»Quatsch nicht, Mudge! Sei ernst!«

»Ich bin immer ernst, wenn es um Geld geht, Liebchen.«

Sie warf ihm einen säuerlichen Blick zu. »Wir können keine Transportmöglichkeit kaufen, wo es keine gibt. Kein Geld wird uns schnell und sicher zu Clodsahamps Baum bringen.« Sie sah Jon-Tom erwartungsvoll an. »Willst du das versuchen?«

»Was? Eine Transportmöglichkeit? Ich weiß nicht, was für eine Art ...« Er brach ab – er fühlte sich trunken. Trunken von den Nachwirkungen der Musik. Trunken von dem, was er anscheinend mit ihr vollbracht hatte. Trunken von dem Wissen um eine Fähigkeit, von der er nicht geahnt hatte, daß er sie besaß, und von der er sich nicht im mindesten vorstellen konnte, wie er sie einsetzen sollte.

Setz sie zur Beschaffung eines Transportmittels ein, Blödmann! Du hast doch gehört, was die Dame gesagt hat.

Aber was spielen, um das zu erreichen? War das nicht immer das Problem? Egal, wen man in den Bann schlagen will, eine Zuhörerschaft oder Geister.

Beach Boys ... genau, das klang richtig. ›Little Deuce Coupe‹.* Was würden Talea und Mudge *davon* halten! Er lachte laut auf und zog damit die besorgten Blicke seiner Begleiter auf sich.

Seine Hände bewegten sich auf die Saiten zu ... und zögerten. ›Little Deuce Coupe‹? Na, wenn wir schon mal dabei sind. Meriweather, warum sich mit Kleinkram abgeben? Versuch es mit einem *richtigen* Beförderungsmittel!

* Ein Lied über einen zweisitzigen ›schicken, kleinen Flitzer‹, ein Kabrio. – *Anm. d. Übers.*

Er räusperte sich selbstbewußt, fühlte sich übermütig und begann zu singen: »She's real fine, my four-oh-nine.«*

Die Duar begann zu vibrieren und machtvoll aufzuglühen. Diesmal breitete sich die von den Saiten ausgehende Lumineszenz über das gesamte Instrument aus und schloß es ein. Es war, als wäre es in seinen Händen lebendig geworden und würde darum kämpfen freizukommen. Er klammerte sich fest an, während er ungelenk die Töne zupfte. Unter seiner rechten Hand stiegen anwachsende Akkorde empor.

Talea und Mudge traten zurück, die geweiteten Augen gebannt auf die von ihnen freigegebene Grasfläche gerichtet. Ein pulsierender Ball gelben Lichts war von der Duar auf die Erde getaumelt. Er wuchs und drehte sich, schwoll mit der Musik an. Vertieft in sein Spiel, nahm Jon-Tom ihn gar nicht wahr.

Als Taleas Schrei ihn schließlich aufblicken ließ, war die glühende Form merklich größer geworden. Es funktioniert! sagte er aufgeregt zu sich selbst. Die Form begann einen etwa zylindrischen Umriß anzunehmen. Er hoffte, daß das zitronengelbe Kabrio mit vollem Tank materialisieren würde (er kannte kein einziges Lied über Benzin). Dann würden sie ihre Reise durch den Wald in Luxus fortsetzen, mit einem Fahrzeug, wie es sich diese Welt nie vorgestellt hatte.

Er war jetzt wirklich ein wenig betrunken. Zuviel Stolz kann das Gehirn genauso betäuben wie Alkohol. Er begann Strophen über Autoradios, CB-Anlagen, Rallyestreifen, Turbolader und Breitwandreifen zu improvisieren. Wenn er schon ein Fahrzeug heraufbeschwor (oder herbeibannte?), wollte er es schließlich auch so gut wie möglich machen.

Unvermittelt gab es einen lauten Knall, ein Spielzeugdonnerschlag, wie tausend Kinderpistolen, die gleichzeitig losgingen. Es warf ihn um, und er setzte sich auf sein Hinterteil, die Duar schlug ihm gegen den Magen.

---

* Ein Lied über eine hochmotorisierte Luxuslimousine. – *Anm. d. Übers.*

Dort wo der sich zusammenziehende gelbe Zylinder gewesen war, befand sich jetzt etwas Langes und Mächtiges. Es protzte nicht mit Breitwandreifen, aber an seiner Zugkraft konnte es keinen Zweifel geben. Rallyestreifen waren auch nicht vorhanden und mit Sicherheit nichts Elektronisches.

Die Scheinwerfer wandten sich ihm zu und sahen ihn an. Bis auf die schwarzen senkrechten Schlitze in der Mitte zeigten sie ein leuchtendes tiefes Rot. Aus dem Vorderteil schnellte eine lange Zunge hervor und huschte fragend über seine liegende Gestalt.

Das ›Fahrzeug‹ machte kein Geräusch. Er blickte in wilder Verzweiflung zu ihm hinüber und es zurück auf ihn.

In Kontrast zu seinem offensichtlichen Schrecken schienen Talea und Mudge ganz und gar nicht beängstigt. Sie inspizierten das Fahrzeug ungezwungen und bewundernd. Das gab ihm den Mut, sich aufzusetzen und seine Situation genauer in Augenschein zu nehmen.

Der Anblick der Zügel ließ ihn begreifen. Im Maul der gigantischen Schlange war keine Kandare. Diese kompakte Masse Muskel war keinesfalls dadurch dirigierbar, daß man an ihrem Mund zog. Statt dessen waren die Zügel mit den beiden Ohröffnungen verbunden, die sich direkt hinter den Augen befanden.

Talea ging zum Kopf der Schlange und sammelte die Zügel ein. Sie ruckte kurz und hart und rief ein Wort. Das Reptil, das zweimal so dick war wie Jon-Tom hoch, drehte sich herum und legte den Kopf gehorsam auf den Boden. Rote Augen starrten ausdruckslos nach vorn.

Jon-Tom hatte sich aufgerappelt und ließ sich von einem überschwenglichen Mudge mitziehen. »Na dann komm, Kumpel! Du bist mir aber 'n verdammt guter 'Exer! Tut mir leid, daß ich mich über dich lustig gemacht 'abe.«

»Vergiß es!« Kopfschüttelnd befreite er sich aus seiner geistigen Lähmung und ließ sich zu der großen Schlange führen. Sie war mindestens zwölf Meter lang, obwohl ihr immenser Umfang sie kürzer erscheinen ließ. Auf dem Rükken waren vier Sättel befestigt, allerdings nicht mit um den Bauch laufenden Gurten wie bei einem Pferd, sondern durch eine absonderliche Saugvorrichtung, die die Sitze dicht an die glatten Schuppen preßte.

Als er sich ein wenig beruhigt hatte, mußte er zugeben, daß die Schlange mit ihren roten, blauen und orangefarbenen Bändern, die, einander abwechselnd, den ganzen Körper umliefen, recht nett anzusehen war. Das war also das ›Fahrzeug‹, das sein Lied hierher ›gebannt‹ hatte. Die Magie hatte funktioniert, allerdings in die Begriffe dieser Welt übersetzt. Offensichtlich waren seine Fähigkeiten nicht so mächtig, daß die magischen Kräfte seine Wünsche wortwörtlich umsetzten.

»Ist sie giftig?« war die erste Frage, die ihm einfiel.

Mudge stieß sein hohes tschilpendes Otterlachen aus und drängte Jon-Tom zu einem der hinteren Sättel. »Gott, du bist 'n komischer Kerl, Kumpel!« Talea hatte bereits die Führungsposition eingenommen. Sie wartete ungeduldig darauf, daß ihre Begleiter aufsaßen.

»Das is 'ne L'boreanische Reitschlange, und wogegen, frage ich dich, sollte sie sich mit Gift verteidigen müssen? Außer gegen einen ihrer Verwandten, und ihre Zähne sind wirklich groß genug, um diese gelegentlichen Familienstreitigkeiten durchzuste'en.«

»Wovon zum Teufel, lebt etwas so Großes?«

»Oh, andere Echsen 'auptsächlich. Alle großen nichtintelligenten Pflanzenfresser, die sie in der Wildnis finden kann.«

»Trotzdem sind einige von ihnen zum Reiten abgerichtet?«

Mudge schüttelte den Kopf über diesen offensichtlichen Witz. »Na, was glaubst du wohl, wofür die 'ier sind?« Er rüttelte lautstark an einem Ledersattel. Die Steigbügel waren ein wenig zu hoch für ihn, aber starke Arme zogen ihn so weit hoch, bis er die Füße hineinstecken konnte.

»Na, dann klettere an Bord, Kumpel, und reite!«

Jon-Tom ging zum letzten der Sättel. Er stellte einen Fuß

in den Steigbügel, packte den Sattelknauf und zog sich hoch. Sein linker Fuß stieß gegen die Flanke des Wesens, das von der Berührung keine Notiz nahm. Es war, als würde man gegen eine Stahlschiene treten.

Als er oben war, konnte er über Mudges Schulter das Leuchtfeuer von Taleas Haar sehen. Sie stieß ein leises Zischen aus. Die Schlange setzte sich gehorsam in Bewegung, Jon-Tom umfaßte den wie eine große Öse geschwungenen Griffknauf, um sich festen Halt zu verschaffen.

Die Bewegung war anders als alles, was er je mitgemacht hatte; sie kam ihm unglaublich sanft vor. Sie erinnerte ihn an den Schritt der Echsen, die ihren Wagen gezogen hatten; nur daß die Schlange, da sie keine Beine hatte, ein noch glatteres, weicheres Reiten ermöglichte. Technisch gesehen hatte sie überhaupt keine Gangart.

Es gab kein Schütteln und kein Stoßen. Die Schlange glitt wie Öl über Höcker und Geröllbrocken. Nach einigen Minuten vibrationslosen Reitens fühlte Jon-Tom sich sicher und ließ den Griff los. Er entspannte sich und genoß die vorbeiziehende Waldlandschaft. Es war verblüffend, wie der Geist sich entspannen konnte, wenn einem die Füße nicht mehr weh taten.

Er vergewisserte sich, daß ihm die Duar sicher vor dem Bauch und der Kampfstab ebenso sicher am Rücken hing; dann setzte er sich zurück und erfreute sich an dem Ritt.

Jon-Tom überlegte, ob er Mudge und Talea sagen sollte, daß er eigentlich etwas völlig anderes hatte beschwören wollen, entschied sich dann aber dagegen, da jetzt nicht die Zeit war, um sich in komplizierte Erklärungen der Technologien einer anderen Welt zu ergehen. Die beiden schienen sehr zufrieden mit der Schlange. Er hatte keinen Grund, die Sache anders zu sehen. Die Reise verlief mit Sicherheit weicher und bequemer, als das mit irgendeinem mechanischen Fahrzeug möglich war.

Er ließ die Finger müßig über die Hochtonsaiten der Duar wandern. Zarte harfenartige Töne trieben durch die Waldluft. Sie hatten immer noch dieses unerklärliche wiewohl vertraute elektronische Schwirren seiner alten Gitarre. Unter seinen Fingern schossen blaue Funken hervor.

Er begann ein paar Takte von ›Scarborough Fair‹* zu summen und besann sich dann eines Bessren. Er wollte nicht, daß sie irgend etwas von der geplanten Begegnung mit Clodsahamp abhielt. Wer wußte, was ein paar beiläufig gemurmelte Worte heraufbeschwören mochten? Vielleicht fanden sie sich plötzlich mitten in einem Jahrmarkt wieder, mit allem, was dazugehörte: Jongleuren, Spielmännern, Essensverkäufern und sogar Polizei.

Spiel, um dich zu amüsieren, wenn du mußt, sagte er sich, aber behalte die Worte für dich! Also hielt er den Mund geschlossen, während er weiterspielte. Er ließ die Finger von den längeren oberen Saiten, denn wie sanft er sie auch anschlug, sie erzeugten einen verwirrend großen, störenden Klangschauer. Sie blieben mit irgendeiner mysteriösen, magischen Verstärkung verbunden, die zu lösen er nicht die Macht hatte.

Er hatte auf einen Vierradantrieb gehofft, sich um einen zweirädrigen bemüht und einen ohne Räder bekommen, der weit leistungsfähiger war als alles, was er sich vorgestellt hatte. Hmm, was konnte im Wald sonst noch zu seinem Wohlbefinden beitragen? Ein AM-16 vielleicht** oder, wenn man die Größe der Reitschlange und ihrer hungrigen Verwandten bedachte, vielleicht ein paar Honest-John-Raketen.**

Wahrscheinlich würde er ein Schwert bekommen oder so etwas. Besser, er vertraute auf sein Köpfchen und den Kampfstab, der ihm gegen die Wirbelsäule schlug. Vielleicht beschwor er die Waffe auch herauf, während sie gerade feuerte. Er mußte tatsächlich sehr, sehr vorsichtig sein, wenn er irgend etwas anderes herbeisingen wollte, beschloß er. Vielleicht hatte Clodsahamp ein paar gute Ratschläge.

---

* Ein Song von Simon and Garfunkel, der sich auf einen berühmten Jahrmarkt in Scarborough, Yorkshire, England bezieht. – *Anm. d. Übers.*

** AM 16, das US-amerikanische Armeegewehr; Honest John, ›Huckepackraketen‹ für den ›Nahkampf‹. – *Anm. d. Übers.*

Er spielte weiter, während sie durch die wachsende Dunkelheit glitten. Als er fragte, warum sie nicht Halt machten, erwiderte Talea: »Wir wollen heute nacht soviel Weg wie möglich hinter uns bringen.«

»Warum diese plötzliche Eile? Wir kommen doch viel schneller voran als zu Fuß.«

Sie lehnte sich nach links und blickte an ihm vorbei nach hinten. »Wir haben auch nicht so eine Fährte hinterlassen.« Jon-Tom drehte sich um und bemerkte die Spur aus zerdrücktem Unterholz und Gras, die die Schlange produzierte. »Reiter der Gildenhalle werden sie bestimmt bemerken.«

»So? Warum sollten sie sie mit uns in Verbindung bringen?«

»Vielleicht tun sie es nicht. Aber L'boreanische Reitschlangen sind nur für die extrem Wohlhabenden erschwinglich. In der Hoffnung auf eine fette Beute würden sie jeder derartigen Spur folgen, besonders wenn sie nicht direkt zur Stadt führt. Ihre Enttäuschung, uns anstatt eines reichen Händlers zu finden, würde sich nicht gut auf unsere Zukunft auswirken.«

»Verdammt richtig«, stimmte Mudge prompt zu. »Es gibt da eine bestürzende und abscheuliche Neigung, Mißhelligkeiten und Unzufriedenheit zu regeln, ohne auf Worte zurückzugreifen.«

»Wie bitte?« fragte Jon-Tom stirnrunzelnd.

»Erst töten und dann Fragen stellen.«

»Solche Typen haben wir auch da, wo ich herkomme«, sagte Jon mit grimmigem Nicken.

Niedergedrückt wandte er sich wieder der Duar zu. In der sich verdichtenden Nacht war sie kaum noch zu erkennen. Er hantierte an den sogenannten Tiefdus herum, und die Saiten flackerten in blauem Licht, als er spielte. Er achtete sorgfältig darauf, die Worte des Songs nicht zu singen; das machte es allerdings schwer, sich genau an die Melodie zu erinnern. Im Osten stieg ein silbriger Mond auf.

Einmal ertappte er sich dabei, wie er leise Worte sang, und neben der Schlange bildete sich etwas Grünes. Verdammt, so ging das nicht! Um völlig sicherzugehen, mußte er etwas ohne Text nehmen.

Er änderte das Spiel der Finger auf den Saiten. Besser, dachte er. Dann bemerkte er, daß Mudge ihn anstarrte.

»Stimmt was nicht?«

»Was zur 'Ölle tust du da, Jon-Tom?«

»Das ist eine Bach-Fuge. Ein ziemlich bekanntes Stück in meiner Welt.

»Zur 'Ölle damit, Kumpel! Ich bezie'e mich nich auf deine Musik. Ich bezie'e mich auf deine Begleiter.«

Seine Stimme klang sonderbar gedämpft, nicht richtig beunruhigt und nicht richtig entspannt. Jon-Tom blickte nach rechts ... und mußte sich am Sattelgriff festhalten, um nicht hinunterzufallen ...

X

Er starrte direkt auf einen gewaltigen Schwarm von Nichts. Das hieß, es schien vielmehr, als sei dort eindeutig etwas vorhanden. Hunderte von Etwassen, genaugenommen. Aber wenn er sie ansah, wenn er sie ansehen wollte, waren sie nicht da.

Sie hatten sich nach links bewegt. Er wandte sich ihnen zu, und noch während er das tat, hatten sie sich irgendwo anders hin bewegt.

»Über dir, Kumpel ... glaube ich.« Jon-Toms Kopf flog nach hinten, gerade rechtzeitig, um die Abwesenheit von Was-immer-es auch-gewesen-sein-mochte zu erspähen. Sie bewegten sich hinter einen großen Gingkobaum, wo er sie nicht sehen konnte, weil sie ihre Position zu einer Stelle links von ihm verlagert hatten, wo sie nicht mehr waren und ...

Ihm wurde schwindlig.

Es war, als würde er ein visuelles Echo jagen. Immer wieder quälte er seine überreizten Netzhäute: Er drehte sich um, und da waren nur die Schatten von Geistern.

»Ich sehe überhaupt nichts. Immer nur fast, aber nie wirklich.«

»Natürlich.« Mudge grinste jetzt. »Genau wie ich – wir se'en sie, wenn sie nich mehr da sind.«

»Aber du hast sie doch gerade eben angesehen«, sagte Jon-Tom, der sich jetzt sehr albern vorkam, weil er wußte, daß da eindeutig *etwas* in ihrer Nähe im Wald war. »Du hast mir gesagt, daß ich da hinsehen sollte, wo sie waren.«

»Du 'ast 'alb recht, Kumpel. Ich 'abe dir gesagt, wo du 'inse'en solltest, aber nich, daß sie da waren. Man kann nur se'en, wo sie gewesen sind, nich, wo sie sich befinden.« Er kratzte sich am Ohr, während er über die Schulter nach hinten blickte. »Es klappt nie. Man kann sie nie se'en, aber die

Leute, die das Glück 'aben, sie einmal fast zu se'en, versuchen es immer wieder. Da!«

Er zeigte brüsk nach rechts. Jon-Toms Kopf ruckte so heftig herum, daß sich ein Nerv im Nacken verkrampfte; der Schmerz ließ ihn zusammenzucken. Nachbilder sichtbarer ›Fußspuren‹ bildeten sich in seinem Gehirn.

»Sie sind überall um uns 'erum«, meinte Mudge. »'Auptsächlich um dich.«

»Was? Wer?« Sein Gehirn begann sich so zu verdrehen wie seine Sehnerven. Es war schlimm genug, etwas nicht sehen zu können, von dem man wußte, daß es da war. Schlimmer noch war es, nicht zu versuchen, sich vorzustellen, was sie waren. Oder nicht waren. Es war wie bei Magneten: Man konnte die abstoßenden Pole dicht aneinander heranbringen, aber im letztmöglichen Augenblick glitten sie auseinander.

»Gnietschies.«

Jon-Tom drehte sich ruckhaft nach links. Wieder ging sein Blick ins Leere. Er war sicher, daß er seine Augen nur einen halben Zentimeter weiter bewegen mußte, um, was immer dort war, klar im Sichtfeld zu haben. »Was zum Teufel sind Gnietschies?«

»Ach nee, du meinst, do wo du 'erkommst, gibt's sie nich?«

»Da, wo ich herkomme, gibt's viel von dem nicht, woran du gewöhnt bist, Mudge.«

»Ich dachte immer ...« Der Otter hob die Achseln. »Die Gnietschies sind überall um uns. Zu bestimmten Zeiten sind sie sichtbarer als zu anderen – oder weniger unsichtbar, sollte man vielleicht sagen. Millionen und Abermillionen.«

»Millionen? Warum kann ich dann nicht einen einzigen sehen?«

Mudge warf die Arme hoch. »Na, das is 'ne gute Frage, wa? Ich weiß es nich. Niemand weiß es. Nich mal Clodsahamp, würde ich wetten. Und was sie sind – das is 'n anderes 'übsches Rätsel. Eine der besten Beschreibungen, die ich über sie ge'ört 'abe, is, daß sie die Dinge sind, die man gese'en 'at, wenn man den Kopf dreht, und es is nichts da, aber man is sicher, daß da *irgendwas* war. Gnietschies sind das, was man fast im Augenwinkel sieht, und wenn man den Kopf dreht, um 'nen Blick draufzuwerfen, is es nich mehr da. Sie sind die Fast-Gewesenen, die Nahe-Das, die Vielleicht-Könnte-Seins. Sie sind immer bei uns und nie da.«

Jon-Tom lehnte sich nachdenklich in seinem Sessel zurück und kämpfte gegen den Drang, nach links oder rechts zu blicken. »Vielleicht haben wir sie doch. Aber hier scheinen sie ein ganz kleines bißchen sichtbarer, gerade einen Hauch gegenständlicher zu sein als zu Hause.« Er fragte sich, ob es Millionen von Gnietschies gab, die die Universität umschwärmten. Sie mochten die Erklärung für so manches sein.

»Wie kann man sicher sein, daß sie real sind, wenn man nie einen sieht?«

»Oh, sie sind ziemlich real, Kumpel. Du weißt genau wie ich, daß sie real sind, weil dir deine Birne sagt, daß da etwas is. Es foppt deinen Geist, und es foppt etwas weniger deine Augen. Nich, daß ich besonders an ihnen interessiert wäre. Ich 'abe weltlichere Sorgen, 'abe ich.

Für diejenigen, die sich Gedanken um solche Sachen machen, sind sie allerdings ziemlich nervtötend. Siehst du, sie sind unempfindlich gegen Magie. Den 'Exer, der ein Gnietschie lange genug verlangsamen konnte, um zu se'en, was es genau is, gab es noch nich. Weder Clodsa'amp noch Quelnor, noch die legendäre Zauberin Kasadelma schafften es.

Sie sind allerdings 'armlos. Ich 'abe nicht ge'ört, daß sie auf diese oder jene Weise auf jemanden eingewirkt 'ätten.«

»Woher willst du das wissen?« fragte Jon-Tom. »Du kannst sie nicht sehen.«

»Aber du könntest bestimmt das Opfer se'en, falls es ihnen eingefallen sein sollte, jemandem Ärger zu bereiten.«

»Sie machen mir 'ne Gänsehaut.« Jon versuchte, sich nicht mehr umzusehen, und bemerkte, daß er nur um so stärker suchte. Zu glauben, etwas zu sehen, das nicht existiert, war eine Sache – etwas ganz anderes war es, mit Gewißheit zu erfahren, daß Millionen und Abermillionen fast unwirklicher Wesen unbekannter Erscheinung und Absicht die Luft um einen herum belebten.

»Warum konzentrieren sie sich um mich, Mudge?«

»Wer weiß, Kumpel? Allerdings 'abe ich ge'ört, daß Gnietschies von Leuten angezogen werden, die Sorgen haben. Leute, die sich ärgern, aufgeregt oder beunru'igt sind. Und von solchen, die Magie betreiben. Nun, du paßt in beide Kategorien. 'Ast du nie etwas um dich 'erum bemerkt, wenn du so warst wie jetzt?«

»Natürlich. Man neigt immer dazu, sich etwas einzubilden, wenn man aufgeregt oder gestreßt ist.«

»Nur daß du sie dir nich einbildest«, erklärte Mudge. »Sie treiben sich in der Nä'e 'erum, na schön. Das is nich ihr Fehler. Ich schätze, sie sind eben einfach empfänglich dafür, ganz zu schweigen davon, daß deine Gefühle anderweltlicher Natur sind.«

»Nun, ich wäre froh, wenn sie verschwänden.« Jon drehte sich um und rief: »Na los doch, verschwindet! Haut alle ab!« Er wedelte mit den Händen, als wollte er einen Fliegenschwarm von seiner Psyche verjagen. »Harmlos oder nicht, ich will euch hier nicht. Ihr macht mich nervös.«

»Das bringt nichts, Jon-Tom.« Talea hatte sich in ihrem Sattel herumgedreht und sah ihn an. »Je wütender du wirst, desto mehr werden die Gnietschies sich an dich hängen.«

Er schlug weiter um sich. »Wie kommt es, daß ich keinen treffe? Ich muß ja keinen sehen, um ihn zu treffen. Falls da irgend etwas ist, muß ich es früher oder später mit einem glücklichen Streich erwischen.«

Mudge stieß einen Seufzer aus. »Ach je, Kumpel, manchmal glaube ich, daß du irgendwie mit 'ner Mangelausrüstung ins Leben geschickt wurdest! Wenn Gnietschies zu schnell sind, um gese'en zu werden, wie solltest du sie mit so was Lahmen wie deiner 'And erwischen? Ich schätze, wir bewegen uns für sie so, als schwömmen wir durch einen

Bottich mit Melasse. Vielleicht bewegen wir uns für sie über'aupt nich und sind ein Teil der Landschaft. Nur daß wir die Teile sind, die die Gefühle oder Kräfte oder was immer erzeugen, die sie 'in und wieder in großen Mengen anzie'en. Dank einfach dem Zeichen, unter dem du geboren wurdest, dafür, daß sie 'armlos sind.«

»Ich glaube nicht an Astrologie.« Vielleicht war es Zeit, das Thema zu wechseln. Dauerndes Reden über Gnietschies war ebenso ermüdend wie fruchtlos.

»Wie, wer 'at denn was von Astrologie gesagt?« Der Otter sah ihn verblüfft an. »Ich für meinen Teil wurde unter dem Zeichen eines Schusters geboren; in der Flußufergemeinschaft von ›Stürmt-den-Felsen‹. Und du?«

»Ich weiß nicht ... ach, verdammt, ich schätze, daß ich unter dem Zeichen des L.A. County General* geboren wurde.«

»Militärfamilie, was?«

»Ach, unwichtig!« Er klang leicht resigniert und war durch die Experimente mit seinen neuen Fähigkeiten ein wenig erschöpft, ganz zu schweigen von der Entdeckung, daß Millionen nicht ganz körperlicher Wesen ihn attraktiv fanden. Um sie loszuwerden, mußte er offenbar erstens aufhören, sich soviel Sorgen zu machen, sich zweitens entspannen und drittens nicht mehr fremdartig sein.

Er würde sich um die ersten beiden Punkte bemühen, wußte aber nicht, ob er etwas wegen des dritten tun konnte.

Er verbrachte eine unruhige Nacht. Mudge und Talea schliefen ruhig, bis auf einen einzigen kurzen Zwischenfall, zu dem ein gedämpfter Fluch gehörte, gefolgt von dem Geräusch einer Faust, die auf Fell schlug.

So sehr er sich auch anstrengte, er konnte nicht einschlafen. Nicht an die Anwesenheit der Gnietschies zu denken, glich demselben Bemühen bei einem bestimmten Wort. Was dabei herauskam, war, daß man an nichts anderes *außer* an

---

* Das Bezirkshospital von Los Angeles. – *Anm. d. Übers.*

das verbotene Wort denken konnte oder, in diesem Fall, an die Gnietschies.

Sein Blick durchforschte das Dunkel, nahm immer wieder winzigste, nicht-wirklich-lumineszierende Funken wahr, die quälenderweise gerade außer Sicht geschossen waren. Aber in Geist und Bewußtsein gibt es Bereiche, die ihre eigenen Ansprüche durcl.setzen. Ohne daß er sich dessen bewußt war, wurden seine Augen genauso müde wie der Rest seines Körpers, und er fiel in einen sanften, tiefen Schlaf; dann waren da nur noch die fliegenden Nachtreptilien, das langgezogene Semigurren riesenhafter Wanderfarne und ein mehrstimmiger Chor von Wasserkäfern, die in ihrem Tümpel eine wundervolle Imitation des Reisethemas aus Prokofjews ›Leutnant Kije-Suite‹ aufführten.

Als er am nächsten Morgen erwachte, half ihm das helle Sonnenlicht, irgendwelche Gedanken an Gnietschies zu ignorieren. Plötzlich war ihm die wechselseitige Natur ihres Seins bewußt: Je mehr man nach ihnen suchte, desto mehr zog man sie an; und je weniger man sich um sie kümmerte, je mehr man ihr Dasein als normal akzeptierte, desto weniger schwärmten sie herum. Es schien, daß der Nektar die Bienen mit ein wenig Übung wegdenken konnte.

Es war noch nicht Nachmittag, als die unermüdliche Reitschlange einen Hang hinaufglitt. Sie hatten eine Region vertrauter Hügel und flacher Täler erreicht. Weit im Osten war etwas, das Jon-Tom auf seinem ersten Marsch durch die Glockenwälder nicht gesehen hatte – er und Mudge waren nicht so hoch gekommen.

Ein entfernter Wall rauher, zerklüfteter Berge ragte in hochstehende Nebelbänke und Wolken. Er erstreckte sich ohne Unterbrechung von Norden nach Süden.

Mudge saß jetzt im vordersten Sattel und Talea hinter ihm. Sie drehte sich um, als sie auf Jon-Toms Frage antwortete.

»Die da? Zaryts Zähne.« Sie deutete über die Wipfel, als die Schlange wieder tiefer in den Wald hinunterglitt. »Das große Massiv direkt im Norden ist der Knochenbrechergipfel, der diesen Teil der Welt trägt und dessen Hänge mit den Knochen derjenigen übersät sind, die ihn erklimmen wollten.«

»Was ist auf der anderen Seite?« Als sie antwortete, waren ein Beben und – erstaunlich bei der unerschrockenen Talea – ein Hauch von Furcht in ihrer Stimme. »Die Grünauen, wo die Gepanzerten leben.«

»Ich habe von ihnen gehört.« Er mußte sich natürlich auf die seltene Andeutung von Schwäche stürzen. »Du klingst, als hättest du Angst vor ihnen.«

Sie schnitt ein Gesicht, zog die Brauen zusammen, schüttelte das rote Haar und fuhr sich mit der Hand durch die Locken. »Jon-Tom«, sagte sie ernst, »du scheinst mir ein mutiger, wenn auch gelegentlich närrischer Mann zu sein; von den Gepanzerten aber weißt du nichts. Tu nicht so leichtfertig etwas ab, mit dem du nicht vertraut bist.

Deine Worte beleidigen mich nicht, weil es mir nichts ausmacht, meine Angst einzugestehen. Ich weiß auch, daß du aus Unwissenheit sprichst; sonst würdest du so etwas gar nicht sagen. Also rege ich mich nicht auf.«

»Ich hätte vielleicht dasselbe gesagt, wenn ich mehr wüßte.« Er war ehrlich beschämt. Aber er sah sie jetzt offen an.

»Warum?« Grüne Augen starrten ihn neugierig an.

»Weil ich dich aufregen will.«

»Das verstehe ich nicht, Jon-Tom.«

»Sieh mal, du hast mich verspottet, getadelt und gehänselt und mich überhaupt aufgezogen, seit wir uns begegneten. Ich wollte einmal zurückschlagen. Nicht daß ich dir viel Grund gegeben hätte, besser von mir zu denken. Ich habe dir wahrscheinlich mehr Munition gegeben, als du brauchst. Der Ärger, den ich in der Zunfthalle verursachte, ist ein gutes Beispiel. Es tut mir leid wegen dieser Dinge, aber ich kann nur durch Erfahrung lernen, und wenn einiges an diesem Erfahrung sammeln nicht so gut läuft, kann ich verdammt wenig daran tun.

Ich will dir nichts Böses, Talea. Ich möchte, daß wir mehr sind als nur Verbündete. Ich möchte, daß wir Freunde sind.

Wenn es dazu kommen soll, brauche ich ein bißchen mehr Verständnis von dir und erheblich weniger Sarkasmus. Wie steht's damit?«

Er entspannte sich in seinem Sattel, ziemlich verblüfft über seine lange Rede.

Talea sah ihn einfach nur an, während die Schlange zu einer Wiese hinunterglitt, in der grüne und rosafarbene Glasschmetterlinge umherflatterten und Sonnenblumen mit ihren zyklopischen Bernsteinaugen blinzelten.

»Ich dachte, wir wären schon Freunde, Jon-Tom. Wenn ich einen schroffen Eindruck auf dich gemacht habe, dann kam das durch Enttäuschung und Ungeduld und nicht, weil ich dich nicht leiden kann.«

»Dann magst du mich also?« Er konnte das hoffnungsvolle Grinsen nicht unterdrücken.

Sie lächelte fast zurück. »Wenn du dich mit deiner neuentdeckten Magie als genauso schnell erweist wie mit Worten, dann sind wir tatsächlich sicher.« Sie wandte sich ab, und er konnte gerade noch erkennen, daß ihr Gesicht einen Ausdruck zwischen Amüsiertheit und echtem Interesse zeigte. Er war nicht sicher, daß es wirklich beides widerspiegelte, denn Taleas wahre Gefühle mochten genauso nicht-da sein wie die Gnietschies.

Also sagte er nichts mehr. Es reichte, daß er sich jetzt wegen ihrer Beziehung besser fühlte, auch wenn er nur sicher sein konnte, daß sie ihm gegenüber nicht offen feindselig war. Gleichzeitig entdeckte er eine wasserdichte Methode, jeden Gedanken an Gnietschies völlig zu verbannen: Er mußte sich nur auf die sanften zarten Rollbewegungen von Taleas Popo auf dem auf und ab wiegenden Schlangensattel konzentrieren ...

Wieder ein Tag vorbei. Wieder ein Tag mit Wurzeln, Nüssen, Beeren und Reptilienfleisch, das sich als erheblich zarter und wohlschmeckender erwies, als er es eigentlich erwartet hat. Erfahrener Jäger, der Mudge war, verschaffte er ihnen jetzt Echsenwildbret oder Schlangenfilet zu jeder Mahlzeit.

Wieder ein Tag vorbei, und eine vertraute Lichtung kam in Sicht. Die massige uralte Eiche in ihrer Mitte schien kein einziges Blatt abgeworfen zu haben, seit Jon sie zum letzten Mal gesehen hatte.

Müde kletterten sie aus ihren Sätteln. Talea band die Reitschlange so an, daß sie sich in einem kleinen Kreis bewegen konnte. Man konnte sie nicht einfach auf die Jagd schicken, erklärte Talea, da L'boreanische Reitschlangen rasch verwilderten.

»Scheische, du bischt esch schon wieder?« nörgelte die schwarzgeflügelte Gestalt, die die Baumtür öffnete. »Du bischt entweder nicht schehr schlau, Mann, oder aber völlig bescheuert.« Anerkennend blickte er an Jon-Tom und Mudge vorbei. »Na, und wer ischt dasch? Gutauschschehendesch Weib.«

»Mein Name ist Talea. Und das reicht für dich, Sklave.«

»Schklave? Wer ischt hier ein Schklave? Ich werd dir scheigen, wer ein Schklave ischt!«

»Immer ru'ig, Pog, alter Junge!« Mudge war vorgetreten, um den herausstürzenden Fledermäuserich mit ausgebreiteten Armen aufzuhalten. »Sie is 'ne Freundin, auch wenn sie manchmal ein loses Mundwerk 'at. Sag Clodsa'amp einfach nur, daß wir zurück sind.« Er warf Jon-Tom einen warnenden Blick zu. »Wir 'aben 'n bißchen Pech ge'abt, haben wir, das uns zwang, etwas frü'er zurückzukehren.«

»Musch ja wohl scho schein«, sagte der Fledermaus-Famulus erwartungsvoll, »schonst wärt ihr jetscht nicht her. Ich wette, ihr habt richtig schöne Scheische gebaut. Wird interreschant, mit anschuschehen, wie der alte Lüschtling dich in einen Menschen verwandelt.« Sein Blick fiel nach unten. »Du wirscht 'nen beschondersch komisch auschschehenden abgeben, mit dieschen Beinen.«

»'Ee, is das 'ne Art, 'nen Freund zu begrüßen, Pog? Sag nich solche schrecklichen Dinge zu mir, sonst besudle ich mir die 'Osen, und das wär peinlich vor der Dame. Wir 'aben nichts getan, was sich nich vermeiden ließ. Stimmt doch, Kumpel, oder?« Er warf Jon-Tom einen besorgten Blick zu.

Der focht einen kurzen inneren Kampf aus. Mudge war vielleicht nicht der selbstloseste aller Lehrer, aber er hatte sich bemüht. In dieser Welt war der Otter ihm das, was einem Freund am nächsten kam, abgesehen von der Entwicklung seiner Beziehung zu Talea. Er war sich ehrlicherweise nicht sicher, dem Otter vertrauen zu können, wenn es einmal hart auf hart ging – aber bei Talea konnte er das ganz bestimmt nicht, da war er sich sicher.

Allerdings gab es auch keinen Grund, diese Empfindungen im einzelnen vor Pog auszubreiten. »Ja, wir hatten es nicht leicht in Lynchbany. Und wir haben noch andere Gründe, zu Seiner Hexerschaft zurückzukehren.«

»Nun gut, dann. Kommt herein! Verdammte Narren ... eure Anweschenheit wird mir nur wieder mehr Arbeit einbringen, schätzsche ich.« Er flatterte voraus und grummelte beständig vor sich hin in seiner Tonlage eines krachenden Getriebes.

Jon-Tom blieb einen Schritt hinter Pog und Mudge zurück. »Sei vorsichtig mit allem, was du sagst, Talea! Bedenke, Clodsahamp ist derjenige, der mich in diese Welt versetzte. Und obwohl ich ihn als interessiert und bemüht, ja sogar als freundlich kennenlernte, ist er von der Idee dieser Krise besessen, die er kommen sieht, und ich erlebte, wie er seinen Fledermausgehilfen fast briet.«

»Mach dir keine Sorgen!« entgegnete sie mit einem knappen Lächeln. »Ich weiß, wer er ist und was er ist. Er ist an der Grenze zum Altersschwachsinn und sollte noch soviel Verstand haben, sich in seinen Panzer zurückzuziehen und dort zu bleiben. Hältst du mich für eine unwissende Landpomeranze? Ich verfolge die aktuellen Gerüchte und kenne den neuesten Klatsch. Ich weiß, wer Macht hat und wer was tut und mit wem. Ich weiß, er trägt dafür Verantwortung, daß du dich auf unserer Welt herumschlagen mußt, Jon-Tom.« Sie blickte ihn stirnrunzelnd an.

»Du bist der sonderbarste Zauberer, dem ich je begegnete

oder von dem ich je hörte, ausgenommen *vielleicht* dieser Clodsahamp. In dieser Hinsicht gleicht ihr einander, und ich verstehe, weshalb er bei seiner Suche auf dich verfiel.«

Dieser Vergleich verblüffte Jon-Tom ziemlich. Er hatte nie in Erwägung gezogen, daß er und der Schildkrötenhexer eine verbindende Wesensverwandtschaft besitzen könnten und daß diese für seine Anwesenheit hier verantwortlich sein könnte.

»Das geht schon in Ordnung«, erwiderte er schlagfertig. »Du bist ja auch die interessanteste Straßenräuberin, die mir je über den Weg lief.«

»Dann achte darauf, daß der Weg keine dunkle Gasse ist, sonst läufst du Gefahr herauszufinden, wie interessant ich wirklich bin«, meinte sie.

»Tatsächlich? Ich habe es nie in einer dunklen Gasse gemacht, und ich würde gern herausfinden, wie interessant du bist.«

Sie setzte zu einer scharfen Antwort an, guckte unsicher und beschleunigte dann ihre Schritte. »Ach, komm!« In ihrer Stimme war Verärgerung zu hören und vielleicht noch etwas anderes. »Du bist ein komischer Bursche, Jon-Tom. Ich weiß nie genau, was ich von dir halten soll.«

Und du, dachte er, während sie nach vorn eilte, bist nicht ganz so hoffnungslos, wie ich anfangs dachte.

Es war erstaunlich, überlegte er weiter, wie der Anblick einer hübschen Figur in aufreizend enger Kleidung alle Sorgen über so unbedeutende Angelegenheiten wie das Überleben beiseite schieben konnte. Fundamentale Urinstinkte, wahrscheinlich, philosophierte er.

Aber wenn er in dieser Welt überleben wollte, mußte er zum Fundamentalen und Urtümlichen zurückkehren. War das nicht genau das, was Mudge und – auf andere Weise – Clodsahamp ihm gesagt hatten? Vielleicht half es seiner geistigen und seelischen Gesundheit, wenn er sein Denken auf das Fundamentale, auf die Grundlagen konzentrierte.

Alles unter der Voraussetzung natürlich, daß Talea ihre Meinung nicht so schnell änderte, wie sie es offenbar manchmal tat, und nicht beschloß, ihm ein Schwert zwischen die Rippen zu schieben. Dieser Gedanke kühlte seine hitzige Leidenschaft ab, sein langfristiges Interesse allerdings nicht.

Er verlangsamte seine Schritte und blieb dicht hinter ihr in dem Zentralzimmer des Baums stehen: Ihr Duft hing ihm in der Nase, ihre Gegenwart war eine beständige Wohltat in einer überaus fremden Umgebung. Ja, sie mußten Freunde bleiben, falls mehr nicht möglich war. Sie war zu vertraut, zu menschlich, als daß er das aufgeben wollte.

Pog dirigierte sie aus dem Zentralraum in einen Arbeitsbereich, in dem er und Mudge noch nicht gewesen waren. Der Famulus des Hexers hängte sich an die Decke und alle vier sahen seinem Meister dabei zu, wie er linkisch zwischen Flaschen und Phiolen hantierte.

Völlig in seine Arbeit vertieft, bemerkte der Hexer seine Besucher nicht. Nach einer angemessenen Pause flatterte Pog auf ihn zu und sagte respektvoll: »Entschuldigen Schie die ungebührliche Schtörung, Meischter, aber schie schind schurückgekehrt.«

»Ämm ... was? Wer ist zurückgekehrt?« Er blickte sich um, und sein Blick fiel auf Jon-Tom. »O ja, du! Ich erinnere mich an dich, Junge.«

»Nicht allzu gut, wie es scheint.« Das war nicht gerade die überschwengliche Begrüßung, die er erhofft hatte.

»Ich habe an so vieles zu denken, Junge.« Er glitt von der niedrigen Bank und erspähte die graue Gestalt von Mudge, die halb von Jon-Tom verdeckt wurde. »Früh zurück, wie ich sehe. Nun, du fauler, unflätiger, verleumderischer Säuger, was hast du selbst zu sagen? Oder handelt es sich hier nur um einen Höflichkeitsbesuch, und soll ich von der Voraussetzung ausgehen, daß du auf keinerlei Probleme gestoßen bist?« Der letzte Satz war mit falscher Freundlichkeit geäußert worden.

»Es is über'aupt nicht so, wie Sie denken, Euer Hochwohllöblichkeit«, beteuerte der Otter. »Ich 'abe dem Burschen die Gebräuche und Eigen'eiten von Lynchbany gezeigt, und wir sind auf einige unvor'ergese'ene Probleme gestoßen, sind wir. Sie waren genausowenig meine Schuld wie seine.« Er deute mit einem kurzen Daumen auf Jon-Tom.

Clodsahamp blickte zu dem langen jungen Mann hinauf. »Entspricht das, was er sagt, der Wahrheit, Junge? Daß er sein Bestes getan und sich gut und fürsorglich um dich gekümmert hat? Oder ist er der schamlose Lügner, nach dem er aussieht?«

»So etwas zu sagen!« schimpfte Mudge, aber nicht zu laut.

»Es ist schwer, irgend jemand für das verantwortlich zu machen, was wir in letzter Zeit alles erlebten.« Jon glaubte den eindringlichen Blick der schwarzen Otteraugen im Rükken zu spüren. »Einerseits scheint es natürlich so, als ... seien wir Opfer einer wirklich unwahrscheinlichen Verkettung unglücklicher Umstände und Ereignisse. Andererseits ...«

»Nein, Kumpel«, unterbrach ihn der Otter eilig, »es is nicht nötig, sich jetzt in derartige Albern'eiten zu erge'en.« Er sah den Hexer an. »Ich 'abe mein Bestes für den Burschen gegeben. Euer 'Öchstlichkeit. Ja, ich wage sogar zu sagen, daß kaum ein Fremder eine solche Fülle von Erfahrungen in den 'iesigen Sitten und Bräuchen gemacht 'at wie er in den vergangenen paar Tagen.«

Jon-Tom achtete sorgfältig darauf, daß sein Gesicht einen neutralen Ausdruck behielt. »Das kann ich allerdings tatsächlich nicht bestreiten.«

Clodsahamp dachte nach, während er Jon-Tom betrachtete. »Zumindest hat der Faulpelz dich angemessen eingekleidet.« Er nahm von dem Kampfstab und der Duar Notiz. Dann richtete sich seine Aufmerksamkeit auf das dritte Mitglied der kleinen Gruppe.

»Und um wen handelt es sich bei dir, junge Dame?«

Sie trat stolz einen Schritt vor. »Ich bin Talea aus dem Wuverkreis, von den Leuchtbeeren-die-in-der-Nacht-reifen, drittes Kind meiner Mutter, erste mit rotem Haar und grünen Augen, und ich habe weder Angst vor Mann, Frau, Tier ... noch Hexer.«

»Hrmpfhh.« Clodsahamp wandte sich von ihr ab und schien dann plötzlich in sich zusammenzusacken. Er setzte sich wieder auf die Bank und lehnte sich mit dem Rückenschild gegen den Tisch. Eine Hand strich müde über die Stirn, und er lächelte seine Besucher fast entschuldigend an.

»Verzeiht meinen Tonfall, Freunde! Besonders du, Jon-Tom. In diesen Tagen vergesse ich nur zu leicht die übliche Höflichkeit, genau wie ich viel zu leicht viele andere Dinge vergesse. Verantwortlich, wie ich für dein unannehmliches Befinden bin, schulde ich dir weit mehr als ein knappes, ja schroffes Verhör, deine jüngsten Aktivitäten betreffend. Sollte ich barsch erschienen sein, so geschah das nur aus Sorge um dein Wohlergehen. Aber weißt du, die Lage wird schlimmer statt besser.«

»Die kommende Krise, von der Sie uns erzählten?« fragte Jon-Tom einfühlsam.

Der Schildkrötenzauberer nickte. »Sie verwandelt meinen Schlaf in einen Kessel schwärzester Bedrängnis. Ich träume von nichts anderem als Düsternis und Tod. Ein Ozean der Verderbtheit droht die Welten zu verschlingen.«

»Ahhh, ich verschtehe gar nicht, warum Ihr Euch schoviel Schorgen macht«, meldete sich Pog von einem Dachsparren. »Schie machen schich wegen nichtsch verrückt, Bosch. Alle schpotten über Schie, machen schich hinter Ihrem Panscher über Schie luschtig. Wischen Schie, mit welchen Auschdrücken man Schie belegt? ›Schenil‹ ischt noch der harmloscheschte.«

»Ich bin mir der über mich herrschenden Meinung wohl bewußt.« Clodsahamp grinste schwach. »Um von Beleidigungen berührt zu werden, muß man einen gewissen Respekt für ihre Quelle haben. Das habe ich dir bereits einmal gesagt, Pog. Die Kommentare des Pöbels sind ohne jede Bedeutung, selbst wenn es der Pöbel ist, den man zu retten versucht. Du wirst nie ein passabler Falke, wenn du deine

Haltung in solchen Fragen nicht grundsätzlich änderst. Habichte und Falken sind ein arrogantes Völkchen. Du mußt eine größere geistige und soziale Unabhängigkeit kultivieren.«

»Ja schicher, Schie müschen esch ja wischen«, murmelte der Famulus.

Jon-Tom war trotz seiner eigenen Probleme von der immer noch unspezifizierten Gefahr fasziniert. »Also haben Sie nichts Neues über dieses Übel in Erfahrung gebracht, seit wir aufbrachen? Oder über seinen Ursprung oder wann es kommt?«

Der Hexer schüttelte betrübt den Kopf. »Es bleibt so nebulös, so ungreifbar wie zuvor, Junge. Auch bin ich einer Methode, es zu bekämpfen, keinen Schritt näher.«

»Ich habe eine Überraschung für sie«, sagte Jon-Tom, um die verzagte Schildkröte aufzumuntern. »Für mich war es übrigens auch eine.«

»Was für ein Rätsel stellst du mir da, Junge?«

»Ich glaube, ich könnte doch ein wenig behilflich sein.« Clodsahamp blickte neugierig zu ihm auf.

»Jawohl, es is wahr, Eure Genialität«, erklärte Mudge aufgeregt. »Nun, ich selbst war es, der zuerst vorgeschlagen 'at, daß ...« Er brach die begonnene Lüge ab und besann sich eines Besseren. »Nein, nein, verdammt! Ich kann nichts davon für mich in Anspruch nehmen. Der Bursche is von ganz allein draufgekommen.«

»Ist von allein *worauf* gekommen?« fragte der Hexer gereizt.

»Wir 'atten uns sehr viel Mü'e gegeben, irgend'ne nützliche Fä'igkeit für ihn zu finden, Euer Meisterschaft. Der Umfang seiner Erfahrungen entspricht seiner Jugend, also gab es da nicht viel, worin er Erfahrung ge'abt 'ätte. Er 'at seine naturgegebene 'Ochwüchsigkeit und Reichweite und 'ne gewisse Beweglichkeit. Zuerst dachte ich, er würde 'nen guten Söldner abgeben. Aber er bestand darauf, entweder Anwalt oder Musiker zu werden.« Jon-Tom nickte bestätigend.

»Nun, Euer Lordschaft kann sich vielleicht vorstellen, was ich von dem ersten Vorschlag 'ielt. Bei der Betrachtung des zweiten erwies sich, daß die Stimme des Kumpels von bemerkenswertem Umfang is, aber Wünsche offenläßt, was das 'Alten des Tons angeht, wenn Sie verste'en, was ich meine. Sein Musikertum jedoch war was anderes. Was Musik angeht, is er echt begeistert ... und wie sich 'erausstellte noch etwas mehr.

Wir stolperten ... wir stolperten wirklich im wahrsten Sinne des Wortes über die Duar, die Sie vor seinem Bauch 'ängen se'en. Und als er anfing, darauf zu spielen, nun, da begannen die unglaublichsten Dinge zu passieren! Ich würd es nich glauben, wenn ich nich selbst dabeigewesen wär. Es begann irgendwie dunstig und purpurn zu schimmern und zu leuchten, und es veränderte irgendwie seine Form und die *Klänge,* Euer 'Exerschaft.« Der Otter legte die Hände melodramatisch an die Ohren.

»Die Klänge, die der Bursche aus diesem kleinen Musikkasten 'erauskitzeln kann ... Er bezeichnet es als die Musik, die er immer gespielt 'at, aber sie is von 'nem Volumen und 'ner Klasse, wie ich sie noch nie in meinem kurzen, aber erfüllten kleinen Leben ge'ört 'abe.«

»Ich weiß nicht, was da passiert ist oder warum.« Jon-Tom ließ die Finger über die Duar wandern. »Sie vibriert ein wenig, wenn ich sie spiele. Ich glaube, sie versucht die Art von Instrument zu werden, an das ich gewöhnt bin, schafft es aber nicht. Was die Magie angeht«, – er hob die Schultern –, »fürchte ich, daß ich darin nicht sonderlich gut bin. Ich scheine nur eine äußerst vage Kontrolle über das zu haben, was ich heraufbeschwöre.«

»Er ist zu bescheiden«, erklärte Talea. »Er ist ein echter Bannsänger.

Wir waren durch unseren langen Marsch durch die Wälder müde und erschöpft, als er mit einem sonderbaren Lied über irgendein Transportmittel begann.« Sie warf Jon-Tom einen Seitenblick zu. »Ich kann mir nicht vorstellen, worüber er sang, aber was er dann erzeugte, war eine L'boreanische Reitschlange. Ich glaube nicht, daß sie durch sein Lied spezifiziert wurde.«

»Sozusagen kaum«, stimmte Jon-Tom zu.

»Trotzdem war sie das, was er materialisierte, und einen guten Ritt ermöglichte sie uns auch.«

»Und das wäre noch nich alles«, sagte Mudge. »Sehr bald danach, als wir durch den nächtlichen Wald glitten, brachte er diese Saiten zum Schwingen und dann ... nun, soviel Gnietschies 'at, wenn man das so sagen kann, dieses Land noch nich gese'en! Ich schwöre, daß sie uns umschwärmten wie Fliegen ein vier Tage altes Stück Aas. Soviel auf einmal 'aben Sie noch nie gese'en – oder nich gese'en.«

Clodsahamp schwieg eine ganze Weile. Dann: »Es scheint also, daß du einige Bannsänger-Fähigkeiten besitzt.« Er kratzte an einer losen Schublade in seinem Panzer. »Es würde auch so vieles erklären. Es würde erklären, warum ich bei meiner Suche an dir hängenblieb und andere überging.« Eine Andeutung wiedererwachten Stolzes lag in seiner Stimme. »Also bin ich vielleicht doch nicht so senil, wie einige behaupten. Ich habe mir immer schon gedacht, daß mehr an der Sache sein muß als bloße Verwirrung meinerseits. Das Talent, das ich suchte, ist die ganze Zeit dagewesen.«

»Nicht ganz. Wie Talea erklärte, kann ich zwar nach etwas rufen, aber ich bekomme etwas ziemlich anderes. Ich habe keine Kontrolle über meine, äh, Magie. Könnte das nicht schrecklich gefährlich werden?«

»Mein Junge, alle Hexerei ist gefährlich. Du glaubst also, du könntest jetzt vielleicht helfen? Nun, falls wir etwas finden, gegen das du mir helfen kannst, werden deine Dienste höchst willkommen sein.«

Jon-Tom scharrte nervös mit den Füßen. »Tatsächlich habe ich etwas anderes gemeint. Wäre Ihnen nicht doch ein wirklicher Magier lieber, ein ›Ingenieur‹ aus meiner Welt, der Sie unterstützen könnte?«

»Ich denke, das wäre wohl der Fall.« Clodsahamp rückte seine Brille zurecht.

»Dann senden Sie mich zurück und tauschen Sie mich gegen einen anderen aus.«

»Ich habe dir bereits erklärt, Junge, daß die notwendigen Energien, die entsprechenden Vorbereitungen Zeit brauchen, um ...« Er hielt inne, blinzelte nach oben. »Ah, ich glaube, ich kann jetzt deinem Gedankengang folgen, Jon-Tom, Bannsänger!«

»Das ist es.« Er konnte seine Erregung nicht länger unterdrücken. »Wenn wir uns beide konzentrieren, beide unsere Energien darauf richten, wird die Kombination vielleicht stark genug sein, um den Wechsel herbeizuführen. Sie müßten mich nicht ganz auf sich gestellt zurückschicken oder allein einen Ersatz herüberziehen. Wir würden unsere Talente ergänzen und direkt einen Austausch vornehmen. Es wäre nur eine einzige Beschwörung nötig und keine zwei.«

Clodsahamp blickte nachdenklich auf seinen Arbeitstisch. »Es *könnte* möglich sein. Es gibt da bestimmte abkürzende Verfahrensweisen ...« Er blickte wieder Jon-Tom an. »Es bringt einige eindeutige Risiken mit sich, Junge. Du könntest dich auf halbem Weg zwischen dieser und deiner Welt gefangen finden. Im Limbo gibt es keine Zukunft. Nur Ewigkeit, und ich kann mir nichts Stumpfsinnigeres und Faderes denken, das Sein zu verbringen.«

»Das Risiko nehme ich auf mich. Ich nehme jedes nötige Risiko auf mich.«

»Gut für dich, aber was ist mit der Person, mit der du den Platz tauschen wirst?«

»Wie meinen Sie das?« Jon sah den Hexer unsicher an.

»Dieser Innschinneur, den wir mit deinen Gedanken lokalisieren, Jon-Tom, wird aus Ort und Zeit gerissen, die ihm vertraut sind, genauso wie es bei dir war. Er wird hier erheblich länger festsitzen als du, da ich für eine gewisse Zeit nicht über die Energie verfügen werde, ihn zu seinem normalen Leben zurückzuschicken. Er würde sich hier vielleicht nicht so gut anpassen wie du, würde vielleicht niemals zurück nach Hause geschickt.

Bist du bereit, die Verantwortung dafür zu übernehmen, das jemand anderem anzutun?«

»Sie müssen dieselbe Verantwortung übernehmen.«

»Meine ganze Welt steht auf dem Spiel, deine vielleicht genauso. Ich weiß, wo ich stehe.« Der Hexer sah ihn unverwandt an.

Jon-Tom zwang sich zurückzudenken, sich zu erinnern, was und wie seine Gefühle gewesen waren, als er in dieser Welt materialisierte und sie zum ersten Mal sah. Glasschmetterlinge und völlige Desorientierung. Ein Riesenotter und Glockenwälder.

Wie mochte das auf einen älteren Mann von Vierzig oder Fünfzig wirken, dem es schwerer fiele, mit den physischen Anforderungen und Beschwerlichkeiten dieser Welt fertigzuwerden, ganz zu schweigen von den geistigen? Ein Mann mit Familie möglicherweise. Oder eine Frau, die vielleicht Kinder zurückließ?

»Ich bin bereit, den Austausch zu versuchen ... und wenn es Ihnen mit dieser Krise so ernst ist, wie Sie sagen, dann haben Sie gar keine Wahl. Nicht wenn Sie einen richtigen Ingenieur wollen.«

»Dem ist allerdings so«, entgegnete der Hexer, »aber ich habe weit wichtigere Gründe, diesen Wechsel vorzunehmen.«

»Mir sind meine Gründe wichtig genug.« Jon wandte sich von den anderen ab. »Es tut mir leid, wenn ich Ihrem Heldenanspruch nicht genüge.«

»Ich erwarte keine heldenhafte Haltung von dir, Jon-Tom«, erklärte Clodsahamp freundlich. »Du bist nur ein Mensch. Alles was ich möchte: daß du eine Entscheidung triffst, und das hast du getan. Das reicht mir. Ich werde die Vorbereitungen einleiten.« Er wandte sich wieder seinem Arbeitstisch zu; Jon-Tom spürte freudige Erwartung und leichte Ungeduld.

Selbstbeherrschung, sagte er sich verärgert. Er würde demjenigen, der seinen Platz hier einnahm, soviel Glück wie möglich wünschen, und mehr konnte er nicht tun. Er würde nie wissen, wen es getroffen hatte.

Außerdem: Seine unberechenbare, möglicherweise tückische Magie konnte weder Talea und Mudge noch ihrer und Clodsahamps Welt viel helfen. Wer immer seinen Platz einnahm, würde vermutlich dazu in der Lage sein, falls Clodsahamp die Gefahr, die seiner Welt drohte, zutreffend wahrnahm. Rationalisierung oder nicht, das war ein angenehmer Gedanke, den festzuhalten sich lohnte.

Ich habe nicht darum gebeten herzukommen, sagte er sich entschlossen, und falls ich eine Chance bekomme, nach Haus zurückzukehren, will ich verdammt sein, wenn ich sie nicht nutze ...

XI

Die Vorbereitungen nahmen den gesamten Nachmittag in Anspruch, und sie waren erst gegen Abend fertig.

In der Mitte des Zentralraums war ein Kreis auf den Holzschindelboden gezeichnet worden. Er war voller kryptischer Symbole, die Infinitesimalformeln, genausogut aber auch Nonsens sein konnten. Talea, Pog und Mudge waren angewiesen worden, aus dem Weg zu bleiben, eine Ermahnung, deren Befolgung ihnen keineswegs schwerfiel.

Jon-Tom stand Clodsahamp auf der anderen Seite des Kreises gegenüber und trommelte nervös auf das Holz seiner Duar.

»Was soll ich tun, wenn wir anfangen?«

»Du bist der Bannsänger – sing!«

»Worüber?«

»Über das, was wir zu tun versuchen. Ich wollte, ich könnte dir helfen, mein Junge, aber ich habe an anderes zu denken. Ich hatte nie viel Stimme.«

»Sehen Sie«, sagte Jon-Tom besorgt, »die Reitschlange war ein Zufall. Ich weiß nicht, wie ich das gemacht habe. Vielleicht sollten wir unterbrechen und ...«

»Nicht jetzt, Junge!« beschied ihn der Hexer knapp. »Gib dein Bestes. Sing natürlich, und die Magie wird folgen. So ist das mit Bannsängern. Du wirst das tun, und ich werde mein Teil tun.«

Er glitt mit verblüffender Geschwindigkeit in eine Semitrance und deklamierte Formeln und zeichnete Kurvensymbole in die Luft, eine Menge Zeug über Zeitstrudel, kontrollierte Katastrophen-Theorie, dimensionale Nexi und Verknüpfungen.

Im Gegensatz dazu zupfte Jon-Tom zögernd an den Saiten seiner Duar. Sie glommen blau auf, während er aufgeregt nach einer angemessenen Melodie suchte. Sein Denken war schon verwirrt genug, ohne sich auf die Einzelheiten eines Songs besinnen zu müssen.

Schließlich entschied er sich dann doch für einen (er mußte *irgend etwas* wählen!) und begann. Es war ›California Dreamin‹*.

Er begann den Rhythmus des Songs zu spüren, die beschreibende Kraft der Ballade; seine Stimme wurde lauter, die Akkorde voller, als er alle seine Heimwehgefühle und Wünsche hineinlegte: »I'd be safe and warm, if I was in L.A.«* Im Baum wurde es dunkel. Strahlend gelbe Wolken bildeten sich über der Mitte des Kreises. Wie als Echo breitete sich ein dicker smaragdgrüner Nebel direkt über dem Boden aus.

Gelbe Tropfen wirbelnder Energie fielen aus den Wolken, während gleichzeitig grüner Regen aus dem trägen Nebel nach oben stieg. Wo sie aufeinandertrafen, bildeten sie eine strudelige Kugelsphäre, die rotierte und langsam anschwoll.

Jon-Toms Stimme hallte durch den Raum, die Finger flogen über die Saiten. Die machtvolle Nachahmung elektronischer Klänge wurde dröhnend von den Wänden zurückgeworfen und vermischte sich mit Clodsahamps sonorem Psalmodieren. Ein tiefes, langsames Schwingen, wie der entfernte Klang einer gewaltigen Kirchenglocke auf einem zwei Stufen zu langsam laufenden Tonbandgerät, lies die Luft vibrieren. Ein brennendes Prickeln durchlief Jon-Toms gesamten Körper, durchstrahlte ihn als glitzernde Hitze.

Er spielte weiter, obwohl es sich jetzt anfühlte, als glitten seine Finger durch die Saiten, anstatt sie zu zupfen. Glasflaschen klirrten auf dem Arbeitstisch, und Bücher trudelten aus ihren Regalen, als das Herz des Baumes selbst vom Klang erzitterte. Für alle, die sich in seinem Innern aufhielten, schien der ganze Wald zu beben.

Der Höhepunkt des Songs näherte sich, das Ende der Ballade, und er war immer noch im Baum. Er versuchte, Clod-

---

* Ein Lied der Beach Boys über die Schönheit(en) Kaliforniens. – *Anm. d. Übers.*

sahamp seine Hilflosigkeit zu übermitteln, seine Unsicherheit, was er als nächstes tun sollte. Vielleicht verstand der Hexer sein banges, forderndes Starren. Vielleicht hatten sie auch nur eine der Natur der Sache gemäße gute Zeitabstimmung.

Eine heftige gelbgrüne Explosion löschte Wolken, Nebel und Strudelsphäre aus. Eine große unsichtbare Faust schlug Jon vor die Brust und ließ ihn zurücktaumeln. Er stieß gegen die Wand, stolperte ein paar Schritte und fiel nach rechts. Schriftrollen, Schädelfragmente, an die Wand gehängte ausgestopfte Köpfe, Holzspäne und -splitter, Pulver und Kleidungsstücke regneten auf ihn herunter. Im Innern des Kreises begann sich ein weißlicher Dunst aufzulösen.

Er schenkte ihm wenig Beachtung, da er ihn sehen konnte – was nicht hätte sein dürfen. Er hätte nämlich zu Hause sein müssen, vorzugsweise in seinem Zimmer oder bei einem Seminar – selbst inmitten des Feierabendverkehrs einer Hauptstraße wäre es ihm recht gewesen.

Statt dessen lag er in diesem Baum auf dem Hintern.

»Es hat nicht funktioniert«, murmelte er laut. »Ich bin immer noch hier.« Er fühlte sich wie der Held in einem Kriegsfilm, der die Munitionskammer seines Schiffes hochgejagt hat und nun mit dessen Eroberern untergeht.

Der Rest des Dunstes verzog sich. Er hielt den Atem an, denn neben seinem Selbstmitleid nahm er jetzt noch etwas anderes wahr.

Eine hochgewachsene junge Frau, ziemlich genau einen Meter achtzig groß, saß mit leicht gespreizten Beinen in der Mitte des Kreises. Sie stützte sich mit den Armen nach hinten ab und blickte sich mit einer völlig angemessenen Miene der Bestürzung um. Langes schwarzes Haar war zu einem Pferdeschwanz zusammengebunden.

Sie trug einen absurd kurzen Rock und ein Höschen in der gleichen Farbe, dazu Stiefeletten und Kniestrümpfe sowie einen Sweater, auf dessen Vorderseite vier große Buchstaben in Blau prangten. Ihr Gesicht war eine überwältigende Kreuzung zwischen dem einer Tijuana-Professionellen* und einer Tintoretto-Madonna. Kohlschwarze Augen, so schwarz wie die von Mudge, und milchkaffeebraune Haut.

Sie rappelte sich unsicher hoch, klopfte sich nicht vorhandenen Staub ab und sah sich um.

Clodsahamp rollte sich mit Pogs Unterstützung von seinem Rückenpanzer. Als er auf allen vieren war, konnte er aufstehen. Er begann nach seiner Brille zu suchen, die ihm durch den Stoß von der Nase geschleudert worden war. Eine Delle in der Baumwand zeigte genau, wo er aufgetroffen war.

»Was ist passiert?« fiel es Jon-Tom ein zu fragen, die Augen immer noch wie hypnotisiert auf die Frau gerichtet. »Was ist schiefgegangen?«

»Du bist offensichtlich nicht zurückgekehrt«, erklärte Clodsahamp trocken, »aber jemand anderes wurde zu uns herübergezogen.« Er starrte den Neuzugang an und fragte eifrig: »Meine Liebe, solltest du vielleicht ganz zufällig ein Innschinneur sein? Oder Zauberin oder Wunderheilerin, oder Hexe, wie wir sie hier herum kennen?«

»Sangre de Christo!« keuchte das Mädchen und trat vorsichtig einen Schritt von dem Schildkrötenhexer zurück. Dann hielt sie inne. Ihre Verwirrung und Angst wurden durch aufflammende Wut ersetzt.

»Was ist das hier, hä? *Comprende tortuga?* Versteht ihr mich?« Sie drehte sich langsam um. »Wo zum Teufel bin ich?«

Ihre Augen verengten sich, als sie Jon-Tom entdeckte. »Du ... kenne ich dich nicht irgendwoher?«

»Dann gehe ich also recht in der Annahme, daß du kein Innschinneur bist?« fragte Clodsahamp verzagt.

Sie sah ihn über die Schulter an. »Ingenieur, ich? *Infierno,* nein! Ich bin Studentin der Theaterwissenschaften an der Universität von Kalifornien in Los Angeles. Ich war auf dem

---

* Tijuana – mexikanische Stadt in der Nähe der kalifornischen Grenze; Vergnügungszentrum für US-amerikanische Touristen. – *Anm. d. Übers.*

Weg zu unserer Cheerleader-Übung*, als ... als ich mich plötzlich in einem Alptraum wiederfinde. Nur ... daß Sie nicht besonders angsteinflößend sind, *tortuga*.

Und wenn das hier kein Alptraum ist ... was ist es dann?« Sie legte sich eine Hand auf die Stirn und taumelte leicht. »*Madre de Dios*, habe ich Kopfschmerzen!«

Clodsahamp blickte über den demolierten Kreis hinweg auf Jon-Tom, der das Mädchen immer noch mit offenem Mund anstarrte. »Kennst du diese junge Dame, Bannsänger?«

»Ich fürchte ja. Ihr Name ist Flores Quintera.«

Als ihr Name fiel, wirbelte das Mädchen herum, um ihn anzusehen. »Ich wußte doch, daß ich mich an dich erinnere.« Sie runzelte die Stirn. »Aber ich kann dich immer noch nicht unterbringen.«

»Mein Name ist Jon Meriweather.« Als sie darauf nicht reagierte, fügte er hinzu: »Wir sind beide an der Uni.«

»Ich kann dich trotzdem immer noch nicht unterbringen. Waren wir zusammen in einem Kurs oder so?«

»Ich glaube nicht. Daran würde ich mich erinnern. Ich habe gesehen ...«

»Warte eine Minute ... *jetzt* weiß ich!« Sie richtete anklagend den Zeigefinger auf ihn. »Ich sah dich auf dem Campus arbeiten; Hallen ausfegen, Rasen mähen, wenn wir übten.«

»Ich tue das gelegentlich«, erwiderte er verlegen. »Ich habe es immer irgendwie geschafft, irgendwelche Außenarbeiten zu machen, wenn die Cheerleader-Squad trainierte.« Er lächelte zögernd.

Hinter ihm klang lautes, weiblich-helles Lachen auf. Alle drehten sich um und sahen Talea, die auf dem Holzfußboden saß und sich, unkontrolliert lachend, auf die Schenkel schlug.

---

* Cheerleader sind in den USA Mädchengruppen, die bei Sportveranstaltungen (hauptsächlich Football) in speziellen Uniformen den Beifall und die Anfeuerungsrufe für die jeweiligen Mannschaften anführen und einleiten. – *Anm. d. Übers.*

»Dich kenne ich nicht«, sagte Flores Quintera. »Was ist so komisch?«

»Er!« Talea zeigte auf Jon. »Er sollte Clodsahamp helfen, nach einem ... Inschinjeur? ... zu greifen, um mit ihm die Plätze zu tauschen. Also hat er an zu Hause gedacht, an vertraute Umgebungen. Aber er konnte seine Gedanken nicht bei der Sache halten. Sie wanderten ihm ab, während er sang, von einem Inschinjeur zu etwas Angenehmerem, denke ich.«

»Ich konnte nichts dagegen tun«, murmelte Jon-Tom. »Vielleicht war es etwas an dem Song. Ich meine, ich erinnere mich nicht genau, auf welche Aspekte von zu Hause ich mich konzentrierte. Ich war zu sehr mit Singen beschäftigt. Vielleicht war es die Zeile ›If I had to tell her ...‹« So verlegen war er in seinem ganzen Leben noch nicht gewesen.

»Also bist du dafür verantwortlich, daß ich hier bin«, fragte die Amazone mit dem rabenschwarzen Haar, »wo immer ›hier‹ auch sein mag?«

»Irgendwie schon«, murmelte er. »Ich habe dich immer aus der Ferne bewundert, und als ich an etwas anderes hätte denken sollen, wanderten meine Gedanken ...«, schloß er hilflos.

»Natürlich, logisch. Das erklärt alles.« Sie fuhr sich mit der Hand durch das Haar und sah nacheinander Mann, Frau, Otter, Schildkröte und Fledermaus an. »Da der Typ hier offenbar keinen vernünftigen Satz auf die Reihe bringt – würde mir vielleicht einer von euch 'n paar Infos geben?«

Clodsahamp seufzte und nahm sie bei der Hand. Sie wehrte sich nicht, als er sie zu einem niedrigen Sofa führte und niedersitzen ließ. »Das ist sozusagen gewissermaßen schwierig zu erklären, junge Dame.«

»Versuchen Sie's. Wer vom *barrio* kommt, den überrascht nichts mehr.«

Also begann der Hexer geduldig zu erläutern, während sich Jon-Tom einerseits verdrossen, andererseits auf perverse Weise glücklich, an die Baumwand setzte. Falls er hier festsaß, wie es der Fall zu sein schien, gab es schlimmere ›Mitgefangene‹ als die üppig-sinnliche Flores Quintera.

Clodsahamp schloß seine Erklärung ab, seine interessierte Zuhörerin erhob sich vom Sofa und ging zu Jon-Tom hinüber.

»Dann war es nicht nur deine Schuld. Ich glaube, ich verstehe. *El tortuga* war sehr aufschlußreich und informativ.« Sie drehte sich um und umfaßte den Raum mit einer Geste. »Worauf warten wir dann noch? Wir müssen diesen Leuten helfen, so gut wir können.«

»Das ist höchst lobenswert von dir«, sagte Clodsahamp staunend und bewundernd. »Du bist eine höchst anpassungsfähige junge Dame. Nur zu schade, daß du nicht der Innschinnscheur bist, den wir gesucht haben, aber du bist größer und stärker als die meisten – kannst du kämpfen?«

Sie schenkte ihm ein böses, fast gemeines Lächeln, und in Jon-Tom wurde irgend etwas plötzlich ganz kraftlos und flau. »Ich habe elf Brüder und Schwestern, Mister Clodsahamp, und ich bin die Zweitjüngste. Ich bin nur deshalb bei der Cheerleading-Squad, weil Frauen nicht selbst Football spielen dürfen. Nicht an der Uni jedenfalls. Ich bin mit 'nem Springmesser im Stiefel aufgewachsen.«

»Ich bin mit dieser Waffe nicht vertraut«, erwiderte der erfreute Clodsahamp, »aber ich glaube, wir können dich adäquat rüsten.«

Talea hatte ihren Lachanfall überwunden, war zu dem Neuankömmling hinübergegangen und starrte Flores bewundernd an. »Du bist die größte Frau, die ich je gesehen habe.«

»Ich bin selbst zu Hause ziemlich lang«, meinte Flores Quintera. »Es ist manchmal ein Nachteil und hat seine Schattenseiten, außer im Sport natürlich.« Sie blickte mit einem blendenden Lächeln zu Talea hinunter und streckte die Hand aus. »Schüttelt ihr euch hier die Hände?«

»Tun wir.« Zögernd erwiderte Talea die Geste.

»*Bueno.* Ich möchte, daß wir Freundinnen werden.«

»Ich glaube, ich möchte das auch.« Die beiden Frauen

schüttelten sich die Hände, taxierten einander, ohne irgendwelche Zugeständnisse zu machen.

»Es ist genauso, wie ich es mir immer erträumt habe«, sagte Flores mit leuchtenden Augen.

»Du meinst, du bist nicht durcheinander oder aufgeregt?« staunte Jon-Tom.

»Oh, ein bißchen vielleicht.«

Pog grummelte beständig vor sich hin, während er das Durcheinander beseitigte, daß der explosive Kollaps des interdimensionalen Strudels verursacht hatte.

»Aber ich wollte eigentlich schon immer eine Heldin in schimmernder Rüstung sein, schon als kleines Mädchen«, fuhr Flores Quintera fort.

»Dann brauchen wir uns ja keine Gedanken zu machen« meinte Jon-Tom entschlossen. »Ich habe eine Menge gelernt, seit ich hier bin, und werde darauf achten, daß dir nichts passiert.«

»Oh, mach dir um mich keine Sorgen!« erwiderte sie munter.

Pog tauchte mit einem Armvoll alter Waffen auf. »Haben wir beschorgt, alsch ihr weg wart«, erklärte er auf Jon-Toms neugierigen Blick. »Der Bosch dachte, schie könnten vielleicht nütschlich schein, wenn scheine Magie wirklich roschtig wird.«

Flores Quintera kniete sofort vor den Haufen zerstörerischer Instrumente nieder und begann ihn enthusiastisch zu durchstöbern. »Heia, wie ich mich auf das alles freue!«

»Es könnte sehr gefährlich werden.« Jon-Tom stand in schützender Nähe hinter ihr.

»Nun, natürlich könnte es, nach dem, was Clossahamp ... Clodsahamp mir gesagt hat ... paß auf deinen Fuß auf, die Axt ist scharf.« Er trat einige Schritte zurück. »Es macht überhaupt keinen Spaß, wenn es nicht gefährlich ist«, machte sie ihm klar, so als redete sie mit einem kompletten Schwachkopf.

»Oh, das sieht nett aus!« erklärte sie strahlend und zog ein kurzes Schwert mit Sägezahnschneide aus dem Stapel.

»Darf ich das haben?« Es war für jemanden von Mudges Größe gedacht. In ihren Händen wirkte es wie ein langer dicker Dolch.

Sie machte eine Bewegung, als wollte sie es in den Gürtel stecken, und wurde sich bewußt, daß sie keinen trug.

»So kann ich nicht herumlaufen«, schimpfte sie leise vor sich hin.

»Oh, Gott!« Mudge warf die Arme hoch und wandte sich heftig ab. »Nich noch mal. Ich kann nich zurück nach Lynchbany und das alles wieder durchmachen.«

»Kein Problem!« Talea studierte die aufragende weibliche Figur. »Falls der Hexer uns etwas Material herbeizaubern kann, können wir zwei dir etwas zusammenschneidern, Flores.«

»Nennt mich Flor, bitte!«

»Das Herbeizaubern wird nicht nötig sein«, meinte Clodsahamp. »Unter den Vorräten in den Hinterräumen des Baums werdet ihr alles finden, was ihr braucht. Pog wird euch zeigen, wo.«

»Natürlich wird er dasch«, schnaubte der Famulus leise. »Tut er dasch nicht immer?«

Die beiden Frauen verschwanden mit dem Hexergehilfen in einen anderen Abschnitt des anscheinend endlosen Bauminnern.

»Das muß man dir lassen, Kumpel.« Mudge verpaßte Jon-Tom einen freundlichen Schlag unter die Schulterblätter und blinzelte ihm lüstern zu. »Erst schließt du Freundschaft mit Talea, und jetzt materialisierst du dieses schwarzmähnige Doppelprachtstück. Wollte, ich wär an deiner Stelle, wa?«

»Ich hätte lieber mit einem Ingenieur den Platz getauscht«, murmelte Jon-Tom.

Er dachte über Flores Quintera nach. Ihre Persönlichkeit schien irgendwie nicht zu der Vorstellung zu passen, die er sich bisher von ihr gemacht hatte. »Diese neue Dame, Flor. Ich sah sie oft, Mudge, aber ich stellte sie mir immer etwas, nun, verletzlicher vor.«

»Sie? Verletzlich? Na, da streif mich doch ein Frettchen, Kumpel! Die kommt mir so verletzlich vor wie 'n Ozelot mit sechs Armen.«

»Ich weiß«, meinte Jon-Tom betrübt.

Mudge sah zu der Tür, durch die die beiden Frauen verschwunden waren. »Aber beim 'Immel, es würd mir nichts ausmachen, sie 'n bißchen unzuverletzen. Wär' so, als würd einer 'n verdammten Berg besteigen. Ich 'atte schon immer das Verlangen, die Gipfel und Täler 'ner 'erausfordernden Landschaft zu erforschen, wa.« Lasziv glucksend ließ er den verwirrten Jon-Tom allein.

Der schlurfte zu Clodsahamps Arbeitstisch hinüber, wo der Hexer seine zerschmetterte Gerätschaft inspizierte, um heil gebliebene Teile herauszufischen, mit denen sich noch arbeiten ließ.

»Es tut mir wirklich leid«, sagte er, immer noch ein wenig benommen. »Ich habe es wirklich versucht.«

»Ich weiß, das hast du getan, Junge. Es ist nicht deine Schuld.« Er tätschelte Jon-Tom beruhigend. »Rar ist der Mann, Hexer, Krieger oder Arbeiter, der imstande ist, immer nur mit seinem Hirn zu denken und nicht auch einmal mit seinen Hoden. Kein Grund zur Betrübnis. Was geschehen ist, ist geschehen, und wir müssen das Beste daraus machen. Zumindest haben wir unseren Reihen einen weiteren hingebungsvollen und entschlossenen Streiter hinzufügen können. Und wir haben immer noch dich und deine, wenn auch unberechenbaren, so doch mächtigen Bannsängerfähigkeiten; und ein bißchen mehr.«

»Noch einmal versuchen können wir es wahrscheinlich nicht.«

Der Hexer schüttelte den Kopf. »Unmöglich. Selbst wenn ich der Einschätzung wäre, eine weitere solche Beschwörung zu kontrollieren und zu überleben, sind doch die letzten notwendigen Pulver und Materialien verbraucht. Es würde Monate dauern, um das ausreichende Quentchen Ytterbium zu finden, mit dem die Formel konstituiert werden kann.«

»Ich hoffe, Sie haben recht in bezug auf meine Fähigkeiten«, murmelte Jon-Tom. »Ich habe hier in letzter Zeit anscheinend überhaupt nichts Richtiges zustande gebracht. Ich hoffe, mir fällt der passende Song ein, wenn die Zeit dafür da ist.« Er runzelte plötzlich die Stirn. »Sie sagten, wir haben meine Fähigkeiten und ›ein bißchen mehr‹?«

Der Hexer nickte und wirkte selbstzufrieden. »Manchmal erweist sich ein guter Schock als wertvoller denn die größte Bemühung um Konzentration. Als ich durch die Gewalt der Transdimensionszerstreuung gegen die Wand geschleudert wurde, empfing ich ein kurzes, aber eisklares Bild. Ich weiß jetzt, wer hinter dem wachsenden Übel steht.« Er sah Jon-Tom bedeutungsvoll an.

»Dann sagen Sie es mir! Wer und was sind ...«

Aber der Schildkrötenzauberer hatte eine Hand gehoben. »Wir warten besser, bis alle zurück sind. In dem Ganzen liegt eine beträchtliche Gefahr für alle, und ich werde jetzt nicht damit beginnen, Favoriten zu schaffen.«

Also warteten sie, und Jon-Tom betrachtete den alten Hexer, der schweigend dasaß und Betrachtungen über Dinge anstellte, die über das Begreifen der anderen hinausreichten.

Die Frauen kehrten zurück, den leise vor sich hinmekkernden Pog im Gefolge. Jon-Tom war ein wenig schockiert über die Verwandlung, die die zarte Blume seiner nachpubertären Phantasien durchgemacht hatte.

Anstelle der vertrauten Cheerleader-Uniform trug Flor Quintera jetzt Hose und Weste aus lederartigem weißen Material. Die knapp geschnittene Weste ließ Arme und Schultern frei, und die dunkle Haut stand in aufsehenerregendem Kontrast zu den blassen Cremetönen der Kleidung. Der gefranste schwarze Umhang um die Schultern paßte zu den schwarzen Stiefeln mit seinen Fransenstulpen. Der lange Dolch (oder das kurze Schwert) hing an einem Metallgürtel, und in der rechten Hand lag ein zweiköpfiger Streitkolben.

»Na, was meinst du?« Sie wirbelte den Streitkolben graziös herum und zeigte Jon-Tom so, warum sie ihn ausgewählt hatte: er war dem Cheerleader-Kommandostab, an den sie gewöhnt war, nicht ganz unähnlich. Der Hauptunterschied lag in dem Paar stacheliger Stahlbälle, die eher tödlich als unterhaltend wirkten.

»Glaubst du nicht«, fragte er unsicher, »daß das ein wenig übertrieben ist?«

»Du hast es nötig! Was ist los: nicht das, was du gern sehen würdest?« Sie drehte sich auf den Zehenspitzen herum machte einen spöttischen Knicks. »Ist das damenhafter?«

»Ja. Nein. Ich meine ...«

Sie kam lachend zu ihm herüber und legte ihm tröstend eine Hand auf die Schulter. Er spürte das Brennen durch das irisierend grüne Cape und das indigoblaue Hemd.

»Entspann dich, Jon! Oder Jon-Tom, wie sie dich nennen.« Sie lächelte, und seine anfängliche Irritation wegen ihrer Erscheinung schmolz dahin. »Ich bin immer noch derselbe Mensch. Du vergißt, daß du tatsächlich überhaupt nichts über mich weißt. Oh, mach dir nichts draus ... die wenigsten Leute tun das jemals wirklich. Ich bin derselbe Mensch, der ich immer war, und jetzt habe ich die Chance erhalten, eine meiner Phantasien zu erleben und zu genießen. Es tut mir leid, wenn ich nicht deine Phantasien erfülle.«

»Aber die Desorientierung«, platzte er heraus. »Als ich hier ankam, war ich anfangs so verwirrt, so verblüfft, daß ich kaum denken konnte.«

»Nun«, meinte sie, »ich schätze, ich habe mehr über das Unmögliche gelesen als du; oder ein wenig intensiver geträumt. Ich fühle mich hier sehr zu Hause, *compadre mio.*« Sie hängte den Doppelkolben an eine Öse ihres Gürtels, schob ihren Umhang zurück und setzte sich auf den Boden. Selbst diese einfache Bewegung schien ihm von übernatürlicher Grazie.

»Ich war dabei, Jon-Tom zu erklären«, setzte Clodsahamp ein, »daß der Schock der Explosion oder dieser in Kombination mit der Magie, die wir produzierten, mir die Quelle des Übels zeigte, die unsere Welt zu überwältigen droht. Und vielleicht deine genauso, junge Dame«, sagte er zu Flor, »falls es hier nicht aufgehalten wird.«

Talea und Mudge lauschten respektvoll. Jon-Tom unentschieden und Flor begierig. Jon-Tom teilte seine Aufmerksamkeit zwischen dem Hexer und dem Mädchen seiner Träume.

Zumindest war sie das Mädchen seiner Träume gewesen. Ihre unverzügliche Anpassung an diese sonderbar fremde Existenz ließ sie als ganz anderen Menschen erscheinen. Mehr noch – sie schien die unglaubliche Situation, zu begrüßen, in der sie sich befanden. Er kam sich höchst unzulänglich vor – wie viele Tage hatte er gebraucht, um sein Schicksal auf erwachsene Weise anzunehmen?

Die Unsicherheit verging, wurde durch einen Wutausbruch über die Ungerechtigkeit des Ganzen und schließlich durch Resignation ersetzt. Tatsächlich hätte seine Situation, wie Mudge es aufgezeigt hatte, viel schlimmer sein können. Falls Flor nicht mehr als eine rein platonische Freundin war (bis jetzt, dachte er sehnsuchtsvoll), so war sie doch eine verdammt interessantere Gesellschaft als ein fünfzigjähriger (männlicher) Ingenieur, und mit Talea hatte er auch Freundschaft geschlossen.

Das Leben konnte entschieden schlimmer sein. Es gab genug Zeit für eine angenehme und zufriedenstellende Entwicklung der Dinge. Er gestattete sich ein leichtes inneres Lächeln.

Schließlich konnte es sich bei Flors begeisterter Aufnahme der gegenwärtigen Situation um eine vorübergehende Pose handeln. Falls das zutraf, was Clodsahamp glaubte, würde alles viel schlimmer werden. Sie würden alle voneinander abhängen. Er würde in der Nähe sein, wenn es bei Flor soweit war. Er würde sie so akzeptieren, wie sie war. Jon-Tom richtete seine Aufmerksamkeit auf Clodsahamp.

»Es sind die Gepanzerten, das Volk der Gepanzerten«, erklärte ihnen der Hexer, während er langsam vor einem hohen Regal hin und her ging, dessen Behälter nicht heruntergefallen waren. »Sie sammeln sich zu Tausenden und

Zehntausenden zu einer Großinvasion der Warmlande. Sie durchschwärmen ihre Heimat, die Grünauen, bereits in Legionen.

In einem kurzen Augenblick sah ich, wie außerhalb Cugluchs große Kriegsübungsfelder eingerichtet wurden. Erdlöcher für zahllose Horden wurden in Erwartung des Eintreffens und der Massierung von noch mehr Truppen ausgehoben. Ich sah Tausende der seelenlosen, geistlosen Arbeiter ihre Werkzeuge niederlegen und ihre Waffen aufnehmen. Sie bereiten einen Ansturm vor, wie ihn die Warmlande noch nicht gesehen haben. Ich sah ...«

»Ich sah einmal einen Ozelot mit Gummigelenken in einer Bar in Oglagia«, redete Mudge mit einem erstaunlichen Mangel an Takt dazwischen. In den letzten Minuten war er immer unruhiger geworden, jetzt brach seine Ungeduld spontan hervor. »Keine Mißachtung dieser dunklen Vor'ersagen, Euer Allmächtigkeit, aber die Gepanzerten 'aben unsere Lande so viele Male überfallen, daß es sich nicht mehr zählen läßt. Es is zu erwarten, daß sie es wieder versuchen, aber was is daran zu fürchten?« Taleas Gesicht zeigte, daß sie ihm zustimmte. »Sie sind immer im Troompaß vor dem Jo-Troom-Tor aufge'alten worden. Immer 'atten sie die beeindruckenden Zahlen, von denen Sie berichten, aber ihre Strategie is stümper'aft, und ihre Tapferkeit is die Tapferkeit der Dummen. Alles was sie je erreichten, is die Pflanzen im Paß zu düngen.«

»Das stimmt genau«, meinte Talea. »Ich kann nicht einsehen, daß wir irgend etwas Ungewöhnliches zu fürchten haben, und verstehe deshalb auch Ihre Sorgen nicht.«

Der Hexer sah sie geduldig an. »Hast du je gegen das Volk der Gepanzerten gekämpft? Kennst du die Schändlichkeiten und Greuel, derer sie fähig sind?«

Talea lehnte sich in den Sessel zurück, der aus den Hörnern irgendeines unbekannten Wesens gebaut war, und wischte die Frage mit einer Handbewegung beiseite.

»Natürlich habe ich nie gegen sie gekämpft. Ihr letzter Angriff liegt siebenundsechzig Jahre zurück.«

»Das vierundachzigste Interregnum«, sagte Clodsahamp. »Ich erinnere mich daran.«

»Und wie sahen die Ergebnisse aus?« fragte sie betont.

»Nach heftigen Kämpfen und großen Verlusten auf beiden Seiten wurden die Heere der Gepanzerten in die Grünauen zurückgetrieben. Seither hörte man nichts mehr von ihnen, bis jetzt.«

»Was 'eißt, daß wir ihnen den Hintern aufgerissen 'aben«, übersetzte Mudge voller Befriedigung.

»Ihr besitzt die übliche Zuversicht derer, die noch nicht geprüft wurden«, murmelte Clodsahamp verweisend.

»Was ist mit der Schlacht davor und der davor, und dem fünfunddreißigsten Interregnum, das den Geschichtsbüchern zufolge ebenso ein Fiasko der Gepanzerten war, und den ganzen Schlachten und Kämpfen bis zurück zum Bau der Fundamente des Tors?«

»Alles wahr«, gab Clodsahamp zu. »Über alle Zeiten hinweg schafften sie es nicht einmal, das Tor zu übersteigen. Aber ich fürchte, diesmal wird es sich weit anders darstellen. Anders als alles, was ein Warmlander sich vorstellen kann.«

Talea beugte sich vor. »Warum?«

»Weil ein neues Element in die Gleichung eingeführt wurde, mein lieber unwissender Wildfang. Ein erheblicher Druck lastet auf dem Gefüge des Schicksals. Das Kräfteverhältnis zwischen Warmlandern und Gepanzerten wurde ernsthaft verschoben und geändert. Ich habe es gespürt, habe es erahnt, seit vielen Monaten jetzt, konnte mein Mißbehagen jedoch nicht mit dem Volk der Gepanzerten in Verbindung bringen. Das habe ich jetzt getan, und nun wird die Natur der Drohung plötzlich klar und dreimal so groß.

Daher meine verzweifelte Suche nach jemandem, der diese Verschiebung, diese Veränderung erahnen oder gar begreifen, sie vielleicht sogar beeinflussen konnte. Dich, Jon-Tom, und jetzt dich, meine Liebe.« Er nickte der aufmerksamen Flores Quintera zu.

Sie schüttelte sich schwarze Strähnen aus dem Gesicht,

schlang die Arme um die Knie und starrte ihn hingerissen an.

»Ahhh, das kann ich nich glauben«, sagte Mudge mit einem abfälligen Schnauben. »Die Gepanzerten 'aben es nie bis zu den Zinnen des Tors geschafft, wie Sie sagen. Und wenn doch, na, wir 'ätten sie mit Leichtigkeit ausgelöscht.«

»Die Selbstsicherheit der Jugend«, murmelte Clodsahamp, ließ den Otter aber sagen, was er dachte.

»Nur weil die Warmlandkämpfer der Vergangen'eit 'nen einigermaßen ehrbaren Kampf wollten, sind sie aus dem Tor ausgefallen, und 'aben die Gepanzerten im Paß gestellt – sonst wäre es 'ne noch ungleichere Schlacht gewesen, als die Geschichte uns berichtet. Ich wundere mich, daß sie es immer wieder versuchen.«

»Oh, sie werden es versuchen, mein haariger Freund, bis entweder sie oder wir völlig ausgelöscht sind.«

»Und Sie sind sicher, Euer 'Exerschaft, daß dieses große unbekannte Wasimmeresist, von dem Sie nichts wissen, diesen stinkigen Ungeheuern einen zusätzlichen Vorteil gibt, eine Verstärkung, die sie nie zuvor besessen 'aben?«

»Ich fürchte, dem ist so«, antwortete der Hexer düster. »Doch verfüge ich zugegebenermaßen über keine größere Klarheit als zuvor, was die Natur dieses neuen Übels betrifft. Ich weiß nur, daß es existiert und daß wir uns darauf vorbereiten müssen, ihm zu begegnen, falls es nicht vernichtet werden kann.« Er zeigte Talea einen warnend erhobenen Finger.

»Und das, meine Liebe, führt uns zu dem anderen wichtigen Vorteil, den das Volk der Gepanzerten hat und dem unverzüglich begegnet werden muß. Wir aus den Warmlanden sind unabhängig und zersplittert, während die Gepanzerten unter der uneingeschränkten Führung ihrer allerhöchsten Führerin über eine einheitliche Zielrichtung verfügen. Sie haben die Stärke zentraler Organisation, die zwar nicht magischer Natur, aber nichtsdestotrotz von tödlicher Gefährlichkeit ist.«

»Das hat sie trotzdem nicht davor bewahrt, daß ihnen seit

tausend Jahren der Hintern verdroschen wird«, erwiderte sie unbeeindruckt.

»Nur zu wahr, aber dieses Mal ... dieses Mal fürchte ich eine schreckliche Katastrophe. Eine Katastrophe, die durch die Jahrhunderte jener Selbstgefälligkeit verschlimmert wird, die du gerade demonstriert hast, meine Liebe. Eine Katastrophe, die die Grenzen von Raum und Zeit zu sprengen und sich in alle Kontinua auszubreiten droht.

Ich fürchte, daß uns, falls diese Gefahr nicht eingedämmt wird, nicht nur eine Niederlage bevorsteht, meine Freunde. Wir sehen uns dem Endkampf gegenüber – wenn nicht gar dem Untergang.«

XII

Eine Zeitlang war es still in Dem Baum. Schließlich fragte Talea: »Welche Informationen sind dann also aus den Grünauen zu Ihnen gelangt, ehrenwerter Magier?« Clodsahamps Warnung hatte selbst ihren sonst unbezähmbaren Übermut gedämpft.

»Nach dem, was ich wahrgenommen habe«, begann er ernst, »hat Skrritch die Achtzehnte, Höchste Herrscherin von Cugluch, Cokmetch, Cot-a-Kruln und aller Länder und Gebiete der Grünauen, Oberste Befehlshaberin aller gepanzerten Völker und rechtmäßige Erbin ihrer untertänigsten Treue, diese Treue eingefordert und reklamiert. Seit Jahren schon bauen sie ihre Heere auf. Das und diese neue bösartige Magie, in deren Besitz sie gelangt sind, überzeugt sie, daß ihr Feldzug dieses Mal unweigerlich Erfolg zeitigen wird. Diese Selbstsicherheit, dieses schreckliche Gefühl der Gewißheit, ist es, was mächtiger als alles andere zu meinem Geist durchdrang.«

»Und Sie haben nichts weiter über diese neue Magie erfahren«, bemerkte Jon-Tom.

»Nur eins, mein Junge. Daß Eejakrat, ein Meisterzauberer unter den Gepanzerten, hinter ihr steht. Das ist natürlich etwas, dessen Vermutung sowieso nahelag, da er hinter den meisten außergewöhnlichen Schrecknissen steht, die hin und wieder gerüchteweise aus den Grünauen zu uns gelangen.

Unterschätze die Gegner nicht, mit denen wir es zu tun haben, Jon-Tom.« Er deutete mit einer beiläufigen Geste auf Talea und Mudge. »Deine Freunde reden wie Frischlinge, was allerdings nicht unbedingt ihr Verschulden ist.« Er trat auf die beiden hochgewachsenen Menschen zu. »Laßt euch sagen, daß die Gepanzerten nicht wie wir sind. Sie schnitten so bereitwillig einen von uns auf, nur um zu sehen, was in ihm ist, wie wir einen Baum ritzen. Nein, ich muß das anders ausdrücken. Wir würden den Baum mit mehr Rücksicht und Anteilnahme behandeln als sie uns.«

»Sie müssen nicht in Details gehen«, erklärte ihm Jon-Tom. »Ich glaube Ihnen. Aber was können wir von hier aus tun?« Er ließ die Finger beiläufig über die Duar huschen. »Diese Magie, die in meiner Musik zu stecken scheint, ist neu für mich, und ich kann sie nicht besonders gut kontrollieren. Ich weiß nicht, wo meine Grenzen liegen. Wenn sie nichts zu tun vermögen, weiß ich nicht, was ein unwissender Novize wie ich tun kann.«

»Unsinn, mein Junge, dein Zugang ist ein völlig anderer als der meine! Die magischen Worte, die du einsetzt, sind neu und ungewöhnlich. Du könntest dich als ziemlich nützlich erweisen, wenn du es am wenigsten erwartest. Sowohl du als auch deine Schicksalsgenossin«, – er deutete auf die gespannt lauschende Flor –, »sind beeindruckende Exemplare. Es wird Zeiten geben, da es notwendig sein mag, die Zögernden oder Zweifelnden zu beeindrucken.«

»Wir können auch kämpfen«, sagte sie fast begierig; die Augen in dem sinnlichen und doch kindlichen Gesicht funkelten mit für Jon ungewohnter Streitbarkeit.

»Zügele dich, meine Liebe!« riet ihr der Hexer mit einem väterlichen Lächeln. »Wahrscheinlich wird es ausreichend Gelegenheit für Gemetzel geben. Aber zuerst ... du hast völlig recht, Jon-Tom, wenn du sagst, daß wir hier nicht viel tun können. Wir müssen damit beginnen, die Warmlander entgegen ihrem Zweifel und ihrem Unglauben zu mobilisieren. Sie müssen sich auf den bevorstehenden Angriff vorbereiten. Ein oder zwei Briefe werden nicht überzeugen. Daher müssen wir die Warnung in eigener Person überbringen.«

»Zum Teufel damit!« platzte Mudge heraus. »Ich werde nich wegen eines 'albgaren Feldzugs an die Enden der Welt reisen, werd ich nich.«

»Ich auch nicht.« Talea stand auf und ließ die Hand beiläufig auf den Dolch am Gürtel fallen. »Wir haben unsere eigenen, persönlichen Angelegenheiten, um die wir uns kümmern müssen.«

»Kinder«, flüsterte Clodsahamp halb vor sich hin und fuhr dann hörbarer fort: »Was für Angelegenheiten sollen das sein? Von der Polizei der Zwölf Torfgrau Kreise gejagt und verfolgt zu werden? Die Angelegenheit des Diebstahls und armseliger Betrügereien? Ich biete euch statt dessen die Gelegenheit, euch einer weit großartigeren und edleren Angelegenheit zu widmen. Einer, die lebenswichtig für die Zukunft nicht nur einer, sondern zweier Welten ist. Einer, deren legendärer Teilnehmer sich alle, die Lieder singen, mit Sicherheit noch in zweimal zehntausend Jahren erinnern werden.«

»Tut mir leid«, sagte Talea. »Kein Interesse.«

»Ich auch nich«, schloß Mudge sich an.

»Außerdem«, erklärte Clodsahamp mit einem müden Seufzer, »wird es für euch der Mühe wert sein.«

»Ah, nun, das is ja was anderes, Euer Unermeßlichkeit.« Mudges Verhalten änderte sich radikal. »Welchen Wert 'atten Sie sich denn genau für unsere Mü'en vorgestellt?«

»Einen ausreichenden, du hast mein Wort darauf.«

»Nun, ich weiß nich, ob das genau genug ...« Mudge verschluckte sich am Rest des Satzes, als er etwas Neues und Gefährliches und höchst Unseniles im Gesicht des Hexers entdeckte. »Was ich sagen wollte, is, daß uns das natürlich reicht. Das Wort eines so großen 'Exers wie Sie, meine ich.« Er sah Talea drängend an. »Nich, Liebchen?«

»Ich denke schon«, meinte diese zögernd. »Aber warum wir? Wenn Sie eine Ehrengarde oder eine Leibwache brauchen oder so was, warum suchen Sie sich nicht jemanden aus, der Ihren verrückten Ansichten zugänglicher ist?«

»Weil ihr zwei bereits hier seid, meine verrückten Ansichten bereits kennengelernt habt und mit der Geschichte der beiden hier bereits vertraut seid.« Er zeigte auf Flor und Jon-Tom. »Und weil ich keine Zeit mehr mit anderen verschwenden kann und will, wenn wir schnell zum abgelegenen Polastrindu kommen wollen.«

»Nun, nun, Chef«, sagte Mudge zögernd, »ich 'abe zugestimmt, und ich *stehe* zu meinem Wort – aber Polastrindu? Sie wollen, daß wir ... so weit gehen sollen? Ich will nich respektlos sein, aber wissen Sie eigentlich, wie weit das is?«

»Ziemlich präzise, mein guter Otter.«

»Das würde Monate dauern!« rief Talea erbittert.

»Ja, das würde es ... falls wir den Überlandweg nehmen. Aber ich bin nicht so närrisch oder so jung, einen solchen Fußmarsch durch das ganze Land in Erwägung zu ziehen. Wir müssen uns beeilen, denn wenn ich auch weiß, was geschehen wird, so weiß ich doch nicht, wann; folglich ist mir auch unbekannt, wieviel Zeit zur Vorbereitung uns noch verbleibt. Unter solchen Umständen ist es das beste, geizig mit dem zu sein, worüber wir vielleicht nicht verfügen.

Wir werden nicht zu Lande dahinschleichen, sondern statt dessen den Tailaroam hinauf reisen.«

»Den Fluß *hinauf?*« fragte Talea mit hochgezogenen Brauen.

»Es gibt Möglichkeiten, gegen die Strömung voranzukommen.«

»Bis zu einem bestimmten Punkt, Euer Wundersamkeit.« Mudge blickte skeptisch. »Aber was geschieht, wenn wir zu den Stromschnellen von Duggakurra kommen? Und ich 'abe auch viele Berichte über die Gefahren ge'ört, die in den tieferen Stellen des Flusses lauern.«

»Alle Hindernisse können überwunden werden.« Clodsahamp sprach mit Zuversicht, wenn nicht gar mit leicht überheblicher Gewißheit. »Sie sind bedeutungslos. Hindernisse oder nicht, wir müssen uns beeilen.«

»Ich glaube, ich würde letzten Endes doch lieber über Land reisen«, meinte Talea.

»Es tut mir leid, meine Liebe. Die Geheimnisse Tailaroams blieben vielleicht besser verborgen; aber es ist die sauberere und schnellere Route.«

»Für Sie ist das leicht zu sagen«, nörgelte sie. »Wenn wir irgendwelchen Ärger kriegen sollten, wären Sie im Wasser wie zu Hause.«

»Ich habe seit einigen Jahren nur gelegentliche Erholungszeiten im Wasser verbracht, meine Liebe. Wenn ich auch physisch dem Wasserleben angepaßt bin, so geht meine Vorliebe doch eindeutig dahin, in offener Luft zu atmen und zu leben. Um nur ein Beispiel zu nennen: Schriftrollen halten sich nicht sehr gut unter Wasser.

Weiterhin verfügen wir jetzt über eine ausgezeichnete Möglichkeit, zum Fluß zu gelangen.«

»Die L'boreanische Reitschlange.« Talea nickte gedankenvoll. »Warum nehmen wir sie nicht für den ganzen Weg nach Polastrindu?«

»Weil der Fluß genauso unermüdlich und erheblich schneller sein wird. Vielleicht kann unser junger Freund Jon-Tom eine entsprechend wirkungsvolle Möglichkeit zum Wasserreisen heraufbeschwören.«

»Heraufbeschwören?« Die Frage kam von Flores Quintera, und sie sah Jon-Tom von der Seite her an. »Sie meinen – wie Magie?«

»Ja, wie Magie.« Jon bemühte sich, ein wenig gerader zu stehen, als er die Duar ausstreckte. »Clodsahamp griff mit seinem Zauber nach einem anderweltlichen Magier, der ihm bei seinen Problemen helfen sollte, und er bekam mich. Wie sich herausstellte, verleiht mir hier mein Singen, verbunden mit meinem Spiel auf diesem Instrument, verbunden mit *irgend etwas* – ich weiß nicht was –, die Fähigkeit zu zaubern, Magie zu bewirken.«

»Das ist sehr beeindruckend«, sagte sie mit einer Stimme, die hoch über seinen Stiefeln ein Feuer entfachte.

»Ja, das wäre es, nur daß es einen Schrotflinten-Effekt hat: Ich feuere einen Song ab und schaffe es nie genau, das zu treffen, worauf ich gezielt habe. Ich wollte ein Sport-Cabrio und materialisierte statt dessen die Urgroßmutter aller Pythons. Sie entpuppte sich dann allerdings als gezähmtes Reittier.« Er lächelte sie an. »Kein Grund, sich Sorgen zu machen.«

»Ich mache mir keine Sorgen«, erwiderte sie aufgeregt. »Ich liebe Schlangen. Wo ist sie? Ist sie wirklich groß genug, daß man auf ihr reiten kann?« Sie rannte mit bemerkenswerter Geschwindigkeit zur Tür.

»Na, da mußt du dir schon 'n bißchen mehr Mü'e geben, Kumpel«, flüsterte Mudge ihm zu. »Das is keine gewöhnliche Maid, die du da angeschleppt 'ast. Na, wenn ich du wär ...«

Jon-Tom hörte den Rest nicht mehr, weil er hinter ihr her rannte. Clodsahamp beobachtete sie mit einem Stirnrunzeln.

»Ich muß mich fertigmachen – Pog!« schrie er.

»Hier, Meister.« Der Famulus hängte sich müde über den Arbeitstisch – er wußte, was von ihm erwartet wurde. Gemeinsam stellten sie mehrere große Haufen mit Pulvern und Elixieren zusammen – die Reiseausstattung eines praktizierenden Zauberers.

»Na, wie 'aben wir uns in diese Sache 'ier 'ineinmanövriert, Liebchen?«

Talea sah den Otter an. »Zerbrich dir nicht deine pelzige Birne! Wir haben uns festgelegt. Du hast selbst zugestimmt.«

»Ja, ja«, sagte er leise, während er sich umsah, um festzustellen, ob Clodsahamp ihnen womöglich Aufmerksamkeit schenkte. Was nicht der Fall war. »Aber das war nur, um den alten Wüstling davon abzu'alten, mich mit 'nem Bann zu belegen. Dann 'ätte ich nie 'ne Chance zu verduften, wenn der richtige Augenblick gekommen is.«

»Es ist besser, daß wir mitgehen«, erklärte sie ihm. »Ich habe nachgedacht, Mudge. Wenn ein so großer Hexer wie Clodsahamp erklärt, daß die Gefahr so groß ist, dann müssen wir beim Kampf helfen, falls wir können.«

»Ich glaube, du folgst meinen Gedanken nich, Liebchen. Dieser 'Exer Clodsahamp, er is brillant, meinetwegen. Aber er gleitet ab, wenn du verstehst, was ich meine.« Er tippte sich mit einem pelzigen Finger an die Stirn.

»Du willst sagen, er ist senil.«

»Nicht immer, nein. Aber er *is* zwei'undert und ein paar zerquetschte Jahre alt. Das is selbst für 'nen 'Exer von den

'Artschaligen 'n bißchen, wa? Ich denke, daß er diese Gepanzertengefahr überschätzt.«

»Tut mir leid, Mudge, aber da kann ich dir nicht zustimmen. Ich habe genug gesehen und gehört, um überzeugt zu sein, daß er mehr bei Verstand als senil ist. Außerdem«, fügte sie mit geringschätziger Miene hinzu, »hat er recht damit, daß wir momentan keine anderen Aussichten haben. Tatsächlich ist es sogar gut für uns, wenn wir eine Zeitlang aus der Gegend verschwinden. Er wird uns dafür bezahlen. Also handeln wir sowohl richtig, wenn er verrückt ist, als auch, wenn er es nicht ist.«

Mudge sah sie resigniert an. »Vielleicht is es so, Liebchen. Vielleicht. Doch mir wäre wohler, wenn er sich genauer darüber ausgelassen 'ätte, was er mit ›der Mü'e wert sein‹ meinte.«

»Was willst du damit sagen?«

»Zauberer gebrauchen Worte, mit denen du und ich nich vertraut sind, Liebchen. Also is es nur vernünftig anzunehmen, daß sie in gebräuchliche Wörter 'ne ganz andere Bedeutung legen.«

»Mudge! Willst du behaupten, daß er uns angelogen hat?«

»Nein. Das kann er nich, wenn er seine 'exerischen Kräfte be'alten will. Aber es gibt die direkte Wahr'eit, und es gibt die gewundene Wahr'eit, wie meine selige Mutter immer sagte.«

»Du hattest eine Mutter?«

Er schlug spielerisch mit der Pfote nach ihr, und sie trat mit einer geschmeidigen Bewegung aus seiner Reichweite. »Ich 'abe immer 'ne Menge von dir ge'alten, Liebchen. Wenn du nur 'n bißchen mehr Pelz 'ättest, wenigstens auf der Brust, sagen wir mal.«

»Nein, danke.« Sie ging zur Tür. »Wir sehen besser mal nach, wie die anderen vorankommen.«

Sie gingen zur Baumtür. »Ich mach mir keine Sorgen um die Riesin«, sagte Mudge, »aber unser Freund Jon-Tom zeigt immer noch Anwandlungen von Einsamkeit. Ich fürchte, das Auftauchen dieser Maid aus seiner Welt schadet ihm mehr, als sie ihm guttut, wenn man bedenkt, wie betört er von ihr is.«

»Betört?« Talea betrachtete angelegentlich die Wände. »Glaubst du?«

Sie hatten fast die Eingangstür erreicht. »Es is in seiner Stimme und in der Art, wie er sich benimmt und guckt. Ich bin schon Fallen ausgewichen, die besser versteckt waren. Aber ich glaube nich, daß er mit ihr viel Glück 'at. Sie is ja ziemlich munter, aber ich 'abe so 'ne Ahnung, als ob ihre wahre Liebe ihrem neuen Schwert ge'ört. Sie scheint mir der richtige Partner für 'nen Wolf oder so, aber nich für unseren Jon-Tom.«

»Ich glaube nicht, daß er betört ist«, murmelte Talea. »Ist bestimmt nur ein jungenhaftes Verknalltsein.«

»Und das is noch so was. Er mag sich jungen'aft benehmen, aber im Kampf schlägt er sich gut. Und dann vergiß seine Magie nich, und man sagt auch, daß diejenigen, die die Gnietschies in solchen Massen anziehen wie er, vielleicht größere Kräfte in sich 'aben, als sie selbst ahnen.«

»Er hat schon zugegeben, daß er nicht viel über seine magische Begabung weiß«, erwiderte sie. »Ich glaube nicht, daß sie viel größer als das ist, was wir gesehen haben.«

»Das werden wir auf dieser spleenigen Reise wahrscheinlich 'erausfinden.«

Die Reitschlange hätte die zusätzliche Last mit Leichtigkeit getragen, aber sie hatten nur vier Sättel.

»Zwei von uns werden sich den Platz teilen müssen«, faßte Clodsahamp das Offensichtliche in Worte, als das letzte Gepäck auf dem langen Rücken der Schlange befestigt war. »Wenigstens stellt Pog kein Problem dar.«

»Dank *Dem Entwurf!*« stimmte der über ihnen herumflatternde Fledermaus-Famulus zu und rückte die Beutel auf seinem Rücken zurecht. »Esch wird schon schwer genug schein, scho langscham schu fliegen, dasch ich euch nicht verliere.«

»Jon-Tom und Flor müssen ihre eigenen Sättel haben«, legte Clodsahamp dar, »da sie zugleich die Größten und Unerfahrensten von uns sind. Vielleicht könntet ihr zwei ...?« Er deutete auf Talea und Mudge.

»O nein!« Talea schüttelte ablehnend den Kopf. »Ich werde nicht mit *ihm* reiten.« Mudge schien verletzt.

»In diesem Fall«, Clodsahamp verbeugte sich, so gut es ihm seine kurzen Beine und die gewichtige Vorderfront erlaubten, »kannst du dich zu mir gesellen.«

»Fein.«

»Also nun, Talea, mein Liebchen ...«

»Steig in deinen eigenen Sattel, du liederlicher Lustmolch! Glaubst du ehrlich, daß ich dich so dicht bei mir sitzen lasse?«

»Talea, Süßes, du verstehst den armen Mudge ganz falsch.«

»Natürlich.« Sie stieg in den vordersten Sattel und sprach zu Clodsahamp hinunter: »Sie können hinter mir reiten. Ich vertraue Ihren Händen, und außerdem haben wir einen Panzer zwischen uns.«

»Ich kann dir versichern, meine Liebe«, sagte der Hexer, und es klang leicht gekränkt, »daß ich nicht im allermindesten die Absicht habe ...«

»Ja, das sagen sie alle.« Sie steckte die Füße in die Steigbügel. »Kommen Sie jetzt, steigen Sie auf!«

Clodsahamp kämpfte mit dem hohen Sitz und keuchte alarmierend. Die kurzen Beine und das hohe Gewicht machten es ihm völlig unmöglich aufzusitzen. Jon-Tom trat vor und brachte Arme und Schultern unter die beträchtliche Last. Es war gegen Clodsahamps Prinzipien (von seinem Stolz ganz zu schweigen), Magie einzusetzen, um sich in den Sattel zu heben. Mit Jon-Tom, der schob, und Talea, die zog, schaffte er es mit einem Minimum an verletzter Selbstachtung.

Als sie alle saßen, zupfte Talea leicht an den Zügeln. Die Schlange, die, wie es ihrer Gattung gemäß war, die ganze Nacht und den Morgen geschlafen hatte, wachte langsam auf. Talea ließ die Zügel locker hängen, und die Schlange setzte sich in Bewegung.

Vom dritten Sattel kam ein überraschtes und vergnügtes Lachen. Flores Quintera genoß eindeutig die neue Erfahrung, die diese außergewöhnliche Methode der Fortbewegung ihr ermöglichte. Sie blickte über die Schulter auf Jon-Tom und bedachte ihn mit einem blitzenden, umwerfenden Lächeln.

»Was für eine wundervolle Art zu reisen! *Que magnifico!* Man kann alles sehen, ohne daß einem das Hinterteil blaugestoßen wird.« Sie sah wieder nach vorn und legte beide Hände auf den Sattelgriff.

»Heiaaa!« Ihre Hacken schlugen gegen die schuppige Haut. Die Schlange bemerkte das unbedeutende Tippen an den Flanken gar nicht; sie achtete nur auf das lenkende Rucken in den empfindlichen Ohren.

»Möchten Sie, daß ich eine spezielle Route nehme?« fragte Talea ihren Sattelgenossen.

»Die kürzeste zum Tailaroam«, antwortete Clodsahamp. »Dort werden wir Plätze buchen.«

»Warum bauen wir uns nicht unser eigenes Floß?«

»Unmöglich. Gegen die Strömung flußaufwärts voranzukommen, wäre schon schwierig genug. An den Duggakurraschnellen wäre es unmöglich. Wir müssen Fachkräfte anmieten, die das Wissen und die Muskeln haben, um mit solchen Hindernissen fertig zu werden. Ich glaube, wir sollten uns leicht links halten, meine Liebe.«

Talea zog sanft an den Zügeln, und die Schlange änderte gehorsam die Gleitrichtung. »Das wird uns einen zusätzlichen Tag kosten, wenn ich mich richtig an das Land erinnere. Es ist lange her, daß ich so weit südlich war. In dieser Gegend am Fluß verkriechen sich zu viele unangenehme Typen.«

»Ich stimme zu, daß wir etwas länger brauchen werden, um unser Ziel auf diesem Weg zu erreichen, aber auf ihm kommen wir an einer bestimmten Lichtung vorbei. Sie ist von uralten Eichen umgeben und ein Ort vorzeitlicher Macht. Ich werde dort das Risiko einer gefährlichen Beschwörung auf mich nehmen. Sie ist der geeignetste Ort dafür, und es wird unsere letzte Gelegenheit sein herauszufinden, welcher besonderen Natur die Verderbnis ist, der die Warmlande begegnen müssen.

Das zu tun wird meine schwachen Kräfte bis zum äußersten anspannen, so daß ich die gesamte magische Unterstützung benötigen werde, die das Netz der Erdmacht mir zur Verfügung stellen kann. Das Netz hat seine Ankerpunkte in Yul, in Koal-zin-a-Mec, in Rinahmundo und in der Lichtung von Triane.«

»Von den anderen habe ich nie gehört.«

»Sie sind weit um die Welt verstreut und vereinigen sich im Zentrum der Erde. Die Angelegenheiten aller denkenden Wesen sind in dem Netz verwoben, das Schicksal jedes einzelnen Individuums ist mit ihm durch seinen eigenen, dazu bestimmten Strang verbunden. Ich werde auf einem der vier Ankerpunkte des Schicksals stehen und den Ruf tun, den ich tun muß.«

»Ruf? Wen werden Sie rufen?«

Aber Clodsahamps Gedanken schienen abgewandert zu sein. »Die Lichtung liegt so nahe am Fluß, daß wir unsere Reitschlange schon vorher zurücklassen und den Rest zu Fuß gehen können.«

»Warum nehmen wir die Schlange nicht für den ganzen Weg?«

»Du verstehst nicht.« Sie konnte seinen Blick in ihrem Nacken spüren. »Du wirst es so lange nicht verstehen, bis du das Ergebnis dessen siehst, was ich versuchen werde. So etwas wie das hier«, – er tippte mit dem Fuß gegen die Reitschlange –, »ist nur eine dumpfe Kreatur, die möglicherweise eine Konfrontation von der Art, wie ich sie vorhabe, nicht überleben wird. Sie ist so stark wie dumm, und eine Panik könnte unser aller Ende bedeuten. Also müssen wir ihr einen Tag vorher ihre Freiheit geben.«

Sie zuckte die Achseln. »Was immer Sie wollen. Aber meinen Füßen wird es nicht gefallen.« Sie trieb die Schlange zu schnellerer Gangart an.

Mehrere Tage angenehmen Reisens verstrichen, während sie immer weiter nach Süden kamen. Kein Räuber näherte sich der massigen Schlange, und des Nachts machten sie sich nicht einmal die Mühe, Wachen aufzustellen.

Flores Quintera war eine angenehme Begleiterin, aber was Jon-Tom betrübte, war nicht so sehr, daß sie seinen zögernden Versuchen zu Intimitäten auswich, sondern vielmehr, daß die Aufregungen der Reise sie alles andere gar nicht richtig wahrnehmen ließen.

»Das ist es, wovon ich als kleines Mädchen träumte.« Sie unterhielt sich mit ihm, als sie um das kleine Kochfeuer saßen. Die Flammen tanzten in ihren Nachtaugen und riefen Gedanken an Obsidian hervor, das aus dem Herzen eines Vulkans gespien wird.

»Als ich klein war, wünschte ich mir, ein Junge zu sein, Jon-Tom«, erzählte sie ihm leidenschaftlich. »Ich wollte ein Astronaut sein, mit Byrd über die Pole fliegen, mit Kapitän Cook durch den unerforschten Südpazifik segeln. Ich wollte mit den Engländern in Agincourt sein und mit Pizarro in Peru. Da ich mein Geschlecht nicht ändern konnte, stellte ich mir vor, Amelia Earhart oder Johanna von Orleans zu sein.«

»Du kannst dein Geschlecht nicht ändern«, meinte er mitfühlend, »und du kannst nicht in der Zeit zurückreisen, aber du hättest es mit der Astronautenausbildung versuchen können.«

Sie schüttelte traurig den Kopf. »Es reicht nicht, den Ehrgeiz zu haben, Jon-Tom. Man muß auch die Mittel haben. *Los cerebros.* Den Mumm habe ich, aber nicht das andere.« Sie lächelte schief. »Dann ist da noch diese andere Sache, dieser unglückselige Nachteil, diese lähmende Deformation, unter der ich mein ganzes Leben leiden mußte.«

Er starrte sie mit echter Verblüffung an, ohne auch nur andeutungsweise etwas zu finden, das nicht perfekt war.

»Ich kann dir nicht folgen, Flor. Ich finde, du siehst großartig aus.«

»Das ist die Deformation, Jon-Tom. Daß ich keine habe.

Ich bin mit Schönheit geschlagen. Mißversteh mich jetzt nicht!« fügte sie schnell hinzu. »Ich will nicht witzig sein oder prahlen. Es ist etwas, mit dem ich einfach leben mußte.«

»Wir haben alle unsere Benachteiligungen«, sagte er ohne besonderes Mitgefühl.

Sie stand auf und ging mit katzengleichen Bewegungen auf die andere Seite des Feuers. Nicht weit entfernt schürte Talea das zweite Feuer. Mudge summte irgendein zotiges Liedchen von der Maus von Kantatraus, die es treiben konnt' nur außer Haus, über das Pog sich köstlich amüsierte. Clodsahamp war ein düsterer, brütender Klumpen irgendwo in der Dunkelheit.

»Du begreifst nicht, wie? Wie könntest du dir auch vorstellen, wie es ist, ein schönes Tier zu sein? So sieht die Welt mich nämlich, weißt du. Ich übernahm dieses Cheerleader-Zeug, weil man mich darum bat.« Sie hielt inne und starrte ihn über die Flammen hinweg an. »Weißt du, was mein Hauptfach ist?«

»Theaterwissenschaft, richtig?«

»Schauspiel.« Sie nickte bekümmert. »Das haben nämlich alle von mir erwartet. Nun, es fällt mir leicht und ermöglicht es mir, mich auf die härtere Arbeit zu konzentrieren, die mit meinem Nebenfach verbunden ist. Ich hatte nicht das mathematische Verständnis, das man für Astrophysik oder Tensoranalysis braucht, also belegte ich Verwaltung und Betriebswirtschaft. Damit, in Verbindung mit den Theaterwissenschaften, hoffe ich, irgendwie in die Public Relations des Weltraum-Programms reinzurutschen. Das schien mir die einzige Chance, nahe an das Abenteuer der neuen Ziele heranzukommen. Und trotzdem nimmt mich keiner ernst.«

»Ich nehme dich ernst«, murmelte er.

Sie sah ihn durchdringend an. »Tust du das *wirklich?* Das habe ich nämlich schon öfter gehört. Kannst du wirklich hinter mein Gesicht und meinen Körper sehen?«

»Natürlich.« Er hoffte, aufrichtig zu klingen. »Ich gebe nur nicht vor, daß ich sie ignorieren kann.«

»Niemand kann das. Niemand!« Sie warf verzweifelt die Hände hoch. »Professoren, Kommilitonen – es ist die reinste Hölle zu versuchen, an einem ganz gewöhnlichen Kurs teilzunehmen und ja keinen zu beleidigen, wenn man die unablässigen Bitten um eine Verabredung abschlägt. Und es ist so gut wie unmöglich, eine vernünftige Antwort aus einem Professor herauszukriegen, wenn er deine *tetas* anstarrt, anstatt sich auf deine Frage zu konzentrieren. Du kannst es Schönheit nennen – ich nenne es meine spezielle Deformation.«

»Willst du damit sagen, daß du lieber als Krüppel geboren wärst? Ohne Haar vielleicht und mit einem Auge, das höher steht als das andere?«

»Nein.« Ihr Zorn ließ ein wenig nach. »Nein, natürlich nicht. Aber ich wäre wohl ganz gut ausgekommen, wenn ich körperlich ein bißchen schlechter ausgestattet worden wäre.«

»Asi es la vida«, sagte er leise.

»Si, es verdad.« Sie setzte sich wieder ins Gras und verschränkte die Beine. »Ich kann nichts daran ändern. Aber hier ...« Ihre Geste umfaßte den nächtlichen Wald und den gewaltigen gewundenen Umriß, der zusammengerollt in der Nähe lag. »Hier sind die Dinge anders. Hier ist meine Größe nützlich, und die Leute – mit Fell oder ohne – scheinen mich als Person zu akzeptieren und sehen mich nicht als Sexobjekt.«

»Vertrau nicht darauf!« warnte er sie. »Unser Otterfreund Mudge zum Beispiel scheint nicht die geringsten Bedenken gegen gattungsübergreifenden Verkehr zu haben. Genausowenig wie viele andere, nach allem, was ich gesehen und gehört habe.«

»Nun, bis jetzt haben sie mich mehr wie eine Kämpferin und nicht wie ein Spielzeug behandelt. Wenn das mehr auf meine Größe als auf meine Persönlichkeit zurückzuführen ist, so ist das doch zumindest ein Anfang.« Sie ließ sich zurücksinken und streckte sich lang aus. Das Feuer schien sich von dem brennenden Holz in Jon-Toms Lenden hinein auszubreiten.

»Hier habe ich die Chance, mehr zu sein, als mein genetisches Erbe in mir verankert zu haben scheint. Und es entspricht den abenteuerlichen Träumen meiner Kindheit.«

»Man wird hier leicht getötet«, warnte er sie. »Das ist kein Märchenland – du machst einen Fehler und stirbst.«

Sie rollte sich herum. Es war eine warme Winternacht, und ihr Umhang war Bettuch genug. »Ich werde meine Chancen nutzen. Es kann überhaupt nicht schlimmer sein als das *barrio.* Gute Nacht, Jon-Tom. Vergiß nicht, wenn man in Rom ist ...«

Er schob mit dem Fuß Erde über das Feuer, bis es erstarb, und wünschte sich, in Rom oder an irgendeinem anderen vertrauten Ort zu sein. »Gute Nacht, Flor! Träum was Schönes!« Dann rollte er sich zusammen und suchte den Schlaf. Die Nacht war freundlich, aber seine Gedanken kamen nicht zur Ruhe.

Am folgenden Tag hatten sie ein erheblich hügeligeres Terrain zu bewältigen. Es gab immer noch eine Menge Bäume, aber auf den höheren Erhebungen neigten sie zu kleinerem Wuchs und standen weiter auseinander. Hier und da lugte nackter Granit aus dem dünner gewordenen Erdreich hervor.

Und die Gnietschies waren zurück. Selbst wenn Jon-Tom nicht auf seiner Duar spielte, ballten sich dichte Schwärme von Fast-das um die kleine Reisegruppe.

Er erklärte Flor, was es mit den Gnietschies auf sich hatte. Sie war entzückt von dem Konzept und verbrachte Stunden damit, einen mit den Augen zu erhaschen. Talea murmelte besorgt etwas über ihre unerklärliche Gegenwart.

Clodsahamp wollte nichts davon wissen.

»In der Magie ist kein Raum für Aberglaube, junge Dame«, ermahnte sie der Schildkrötenhexer. »Wenn du mehr über die Welt erfahren willst, mußt du dich von solchen primitiven Anschauungen befreien.«

»Ich habe gesehen, daß primitive Anschauungen eine Menge Menschen töteten«, konterte sie. »Ich will Sie nicht in Frage stellen, aber ich wette, daß Sie der letzte sind, der sagen würde, daß wir alles wissen, was es zu wissen gibt.«

»Dem ist so, Kind«, stimmte der Hexer zu. »Falls das nämlich zuträfe, wären wir nicht auf dem Weg zu dieser Lichtung.« Er schnappte verärgert nach Pog. Der Famulus huschte in aberwitzigen Kapriolen über ihre Köpfe hinweg.

»Du weißt, daß du nie einen fangen wirst, Pog. Du kannst nicht einmal einen sehen.«

»Jaah. Schie reagieren nicht mal auf meinen Kopfschucher.« Er schnappte in die leere Luft, wo eben etwas gewesen sein mochte.

»Warum machst du dann weiter?«

»Scho hab ich wasch schu tun; isch wasch anderesch, alsch nur in den Luftschtrömen herumschutanschen. Aber dasch ischt ein Kitschel, den Schie nie kennenlernen werden, nicht?«

»Sei nicht unverschämt, Pog!« Der Hexer ließ Talea anhalten, stieg ab und sah sich um. »Von jetzt an gehen wir zu Fuß.«

Das Gepäck und die Vorräte wurden in Rucksäcke verstaut. Sie setzten sich in Bewegung. Die Steigung, die sie zu bewältigen hatten, war schwach aber stetig. Es wurde dunkel, und eine Zeitlang hielten sie mit dem aufgehenden Mond Schritt. Sein sorgenvolles Silbergesicht lag halb hinter Wolken verborgen.

»Wir sind nahe, sehr nahe«, informierte sie Clodsahamp viel später. Der Mond stand jetzt im Westen. »Ich spüre etwas.«

Die nächsten zwei Stunden verbrachte er in völligem Schweigen und starrte unverwandt nach vorn. Keine noch so provozierende Bemerkung konnte ihn zu einer Erwiderung verleiten.

Ein subtiles singendes Kribbeln, wie das Schnurren eines Kätzchens, begann Jon-Tom das Rückgrat zu kitzeln. Hohe Bäume schlossen sich wieder dicht um sie, dunkelgrüne Ranken und Sprossen schirmten das drohende Firmament ab. Sterne lugten durch die Wolken, schienen gefährlich nahe.

Ein Blick zeigte Jon, daß Talea sich nervös umsah. Sie reagierte auf seinen Blick und nickte. »Ich spüre es auch, Jon-Tom. Clodsahamp hatte recht. Das ist ein vorzeitlicher Teil der Welt, dem wir uns da nähern. Er riecht nach Macht.«

Clodsahamp ließ Jon-Tom näher herankommen. Die Gnietschies umschwärmten die Wanderer beharrlich in dichten Wolken. »Spürst du es, mein Junge? Reizt es nicht deine hexerischen Sinne?«

Jon-Tom sah sich unsicher um, war sich bewußt, daß etwas auf seinen Nerven spielte wie er auf den Saiten seiner Duar. »Ich spüre etwas, Clodsahamp. Aber ob es sich um magische Einflüsse handelt oder nur um Rückenprobleme, weiß ich nicht.«

Clodsahamp schien enttäuscht. Irgendwo pfiff ein ängstliches Nachtgeschöpf nach seinem Partner. Es raschelte im Unterholz, und Jon-Tom bemerkte, daß sich die verborgenen Wesen alle in dieselbe Richtung bewegten: den Weg zurück, den die Wanderer gekommen waren.

»Du bist nicht völlig auf die Kräfte eingestimmt, nehme ich an«, sagte der Hexer mit unnatürlich gedämpfter Stimme, »also sollte ich wohl auch nicht mehr von dir erwarten.« Er sah nach vorn und deutete dann stolz in die Dunkelheit.

»Wir sind angelangt. Hier liegt eins der vier Enden der subatomaren Kräfte der Welt, die die Materie aller ihrer Wesen binden und verknüpfen. Sieh sie dir an, Jon-Tom, und vergiß sie nicht: die Lichtung von Triane!«

XIII

Sie hatten die letzte Anhöhe erklommen. Das Mondlicht beschien eine offene Wiese, die auf den ersten Blick nicht sonderlich bemerkenswert war. Aber dann vermittelte sich der Eindruck, als zögen sich die massigen Eichen und Platanen, die sie umgaben wie weißes Haar den kahlen Schädel eines alten Mannes, von dem offnen Platz zurück, das Gras und die nackten Felsbrocken meidend, die hier und da wie junge Pilze aus dem unebenen Boden ragten.

»Haltet hier!« bat der Hexer.

Sie befreiten sich dankbar von Gepäck und Waffen und stapelten alles hinter einen aufragenden Baum, der schützende Äste über sie breitete.

»Wir haben eine Chance, die Natur des großen neuen Übels, dessen die Gepanzerten habhaft werden konnten, in Erfahrung zu bringen. Es ist mir unmöglich, mit irgendeiner wahrnehmenden Kraft die gesamte Distanz bis Cugluch zu durchdringen. Keine Magie, von der ich weiß, kann das.

Aber es gibt einen anderen Weg: unsicher, gefährlich, aber den Versuch wert, denke ich. Und wenn nichts anderes, so wird er uns doch zumindest eine absolute Bestätigung der Absichten der Gepanzerten geben, und vielleicht erfahren wir etwas über ihre Zeitplanung. Das könnte gleichermaßen wertvoll sein.

Ihr könnt mir nicht helfen. Gleichgültig was geschieht, gleichgültig was mit mir geschieht, ihr dürft nicht näher kommen als jetzt.« Niemand sagte etwas. Er drehte sich um und sah in den Baum hinauf. »Ich brauche dich jetzt, Pog.«

»Ja, Meischter.« Der Famulus sprach gedämpft und trug gar nichts von seiner üblichen Streitlust zur Schau. Er ließ sich fallen und schwebte über dem Kopf des Hexers, während er sich mit ihm besprach.

»Was will er versuchen?« wunderte sich Talea laut. Ihr rotes Haar hatte im Mondlicht einen Zimtton angenommen.

»Ich weiß es nicht.« Jon-Tom beobachtete fasziniert, wie Clodsahamp sich bereitmachte. Flor hatte sich den Kragen ihres Umhangs eng um den Hals geschlungen. Mudge stützte sich mit einer Hand gegen den Baumstamm, die Ohren waren angespannt nach vorn gerichtet.

Aus der blätterbeschatteten Sicherheit des alten Baumes heraus beobachteten sie, wie der Hexer auf der Lichtung sorgfältig eine gewaltige Ellipse markierte. Das fluoreszierende weiße Pulver, das er benutzte, schien in einem Eigenleben zu glühen.

Er verwendete den Rest des Pulvers, um in beide Brennpunkt der Ellipse je eine stilisierte Sonne zu zeichnen. Dann benutzte er rotes Pulver, um das Gras mit kryptischen Markierungen zu versehen. Diese verbanden die beiden Sonnen und bildeten eine plumpere Ellipse außerhalb der ersten.

»Wenn ich es nicht besser wüßte«, flüsterte Flor Jon-Tom zu, »würde ich glauben, daß er komplexe Gleichungen höheren Grades anlegt.«

»Das tut er«, erklärte Jon-Tom. »Magische Gleichungen.« Sie wollte widersprechen, aber er brachte sie zum Schweigen. »Ich werde es dir später erklären.«

Clodsahamp und Pog schufen jetzt in der Mitte der ersten Ellipse eigentümliche, störend beunruhigende Figuren. Es war unangenehm, sie anzusehen, und sie schienen aus eigenem Willen über das Gras zu kriechen, bis die Doppelellipse sie festhielt. Von Zeit zu Zeit hielt der Hexer inne, um mit einem kleinen Teleskop den bewölkten Nachthimmel zu studieren.

Es war eine windlose Nacht gewesen. Jetzt kam eine Brise auf und zerrte an der zusammengedrängten kleinen Zuschauergruppe. Sie kam von vorn, zerzauste Jon-Toms Haar, kräuselte das Fell des Otters. Trotz der Wärme der Nacht war die Brise kühl, als käme sie aus den Tiefen des Raums selbst. Äste, Blätter und Nadeln wurden nach außen geblasen, unabhängig davon, wo die Bäume standen, von denen sie stammten – der Luftstrom kam nicht aus Osten, wie Jon-Tom anfänglich gedacht hatte, sondern aus der

Mitte der Lichtung. Er entsprang den Zwillingsellipsen und blies in alle Richtungen nach außen, als ob der Wind selbst zu entkommen trachtete. Die normalen meteorologischen Bedingungen existierten nicht mehr innerhalb der Lichtung.

Clodsahamp hatte im Zentrum der ihnen zugewandten Sonne Stellung bezogen. Zum ersten Mal konnten sie seine Stimme hören, erhoben in psalmodierender Beschwörung. Die kurzen Arme hatte er über den Kopf gehoben, und die Finger hielten magische Zwiesprache mit dem Firmament.

Der Wind schwoll zu panischem Brausen an, und das Gehölz war erfüllt von säuselndem Gewisper. Die leisen Seufzer und Warnungen wirbelten verwirrt um die Zuschauergruppe herum, die wortlos enger zusammenrückte.

Eine schwarze Gestalt kehrte, gegen den Sturmwind kämpfend, wieder zu ihnen zurück. Pogs Augen waren so weit wie seine Flügelschläge angestrengt.

»Ihr bleibt alle, wo ihr scheid«, sagte er mit erhobener Stimme, um gegen den verängstigten Wind gehört zu werden. »Der Meischter befiehlt esch. Er arbeitet mit scheiner gefährlichschten Magie.« Der Famulus suchte sich einen langen hängenden Ast, klammerte sich daran und legte die Flügel mantelartig um den Körper.

»Was hat er vor?« fragte Talea. »Wie kann er ganz bis Cugluch dringen, durch alle die Wände des Zaubers, mit denen dieser Eejakrat sich schützen muß?«

»Der Meischter macht Magie«, war alles, was der bebende Assistent sagen wollte. Eine Flügelspitze deutete verdrießlich zur Lichtung.

Der Wind nahm weiter an Stärke zu. Flor zog sich ihr Cape dicht um die nackten Schultern, während Mudge darum kämpfte, im Besitz seiner gefiederten Kappe zu bleiben. Große Zweige bogen sich nach außen, hin und wieder zeigte ein Knacken oder Krachen, daß Äste über die Maßen strapaziert worden waren. Mächtige Eichen stöhnten protestierend bis in die Wurzeln.

»Aber *was* will er denn tun?« fragte Talea beharrlich weiter und kauerte sich in den Windschatten der mächtigen Eiche.

»Er zitiert M'nemaxa«, erklärte ihr der total verängstigte Eleve, »und ich habe nicht die Abschicht, dasch mitanschuschehen.« Er hüllte sich noch enger in seine Flügel, bis Gesicht wie Körper von dem ledrigen Kokon umschlossen waren.

»M'nemaxa is 'ne Legende. Es existiert nich«, protestierte Mudge.

»Oh, doch, oh, doch!« kam es winselnd unter den Flügeln hervor. »Er exischtiert, und der Meischter schitiert ihn, oh, er ruft ihn genau jetscht! Ich will esch nicht schehen.«

Jon-Tom legte die Lippen dicht an Taleas Ohr und sagte: »Wer oder was ist dieser ›Oom-ne-maxa‹?«

»Ein Teil der Legende, Teil der Legenden der alten Welt.« Sie lehnte sich fest gegen die Rinde. »Nach den Legenden ist er der unsterbliche Geist von allem, vereinigt in einem einzelnen Wesen, ein Wesen, das in jeder von ihm gewünschten Gestalt erscheinen kann. Einige Erzählungen sagen, daß er/sie vielleicht einmal tatsächlich in einer wirklichen Gestalt existierte. Andere Geschichten bestehen darauf, daß der Geist nur dadurch von einem Augenblick auf den anderen am Leben erhalten wird, daß alle Zauberkundigen, Hexen und Thaumaturgen an ihn glauben.

Es heißt, daß es den Tod bedeutet, ihn zu berühren, und ihn ohne hexerischen Schutz anzusehen, so heißt es, bedeute, einen langsameren und qualvolleren Tod einzuladen. Der erste Tod wird durch Verbrennen hervorgerufen, der zweite durch ein Verrotten von Fleisch und Organen.«

»Unsch wird nichtsch paschieren, unsch wird nichtsch paschieren«, beteuerte Pog hoffnungsvoll. »Wenn der Meischter esch schagt, wird unsch nichtsch paschieren.« Jon-Tom hatte den streitlustigen Fledermäuserich nie so eingeschüchtert gesehen.

»Aber ich werde esch trotschdem nicht anschehen«, fuhr Pog fort. »Der Meischter schagt, dasch die Formeln und Raum-Scheit Ellipschoiden ihn schurückhalten werden. Wenn nicht, Meischter, schollen wir rasch fliehen, und wir werden in Schicherheit schein. Wir schind scheiner Aufmerkschamkeit nicht wert, wie der Meischter schagt, und esch wird unsch wahrscheinlich nicht verfolgen.«

Eine zarte graue Phosphoreszenz hatte begonnen, wie ein Elmsfeuer die Stämme und Zweige der Bäume hinaufzukriechen, die die Lichtung umgaben. Silbrige Silhouetten schimmerten jetzt unheimlich vor dem schwarzen Hintergrund der Nacht. Die Lichtung war zu einer grünen Schüssel mit filigraner Silbergravur geworden. Die Erde unter ihr erzitterte.

»Kann dieses Ding Clodsahamp sagen, was er wissen will?« Jon-Tom war, was die Fähigkeiten des Hexers anging, weniger skeptisch als Pog.

»Esch kennt allen Raum und alle Scheit«, antwortete der Hexer-Eleve. »Esch kann schehen, wasch der Meischter wischen will, aber dasch heischt nicht, dasch esch ihm dasch schagt.«

Vom Otter kam ein gehauchtes, ehrfürchtiges Murmeln der Überraschung: »Gott! Seht euch das an!«

»Nein, nein!« wimmerte Pog, der hinter seinen Flügeln zitterte.

Clodsahamp stand immer noch hochaufgerichtet in seinem Sonnensymbol. Er drehte sich langsam um die eigene Achse und deklamierte mit immer noch erhobenen Armen eine vom Chorus des Bodens kontrapunktierte Litanei. Die Erde antwortete seinen Worten, obwohl er zu den Sternen sprach.

Dunkle wirbelnde Sturmwolken, dichte schwarze Berge, hatten sich mit unnatürlicher Eile über der Lichtung versammelt. Sie tanzten über den windgebeugten Bäumen und verdeckten das freundliche Gesicht des Mondes. Von Zeit zu Zeit sprang elektrische Lava von einer zur anderen, als sie Blitzsprache redeten.

Böen von Orkanstärke fielen jetzt über die uralten Bäume her. Jon-Tom lag am Boden und klammerte sich an ein knorriges Wurzelstück der Eiche. Talea und Mudge erging es nicht anders, während Pog wie ein großes schwarzes Blatt über ihnen hin und her schwang. Flor hatte sich dicht neben Jon-Tom an den Boden geschmiegt, doch sie beachteten einander nicht. Äste, Blätter und andere Pflanzenteile schossen an ihnen vorbei aus der Lichtung heraus.

Der psalmodierende Hexer aber wurde von keinem der umherwirbelnden Bruchstücke getroffen – die Winde röhrten in die Doppelellipse hinunter und wieder hinaus, mieden aber das Sonnensymbol. Über dem Zentrum der Lichtung jagten die Sturmwolken einander, umkreisten einander in einem rasenden, majestätischen Wirbel aus Energie und Feuchtigkeit.

Blitze schlugen sengend in den Boden, keiner schlug in direkter Nähe Clodsahamps ein; zwei Bäume aber, die nicht allzu weit entfernt standen, wurden zu Splittern zerschmettert.

Irgendwie konnten sie über dem Kreischen des Windes, dem viel zu nahen Donner und dem heulenden Strudel, der jetzt das Zentrum der Lichtung beherrschte, immer noch die gleichbleibende, feste Stimme Clodsahamps hören. Jon-Tom versuchte die Augen vor dem herumfliegenden Schmutz und den Bruchstücken zu schützen, klammerte sich dicht an den Baum und spähte zu dem Hexer hinüber.

Der drehte sich ungehindert in seinem aufgezeichneten Symbol herum; er schien durch den heftigen Sturm, der um ihn tobte, völlig unbeeinflußt. Das Sonnensymbol begann in einem tiefen Orange zu glühen.

Clodsahamp hielt inne. Die Hände senkten sich, bis sie auf den kleinen Haufen aus Pulvern in der Mitte der inneren Ellipse deuteten. Langsam und mit großer Sorgfalt deklamierte er ein Dutzend Worte, die nur sehr wenigen Magiern und vielleicht ein, zwei Physikern bekannt sind.

Jon-Toms Eiche erbebte. Zwei kleinere Bäume in der Nähe wurden aus dem Erdreich gerissen und in den Himmel geschleudert. Ein machtvolles, lauter werdendes Vibrieren und Dröhnen kulminierte in einem vulkanischen Rumpeln und einem kurzen Lichtblitz, in den sie glücklicherweise nicht direkt hineinblickten.

Die Gestalt, die aus diesem Blitz heraus auftauchte, nahm

Jon-Tom und seinen Begleiter, was ihnen noch an Atem verblieben war. Er war außerstande, auch nur ein Glied zu rühren, und seine Stimmbänder konnten den Gefühlen, die ihn durchrasten, keinen Ausdruck verleihen.

Von Flor kam leise und abgehackt ein furchtsames, unheimliches Stöhnen, von Mudge ein schwaches, gepreßtes Pfeifen. Sie alle waren bewegungslos, gelähmt durch den Anblick M'nemaxas, dessen Mienenspiel Kontinente umgestalten und dessen Hufschläge die Bahnen von Welten ändern können.

Im Innern der Doppelellipse befand sich eine heftig lodernde Gestalt. Die Form, die M'nemaxa gewählt hatte, um zu erscheinen, war allen Pferden verwandt, die es je gegeben hatte, und war es doch nicht. Er zeigte sich diesmal als Hengst mit mächtigen Schwingen, die vom Ansatz bis zur Spitze mit mehr als hundertachtzig Zentimetern in die Luft schlugen. Die Geistgestalt vermochte jedoch nur teilweise gegenständlich zu sein: Sie war aus kleinen Sonnenprotuberanzen aufgebaut, die in dem Bild eines Pferdes zusammengehalten wurden. Orangerote Flammen leckten aus Schwanz und Mähne, galoppierenden Hufen und majestätischen Schwingen, blieben hinter der Erscheinung zurück und verloren sich flackernd in der Nacht.

Tatsächlich verschwanden die dauernd abgestoßenen Fragmente aus Sonnenfleisch, wenn sie die Grenzen erreichten, die ihnen durch die Doppelellipse gesetzt wurden, gingen harmlos in eine thermonukleare Leere über, die nur Clodsahamp begreifen konnte. Obwohl schimmernde Schwingen am Gefüge des Raums zerrten und flammende Hufe über die Ebene des Seins galoppierten, blieb der Hengst-Geist in den Schranken hexerischer Kunst gebannt.

Es gab keinen Hinweis darauf, daß er dahinschwand. Für jeden flammenden Streifen, der von dem pferdehaften Inferno forttrieb, tauchte neues Feuer auf und hielt die Gestalt intakt – M'nemaxa erneuerte ununterbrochen die Substanz. Ein Paar feuriger Fangzähne ragte aus dem Oberfkiefer des nicht ganz vollständigen Pferdeschädels, und in einem Flammenmaul brannten spitze Zähne.

An dieser immensen Pferdehölle, an diesem lebendigen, in die Form eines Pferdes gegossenen Sonnenfeuer, gab es nur zwei Punkte, die nicht aus dem sich dauernd regenerierenden ewigen Brand bestanden – ein Augenpaar, das so eisig kalt war wie der Rest unvorstellbar heiß.

Die Augen des Hengstgeistes M'nemaxa waren Libellenaugen, aufgewölbte schwarze Halbkugeln, die sich über der Schädelmitte fast berührten. Sie waren viel zu groß für einen normalen Pferdekopf, aber das war nur natürlich. Jon-Tom glaubte durch den immer noch wütenden Zyklon innerhalb dieser allessehenden schwarzen Sphären winzige Lichtpunkte zu erkennen: Purpur und Rot, Grün, Blau und reinstes Weiß, das selbst die unablässige Fusion überstrahlte, die den Körper gestaltete.

Er konnte nicht wissen, daß diese Augen Fragmente des Finalen Universums waren, jenes größeren, das sowohl das unsere als auch unzählige andere enthält. In den Augen M'nemaxas trieben Galaxien.

Jetzt schoß flackernd eine lange Schlangenzunge aus dem Kopf des lebenden Pferde-Sterns. Sie konnte Dimensionen schmecken, die kein armseliges fleischliches Wesen je zu probieren hoffen durfte. Der Sternenhengst warf den Kopf zurück und stieß ein Wiehern aus. Es betäubte Geist und Ohren der winzigen organischen Geschöpfe. Die Erde selbst zitterte, und hinter den Wolken zog sich der Mond weitere tausend Kilometer auf seiner Bahn zurück. Selten wurde eine derart immens hoheitliche Entität in Kontakt mit bloß einer einzelnen Welt gebracht.

»Einer, der die Worte kennt, hat gerufen!« donnerte es. Die galaktischen Augen in dem orangeroten Schädel blickten hinunter auf die untersetzte Gestalt einer alten Schildkröte.

Aber der Hexer verbarg weder den Kopf, noch kniete er nieder. Er blieb in der Sicherheit seines Sonnensymbols. Das Panzerkleid schmolz und zerplatzte nicht, das Fleisch wurde ihm nicht versengt, und er blickte furchtlos zu dem

Pferde-Stern auf. Er stieß gegen das Sein, und seine Hufe brannten die Zeit, aber er kam nicht näher.

»Ich wünsche zu wissen, welche neue Magie vom Volk der Gepanzerten aus den Grünauen soviel Selbstvertrauen gibt, daß es seinen nächsten Krieg gegen unsere Länder vorbereitet!« Clodsahamps ausgesprochen sonorer Zaubertonfall klang dünn im Vergleich mit dem welterschütternden Flüstern des Pferdes.

»Das ist ohne Bedeutung für mich.«

»Ich weiß«, erklärte Clodsahamp mit unglaublicher Unverfrorenheit. »Aber für mich ist es von Bedeutung. Du bist gerufen worden, um zu antworten, nicht um zu fragen.«

»Wer wagt es ...?« Dann legte sich die Wut des Hengstgeistes ein wenig. *»Du hast die Worte gesprochen, Meister eines dürftigen Wissens. Du hast den Ruf erlassen und ich muß antworten.«* Der Geist schien fast zu lächeln. *»Hüte dich, du Führer eines unwissenden Schleims, denn obwohl sie es nicht wissen, sehe ich voraus, daß sie dich mit Spiegelbildern dessen vernichten werden, was in deinem eigenen Denken ist.«*

»Ich verstehe nichts«, sagte Clodsahamp stirnrunzelnd.

Wieder das Wiehern, das Planeten ängstigte. *»Und warum solltest du auch, da du doch nichts hast, mit dem du verstehen kannst. Die Gefahr für dich ist mir gleichgültig, und du kannst sie dir nicht vorstellen.«*

»Wann wird es dazu kommen?«

»Sie sind unsicher, wie ich unsicher sein muß, wie die Zukunft immer unsicher sein muß. Laß mich jetzt gehen!«

Plötzlich befanden sich die flammenden Hufe einen Meter höher über dem Boden. Doch es war nicht M'nemaxa, der sich bewegt hatte, sondern die Erde, die sich aus Angst vor dem wachsenden Zorn des Geistes zurückgezogen hatte.

»Bleib!« Clodsahamp warf die Hände hoch. »Ich bin noch nicht fertig.«

»Dann mach schnell, kleines Geschöpf, oder – Worte oder nicht – ich werde diese Welt in weiße Asche verwandeln.«

»Ich begreife die Magie der Gepanzerten immer noch nicht. Wenn du sie mir nicht besser beschreiben kannst, sag mir wenigstens, wie ich ihr begegnen kann. Dann werde ich dich gehen lassen.«

»Ich werde auf jeden Fall gehen, denn Worte können mich nur für eine gewisse Weile halten und nicht länger. Ich kann dir nicht mehr sagen. Ich habe beschlossen, nicht über das Schicksal dieser Welt zu entscheiden, denn ich habe meine eigene Reise zu machen, und du kannst mich nicht aufhalten.« Ein ungeheures dröhnendes Kichern. *»Falls du mehr wissen willst, frag deinen Feind selbst!«*

Eine gewaltige Erschütterung schüttelte Jon-Tom von der Baumwurzel; unter seinen blutigen Fingerspitzen riß er Borke mit. Aber er wurde nur ein paar Schritte den Abhang hinuntergeblasen, bis der Sturm zu einer kräftigen Brise abflaute.

Der thermonukleare Hengstgeist verschwand in einer sich ausdehnenden Ellipse blendenden Lichts. Als das Licht verblaßte, blieb ein dreidimensionaler Überrest zurück. Jon sah das wellige Bild einer enormen düsteren Kammer. Sie war geschmückt mit roten Edelsteinen, blauem Metall ... und weißen Knochen.

In dem Gemach stand eine gut drei Meter große Insektengestalt. Ketten aus Juwelen, buntem Tuch und kleinen Schädeln von erschreckend vertrauter Form hingen um das Chitin. Der Alptraum stand in der Nähe eines Throns mit einer hochgewölbten Rückenlehne, die mit größeren Juwelen und Schädeln geschmückt war. An einigen der Schädel war noch Fleisch.

Die Gestalt sprach mit jemandem, der sich außerhalb des Sichtfelds befand. Dann brachte irgend etwas sie dazu, sich umzudrehen, und sie sah ihre Betrachter. Ein hohes vibrierendes Kreischen erfüllte die Lichtung und ließ Jon-Tom erschauern. Kein Zahnbohrer konnte ein peinigenderes Geräusch erzeugen.

Ein weit kleinerer Blitz, ein Echo von M'nemaxas blendendem Abschied, löschte den grausigen Anblick aus.

Und dann war da nichts mehr in der Lichtung, bis auf einen sehr müden Hexer, Wind und Gras.

Der Wind war zu einem sanften Wehen abgeflaut. Als sei er durch seine eigene Anwesenheit verwirrt, löste sich der Wind-Wolken-Strudel, der über der Lichtung gehangen hatte, einfach auf. Silbrige Phosphoreszenz glitt Äste und Stämme hinunter und sickerte wie Wasser zurück ins Erdreich.

Leichter Regen setzte ein. Zögernd lugte der Mond durch die vorüberziehenden Wolken und tauchte die Lichtung in heilsames Licht.

Bis der keuchende Jon-Tom und die anderen die Lichtung erreicht hatten, glommen die Ellipsen und Sonnen, die geheimen Symbole und Formeln nicht mehr. Er wollte Clodsahamp suchen, im Geist jedoch sah Jon-Tom noch immer die hoch aufragende Fangschrecke, die Gottesanbeterin, hörte noch einmal den nervenzerfetzend schrillen Schrei, der von ihr ausgegangen war, bevor sie dann wieder verschwand.

Pog flatterte nervös über ihnen herum. Der Regen wusch die Pulver und seltenen Essenzen beharrlich in das Erdreich zurück, aus dem sie extrahiert worden waren. Dieses Ende des Netzes der Welt hatte gehalten.

Sie fanden Clodsahamp im Gras sitzend, die Brille hing schief auf dem Hornschnabel.

»Sind Sie in Ordnung?« In Jon-Toms Frage mischten sich Besorgnis und Respekt.

»Wer – ich? Ja, mein Junge, ich glaube schon.«

»Sie hätten es nicht versuchen sollen, guter Hexer!« Talea betrachtete argwöhnisch die leere Ellipse. »Es gibt Extreme der Magie, die nicht angerührt werden sollten.«

Er drohte ihr freundlich mit dem Finger. »Versuch nicht, mir mein Geschäft zu erklären, junge Dame! Pog, hilf mir hoch!« Die Fledermaus ließ sich tiefer sacken und half dem Hexer auf die Beine.

»Ich habe einen Teil von dem erfahren, was ich wissen wollte, meine Freunde. Obwohl ich zugeben muß, daß ich nicht erwartet habe, den Geist M'nemaxa in Rätseln sprechen zu hören.«

»Ich finde, daß wir eigentlich nicht so viel erfahren haben«, erklärte Flor.

»Wir haben etwas, mit dem wir arbeiten können, meine Liebe, selbst wenn es in die Form eines Rätsels oder einer Metapher gekleidet ist. Das ist erheblich mehr, als wir zuvor hatten.« Clodsahamp klang erfreut. »Und wenn nichts anderes, so haben wir doch der Kaiserin Skrritch einen solchen Schrecken versetzt, daß sie vielleicht zögern oder ihren Angriff verschieben wird, denn sie war es, die wir in jenem letzten Augenblick sahen.

Wir können unsere Reise jetzt in dem sicheren Wissen fortsetzen, daß wir einen regelrechten, umfassenden Krieg zu erwarten haben, bei dem die Kaiserin der Gepanzerten ihr Volk höchstpersönlich führen wird. Das müßte einige der Wirrköpfe in Polastrindu auf unsere Seite ziehen.«

»Ich hoffe, wir müssen das nicht mehr allzu oft durchmachen«, murmelte Flor. »Santa Cecila hat vielleicht nicht mehr viele Segnungen für mich übrigbehalten.«

»Kein Grund zur Sorge, Kind!« versicherte ihr der Hexer. »Ich werde es nicht wieder versuchen. Eine derartige Zitation kann nicht mehr als einmal in einem Lebensalter vollbracht werden. Ich habe Beschwörungen eingesetzt, die ich nie wieder einsetzen werde, Worte gesprochen, die ich fürderhin nicht mehr sicher werde sprechen können.

Von jetzt an wird jeder Tag der Erde um ein Zweiundzwanzigtausendstel kürzer sein, denn um den Unsterblichen aus den Tiefen seiner Reise herauszuziehen, mußte ich mir die Seelenkraft der Erde selbst zunutze machen.«

Jon-Tom ging in die innere Ellipse. Jedes Blatt, jeder Halm innerhalb des markierten Umrisses waren verdampft. Mit der Erde darunter war dasselbe geschehen. Verblieben war nur eine perfekte Ellipse geschmolzenen Steins. Der weiße Granit war verdreht und verzogen worden, als bestünde er aus Karamelmasse.

»Sie sprachen von seiner Reise, und es selbst auch. Ich ... ich habe es gehört.«

»Hast du gesehen, wie ungestüm und wütend es hochstieg, wie wild und beständig es galoppierte und sich doch nicht über meine Eingrenzung hinausbewegte?« Jon-Tom nickte.

»Es war unverzüglich hier bei uns, wurde von seiner Reise zurückgehalten.« Clodsahamp überprüfte die Schubladen in seinem Brustpanzer, um sicherzugehen, daß sie alle noch fest verschlossen waren. »Falls die Legenden der Hexer und die Ermahnungen der Nekromanten zutreffen, hat der Geist M'nemaxa etwa ein Dreizehntel seiner Reise zurückgelegt. Sie begann mit dem Anfang des ersten Lebens, Leben, das M'nemaxa im Verlauf seiner Reise auf die Welt ausstreut, die er hinter sich zurückläßt.

Er galoppiert entlang dem Umkreis des Universums. Es heißt, wenn er sich selbst entgegenkommt, wird er Sinn und Zweck auslöschen. Dann kann er endlich ruhen. Es ist keine Überraschung, daß er über unsere Unterbrechung verärgert war. Wenn man eine Reise von mehreren Billionen Jahren vor sich hat, ist selbst eine kleine Unterbrechung unwillkommen.

Und doch: Die Formel hat trotz alledem gewirkt. Die Ellipse hielt.« Er schien vor Stolz leicht zu erglühen. »Er war eingegrenzt, und er antwortete, als er gerufen wurde.« Er blinzelte und setzte sich langsam wieder zurück ins Gras. »Ich bin ganz plötzlich ein bißchen müde.«

»Ich glaube, wir sind alle ein bißchen müde«, sagte Jon-Tom mit Bedacht.

»Jawohl, dagegen werde ich nichts sagen, Kumpel.« Das Nachbild des ungeheuren geflügelten Flammenpferdes hing noch in den mißhandelten Netzhäuten des Otters. »Ich glaube, wir alle könnten 'n bißchen Schlaf vertragen.«

Alle stimmten zu. Nach einer kurzen gegenseitigen Untersuchung, die sicherstellte, daß keine Verletzungen zurückgeblieben waren, begann jeder, sein Lager herzurichten.

Schließlich kam der Schlaf, aber bei allen wechselten feurige Bilder mit Visionen eines hoch aufragenden schwarzgrünen Schreckens und riefen keineswegs angenehme und freundliche Träume hervor.

Weit oben und weit weg flammte im Kosmos kurz ein nadelpunktgroßes Licht auf. Der winzige Ausbruch verging schnell. Er kam aus der näheren Nachbarschaft von NGC 187, wo M'nemaxa ärgerlich ein, zwei Sterne beiseite stieß, als er dorthin zurückraste, wo er sein ewiges Rennen um die unendliche Blase des Seins unterbrochen hatte …

XIV

Panik herrschte in der Feste Cugluch.

Die Kunde von den Schwierigkeiten sickerte von den Leibdienern zu den Bediensteten, zu den Arbeitern und selbst zu den niedrigen Arbeitslehrlingen, die sich in den tiefsten Höhlengräben plackten und sich unaufhörlich mühten, den allgegenwärtigen Schlamm daran zu hindern, die Untertunnelungen zu überfluten.

Gerüchte kamen auf. Die Arbeiter flüsterten von einem Flammenregen, der aus dem Himmel gefallen war und Hunderte von Brutplattformen zerstört hatte. Oder sie erzählten von Tonnen sorgfältig gehorteter Nahrung, die durch eingedrungene Sporenfäule verdorben worden waren. Oder daß an drei aufeinanderfolgenden Tagen die Sonne geschienen hatte oder daß mehrere Angehörige des Imperialen Hofs dabei entdeckt worden waren, wie sie sich vom Körper eines einfachen Arbeiters nährten und sofort ausgestoßen worden waren.

Die Wahrheit war weit schlimmer als die Gerüchte. Jene, die informiert waren, verbargen sich in Furcht und blickten während ihres Tagewerks ängstlich über die Schultern (diejenigen, die dazu imstande waren, denn einige hatten keine Hälse … und einige keine Schultern).

Jagdtrupps nutzten jede Gelegenheit, sich aus der Hauptstadt zu entfernen, unter dem Vorwand, die schon enormen Vorräte noch weiter zu ergänzen. Buchhalter und Revisoren beugten sich tief über ihre Listen. Alle standen unter der Wirkung der Panik, einer Panik, die über die Vernunft hinausreichte, über die normale Angst zu sterben, und sogar die zuckenden und zitternden Larven in ihren Kokons erreichte.

Die Kaiserin Skrritch tobte ihre Wut aus. Blut und Fleischstücke markierten ihren Weg, als sie durch die Kammern und Räume des labyrinthischen Zentralpalastes stürmte.

Sicher vor ihrem Grimm, exerzierten endlose Legionen mandibelbewehrter, facettenäugiger Truppen meachanisch auf den moosbewachsenen Feldern vor der Stadt. Schwächlich nur durchdrangen die Strahlen der Sonne den graubraunen Himmel, so als fürchteten sie, den Boden zu erreichen.

Wachen und Diener, umherhuschende Boten und Bürokraten bekamen gleichermaßen den Zorn der Kaiserin zu spüren. Schließlich verbrauchte sich die Wut, und sie ließ sich in einer der unbedeutenderen Audienzkammern nieder.

Ihre Gedanken galten ihrer eigenen Angst. Beiläufig knabberte sie an dem kopflosen Leichnahm eines immer noch zuckenden Blaukäfer-Kämmerers, der nicht schnell genug gewesen war, ihr aus dem Weg zu gehen. Chitin krachte unter ungeheuer kräftigen Kiefern.

Es verging einige Zeit, bis Kesylict, der Minister, es wagte, bebende Antennen um die Ecke des gewölbten Durchgangs zur Kammer zu strecken. Da er nur nachlassenden Zorn und keine blinde Wut spürte, schob er zunächst den Kopf und dann den Rest des ameisenhaften Körpers in den Raum.

Sein erster Blick fiel auf einen kopfgroßen Rubin, der roter war als sein Blut. In der obersten Facette sah Kesylict das Spiegelbild der Kaiserin. Sie ruhte auf vier Beinen. Der Körper des unglücklichen Kämmerers baumelte von einer Hand, während das wundervoll symmetrische, mit eingelegtem Porzellan geschmückte Gesicht der Kaiserin nach draußen starrte, ohne daß sie ihn zu sehen schien.

Obwohl nicht so verschwenderisch geschmückt wie die Hauptaudienzkammer oder die düstere Lagerstatt des Todes, die als imperiales Schlafzimmer bestimmt war, war diese Kammer immer noch überreich an Juwelen und edlen Metallen. Die Grünauen waren voll von solchen natürlichen Reichtümern, als habe die Erde das Land für seine widerwärtige, übelriechende Oberfläche und ewige Wolkendecke entschädigen wollen.

Sie wurden von den hartschaligen Einwohnern dieser Lande hoch geschätzt – ihr Funkeln und ihre Farben lieferten viel Schönheit. Alle Formen von Korrund wurden in großen Mengen geschürft: Beryll, Saphir, Rubin. Seltenere Diamanten rahmten die Fenster des Raumes und Tausende minderer Gemmen, von Topas bis Chrysoberyll, übersäten Mobiliar, Skulpturen und sogar die Decke.

Aber Kesylict hatte den Kopf nicht dadurch behalten, daß er seine Zeit verschwendete, indem er gewöhnlichen Tand bestaunte, wie ein gerade Ausgeschlüpftes. Er wartete und war bereit, als der dreieckige, smaragdgrüne Schädel herumfuhr und vielfacettige Augen mit falschen schwarzen Pupillen wild auf ihn herunterstarrten.

Kesylict erwog, ob es nicht klug sei, sich zurückzuziehen und noch etwas zu warten, bevor er der Kaiserin seine Aufwartung machte. Allerdings – Feigheit konnte ihn auf denselben Weg bringen, den der Kämmerer gegangen war. Dieser war jetzt nur noch eine leere, von der unersättlichen Kaiserin säuberlich ausgeschabte Hülle.

»Warum verkriechst du dich in den Durchgang, Kesylict? Ja, ich erkenne dich.« Ihre Stimme war rauh und kratzend wie geöltes Sandpapier. Nutzlose Flügel zitterten unter einem langen fließenden Umhang aus reiner Seide, an dem die kaiserlichen Näherinnen Zehntausende von den besten Steinschneidern des Reiches gefertigte Amethyste und Rauchquarze befestigt hatten.

»Pardon, Euer Majestät«, sagte der hoffnungsvolle Kesylict, »aber ich verkrieche mich nicht. Ich zögere nur, weil ich in den vergangenen Stunden mit Euch zu sprechen hoffte, Eure Stimmung in der letzten Zeit aber einem Gespräch nicht zuträglich war.« Er deutete auf die Schale des Kämmerers. »Gegenseitiger Austausch ist schwierig, wenn einer der Teilnehmer der Konversation gezwungen ist, ohne seinen Kopf zu funktionieren.«

Die stierende, starre Skelettgestalt konnte ihre Mundpartie nicht zu einem Lächeln verziehen, und ein solcher Gesichtsausdruck wäre ihr auch fremd gewesen. Trotzdem spürte Kesylict, wie etwas von der Spannung aus dem Raum entwich.

»Sinn für Humor im Angesicht der möglichen eigenen Entlassung ist durch ihren Mut eine bessere Empfehlung als die trockenste und ernsteste Brillanz, mein guter Kesylict.« Sie warf die leere Hülle des Kämmerers in eine Ecke, wo sie klirrend und klappernd auftraf. Ein paar Beine sprangen ab und rollten vor eine entfernte Tür. Die Ecke war rund, wie alles in dem Raum. Den Einwohnern der Grünauen mißfielen scharfe Winkel.

Sie wandte sich vom Fenster ab. »Wie dem auch sei, ich bin gefüllt und müde. Aber da ist mehr als nur das.« Die beiden scharfkantigen Arme kreuzten sich vor dem grünen Thorax, und der geschmückte Kopf ruhte in dem Kreuz, das sie bildeten – das erstarrte Bild einer insektoiden Odaliske.

»Ich bin besorgt.«

»Besorgt, Euer Majestät?« Kesylict eilte in die Kammer, versuchte aber unauffällig, außerhalb ihrer Reichweite zu bleiben – man konnte dem blitzschnellen Griff der Fangschrecke nicht entgehen, wenn man sich ihr entsprechend genähert hatte. Also trat Kesylict nicht weiter vor, als das Protokoll es verlangte. Niemand konnte sagen, wann die quecksilbrigen Wünsche der Kaiserin von dem Verlangen nach Beratung in die Gier nach einem Dessert umschlagen mochten.

»Was denn nur könnte ausreichen, Euer Majestät Besorgnis zu bereiten? Die Vorbereitungen?« Er zeigte zum Fenster. Draußen lagen weit unten die geschäftigen Straßen von Cugluch, Hauptstadt des Reichs der Auserwählten, ihre mächtigste Metropole. Tausende hingebungsvoller Bürger wirbelten und schwärmten dort durcheinander, schufteten pflichtbewußt für den Ruhm ihrer Kaiserin und ihrer Gesellschaft. Ihr Leben war erfüllt vom gemeinsamen Ruhm ihrer Gattung, und jeder niedrige Arbeiter war bereit, seinen Beitrag zu die kommenden Eroberungen zu leisten. Die Vorbereitungen schritten mit der üblichen Zielstrebigkeit voran.

»Wir wappnen uns besser als je zuvor in der Geschichte des Reiches, und diesmal können wir nicht scheitern, Majestät.«

»Es hat keine Probleme mit Vorräten und Ausrüstung gegeben?«

»Nicht die mindesten, Majestät.« Kesylict klang aufrichtig beunruhigt. Auch wenn er Angst um seine persönliche Sicherheit hatte, war er doch ein loyaler und ergebener Diener seiner Kaiserin, und sie schien tatsächlich besorgt.

»Auch die Ausbildung und die Mobilisierung schreiten reibungslos voran. Mit jedem Tag zerschneiden mehr Larven ihre Kokons und entwickeln Arme und den Wunsch, Waffen zu tragen. Nie ist unsere Armee so machtvoll gewesen, nie war das Verlangen und die Entschlossenheit ihrer Kämpfer größer. Nicht eines, sondern drei große Heere stehen begierig bereit, um den endgültigen Schlag gegen die Länder des Westens zu führen. Der Sieg ist in Reichweite. So sagen es zumindest die Generale Mordeesha und Evaloc seit über einem Jahr. Das ganze Reich pulsiert vor Kampfbereitschaft und dem Verlangen nach der Schlacht.

Und doch warten wir aus Klugheit weiter, werden immer noch stärker, so daß wir inzwischen die verhaßten Weichen mit nur einem Drittel unserer Kräfte überwältigen könnten.«

Sie seufzte; ein tieftönendes Zischen. »Trotzdem, wir haben viele tausend Jahre des Scheiterns hinter uns, die uns die Torheit mutiger Worte bezeugen. Ich werde den Befehl zum Angriff nicht eher geben, als ich vom Erfolg überzeugt bin, Kesylict.« Ihr Kopf zuckte zur Seite, und sie säuberte eines der hervorstehenden Augen mit einem Arm.

»Keine Probleme also dann mit der *Manifestation?*«

»Aber nein, Majestät!« Kesylict war entsetzt von der Vorstellung. Denn trotz seiner Worte über Stärke und Verlangen wußte er, daß die Kaiserin und der Generalstab ihre größten Hoffnungen letztlich auf die *Manifestation* setzten. »Was könnte daran nicht stimmen?«

Sie schüttelte warnend eine Klaue. »Wo Magie im Spiel

ist, ist alles möglich. Diese Neuentwicklung ist so anders, daß sie selbst Eejakrat ängstigt, der für sie verantwortlich ist. Man muß die sorgfältigste und umsichtigste Fürsorge treffen, um seine Sicherheit und die seiner Umgebung zu gewährleisten.«

»So ist es geschehn, Euer Majestät. Alle Unautorisierten, die sich ihr auf hundert Zequets genähert hatten, wurden getötet, ihre Körper begraben, sogar ohne daß ihr Fleisch verzehrt wurde. Größere Sicherheit wurde in der ganzen Geschichte des Reiches nicht entfaltet.« Er sah sie eindringlich an.

»Und doch sorgt sich meine Kaiserin?«

»Und doch.« Sie schickte sich an, aus ihrer hockenden Stellung hochzukommen. Kesylict trat nervös einen Schritt zurück. Sie gestikulierte beiläufig mit einem gepanzerten Arm.

»Sei beruhigt, mein geschätzter Diener, ich bin körperlich gestättigt! Mein Geist jedoch hungert nach einer Unterbrechung, und mich verlangt nach deiner wohlerwogenen Meinung, nicht nach deinem Fleisch.«

»Ich schätze mich glücklich, Euer Majestät meinen armseligen Rat anbieten zu dürfen.«

»Das gilt nicht für dich allein, Kesylict. Ruf Hochgeneral Mordesha und den Zauberer Eejakrat! Ich bedarf auch ihrer Gedanken.«

»Es wird getan, Euer Majestät.« Der Minister drehte sich um, seine gepolsterten Schuhe scharrten auf dem gemeißelten Steinboden. Er war dankbar für die Möglichkeit, sich zurückziehen zu können, gleichzeitig aber besorgt um die Gesundheit seiner Kaiserin.

Es lief alles so gut. Was konnte nur geschehen sein, um sie soweit aufzuregen, daß sie sich Sorgen um den Ausgang der Großen Unternehmung machte?

Später, als er neben den anderen hockte, empfand sich Kesylict sowohl körperlichem Mißbrauch als auch Kritik gegenüber als der bei weitem Verletzlichste.

Links von ihm ruhte die schwer gepanzerte und gealterte

Käfergestalt von Hochgeneral Mordeesha. Schlachtpanzerung hing an dem weichen Unterkörper herunter. Die Insignien seines Ranges und die weniger symmetrischen Wunden des Krieges waren in die dicken Flügeldeckel des Rückens geschnitten. Spitze gekrümmte Metallhörner ragten aus dem Helm, der den hornigen Schädel eng umschloß. Ausladende Metallflanschen beschirmten die Augen.

An seinem Hals hingen Zähne und winzige Schädel, die von den Leichen derjenigen stammten, die der General persönlich niedergeworfen hatte. Sie klirrten hohl gegen die metallene Thoraxplatte, als er seine Haltung änderte.

In der Nähe stand der Großzauberer Eejakrat, eine dünne zarte Gespensterheuschrecke. Reines weißes Email schmückte die Flügelhüllen, sein ganzes Chitin. Schnüre aus länglichen weißen und silbrigen Perlen hingen fransenartig an beiden Seiten des Oberkiefers hinunter. Ein künstlicher Haarbusch in denselben Farben zog sich von der Stirn zwischen den dunklen vielteiligen Augen hindurch und verschwand im Rücken. Er umschloß die Insignien des Amtes, der Weisheit und des Wissens, und kennzeichnete Eejakrat als den kunstfertigen Handhaber höchster und erhabenster Magie.

Im Vergleich zu dem General, der ihn mit seinen großen physischen Fähigkeiten problemlos zerquetschen, und Eejakrat, dessen zauberische Fähigkeiten ihn in eine Larve zurückverwandeln konnten, fühlte sich der Minister wahrlich höchst unzulänglich. Und doch kauerte er in der Audienzkammer zwischen den glitzernden Juwelen und Tausenden von Lichtstrahlen, die sie von den vielen Dutzend Kerzen und Kristallkandelabern an der Decke zurückwarfen, als ein Gleichberechtigter. Denn Kesylict verfügte über einen außergewöhnlichen Vorrat an praktischem, alltagsorientiertem Denken, eine Fähigkeit, die den meisten Angehörigen des Volkes der Gepanzerten fehlte. Das war der Grund, warum die Kaiserin in so wertschätzte, als Gegengewicht zu dem blinden Drang des Generals und den ausgeklügelten, verwickelten Ränken und Tücken des Zauberers.

»Wir haben von Eurer Besorgnis gehört, Majestät«, begann der General taktvoll. »Ist sie so bedeutend, daß Ihr uns jetzt zum Rat zusammenrufen müßt? Der kritische Zeitpunkt nähert sich. Drill und nochmals Drill, Ausbildung und Schulung sind erforderlicher denn je.«

»Dennoch wünschte ich«, erwiderte Eejakrat mit einer Stimme, die kaum mehr als ein Flüstern zwischen seinen Mandibeln war, »ich könnte dich dazu bewegen, noch ein Jahr zu warten, General. Ich meistere die *Manifestation* noch nicht überzeugend genug.«

»Warten und warten«, brummte der General, und die Schädel klimperten gegen seinen Thorax. »Wir haben schon mehr als ein Jahr gewartet. Immer aufbauen, immer vorbereiten, immer unsere Reserven verstärken. Aber es kommt eine Zeit, guter Bruder, so sehr ich deine Gelehrsamkeit auch respektiere, da selbst ein Soldat, der so bedenkenlos ergeben ist, wie die Soldaten des Reiches, übertrainiert ist und jene begeisterte Leidenschaft zum Gemetzel verliert, die ihm sein Offizier so lange und mühevoll eingeflößt hat. Die Armee kann sich nicht ewig in fiebriger Bereitschaft halten.

Wahrscheinlich werden wir die Weichen diesmal durch bloße Überzahl niederwerfen und keinen Bedarf an deinem dunklen Wissen haben. Dann kannst du dich in deinem hohen Alter entspannen und mit dem Wunder spielen, das du heraufbeschworen hast. Der Endsieg wird auf jeden Fall unser sein.«

Die Stimme des Generals zitterte bei dem Gedanken an die Große Eroberung, die ihn erwartete, eine Eroberung, die die Geschichte der Welt für immer ändern würde.

»Und doch«, sagte der Zauberer weich, »bist du froh, sowohl mein hohes Alter als auch mein Wunder in Reserve zu haben, denn seit zwanzigtausend Jahren haben wir uns trotz all unserer Vorbereitungen und Prahlereien als unfähig erwiesen, die Weichen zu besiegen.«

Wie immer war der General bereit, etwas darauf zu erwidern. Skrritch schwenkte einen scharfkantigen grünen

Arm. Für sie war die Bewegung langsam, furchteinflößend schnell für ihre Untertanen. Sie wurden still, warteten respektvoll auf das, was sie sagen mochte.

»Ich habe euch nicht gerufen, um Zeitplanung und Strategie zu diskutieren, sondern um euch die Erinnerung an einen Traum anzuhören.« Sie sah Mordeesha an. »Was Träume angeht, General, ist Eejakrat der Meister. Aber mich mag nichtsdestotrotz nach deiner Meinung verlangen.« Gehorsam verbeugte sich der General.

»Ich bin kein eifersüchtiger Narr, Majestät. Gerade jetzt müssen wir kleinliche Rivalitäten beiseite schieben, um zum größeren Ruhme von Cugluch zu arbeiten. Ich werde meine Meinung äußern, wenn sie verlangt wird, und ich werde mich der uralten Weisheit meines brüderlichen Kollegen beugen.« Er nickte Eejakrat zu.

»Ein Weiser kennt seine Grenzen«, stellte Eejakrat befriedigt fest. »Beschreibt den Traum, Majestät!«

»Ich ruhte im Schlafgemach«, begann sie langsam, »noch nicht ganz erwacht von der Orgie des Paarens und Plauderns mit meinem neuesten Gemahl, die seine rituelle Tötung vorbereitete, als ich ein großes Unbehagen verspürte. Es war, als ob viele verborgene Augen mich bespitzelten. Es waren fremdartige Augen, und sie brannten. Heiß und schrecklich feucht schienen sie. Ich glaubte, daß sie in meine tiefsten Tiefen blickten.

Ich zuckte heftig zusammen, so sagte mir mein anwesender Gatte später zumindest, und schlug instinktiv wild auf die leere Luft ein. Die Polster und Kissen meines Boudoirs sind aufgeschlitzt wie die Unterbäuche von einem Dutzend Sklaven, weil ich ungestüm gegen nichts kämpfte.

Einen winzigen Augenblick schien ich meine Peiniger zu sehen. Sie hatten Gestalt und doch nicht Gestalt. Form ohne Substanz. Ich schrie laut, und sie verschwanden. Ganz erwacht, floh ich in eine mißmutige Raserei, von der ich mich gerade erst erholt habe.« Sie sah Eejakrat gespannt an.

»Zauberer, was zeigt das an?«

Eejakrat fand eine saubere Stelle zwischen den kaiserlichen Exkrementen und hockte sich auf seine Hinterbeine. Die Spitze seines Bauches berührte kaum den Boden. Minims, unterarmlange Subdiener, beschäftigten sich damit, sein Chitin zu reinigen.

»Euer Majestät sorgt sich übermäßig um nichts.« Er zeigte eine Art Schulterzucken und schwenkte eine dünne Hand. »Es dürfte sich bloß um eine unangenehme Halluzination gehandelt haben. Ihr seid dieser Tage mit soviel befaßt, daß solche Aufregungen nur insofern überraschend sind, als daß Ihr nicht schon viele vor dieser erfahren habt. In der Nachbenommenheit postkoitalen Abspannens sind solche Einbildungen einfach zu erwarten.«

Skrritch nickte und verscheuchte die verwirrten Minims. »Den Weichen ist es immer gelungen, uns in der Schlacht zu besiegen.« General Mordeesha verlagerte unbehaglich sein Gewicht.

»Sie sind schnell und stark. Vor allem sind sie schlau und raffiniert. Wie verlieren nicht, weil es unseren Truppen an Stärke oder Mut fehlt, sondern weil es uns im Krieg an Vorstellungskraft und Phantasie mangelt. Vielleicht ist meine Einbildung im Grunde ein gutes Zeichen. Schau nicht so verdrießlich, General! Du bist im Begriff, das Wort zu hören, auf das du so lange gewartet hast.

Ich glaube die Zeit zum Handeln ist gekommen.« Mordeesha sah aufgeregt aus. »Ja, General. Du darfst den Rest des Stabes darüber informieren, daß er mit den abschließenden Vorbereitungen zu beginnen hat.«

»Majestät«, warf Eejakrat ein, »ich hätte sehr gerne noch weitere sechs Monate zum Studium der Weiterungen der *Manifestation.* Ich verstehe sie immer noch nicht gut genug.«

»Du wirst noch einige Zeit haben, mein guter Ratgeber«, sagte sie ihm, »weil es eine Weile dauern wird, eine so gewaltige Streitmacht in Bewegung zu setzen. Aber General Mordeeshas Äußerungen, die Moral und die Bereitschaft der Truppen betreffend, müssen akzeptiert werden. Ohne unsere Soldaten wird uns all deine Magie nichts nützen.«

»Ich werde dir soviel Zeit geben, wie irgend möglich«, sagte Mordeesha. »Ich möchte deine Unterstützung.« Seine Augen glitzerten im Kerzenlicht, als er sich zur Laufposition erhob. Er verbeugte sich noch einmal.

»Mit Eurer Erlaubnis, Majestät, werde ich mich jetzt zurückziehen und die Vorbereitungen einleiten. Es gibt viel zu tun.«

»Bleib noch einen Moment, General!« Sie wandte ihre Aufmerksamkeit dem Hexer zu. »Eejakrat, es gefällt mir nicht, die Weisen und Klugen unter uns anzutreiben, die mit dir zusammen in diesem großen Unternehmen dienen. Wir sind in der Vergangenheit besiegt worden, weil wir ohne Geduld oder Heimlichkeit gehandelt haben. Aber ich fühle, daß die Zeit richtig ist, und Mordeesha pflichtet mir bei. Ich möchte, daß du verstehst, daß ich seinen Rat nicht deinem vorziehe.« Sie sah Kesylict an.

»Ich bin weder General noch Hexer, Majestät«, sagte der Minister zu ihr, »aber meine Instinkte sagen: ›Handle jetzt!‹ Das ist übrigens auch die Stimmung unter all den Arbeitern.«

Eejakrat seufzte. »So sei es dann. Was die Traumhalluzinationen angeht, Majestät ... es gibt viele Meister der Magie unter den Weichen. Wir können sie wegen ihrer Körper verachten, aber nicht wegen ihrer Geisteskräfte. Vielleicht bin ich paranoid, da unsere Pläne ihrer Erfüllung so nahe sind, aber es ist nicht unvorstellbar, daß die Gestalten, von denen Ihr Euch beobachtet fühltet, Wissende aus dem Volk der Weichen waren. Obwohl«, gab er zu, »ich von keiner hexerischen Kraft weiß, die stark genug wäre, den ganzen Weg von den Warmlanden bis nach Cugluch zu greifen und dann auch noch die ›Schleier Der Verwirrung Und Des Widerstreits‹ zu durchdringen, die ich über die *Manifestation* ausgebreitet habe. Wie dem auch sei, ich werde versuchen, mehr über das herauszufinden, was sich ereignet hat.

Wenn meine Vermutung allerdings wahr sein sollte, bedeutet das, daß wir der Überraschung und des Sieges um so sicherer sein können, je früher wir handeln.« Er wandte sich dem General zu. »Du siehst, Mordeesha, wie meine Überlegungen deine Wünsche gegen die meinen unterstützen. Vielleicht ist es so am besten. Vielleicht werde ich in meinen späten Jahren übervorsichtig.

Falls du bereit bist, falls die Heere bereit sind, werde ich mich zwingen, auch bereit zu sein. Zum Endsieg, dann?«

»Zum Endsieg!« deklamierten sie alle unisono.

Skrritch drehte sich um und zog an einer Kordel. Vier Bedienstete tauchten auf. Jeder trug ein frisch abgetrenntes tropfendes Glied irgendeines unglücklichen, ungesehenen Lieferanten. Die vier im Rat saugten die Arme aus, während sie sich gegenseitig gratulierten.

Dann verabschiedeten sich die drei Untertanen von ihrer Kaiserin: der General, um sein Stabstreffen einzuberaumen, Eejakrat, um in seinen Räumen über ein mögliches unmögliches geistiges Eindringen nach Cugluch nachzudenken, und Kesylict, um die alltäglichen Angelegenheiten von Mahlzeiten und offiziellen Verabredungen für den nächsten Tag zu arrangieren.

Der Minister hatte guten Grund, über die Worte der Kaiserin nachzusinnen, die notorische Schlauheit der Weichen betreffend. Er hatte durch eine vergleichbare Gewandtheit seinen Kopf auf dem Hals behalten, was sogar so weit ging, daß er den anderen zugestimmt hatte, daß die Zeit zum Zuschlagen gekommen sei. Persönlich glaubte er, daß Eejakrat alle Zeit gegeben werden sollte, die dieser wünschte. Kesylict hatte die verbotenen Aufzeichnungen gelesen, kannte die Litanei des Scheiterns der vergangenen Schlachten mit den Weichen. Der Verwicklungen und Komplikationen der *Manifestation* also unkundig, wußte er doch sehr wohl, daß in deren Handhabung durch Eejakrat die Hoffnung der Gepanzerten auf einen endgültigen Sieg über ihre uralten Feinde lag und nicht in Mordeeshas Prahlereien von überlegener militärischer Stärke.

Allein jetzt, zog Skrritch an einer zweiten Rufkordel. Ein Bediensteter tauchte mit einem schmaltülligen Trinkgefäß auf. Die Kaiserin wusch die Reste ihrer letzten Zwischenmahlzeit ab, drehte sich dann um und starrte erneut aus dem Fenster.

Nebel verdichtete sich und verbarg selbst die Zinnen der Feste. Cugluch und das tausendfache Gewimmel seiner Einwohner wurden ausgelöscht, als existierten sie nicht.

Dunst und Nebel wurden dunkler; der Tag wandelte sich zur Nacht.

Mordeesha und seine Mitgenerale hatten sich ihre Verärgerung seit mehreren Legeperioden verbissen. Sie hatte aufgeschoben, so lange es ging, um Eejakrat noch mehr Zeit zum Studium seiner *Manifestation* zu geben. Aber wer den Hexer kannte, wußte, daß solche Studien auf ewig weitergehen konnten.

Die Zeit der Geduld war jetzt vorbei. In den Grünauen würde sich bald die Nachricht verbreiten, daß der Krieg begonnen hatte.

Einen kurzen Augenblick lang dachte sie wieder an die beunruhigende Vision. Vielleicht war sie nicht mehr als ein Tagalptraum gewesen. Selbst Kaiserinnen wurden Opfer von Überanstrengung. Eejakrat schien nicht übermäßig besorgt darüber, also gab es keinen Grund, sich noch weiter deshalb zu beunruhigen.

Beförderungen und Degradierungen waren anzuordnen, Hinrichtungen mußten befohlen, Bestrafungen beschlossen und Belohnungen ausgehändigt werden. Der morgige Hofhaltungsplan, den der prosaische Kesylict so tüchtig und geschickt organisiert hatte, war ziemlich angefüllt.

Solche alltäglichen Aktivitäten schienen überflüssig, jetzt, da die ersten Schritte zum endgültigen Sieg eingeleitet waren. Sie kostete den Gedanken aus. Von allen Kaisern und Kaiserinnen des ausgedehnten Reichs würde sie die erste sein, die besitzergreifend durch die freundlichen Lande der Weichen schritt, die erste, die reiche Beute und Tausende von Sklaven von der anderen Seite der Welt mit zurückbringen würde.

Und danach ... was konnte sie nicht erreichen? Selbst Eejakrat hatte Gedanken über die Möglichkeiten geäußert, die

die *Manifestation* wohl eröffnete. Solche Möglichkeiten reichten weit über die Grenzen einer einzelnen Welt hinaus.

Sie drehte sich zur Seite und lehnte sich gegen scharlachfarbene Kissen und Hunderte glutroter Rubine. Ihr Ehrgeiz war so grenzenlos wie das Universum, so weitreichend wie Eejakrats Magie. Sie konnte es kaum erwarten, daß der Krieg begann. Ihr und Cugluch würde großer Ruhm zuteil werden. Mit der Unterstützung des Hexers – warum sollte sie nicht Kaiserin des Universums werden, höchste Herrscherin noch unbekannter Horizonte und ihrer Einwohner?

Ja, sie würde das außerordentliche Vergnügen haben, über Zerstörung und Eroberung zu herrschen, anstatt über Aufzeichnungen und dumme, schmeichlerische, friedfertige Bürger. Cugluch marschierte, wie es ihm bestimmt war. Und dieses Mal würde es anwachsen und gedeihen, anstatt schändlich zum Stillstand zu kommen!

Die Halluzination verblaßte, bis sie nur noch eine amüsante und unbedeutende Erinnerung war …

XV

Jon-Tom war der Länge nach gespalten. Eine Hälfte war kühl und feucht vom Morgennebel, die andere warm und trocken, fast heiß von der Last, die sich gegen ihn lehnte.

Er öffnete die Augen mit der Schwerfälligkeit des Erwachens und sah eine schwarz-weiß gekleidete Gestalt, die sich eng an ihn schmiegte. Flors langes schwarzes Haar lag über seiner Schulter. Ihr Kopf kuschelte sich in die Beuge seines linken Arms.

Anstatt sich zu bewegen und sie aufzuwecken, nutzte er die Zeit, um das vollkommene, entspannte Gesicht zu betrachten. Sie sah so anders aus im Schlaf, so kindlich. Weiter links schlummerte die schweigende Gestalt des Hexers.

Den Kopf und die Glieder eingezogen, glich Clodsahamp einem Findling. Jon-Tom wollte wieder auf seinen ›Schützling‹ blicken, als er sich einer Bewegung direkt hinter ihm bewußt wurde. Aufgeschreckt griff er automatisch nach seinem Kampfstab.

»Immer ruhig, Jon-Tom!« Die Stimme war lange nicht so beruhigend wie die Worte, die sie sprach. Talea hockte sich neben ihn und starrte verdrießlich auf das ruhende Paar. »Falls ich dich je töten sollte, Jon-Tom, wird es nie in deinem Schlaf sein.« Sie erhob sich, stieg mit einer geschmeidigen Bewegung über sie hinweg und schlenderte zu Clodsahamp hinüber.

Sie beugte sich hinunter und pochte unsanft auf den Rükkenschild. »Aufwachen, Hexer!«

Es dauerte nicht lange, und ein Kopf tauchte auf, gefolgt von einem Armpaar. Eine Hand hielt eine Brille, die umgehend vor den Schildkrötenaugen angebracht wurde. Dann kamen die Beine zum Vorschein. Nach einer kurzen Pause auf allen vieren schob sich der Hexer zunächst in eine hokkende Stellung zurück und stand dann auf.

»Ich bin nicht daran gewöhnt«, begann er gereizt, »auf so

grobe Weise geweckt zu werden, junge Dame. Wäre ich von weniger verständnisvoller Geistesverfassung ...«

»Sparen Sie sich die für ihn!« sagte sie und zeigte auf Pog. Der verschlafene Fledermausgehilfe flatterte unbeholfen herbei, um den frühmorgendlichen Bedürfnissen seines Meisters dienlich zu sein.

»Wasch ischt losch?« fragte er müde. »Warum diescher Aufruhr? Könnt ihr einen nicht auschschlafen laschen?«

»Los jetzt«, sagte Talea barsch, »alles hoch!« Sie sah Jon-Tom an, und er wunderte sich über etwas, das er in ihrem Blick zu erkennen glaubte. »Nun«, fragte sie ihn, »werdet ihr zwei an dieser kleinen Konferenz teilnehmen? Oder hast du die Absicht, den Rest deines Lebens als Kissen zu verbringen?«

»Könnte sein«, schoß er zurück und erwiderte, ohne sich zu bewegen, herausfordernd ihren Blick. Sie wandte den Kopf ab. »Wo liegt überhaupt das Problem? Warum diese plötzliche Begeisterung für frühes Aufstehen? Ich habe nie bemerkt, daß du eine Chance für ein bißchen zusätzlichen Schlaf verschenkt hast.«

»Normalerweise würde ich immer noch schlafen, Jon-Tom«, erwiderte sie. »Was mich aufwachen ließ, war nicht zuviel Schlaf, sondern das Fehlen von etwas anderem. Ist es noch keinem von euch aufgefallen?« Sie breitete die Arme aus und beschrieb einen Halbkreis. »Wo ist Mudge?«

Jon-Tom befreite seine Schulter von Flor. Sie blinzelte verschlafen und glitt, als sie sich ihrer Position bewußt wurde, zur Seite. Ihr katzenhaftes Strecken machte es ihm schwer, sich auf das anstehende Problem zu konzentrieren.

»Mudge ist verschwunden«, sagte er zu ihr, während sie versuchte, die Verspannung in Schultern und Beinen zu lösen.

»Der haarige kleine Scheischer ischt alscho auf und davon«, meinte Pog, während er sich unter Grimassen mit einer Flügelspitze ein Ohr reinigte. »Überrascht mich gar nicht. Er hat ja praktisch geschagt, dasch er esch bei der erschten Gelegenheit verschuchen würde.«

»Das hätte ich nicht von ihm gedacht.« Jon-Tom sah enttäuscht auf den Wald ringsum.

Talea lachte. »Dann bist du ein noch größerer Narr, als du scheinst. Ist dir nicht klar, daß das einzige, was ihn so lange bei uns gehalten hat, hexerische Drohungen waren?« Sie deutete mit dem Daumen auf Clodsahamp.

»Ich bin höchst verstimmt«, sagte der Hexer ruhig. »Trotz seiner unglücklichen Vorliebe für kriminelle Aktivitäten mochte ich diesen Otter eigentlich recht gern.« Jon-Tom sah, wie sich der Gesichtsausdruck der alten Schildkröte veränderte. »Nun, ich kann ihn nicht zurückbringen, aber ich kann ihn erwischen, wo er gerade ist – ich werde einen Pirschfluch über ihn verhängen.«

Nachfragen enthüllte, daß ein Pirschfluch so etwas wie eine magische Zeitbombe war. Von seiner eigenen ätherischen Gestaltung geleitet und getrieben, würde er unsichtbar über die Welt gleiten, bis er schließlich das ihm zugewiesene Individuum aufspürte. An diesem Punkt würde die Substanz des Fluchs wirksam werden. Jon-Tom schüttelte sich, als er bedachte, wie verheerend so ein Damokles-Zauber sein konnte. Das unglückliche Opfer konnte dem Pirschfluch jahrelang erfolgreich entgehen, um eines Morgens – den ursprünglichen Zwischenfall längst nicht mehr in Erinnerung – aufzuwachen und festzustellen, daß es jetzt, beispielsweise, einen Hühnerkopf hatte. Und das sollte seinem Freund Mudge passieren? Er bat den Hexer, eine Stunde zu warten, und dieser stimmte daraufhin widerwillig zu.

Eine Stunde später machte sich Clodsahamp daran, den komplizierten Fluch zu gestalten. Er war etwa zur Hälfte fertig, als aus dem Wald eine Gestalt heraustrat. Jon-Tom und Flor blickten von den Frühstücksvorbereitungen auf.

Am Gürtel hingen mehrere leuchtend blaue Echsen, deren Köpfe über den Boden schleiften. In allen anderen Details war das Wesen ziemlich vertraut.

Mudge löste den Fang von seiner Taille und schleuderte die bewegungslosen Körper in die Nähe des Feuers. Dann sah er den Halbkreis verdutzter Zuschauer mit einem neugierigen Stirnrunzeln an.

»Nanu, was sollen diese Fischgesichter, wa?« Er beugte sich über die Echsen, zog sein Messer und versenkte es in einem der Körper. »Gebt mir 'n Momentchen, Leute, die Tierchen auszunehmen, dann können wir sie uns 'übsch ordentlich braten. Braucht 'nen wahren Künstler, braucht es, See'üpfer richtig zuzubereiten.«

Clodsahamp hatte sein Murmeln und Gestikulieren eingestellt. Er sah ziemlich verstimmt aus.

»Netter Morgen zum Jagen«, erklärte der Otter im Plauderton. »Der Boden is so feucht, daß überall Spuren bleiben, also dacht ich mir, so früh, wie ich aufgewacht bin, ich geh mal los und ergänze unsere Vorräte.« Er war mit der letzten Echse fertig und begann sie abzuhäuten. Dann hielt er mit leicht irritiert zuckenden Schnurrhaaren inne, als er bemerkte, daß ihn noch alle anstarrten.

»Verflixt, was zum Teufel is los mit euch?«

Jon-Tom ging hinüber und schlug dem Otter auf die Schultern. »Wir dachten einen Moment, daß du uns im Stich gelassen hast. Ich wußte, daß du das nicht tun würdest, Mudge.«

»Zur 'Ölle, nein!« lautete die inbrünstige Antwort. Mudge deutete mit seinem Messer auf Clodsahamp. »Aber ich 'abe keinen Zweifel, daß seine Umsichtigkeit, 'ier sein 'exerisches Wort, mir irgendwas Niederträchtiges anzutun, 'alten würde, und das nur, weil ich es vorzie'en könnte, von meiner Willensfrei'eit Gebrauch zu machen. Vielleicht wär er sogar so infam, mich mit 'nem Pirschfluch zu belegen.«

»Oh, nun, ich weiß nicht, ob ich so weit gehen würde«, murmelte Clodsahamp. Jon-Tom warf ihm einen scharfen Blick zu.

»Nun versteh mich nich falsch, Kumpel!« sagte der Otter zu Jon-Tom. »Ich mag dich, und ich mag die beiden lieben Damen, auch wenn sie 'n bißchen reserviert sind, und selbst der alte Pog 'ier kann 'n guter Reisebegleiter sein, wenn er will.« Der Fledermäuserich blickte von seinem Ast herunter und schnaubte; dann fuhr er fort, sich sorgfältig zu putzen.

»Es is einfach so, daß ich der Aussicht möglicher Verstümmelung nich gerade erwartungsvoll entgegenblicke. Aber was soll's, das 'abe ich alles schon mal gesagt, nich?« Er lächelte unglücklich. »Es is die Dro'ung, die mich bei der Stange 'ält. Ich bin nich so dumm, daß ich wegzulaufen versuche.«

»Wir dachten nicht wirklich, du hättest das getan. Das heißt, wir waren nicht völlig sicher ...«

»'Ör auf damit, Kumpel! Interessiert mich nich.« Er hängte die Filets über das Feuer, setzte sich auf einen moosigen Baumstamm und zog einen Stiefel aus. Pelzige Zehen wackelten in der frischen Luft, während er den Stiefel umdrehte und mit der Pfote gegen den Absatz klopfte. Mehrere kleine Kiesel kullerten heraus.

»Mußte durch 'ne mistige tiefe Pfütze waten, um die Bande da zu erwischen. War die Sache wert, denke ich. Sie sind jung genug, um zu schmecken, und alt genug, um genug Fleisch zu 'aben. Um ehrlich zu sein, ich 'atte die Nase voll von Nüssen, Beeren und Trockenfleisch.« Er schob den Fuß wieder in den Stiefel.

»Na los jetzt! Es 'at doch bestimmt keiner von euch ernst'aft geglaubt, daß ich mich davongemacht 'abe. Kümmern wir uns um was Wichtiges, hm? Frühstück!« Er schlenderte zum Feuer. »Ich bin vielleicht ungebildet, unflätig, lüstern und berüchtigt«, er griff nach Taleas Po, und sie sprang außer Reichweite. »Aber in einer Sache bin ich wirklich gut. Ich bin der beste Lagerkoch diesseits der Wirrwarr-Moore.« Er blinzelte Jon-Tom zu.

»Passiert, wenn man sein ganzes Leben 'erum'etzen muß.«

Von Desertion war nicht mehr die Rede. Die Echsen sahen ziemlich gräßlich aus, aber Flor biß mit offensichtlichem Vergnügen in ihr Stück, so daß Jon-Tom sich kaum mäklig zeigen konnte. Fleisch war schließlich Fleisch, und er hatte in den vergangenen Wochen eine Menge Reptilien gegessen. Sie waren einfach nur so nette kleine blaue Dinger gewesen.

»*Muy bueno*«, sagte Flor zu Mudge und leckte sich die Finger. »Vielleicht habe ich in nächster Zeit Gelegenheit, dir meine *Quesadillas* zu machen.«

Mudge packte sein Werkzeug ein. »Vielleicht 'abe ich in nächster Zeit Gelegen'eit, etwas *Quintera* zu probieren.«

»Nein, nein. ›*Quesedilla*‹. *Quintera* ist mein ...« Sie hielt verdutzt inne und wurde rot, wie Jon-Tom mit großer Überraschung bemerkte. Die Röte machte ihre dunkle Haut noch attraktiver. Er wollte etwas sagen, aber irgendwie verwirrte ihn die Vorstellung, einen Otter wegen einer anstößigen Bemerkung zu tadeln. Er konnte sich den pelzigen Spaßvogel nicht als Rivalen vorstellen. Er war nichtmenschlich ...

Sie schulterten ihr Gepäck und marschierten zum Rand der Lichtung. Jon-Tom plauderte mit Mudge und Clodsahamp, während Flor den barschen, aber willigen Pog in ein Gespräch verwickelte. Sie war neugierig, welche Aufgaben ein Famulus hat, und er versorgte sie nur zu gern mit einer langen Liste unangenehmster Tätigkeiten, die er regelmäßig zu bewältigen hatte. Er sprach leise – außerhalb der Hörweite seines Meisters.

Hin und wieder leckte Wasser an ihren Stiefeln; der nächtliche Regen hatte kleine Pfützen in die Lichtung gesetzt. Sie mieden die größten, ohne daß einer von ihnen bemerkte, daß mehrere der Eindrücke eine identische Form hatten: In den Fels waren die Umrisse von Hufen geschmolzen worden.

Jon-Tom war auf den Anblick des Flusses nicht vorbereitet. Der Tailaroam war alles andere als der ruhige Strom, den er erwartet hatte.

Er war breit und wild; gelegentlich zeigte weiß strudelndes Wasser die von Osten nach Westen verlaufende Strömung an. Jon konnte nicht wissen, wie tief er war, aber er schien genug Wasser zu führen, um ein wirklich großes Schiff tragen zu können. Er erinnerte Jon an die Bilder, die er vom Ohio der Kolonialzeit gesehen hatte. Er erwartete allerdings nicht, irgend etwas so Technologisches wie ein Dampfboot zu sehen.

Vielleicht war es der Kontrast, der den Strom so groß scheinen ließ – es war das erste Mal, daß er etwas sah, das größer war als ein Bach oder Flüßchen. Weiden und Zypressen drängten sich in dichtstehenden Ballungen an den Ufern. Hier und da streckten Birkengruppen dünne Skelettfinger in einen wolkengetupften Himmel.

Sie wandten sich ostwärts und wanderten stetig stromauf. Das dichte Unterholz, das sich an den Fluß schmiegte, ließ sie nur langsam vorankommen. Wirre Knäuel aus Mondbeerbüschen zwangen sie oft, die Richtung zu wechseln, und Brombeersträucher zerrten an ihren Umhängen und versuchten ihre Dornen in die darunterliegende Haut zu bohren.

Schließlich fanden sie, wonach Clodsahamp gesucht hatte: eine flache Halbinsel aus Sand und Kies, die in das Wasser hinausragte. Nur ein paar Büsche klammerten sich zäh in den unfruchtbaren Boden, und die kleine Sandbank wurde bei Hochwasser sicherlich überschwemmt. Gegenwärtig jedoch bildete sie eine natürliche Landestelle, und zwar eine gute, wie der Hexer erklärte, von der aus man ein vorüberziehendes Schiff anrufen konnte.

Aber ein Tag zog sich in den anderen, ohne daß es irgendein Zeichen von Flußverkehr gab.

»Der Handel ist schwach zu dieser Jahreszeit«, meinte Clodsahamp entschuldigend. »Im Frühling, wenn der Fluß höher steht und die oberen Stromschnellen leichter zu passieren sind, gibt es mehr Schiffe. Wenn wir nicht bald ein Transportmittel zu Gesicht bekommen, könnten wir genötigt sein, unser eigenes zu konstruieren.« Er klang verärgert, vielleicht vor allem deshalb, weil Talea mit ihrem Vorschlag, über Land zu reisen, recht gehabt haben mochte.

Die nächsten beiden Tage boten lediglich hoffnungsvolle Zeichen. Mehrere Boote kamen vorbei, aber alle reisten flußabwärts, zum Glittergeistmeer und zum entfernten Snarken.

Jon-Tom nutzte die Zeit, um auf seiner Duar zu üben, um den schwierigen doppelten Saitensatz zu beherrschen. Er achtete sorgsam darauf, nur sanfte Musik zu spielen und kein Lied zu singen, weil er fürchtete, zufällig etwas Gefährliches herbeizubannen. Zu solcher Zeit schienen ihn Gnietschies zu umschwärmen. Er lernte, der dauernden Versuchung zu widerstehen, eins mit dem Blick einfangen zu wollen.

Einmal kroch eine Art unterarmlanger Glühwurm aus dem seichten Wasser und wand sich im Tanz in der Nähe seiner Füße. Sonst tat er nichts und schoß sofort ins Wasser zurück, als Jon-Tom mit dem Spielen aufhörte.

Flor war von dem Instrument fasziniert. Trotz Jon-Toms anfänglicher Bedenken bestand sie darauf, es selbst zu versuchen. Es gelang ihr gerade, ein paar Grundakkorde zu schlagen, und sie begnügte sich wieder damit zuzuhören, während er spielte.

So war es auch eines Morgens, als sie einen Schrei von Talea hörten.

»Ein Schiff!« Sie stand am Ende der Sandbank und deutete nach Westen.

»Wie groß?« Clodsahamp gesellte sich keuchend zu ihr. Jon-Tom schob die Duar auf den Rücken und stellte sich mit Flor hinter die beiden.

»Kann ich nicht sagen.« Talea blinzelte und beschirmte die Augen. Eine Wolkendecke hielt viel vom Sonnenlicht zurück, aber das Gleißen der Flußoberfläche war immer noch stark genug, ungeschützte Augen zum Tränen zu bringen.

Bald kam das Fahrzeug voll in Sicht. Es war gedrungen und ausladend und lief an beiden Enden spitz zu. Die beiden Masten im Vorder- und Achterschiff trugen je ein Rahsegel. Eine über Deck gelegene Zentralkajüte war zu erkennen und ein schmales hohes Heck, auf dem eine Gestalt das Schiff mit Hilfe eines riesigen Ruders steuerte. Lange Stangen bewegende Gruppen wanderten entlang der Reling von vorn nach hinten über das Deck. Jon-Tom glaubte mindestens ein Menschenpaar unter all dem Fell ausmachen zu können.

»Sieht aus wie 'ne Kreuzung zwischen einer Miniaturgaleone und einem Leichter«, murmelte er nachdenklich. Er feuchtete einen Finger an und prüfte den Wind. Der blies flußaufwärts und triebe ein Segelboot gegen die Strömung an; anschließend konnte das Schiff die Segel einholen und mit der Strömung wieder flußaufwärts fahren. Momentan blies aber nur eine schwache Brise, und man benutzte die Kielstangen, um das Fahrzeug in Bewegung zu halten.

»Haben sie einen Händlerwimpel gehißt?« Clodsahamp fummelte an seiner Brille herum. »Ich *muß* jetzt irgendwann wirklich versuchen, den Zauber für Kurzsichtigkeit zu meistern.«

»Schwer zu sagen«, erklärte Talea. »Irgendwas haben sie gehißt.«

»Es scheinen ziemlich viele Leute auf Deck zu sein«, meinte Jon-Tom stirnrunzelnd. »Und nicht alle schieben an diesen Stangen. Einige scheinen am Schiffsrand entlangzurennen. Könnte es sein, daß sie Sport treiben oder trainieren?«

»Bist du nich ganz bei Trost, Kumpel? Jeder, der sich nich den Arsch bei der Arbeit aufreißt, wär unter Deck, um sich zu er'olen.«

»Sie rennen trotzdem.« Jon-Tom runzelte die Stirn und versuchte irgendeinen Sinn in der offensichtlich nutzlosen Aktivität zu finden, die auf dem Schiff stattfand.

»Pog!«

Der Fledermäuserich war augenblicklich an Clodsahamps Seite. »Ja, Meischter?« Er warf hastig das Echsenbein beiseite, an dem er geknabbert hatte.

»Finde heraus, wer sie sind, wie weit stromaufwärts sie reisen und ob sie uns als Passagiere aufnehmen wollen.«

»Ja, Meischter.« Der Hexergehilfe flog auf das Schiff zu. Jon-Tom folgte ihm mit den Blicken.

Pog kreiste über dem Fahrzeug, das jetzt fast auf der Höhe ihres kleinen Strandes war – auf der anderen Seite des

Flusses allerdings. Es dauerte nicht lange, bis der Famulus zurückgeschossen kam.

»Nun?« fragte Clodsahamp, als die Fledermaus flatternd gelandet war.

»Meischter, ich glaube nicht, dasch schie in der Schtimmung schind, über Geschäfte schu reden.« Er hob einen Flügel und zeigte ihnen den Pfeilschaft, der daraus hervorragte. Dann riß er ihn heraus, warf ihn ins Wasser und untersuchte die Wunde. »Scheische! Wieder mal Nadel und Faden.«

»Bist du sicher, daß sie auf dich geschossen haben?« fragte Flor. Pog schnitt eine Grimasse, was bei einer Fledermaus unerträglich schauderhaft aussieht. »Ja, ich bin schicher, dasch sie auf mich geschoschen haben«, erwiderte er und ahmte sarkastisch ihren Tonfall nach. »Tut mir ja scho leid, dasch ich nicht mehr Beweische mitbringen konnte, aber unglücklicherweische konnte ich dem reschtlichen Dutschend Bauchaufschlitscher auschweichen, die schie auf mich abschoschen.«

Er kramte in seinem Rucksack herum und brachte eine lange Nadel und eine Rolle mit irgendeinem organischen Material zum Vorschein und sprach weiter, während er nähte:

»Auf dem Deck schien esch irgendeinen Aufruhr oder Kampf schu geben. Ich bin einfach nur herumgekreischt und habe verschucht, herauschschukriegen, wasch losch war. Schlieschlich gab ich auf und liesch mich zum Ruderdeck schinken. Da war esch ruhiger, und ich erwartete da auch den Kapitän schu finden. Ich glaube, einer von denen da war esch, denn er war bescher angeschogen alsch die anderen, aber ich konnte nich schicher schein, wischt ihr?« Er drückte die Nadel ohne irgendein Zeichen des Schmerzes durch die Membran, wiederholte den Vorgang von der anderen Seite und zog sanft. Das Loch schloß sich allmählich.

»Alscho rufe ich dieschem Witschbold schu, dasch wir schtromaufwärtsch mitgenommen werden möchten. Und er antwortete, indem er mich ein schwarschflügligen fratschengeschichtigen inschektenfreschenden Hurenschohn nennt.« Er zuckte die Achseln. »Von da an ging esch mit der Konverschation bergab.«

»Ich verstehe eine derartige Feindseligkeit nicht«, murmelte Clodsahamp, während er zusah, wie ihr erhofftes Transportmittel langsam ostwärts davonglitt. Wer konnte sagen, wann ein anderes vorbeikommen würde?

»Ich hatte den Eindruck«, fuhr Pog fort, »dasch der Kapitän und scheine Beschatschung verdammt wütend über irgend etwasch waren und deschhalb nicht in der Schtimmung, mit irgend jemand höflich schu schprechen, einschlieschlich ihrer Liebsten, fallsch schie welche haben, wasch ich beschweifle. Warum schie scho wütend waren, weisch ich nicht, und ich hatte keine Luscht, daschubleiben und ein Nadelkischen ausch meinen scharten Körperchen schu machen, nur um esch herauschzufinden.«

»Vielleicht finden wir es doch 'eraus.« Alle sahen den Otter an. Mudge starrte angestrengt auf den Fluß.

»Wie meinst du das?« fragte Flor.

»Ich glaube, sie 'aben gerade jemanden über Bord geworfen.«

Entfernte Schreie und Flüche drangen von der entschwindenden Silhouette des Schiffes herüber. Jetzt sah man deutlich ein mehrfaches Aufspritzen in der Nähe des Rumpfes.

»Jemand ist hinter dem ersten her gesprungen«, sagte Talea. »Ich glaube nicht, daß jemand geworfen wurde, Mudge. Da! Die drei, die eben reingesprungen sind, werden wieder an Bord gezogen. Der erste schwimmt hierher. Kannst du was erkennen?«

»Nein, noch nich, Liebchen«, erwiderte der Otter. »Aber er oder sie kommt eindeutig auf uns zu.«

Sie warteten neugierig, während das Schiff langsam aber endgültig aus der Sicht verschwand.

Einige lange Minuten später konnten sie sehen, wie eine völlig durchnäßte Gestalt, die fast so groß war wie Flor, tropfend aus dem hüfthohen Wasser auftauchte und auf sie zuwatete. Das Wesen war zweibeinig und trug ein Kleidungsstück, das in trockenem Zustand ein makelloser Schoßrock gewesen war, eine elegante Jacke mit Bordüren an Manschetten und Kragen. Ein Spitzenhemd hing schlaff aus der geöffneten Jacke aus grünem Seidenbrokat mit Goldfäden. Flußschlamm hatte die ehemals weiße Spitze gelbgrau werden lassen.

Elegante Kniehosen gingen in Strümpfe über, die in enormen schwarzen Schuhen mit Goldschnallen verschwanden. Die Schuhe, schätzte Jon-Tom hastig, entsprachen etwa einer Größe von fünfundsiebzig bei einem Menschen, was der feuchte Ankömmling nicht maß.

Er hielt inne, nahm sie mit scheelen Blicken in Augenschein und begann die Ärmel auszuwringen. An der Jacke hing ein Monokel mit langer Goldkette. Nachdem er es ins rechte Auge geklemmt hatte, sagte der Hase mit beachtlicher Würde: »Ihr werdet doch gewißlich nicht über einen hilflos in Not geratenen Reisenden herfallen. Ich bin das Opfer höchst unsozialer Aktivitäten.« Er deutete müde flußaufwärts, wo das Schiff inzwischen verschwunden war. »Zu erschöpft, noch weiter zu fliehen, überantworte ich mich eurer Gnade und eurem Mitleid.«

»Immer ruhig!« sagte Talea. »Wenn du ehrliches Spiel mit uns treibst, darfst du dasselbe von uns erwarten.«

»Ein schätzenswertes Angebot gegenseitiger Beziehungen, schöne Dame.« Der Hase beugte sich vor, schüttelte den Kopf und streifte die langen Ohren mit zusammengedrückten Pfoten ab, Wasser tröpfelte von den Enden.

Einige wenige isolierte Tupfer in Schwarz und Braun sprenkelten das ansonsten weiße Fell. Die Innenseite der Ohren und die Nase waren rosa. Aus einem Loch in der Rückseite seiner Kniehosen ragte ein weißer Stummelschwanz. Momentan erinnerte er an einen Klumpen durchweichter Watte.

Mudge hatte Pog beim Beenden seiner Näharbeit geholfen und dem Neuankömmling zuerst nur beiläufige Aufmerksamkeit geschenkt. Jetzt schlenderte er zu seinen Begleitern herüber. Dabei hatte er Gelegenheit, den derangierten, aber ungebeugten Flüchtling genauer zu betrachten, und stieß einen trommelfellzerreißenden Pfiff aus.

Das Schlimmste erwartend, zuckte der Hase zurück, rechnete damit, trotz Taleas Erklärung angegriffen zu werden. Aber als er den Otter sah, stieß er selbst einen schrillen Pfiff aus. Mudge warf sich in die Arme des weit größeren Hasen, und die beiden verbrachten mehrere Minuten mit dem offensichtlichen Versuch, sich gegenseitig durch Schläge auf den Rücken umzubringen.

»Da bums ich doch 'n frisches Frettchen!« schrie Mudge fröhlich. »Dich 'ier zu se'en!« Er drehte sich atemlos zu seinen Freunden um, die ihn in sprachloser Verwirrung ansahen. »Ach so, ihr wißt ja gar nich, wer das is, oder?« Er hieb dem Hasen noch einmal auf den Rücken. »Stell dich selbst vor, du wandelndes Paar Ohren!«

Der Hase nahm vorsichtig das Monokel heraus und säuberte es mit einem Ärmel. »Ich bin Caspar di Lorca di l'Omollia di los Enansas Giterxos. Ihr dürft mich allerdings« – er drückte die funkelnde Linse an ihren Platz zurück –, »Caz nennen.«

Er runzelte die Stirn, als er seine seidenen Strümpfe und Hosen untersuchte. »Ihr müßt bitte mein schreckliches Äußeres entschuldigen, aber die Umstände erforderten, daß ich mein letztes Beförderungsmittel auf hastige und unerwartet wäßrige Weise verließ.«

»Schur Hölle mit ihnen!« schnaubte Pog und zeigte dem Horizont das Äquivalent eines erhobenen Mittelfingers.

»Ah, die luftige Störung, die meine Verabschiedung erleichterte!« Der Hase sah zu, wie Pog seinen reparierten Flügel testete. »Es war deine Ankunft, die es mir ermöglichte, mich so unblutig zu absentieren, mein geflügelter Freund. Wenngleich ich wenig Zeit hatte, mich um etwas anderes als um mein eigenes Schicksal zu bekümmern, sah ich doch, auf welch empörende Weise du behandelt wurdest. Es glich durchaus meiner eigenen Situation.«

Clodsahamp hatte wenig Geduld für individuelle Leidensgeschichten, ganz gleich, wie nett sie ausgeschmückt waren. »Talea hat erklärt, daß wir dich fair behandeln werden, Fremder. Das soll geschehen. Ich muß dir also gleich sagen, daß ich ein Hexer bin, und das«, – er deutete auf Jon-Tom –, »ist ein anderweltlicher Hexer. Angesichts zweier Hexer solltest du nicht wagen zu lügen. Nun dann, sei so freundlich, uns genau zu sagen, warum du von diesem Schiff gesprungen bist und warum dir sogar mehrere Besatzungsmitglieder ins Wasser folgten!«

»Sicherlich würden Sie die Details meiner unglücklichen Lage nur langweilen, Altehrwürdiger.«

»Überlaß das mir!« Clodsahamp hob warnend einen Finger. »Und vergiß nicht, was ich dir bezüglich der Wahrheit riet!«

Caz sah sich um: er war vom Ufer abgeschnitten. Zwei riesenhafte Menschen ragten erwartungsvoll über ihm auf. Sollte der Schildkröterich kein Hexer sein, so war er doch eindeutig vom Gegenteil überzeugt.

»Besser, du tust, was seine Schlau'eit dir sagt, Kumpel«, riet ihm Mudge. »Er is 'n echter 'Exer, wie er sagt. Außerdem«, – der Otter hockte sich in eine weiche Sandmulde –, »bin ich selbst neugierig.«

»Da ist nicht viel zu erzählen.« Caz ging zu dem rauchenden Lagerfeuer hinüber und versuchte weiter, vollends trocken zu werden. »Es lag in der Natur eines kindischen, ein Glücksspiel betreffenden Disputs.«

»Das hört sich einigermaßen richtig an.« Talea grinste verkniffen. »Sie haben dich also über Bord geworfen.«

Der Hase lächelte verhalten, drehte sich um und hielt sein Schwanzende zum Feuer. »Traurigerweise wären sie damit wohl nicht zufrieden gewesen. Ich fürchte, sie hatten etwas tödlichere Vorstellungen, was meine Person betraf. Ich war gezwungen, sie abzuwehren, bis dein geflügelter Freund sie kurzfristig ablenkte und es mir ermöglichte, unbeschädigt in den Fluß zu tauchen. Vorher hatte ich mich jedoch nach besten Kräften bemüht, mich argumentativ mit ihnen auseinanderzusetzen.«

»Jaah«, sagte Pog, »ich habe geschehen, wie du dich argumentativ mit ihnen auscheinandergeschetscht hascht.« Er flatterte experimentierend und erhob sich ein paar Zentimeter in die Luft. »Schie haben dich über dasch gansche Schiff argumentiert!«

»Ungebildete Hausierer, Händler von Schund und Quasipiraten!« erklärte Caz. Er betrachtete mit offensichtlichem Kummer seine besudelten Spitzenrüschen. »Ich fürchte, sie haben mich dazu veranlaßt, meine Gewandung zu ruinieren.«

»Womit hast du gemogelt, als sie dich erwischten?« fragte Flor beiläufig. »Karten?«

»Ich bitte um Vergebung, Vision des Himmels, aber das ist eine so gemeine Beschuldigung, daß ich nicht glauben kann, daß sie von den Lippen eines Wesens fiel, so voller Pracht, daß es ein Mahnmal für alle Schönheitsmaßstäbe des Universums ist.«

»Sie fiel«, beschied Flor ihn ungerührt.

»Ich mogele nie bei den Karten. Das habe ich nicht nötig, da ich so etwas wie ein Experte in ihrer Handhabung bin.«

»Was heißt, daß sie dich beim Würfeln erwischt haben«, erklärte Talea überzeugt.

»Ich fürchte ja. Meine Kunstfertigkeit beim Knöcheln entspricht nicht meinem Können bei den Karten.«

Talea lachte. »Bedeutet, daß es verflucht schwerer ist, einen Würfel im Ärmel zu verstecken als eine Karte. Kein Wunder, daß dein Hemd mit soviel Rüschen protzt.«

Der Hase sah sie verletzt an, fuhr sich mit den Fingern durchs Stirnfell und dann an einem Ohr entlang. »Ich hatte gehofft, Asyl zu finden. Statt dessen bin ich der Gegenstand fortgesetzten Spottes.«

»Wahrheit, meinst du.«

Caz wollte zu einer weiteren Erwiderung ansetzen, als Flor ihn unterbrach. »Mach dir nichts draus! Wir sind alle voll damit beschäftigt, uns zu zeigen, wie knallhart wir sein können. Wir müssen einfach nur darauf achten, nicht mit dir zu spielen.«

»Wo solche Schönheit anwesend ist, spiele ich nie«, informierte er sie. Flor war perplex und leicht verwirrt.

»Na, du bist aus der Sache raus, Kumpel«, stellte Mudge fest. »So wie du aussiehst, glitschig wie ein Fisch oder nicht, is es dir ganz gut ergangen, seit wir uns das letzte Mal gese'en 'aben.«

»Ich besinne mich deutlich auf diese Begegnung.« Der Hase säuberte jetzt seine Spangenschuhe. »Falls ich mich recht erinnere, war das auch ein Ereignis, das eilige Absentierung erforderte.«

Hochtönendes Ottergelächter pfiff über das Wasser. »Ich werde es nie vergessen. Chef. Das Gesicht von diesem armen Bankge'ilfen, als er merkte, wie wir ihn geleimt 'atten!« Sie setzten sich und tauschten leise weitere Erinnerungen aus.

Talea hörte ein paar Minuten zu und ging dann zum Wasser hinunter, wo Flor saß und den beiden pelzigen Freunden beim Plaudern zusah.

»Anderweltlerin«, begann Talea, »dieser Caz hatte einen ganz bestimmten Ausdruck in den Augen, als er mit dir sprach. Ich kenne seinen Typ. Schnell mit Worten, schnell bei der Tat, schnell beim Verschwinden. Paß auf!«

Flor blickte hoch und stand auf. Sie überschattete die kleinere Frau.

»Danke für den Rat, aber ich bin schon ein großes Mädchen. Ich kann auf mich selbst achtgeben. *Comprende?*«

»Größe und Klugheit stimmen nicht immer überein. Ich wollte dir einfach nur eine faire Warnung geben.«

»Danke für deine Anteilnahme!«

»Du solltest nur eins bei ihm bedenken.« Talea wies mit dem Kopf auf den plaudernden Caz. »Er bumst wahrscheinlich alles, was läuft, und einiges andere auch. Unser alter Mudge redet bloß; aber der da handelt. Das sieht man.«

»Ich bin sicher, daß ich auf dein erfahrenes Urteil vertrauen kann«, erwiderte Flor gelassen und entfernte sich, bevor Talea fragen konnte, was diese Bemerkung genau bedeuten sollte.

»Das ist also meine jüngste Vergangenheit«, sagte der Hase und besah sich die Begleiter des Otters. »Und wohin fuhrt dich dein Weg, alter Freund? Das hier scheint mir nicht die typische Räuberbande zu sein, obwohl ich zu sagen wage, daß, falls solches ihre Gewohnheit ist, sie bestimmt sehr tüchtig darin wären. Zwei der größten Menschen, die ich je sah. Und der alte Schildkrötenherr hat den Mann einen anderweltlichen Hexer genannt.«

»Ich wundere mich nich, daß du dich wunderst, Kumpel«, sagte Mudge. »Das ist alles Teil der verrücktesten Geschichte, die sich ein 'albseniler 'Exer je ausdachte. Ich gäbe meinen linken Schneidezahn dafür, aus dieser Sache rauszukommen.« Er hatte seine Stimme zu einem Flüstern gesenkt.

»Na, mach dir keine Sorgen des'alb! Du kannst mir nich 'elfen. Du machst dich auf den Weg, bevor seine 'Exerschaft dich ebenfalls zwangsverpflichtet. Er is 'n Keine-Faxen-Zauberer, is er, und er 'at uns alle in irgend'nen verdammten, abenteuerlichen Feldzug zur Rettung der Welt gezerrt. Denk nich daran, seine Magie zu bezweifeln, er is echt, is er, nicht irgendso'n Zirkusfakir. Der lange Menschenmann mit dem dämlichen Gesicht, bei dem weiß ich immer noch nich so recht. Er kommt mir manchmal so naiv vor wie 'n sabberndes Junges, aber ich habe mit eigenen Augen die Magie gese'en, die er zustande bringt. Er is 'n Bannsänger.«

»Was ist mit der hochgewachsenen Menschenfrau? Ist sie eine Zauberin?«

»Nich daß sie's bis'er gezeigt 'ätte«, antwortete Mudge nachdenklich. »Glaube nich, daß sie eine Hexe is. Aber gut gebaut is sie.«

»Ah, mein Freund, dir mangelt es an Sinn für die Feinheiten der höheren Bildung. Schon nach unserer kurzen Konversation war mir klar, daß sie zum erlauchten Orden jener Auserwählten gehört, die sich durch die Gabe hoher Intellektualität auszeichnen.«

»Wie ich schon sagte«, meinte der Otter, »sie is gut gebaut.«

Caz schüttelte betrübt den Kopf. »Willst du denn dein Denken nie aus den vulgären Niederungen der Gosse erheben, Freund Mudge?«

»Ich mag die Gosse«, lautete die Antwort. »Es is da warm und freundlich, und man trifft interessante Leute aller Art. Seit ich den Fehler machte, kurzfristig aus der Gosse zu verschwinden, bin ich als Kindermädchen an den Burschen da gefesselt, und nun werd ich irgendwie auf 'nem Kurs mitgeschleift, den ich nich ändern und auch nich verlassen kann. Wie ich schon sagte, Kumpel, die Gesellschaft is ganz nett, aber die Situation is für'n Arsch. Pschhh, ruhig, und paß auf, was du sagst! Da kommt er.«

Clodsahamp watschelte zu ihnen herüber. Jetzt blickte er sorgenvoll auf Mudge herab. »Mein lieber Otter«, sagte er und spähte über den Rand seiner Brille, »hast du noch nie daran gedacht, daß jemand, der fähig ist, Elementarkräfte durch das halbe Universum herbeizuzitieren, auch einigermaßen imstande ist zu hören, was nur wenige Schritte hinter ihm gesagt wird?«

Mudge sah ihn bestützt an. »Dann 'aben Sie alles ge'ört?«

»Fast alles. Oh, sieh mich nicht an wie ein erschrecktes Kind! Ich werde dich nicht dafür bestrafen, daß du privat einer Meinung Ausdruck gabst, aus der du auch in der Öffentlichkeit kein Geheimnis machst.«

Der Otter entspannte sich etwas. »Ich 'atte nicht gedacht, daß Sie einen 'Örzauber eingesetzt 'aben, euer Nettigkeit.«

»Das habe ich auch nicht. Ich kann einfach nur sehr gut hören. Ein Ausgleich vielleicht für meine schwache Sehkraft.« Clodsahamp betrachtete den aufmerksamen Caz. »Du hast gehört, was unser gemeinsamer Freund denkt. Erlaube mir etwas umfassender zu erklären, und entscheide dann, ob unser ›Feldzug‹ tatsächlich so wahnsinnig ist.«

Dann gab er dem Hasen eine Zusammenfassung sowohl ihrer Absichten als auch ihrer Fortschritte.

Als er geendet hatte, sah Caz ehrlich besorgt aus. »Aber natürlich, wenn das, was Sie sagen, bevorsteht, dann muß ich mich eurer Gesellschaft anschließen.«

»*Was?*« Mudge schien vom Donner gerührt. Seine Schnurrhaare zuckten unkontrolliert.

»Das ist verdammt anständig von dir«, sagte Jon-Tom. »Wir können alle Hilfe gebrauchen, die wir bekommen können.«

»Falls der Zauberer hier recht hat«, sagte der Hase langsam, »und ich habe keinen Grund, das anzuzweifeln, dann soll unsere Welt, wie wir sie kennen, zerstört werden, wenn wir nicht unser Bestes geben, um die kommende Katastrophe zu verhindern. Ich halte das für eine der besten Aufgaben, denen man sich verschreiben kann. Ja, es wird mir eine Ehre sein, mich eurer kleinen Unternehmung anzuschließen und die Hilfe zu leisten, die ich leisten kann.«

»Du bist bekloppt!« Mudge schüttelte verzweifelt den Kopf. »Völlig bescheuert. Das Wasser is dir ins Ge'irn gelaufen.«

Pog bestätigte Mudges Einschätzung mit »Idiot!« Aber es gab auch Gratulationen und Dank von den beiden anderweltlichen Menschen.

Selbst Talea äußerte widerwillig eine Art neidvoller Hochachtung: »Gibt heutzutage nicht viele, die noch ehrenhaft handeln.«

»Das gilt mindestens noch für eine andere Welt«, stellte Flor fest.

»Es ist traurig, aber Ehre ist eine sterbende Eigenschaft.« Caz legte eine Pfote über sein Herz. »Ich kann nur mein unbedeutendes Bestes für den Versuch geben, sie wieder aufleben zu lassen.«

»Wir sind ganz gewiß froh, dich bei uns zu haben.« Clodsahamp war unverkennbar überwältigt durch dieses erste freiwillige Hilfsangebot. »Besitzt du ein Schwert oder eine andere Waffe?«

»Leider«, sagte der Hase und breitete die Pfoten aus, »habe ich nichts außer dem, was ihr hier seht. Falls ich eine Waffe erlangen kann, so werde ich sie selbstverständlich tragen, obwohl ich feststellen durfte, daß meine wirksamste Methode, einen Gegner unschädlich zu machen, im Einsatz gewandter und umgänglicher Worte anstatt scharfer Spitzen besteht.«

»Wir brauchen Schwertarme, keine Großmäuler«, grummelte Talea.

»Es gibt Zeiten feuriger Herzen und Köpfe, in denen ein großes Maul den besten Angriff eines Gegenspielers unwirksam machen kann. Mach nicht so bereitwillig etwas verächtlich, das du nicht besitzt!«

»Also so was! Wenn du damit sagen willst, ich sei dumm, du strubbelgesichtiger Huren ...!«

Clodsahamp war zwischen sie getreten. »Ich werde Streit unter Verbündeten nicht dulden. Spar dir deine Wut für die Gepanzerten auf, die davon absorbieren werden, was du aufbringen kannst.« Er sah plötzlich sehr müde aus.

»Bitte, keine Beleidigungen mehr! Keine direkten.« Er funkelte Talea an. »Und keine verhüllten.« Er blickte über seinen Rückenschild zu Caz.

»Ich werde mich bemühen, meine scharfe Zunge zu kontrollieren«, erklärte der Hase gehorsam.

»Ich werde den Mund halten, wenn er es auch tut«, brummte Talea.

»Gut. Und jetzt schlage ich vor, daß wir uns alle entspannen und das Mittagsmahl genießen. Hast du schon gegessen, Hase?«

Der Gefragte schüttelte den Kopf. »Ich mußte mich leider vor dem Essen verabschieden. Ich hatte den Tag etwas anders geplant.«

»Dann werden wir essen und warten ...«

XVI

Es tauchte kein weiteres Schiff auf, während sie aßen. Genausowenig wie den Rest des Tages oder am Morgen des nächsten.

»Wirklich, wir sind an vielen Handelsschiffen vorbeigekommen, die stromabwärts in Richtung Glittergeist fuhren«, informierte sie Caz. »Aber außer uns war praktisch niemand in entgegengesetzter Richtung unterwegs. Die Winde sind unberechenbar zu dieser Jahreszeit. Nur wenige Schiffseigner sind bereit, die Kosten dafür zu tragen, eine Fracht den ganzen Tailaroam hinaufzustaken. Gute Staker sind zu teuer. Das macht einen Profit höchst ungewiß.

Wir dürfen uns glücklich schätzen, wenn wir ein weiteres stromaufwärts fahrendes Schiff sehen: und falls das geschehen sollte, gibt es keine Garantie, daß sie genug Platz für so viele Passagiere haben. Mein Schiff war einigermaßen überfüllt, und ich gehörte als einziger nicht zur Mannschaft.« Er spie graziös in den Sand. »Eine Eigenschaft, die ich hätte vermeiden sollen.«

Clodsahamp seufzte. Er kämpfte sich auf die Beine und zockelte zum Fluß hinunter. Nachdem er lange auf die Wasseroberfläche gestarrt hatte, nickte er und sagte: »Dieser Teil des Tailaroam ist breit und tief. Er sollte eigentlich voller gefügiger, aber schnell schwimmender Salamander sein. Sie sind sicherer und billiger als jedes Schiff.« Er räusperte sich. »Ich werde einige herbeirufen, damit sie uns tragen.«

Er hob kurze Arme über das sanft plätschernde Wasser, öffnete den Mund und sah plötzlich sehr verwirrt aus. »Zumindest habe ich das vor. Dieser Spruch ...« Er durchsuchte die Schubladen in seinem Panzer. »Salamander ... Salamander ... Pog!«

Der Famulus tauchte auf und schwebte vor ihm in der Luft. »Fragen Schie nicht mich, Bosch. Ich weisch auch nicht, wo Schie ihn gelaschen haben. Ich glaube nicht, dasch ich jemalsch von ihm gehört habe. Wann haben Schie ihn dasch letschte Mal verwenden müschen? Vielleicht können Schie mein Gedächtnisch benutschen, wenn esch bei Ihrem nicht klappt.«

Der Hexer schaute ihn gedankenversunken an. »Mal sehen ... o ja, das war vor ungefähr hundert Jahren, glaube ich.«

Pog schüttelte den Kopf. »Tut mir leid Meischter, da war ich nicht schugegen.«

»Verdammt!« murmelte Clodsahamp enttäuscht, während er weiter seine Schubfächer durchsuchte. »Er muß hier irgendwo sein.«

Jon-Tom wandte seine Aufmerksamkeit dem Wasser zu. Alle anderen achteten auf den Hexer. Er zog seine Duar vom Rücken und probierte an den Saiten herum. Töne trieben über das Wasser.

»Erlauben Sie!« sagte er wichtigtuerisch und beobachtete aus dem Augenwinkel, ob Flor hersah.

»Was, schon wieder?«

Jon watete knöcheltief ins Wasser: es gluckste ihm erwartungsvoll um die Stiefel. »Warum nicht? Habe ich es das letzte Mal nicht gut gemacht, als wir ein Beförderungsmittel brauchten?« Ja, Flor schenkte ihm jetzt eindeutig ihre Aufmerksamkeit.

»Ja, das hast du tatsächlich, Junge, aber nur zufällig.«

»Nicht völlig zufällig. Wir brauchten ein Beförderungsmittel, ich rief danach, wir bekamen eins. Die Konturen waren ein bißchen verändert, das ist alles. Ich müßte diesmal mehr Kontrolle darüber haben.«

»Nun ... wenn du glaubst, daß du soweit bist.« Clodsahamp klang unsicher.

»Soweit, wie man sein kann.«

»Dann kennst du ein passendes Salamanderlied?«

»Äh ... nicht ganz. Wenn Sie mir vielleicht einen beschreiben.«

»Wir werden sechs von ihnen brauchen«, begann der Zauberer. »Pog kommt aus eigener Kraft weiter. Salamander sind einschließlich Schwanz etwa doppelt so lang wie du. Der Körper ist schimmernd grau und wird zum Bauch hin weiß. Rücken und Flanken sind rot und gelb gefleckt. Sie haben kleine, aber scharfe Zähne, Schwimmfüße mit langen Klauen und sind nur gefährlich, wenn sie sich bedroht fühlen. Wenn du sie dazu bringen kannst, daß sie hochkommen, werde ich sie mit einem Kontrollzauber belegen, der es uns ermöglichen wird, den ganzen Weg bis nach Polastrindu mit ihnen zurechtzukommen.« Fast unhörbar murmelte der dann: »Ich weiß, daß das dämliche Ding hier irgendwo steckt.«

»Doppelt so lang wie ich, grau, Bauch weiß, Rücken rot und gelb gefleckt, Klauen und Zähne, aber nur gefährlich wenn bedroht«, murmelte Jon-Tom. Im Bewußtsein, daß alle Augen auf ihn gerichtet waren, versuchte er Zeit zu schinden. »Mal sehen ... etwas von Simon und Garfunkel vielleicht? Nein, das ist nicht richtig. Zeppelin. Queen, Boston ... verdammt! Es gab da einen Song von den Moody Blues ... nein, der geht auch nicht.«

Flor beugte sich zu Talea hinüber. »Was tut er?«

»Bereitet den richtigen Banngesang vor, nehme ich an.«

»Er hört sich so verwirrt an, finde ich.«

»Hexer hören sich oft verwirrt an. Es ist notwendig zum Zaubern.«

Flor blickte zweifelnd. »Wenn du es sagst ...«

Schließlich gelangte Jon-Tom zu dem Schluß, daß er irgend etwas spielen oder seinen Mißerfolg eingestehen mußte. Doch das tat er nicht, nicht wenn Flor ihm zusah. Er fingerte an den Masse- und Schrille-Kontrollen herum, ließ die Finger über die beiden Saitensätze wandern, schlug die größeren und zupfte die kleineren. Es wäre bestimmt besser gewesen, Clodsahamp um Hilfe zu bitten, aber ein Versagen eingestehen, nein!

Außerdem – was konnte schon schiefgehen? Falls er Fische statt Salamander herbeisang, würden sie dadurch zwar nicht schneller reisen, hätten aber gut zu essen, während sie warteten.

Mal sehen ... warum nicht einen Song so abwandeln, daß er den aktuellen Bedürfnissen entsprach? Daher, ergo und so weiter ... ›Yellow Salamander*‹ klang zwar nicht genau wie ›Yellow Submarine**‹, aber es war ähnlich genug.

»Wir leben alle auf 'nem gelben Salamandee, gelben Salamandee, gelben Salamandee ...« Beim Einsatz des Refrains gab es einen Wirbel im Wasser, der sich zu einem großen Strudel ausweitete.

»Dann sind sie also da unten«, murmelte Clodsahamp aufgeregt. Er versuchte seine Aufmerksamkeit zwischen dem Fluß und dem Sänger zu teilen. »Vielleicht ein bißchen länger bei den Verben, mein Junge. Und ein wenig mehr Betonung bei den Gegenständen der Suche. Und jetzt scharf bei den Schlüsselworten.«

»Ich weiß nicht, welches die Schlüsselworte sind«, wandte Jon-Tom zwischen den Versen ein. »Aber ich werde es versuchen.«

Was passierte, war, daß er lauter sang, obwohl sich seine Stimme nicht zum Grölen eignete. Er war am besten bei sanften Balladen. Doch als er fortfuhr, fiel ihm der Song leichter. Es war fast so, als spürte er unbewußt, welche Worte als Katalysatoren auf die sonderbaren Elemente der Quasi-Wissenschaft wirkten, die Clodsahamp Magie nannte. Oder hatte der Hexer recht, und Wissenschaft war in Wirklichkeit Quasi-Magie?

Dies war nicht der rechte Augenblick zum Philosophieren, ermahnte er sich hastig, und versuchte, sich auf den Song zu konzentrieren. Ein paar Düsenboote wären vielleicht noch nützlicher ...

Vorsicht, erinnere dich an die Reitschlange! Ach, das war nur Dusel, das natürliche Ergebnis eines unsicheren Erstversuches in einer neuen Disziplin! Reiner Zufall. Da hatte er weder gewußt, was, noch wie er es machte.

Salamander wollte Clodsahamp, und Salamander sollte er bekommen.

---

* = Gelber Salamander

** = Gelbes Unterseeboot; ein Song der Beatles. – *Anm. d. Übers.*

Jetzt begann das Wasser in der Nachbarschaft des Strudels wild zu blubbern.

»Da sind sie!« schrie Talea.

»Verdammich, aber der Junge hat es tatsächlich geschafft!« Mudge blickte voller Stolz auf seinen trällernden Schützling.

Jon-Tom für seinen Teil fuhr fort zu singen, sandte Töne und Worte über das aufgewühlte Wasser. Im Zentrum des Strudels, der jetzt in respektabler Höhe blubberte, schäumte es weiß auf. Hin und wieder sprudelte er sechs Meter hoch, so als erhöbe sich etwas erheblich Massigeres als ein bescheidener Salamander vom Grund des Flusses.

Caz und Talea waren die ersten, die sich stirnrunzelnd vom Ufer zurückzogen. »Jon-Tom!« rief Talea ihm zu. »Weißt du auch, was du tust?«

Unerreichbar für äußere Kommentare sang er unentwegt weiter. Clodsahamp hatte ihm gesagt, daß ein guter Hexer oder Bannsänger sich immer konzentrieren müsse. Jon-Tom konzentrierte sich sehr.

»Mein Junge«, sagte Clodsahamp langsam und rieb sich mit einer Hand die Kinnlade, »einige der Worte, die du verwendest ... ich weiß, der Textzusammenhang ist wichtig, aber ich bin mir nicht sicher ...«

Blasen und Schaum stiegen auf zu dreifacher Mannshöhe. Ein wäßriges Rumpeln erhob sich und es setzte sich zum Ufer hin fort. Falls es da draußen irgendwelche Amphibien gab, betrug ihre Zahl ganz offensichtlich mehr als ein halbes Dutzend.

Die Heftigkeit der Erscheinung drang schließlich durch Jon-Toms Konzentration. Ihm kam der Gedanke, daß es vielleicht besser sei, sich etwas zurückzuziehen und einen neuen Song auszuprobieren. Aber Flor sah zu, und es war der einzige wasserbezogene Liedtext, den er kannte. Also machte er trotz der von Clodsahamp geäußerten Zweifel weiter.

Irgend etwas tat sich schließlich da draußen.

Unter dem Wasser donnerte es. Plötzlich durchbrach ein

Kopf den Schaum, ein Kopf, schwarz wie die Nacht, mit leuchtenden roten Augen und einer langen schmalen Schnauze, die sich an der Spitze leicht aufwölbte und von nadelspitzen langen Zähnen strotzte. Am hinteren Schädel flatterten Fledermausohren. Der Kopf saß auf einem muskelbepackten geschuppten Hals, der in eine massige schwarze Brust überging, durch die irisierende Linien in Purpur und Himmelblau verliefen. Der Hals war beidseitig zur Hälfte mit roten Kiemen bedeckt.

Ein Vorderfuß erhob sich aus dem Wasser. Er war größer als Jon-Tom, dessen Finger über den Saiten der Duar eingefroren waren, während ihm die verbliebenen Worte der Strophe ihm Mund versteinerten.

Die Sonne schien weiter. Nur ein paar dunkle Wolken sprenkelten den Himmel, aber um die Reisenden schien der Tag dunkler zu werden. Der dicke ledrige Fuß mit Klauen von Unterarmlänge, von denen Schlamm und Wasserpflanzen tropften, bewegte sich, von aufspritzendem Wasser umgeben, auf das Land zu. Zwischen den fingerartigen Gliedmaßen spannte sich Gewebe.

Der elegante Alptraum öffnete das Maul. Ein dünner Strom organischen Napalms fuhr hervor und ließ das Wasser wenige Meter vor der Halbinsel in einer Dampfwolke hochschießen.

»Ho!« sagte eine deutliche, rumpelnde Stimme, neben der die von Pog eindeutig süß klang. »Wer wagt es, die Hibernation von Falameezar-aziz-Sulmonmee zu stören? Wer zieht mich ekligerweise aus meinem Heim im Fluß? Wer wünscht«, – die großen zahnstrotzenden Kiefer auf dem muskulösen Halskran senkten sich –, »mir beim Essen Gesellschaft zu leisten?«

Mudge war nach rückwärts gestolpert und näherte sich dem Waldrand. Der Drache legte den Kopf schief, sah ihn und schloß ein Auge. Sein Maul verengte sich, und er spie. Ein winziger Feuerball landete einen halben Meter vor Mudge und äscherte einige Büsche sowie eine mittelgroße Birke ein. Mudge hielt augenblicklich inne.

»Ihr habt mich gerufen ... aber ich habe euch nicht verabschiedet.« Der Kopf hing jetzt fast direkt über Jon-Tom, dessen Nacken vom dauernden Hochsehen allmählich steif wurde.

»Wisse, daß ich Falameezar-aziz-Sulmonmee bin, Dreihundertsechsundvierzigster der Linie der Sulmonmeecar, Drachen Aller Flüsse, die über die schnellfließenden Tiefen sämtlicher Welten wachen! Und um wen, du unverfrorener Tollkühnheit Ausübender, handelt es sich bei dir?«

Jon-Tom versuchte zu lächeln. »Nur ein Fremder bin ich, gerade auf der Durchreise und bemüht, mich nirgends einzumischen. Sieh mal, äh, Falameezar, es tut mir leid, daß ich dich gestört habe. Manchmal bin ich in bestimmten Dingen nicht allzu umsichtig. Genauso wie meine Vortragskunst nie an meine Begeisterung heranreicht. Ich habe eigentlich versucht, ein paar Salamander herbeizurufen und ...«

»Hier gibt es keine Salamander«, donnerte die Stimme hinter den Zähnen hervor. Der Drache zeigte ein reptilisches Lächeln: jenseits der Zähne tat sich ein schwarzer Schlund auf. »Ich habe bereits alle gegessen, die hier herumschwammen. Die anderen sind in sichere Gewässer geflohen, wohin ich ihnen bald folgen muß.« Das Lächeln blieb. »Siehst du, ich bin oft hungrig und muß meinen Unterhalt suchen, wo ich ihn finden kann. Jedem entsprechend seinen Bedürfnissen, nicht wahr?«

Clodsahamp hob die Hände.

»Vorfahr von den netten kleinen Echsen.
Behind'rer uns'rer langen, wicht'gen Reise,
Laß zurück auf deinen Weg dich hexen,
Deine Innentemperatur ich sonst vereise.«

Der Drache warf der Schildkröte einen scharfen Blick zu. »Hör auf mit deinem Gemurmel, alter Narr, sonst koche ich dich in deiner Schale – und zwar bevor du diese Beschwörung beendet hast!«

Clodsahamp zögerte und schwieg. Aber Jon-Tom sah,

wie seine Gedanken fieberhaft arbeiteten. Wenn ihm irgend jemand etwas Zeit verschaffen konnte ...

Ohne nachzudenken, trat er einige Schritte vor, bis ihm das Wasser um die Stiefel schwappte. »Wir wollen dir nichts tun.« (Ein leises Drachenkichern und Rauchwölkchen aus schuppigen Nüstern.) »Und es tut mir leid, wenn wir dich gestört haben. Wir sind auf einer bedeutenden Mission, um ...«

»Die Missionen, das Treiben und die Absichten der Warmlander sind von keinerlei Interesse für mich.« Der Drache klang angewidert. »Ihr seid alle ökonomisch und sozial repressiv.« Sein Kopf senkte sich weiter, und er kam näher, ein schwarzer Berg, der aus dem Fluß aufstieg. Falameezar war jetzt nahe genug, um den Duarspieler mit einem Fuß zerquetschen zu können.

Jon-Tom konnte hören, wie Flor irgendwo hinter ihm laut flüsterte: »Ein *richtiger Drache!* Wie herrlich!« Talea, die neben ihr stand, brachte murmelnd andere Empfindungen zum Ausdruck.

»Ihr lebt oder werdet Nahrung«, erklärte der Drache, »ganz nach meiner Laune. So ist es Brauch bei Drachen, die zufällig auf Reisende stoßen. Wie es ebenfalls Brauch ist, werde ich euch die Gelegenheit bieten, eure Freiheit zu gewinnen. Ihr müßt ein Rätsel lösen.«

Jon-Tom patschte mit einem Fuß ins Wasser. »Ich bin nicht sehr gut in Rätseln.«

»Ihr habt keine Wahl. Auf jeden Fall brauchst du dir keine großen Sorgen zu machen.« Speichel tropfte vom Unterkiefer. »Wisse, daß noch niemand, der mir über den Weg lief, in der Lage war, mein Rätsel zu lösen.«

»Nur ru'ig, Kumpel!« rief Mudge aufmunternd. »Laß dich nich von ihm einschüchtern! Er versucht, dir Angst zu machen, damit du nich mehr sorgfältig über deine Antwort nachdenkst.«

»Und es gelingt ihm«, gab Jon-Tom zurück. Er blickte wieder zu dem Maul auf, das darauf wartete, ihn mit einem Bissen zu verschlingen. »Gibt es keine andere Möglichkeit, das Ganze zu klären? Es ist nicht gerade höflich, Besucher zu verspeisen.«

»Ich habe euch nicht eingeladen«, dröhnte der Drache. »Ziehst du es vor, die Sache zu beenden, indem du auf dein Recht, auf eine Antwort verzichtest?«

»Nein, nein!« Jon warf Clodsahamp einen Seitenblick zu. Der Hexer murmelte eindeutig irgendeinen Spruch, so leise, daß der Drache ihn nicht hören konnte. Aber entweder taugte der Zauber nichts, oder das launische Gedächtnis des Hexers hatte diesen unpassenden Augenblick gewählt, um ihn in Stich zu lassen.

»Also dann – frag!« bat Jon-Tom; das Seidenhemd klebte ihm verschwitzt am Rücken.

Der Drache roch nach Schlick, Wasser und Flußgetier. Der beißende Duft wurde für Jon-Tom zu einer Bezugsgröße, auf die er sich neben seiner Furcht konzentrieren konnte.

»Dann beantworte mir folgendes«, rumpelte der Drache. Er räkelte sich im seichten Wasser und behielt den Rest der verängstigten Gruppe mit feurigem Auge scharf im Blick.

»Was ist das grundlegende Merkmal der menschlichen Natur ... und aller vergleichbaren Naturen?« Er stieß Rauchwölkchen aus, freute sich riesig über Jon-Toms offensichtliche Verwirrung.

»Liebe!« rief Talea. Jon-Tom war verblüfft und leicht schockiert über die für den Rotschopf uncharakteristische Antwort.

»Ehrgeiz«, schlug Flor vor.

»Gier.« Unnötig, sich umzusehen, wer das gesagt hatte; es konnte nur von Mudge gekommen sein.

»Der Wunsch, seine Lage zu verbessern, ohne anderen Schaden zuzufügen.« Das war der anmutige Vorschlag von Caz, der allerdings nur so lange anmutig blieb, bis er hinzufügte: »Der nicht größer ist als unbedingt notwendig.«

»Angscht«, sagte Pog stockend und versuchte einen Baum ausfindig zu machen, hinter dem er sich verstecken konnte, ohne die Aufmerksamkeit des Drachen auf sich zu lenken.

»Der Wunsch, Wissen zu erwerben und weise zu werden«, sagte Clodsahamp, der vorübergehend vom Weben seines Zaubers abgelenkt wurde.

»Nein, nein, nein, nein und nein!« schnaubte der Drache angewidert und versengte die Luft mit Flammenspritzern. »Ihr seid so unwissend wie alle anderen.«

Jon-Tom dachte hektisch über etwas nach, das der Drache zuvor gesagt hatte. Ja ... sein Kommentar über die Warmlander, daß sie ›ökonomisch und sozial repressiv‹ seien. Jetzt klang das Rätsel fast vertraut. Er war sicher, daß er es kannte – aber woher? Und steckte mehr dahinter, so daß sich eine Antwort daraus ergab? Verzweifelt kramte er in seinem Gedächtnis nach der entfernten Erinnerung.

Falameezar zischte, und das Wasser um Jon-Toms Stiefel kochte. Er konnte die Hitze selbst durch das dicke Leder spüren. Er fragte sich, ob er wohl rot würde wie ein Hummer ... oder schwarz wie verbrannter Toast.

Vielleicht konnte der Drache genausogut Gedanken lesen wie Rätsel aufgeben. »Ich werde euch noch eine andere Wahl lassen. Ich kann euch sotten oder braten. Diejenigen, die lieber gesotten werden, dürfen in den Fluß treten. Die anderen bleiben, wo sie sind. Mir ist es egal. Ich kann euch auch roh essen. Die meisten Mahlzeiten ziehen es allerdings vor, vorher gekocht zu werden.«

Los jetzt, du Mahlzeit! fuhr Jon sich an. Dies ist nur eine weitere Prüfung, es könnte allerdings die letzte sein, falls du nicht ...

»Warte! Warte einen Augenblick! Ich weiß die Antwort.«

Der Drache richtete ein gelangweiltes Auge auf ihn. »Beeil dich! Ich habe Hunger.«

Jon-Tom atmete tief durch. »Das grundlegende Merkmal der menschlichen Natur ist produktive Arbeit.« Als Dreingabe fügte er beiläufig hinzu: »Das weiß doch jeder.«

Der Kopf des Drachen fuhr zurück und beherrschte den Himmel. Fledermausflügelohren flatterten verwirrt, und einen Moment lang war er so verdutzt, daß er sich an seinem eigenen Rauch verschluckte.

Immer noch drohend, aber verunsichert schob er seinen

massigen Schädel so nahe heran, daß Jon-Tom die schimmernden Schuppen hätte streicheln können. Die Luft war erfüllt von Feuchtigkeit und Schwefelduft.

»Und was«, grummelte Falameezar, »bestimmt die Struktur jeder Gesellschaft?«

Jon-Tom begann sich ein wenig zu entspannen. So unglaublich es schien, er fühlte sich sicher. »Ihre Produktionsverhältnisse.«

»Und Gesellschaften entwickeln sich ...?«

»Durch eine Folge von Krisen, die durch innere Widersprüche verursacht werden«, schloß Jon-Tom für ihn.

Die Augen des Drachen blitzten, und der Unterkiefer hing herab. Obwohl er sicher war, die Antwort gefunden zu haben, trat Jon-Tom unwillkürlich einen Schritt vor den schrecklichen Zähnen zurück. Ein Paar riesenhafter Vorderfüße erhob sich tropfend aus dem Wasser.

Die Füße kamen auf Jon-Tom zu. Er fühlte sich in die Luft gehoben. Irgendwo hinter ihm schrie Flor verzweifelt auf, und Mudge murmelte so etwas wie einen Abgesang.

Eine ungeheure gespaltene Zunge, von dem gleichen verblüffenden Rot wie die geschlitzten Augen, fuhr aus dem Maul und glitt feucht über Jon-Toms Gesicht.

»Genosse!« rief der Drache aus. Dann wurde Jon-Tom sanft auf das trockene Land zurückgesetzt.

Der Drache schlug ekstatisch auf das Wasser ein. »Ich *wußte* es! Ich wußte, daß nicht *alle* Wesen dieser Welt ohne das Wissen um den wahren Weg existieren konnten.« Er war so glücklich, daß er Feuer spie, achtete jetzt allerdings sorgfältig darauf, nicht die fassungslosen Zuschauer zu treffen.

Der Otter rannte auf den Sand und flüsterte Jon-Tom zu: »Mann, Kumpel, sollte das noch mehr von deiner unerwarteten 'Exerei sein?«

»Nein, Mudge.« Jon wischte sich heißen Drachenspeichel von den Wangen. »Nur eine zutreffende Vermutung. Sie wurde durch etwas bewirkt, das er vorhin zu uns sagte. Dann fiel mir alles wieder ein. Was ich nicht verstehe: wie dieser grundsolide Drache in einen hingebungsvollen Marxisten umgewandelt wurde.«

»Maziwisten? Was ist das? Vielleicht irgend'ne anderweltliche Magie?«

»Einige halten es dafür. Andere bezeichnen es eher als reinen Aberglauben oder als Wissenschaft. Aber sag um Gottes willen nichts derartiges zu ihm, sonst finden wir uns in seiner Suppe wieder.«

»Entschuldige meine Neugier!« rief er dem Drachen zu. »Aber wie kommt es, daß du auf den ...« Er zögerte. »... den wahren Weg gestoßen bist?«

»Es passiert hin und wieder, daß Drachen in interdimensionale Verwerfungen stolpern«, erläuterte Falameezar ihm, während er sich langsam beruhigte. »Wir scheinen eine gewisse Anfälligkeit für solche Manifestationen zu haben. Ich wurde einige Tage in einer solchen festgehalten. Dort wurde es mir enthüllt. Ich versuchte es auch den anderen klarzumachen, aber ...« Er zuckte mit massigen schwarzen Schultern. »Was kann man schon in einer Welt ausrichten, in der es von habgierigen und unersättlichen Kapitalisten wimmelt?«

»Ja, wirklich«, murmelte Jon-Tom.

»Selbst wenn man ein Drache ist. Oh, ich versuche es hin und wieder, hier am Fluß. Aber die armen mißbrauchten Bootsleute begreifen die Arbeitswerttheorie nicht, und es ist so gut wie unmöglich, selbst den niedrigsten Arbeiter in sozialistisch-dialektisches Denken einzuführen.«

»Ich kenne das Problem«, sagte Jon-Tom mitfühlend.

»Was du nicht sagst!«

»Ja. Es ist sogar so, daß wir alle gerade auf einer Reise sind, wir sieben Genossen, weil sich dieses Land, von dem du sagst, daß es voller Kapitalisten sei, in akuter Gefahr befindet, von einer Nation überfallen und überrannt zu werden, die ausschließlich aus totalitären Kapitalisten besteht, die die, äh, hiesigen Arbeiter in einem Ausmaß versklaven wollen, an das die primitiven Bosse dieser Landstriche nicht im entferntesten heranreichen, selbst wenn sie es wollten.«

»Eine schreckliche Aussicht!« Der Blick des Drachen wandte sich den anderen zu. »Ich entschuldige mich. Ich hatte keine Ahnung, Mitstreitern für die Sache des Proletariats gegenüberzustehen.«

»Verdammt richtig«, sagte Mudge. »Du solltest dich was schämen, Kumpel!« Er begann vorsichtig wieder auf den Sand zuzugehen. Clodsahamp sah gleichzeitig gefesselt und verdutzt aus, war aber für den Augenblick gern bereit, Jon-Tom das Reden zu überlassen.

»Nun dann, Genosse!« Die massige schwarze Gestalt faltete die Vorderbeine und streckte sich im seichten Uferwasser aus. »Was kann ich tun, um zu helfen?«

»Nun, wie du sagen würdest: jedem nach seinen Fähigkeiten und jedem nach seinen Bedürfnissen.«

»Genau«, erwiderte der Drache in einem Ton, mit dem üblicherweise Heilige angerufen werden.

»Wir müssen das Volk vor der Invasion der Bosse warnen. Dazu wiederum müssen wir die Einwohner des mächtigsten Regierungszentrums warnen. Wenn wir so schnell wie möglich stromaufwärts gelangen könnten ...«

»Genug!« Falameezar erhob sich majestätisch auf den Hinterbeinen. Eine kräftige Welle spülte beinahe ihr Gepäck hinweg. Als der Drache sich umdrehte, schlängelte sich der purpurn-schwarze Schwanz mit den starren Höckern und Rückgratplatten zierlich über den Sand.

»Gebt mir die Ehre! Ich werde euch hinbringen, wo immer ihr wollt, und das weitaus schneller, als irgendein Kapitalistenschwein von Schiffseigner es könnte. Unter einer Bedingung.« Der Schwanz glitt teilweise zurück ins Wasser.

Jon-Tom wollte gerade den Schwanz hochklettern und zögerte jetzt vorsichtig. »Und die wäre?«

»Daß wir während des Verlaufs unserer Reise eine ordentliche Diskussion führen über die wahre Natur solcher Erscheinungen wie Arbeitswert, Überakkumulation, relative Verelendung und die Entfremdung des Produzenten von seinem Produkt. Das brauche ich für mich selbst. Ich muß alle Munition einsetzen, derer ich habhaft werden kann, um mich mit meinen Kameraden auseinanderzusetzen. Die meisten Drachen wissen nichts vom Klassenkampf.« Er klang entschuldigend. »Wir neigen von Natur aus zum Solipsismus.«

»Das kann ich verstehn«, sagte Jon-Tom. »Es wird mir eine Freude sein, alle Argumente und Informationen zur Verfügung zu stellen, über die ich verfüge.«

Der Schwanz glitt zurück auf den Sand. Jon-Tom stieg die natürliche Treppe hinauf und warf seinen Begleitern einen auffordernden Blick zu.

»Worauf wartet ihr? Es ist sicher. Falameezar ist ein klassenbewußter Proletarier, ein Genosse.«

Der Drache strahlte.

Als sie alle aufgesessen waren, Sitzplätze gefunden und ihr Gepäck gesichert hatten, glitt der Drache langsam ins Wasser hinaus. Nach ein paar Minuten hatten sie die Mitte des Flusses erreicht. Falameezar wandte sich in Richtung Polastrindu und begann stetig und ohne sichtliche Anstrengung gegen die Strömung zu schwimmen.

»Sag mir eins«, eröffnete er die Konversation. »Es gibt da etwas, das ich nicht verstehe.«

»Es gibt Dinge, die wir alle nicht verstehen«, sagte Jon-Tom. »Ich bin zur Zeit nicht einmal sicher, daß ich mich selbst verstehe.«

»Du bist sowohl in dich gekehrt als auch klassenbewußt. Das gefällt mir.« Der Drache räusperte sich, und Rauch trieb über seine Reiter.

»Der wahren Lehre zufolge müßten die Kapitalisten doch immer schneller weggefegt werden, und die Welt sollte als klassenlose und staatenlose Gesellschaft existieren. Und doch ist nichts noch weiter von der Wahrheit entfernt als das.«

»Zum einen«, begann Jon-Tom und versuchte nicht zu oberlehrerhaft zu klingen, »hat diese Welt sich noch nicht voll aus ihrem feudalen Stadium herausentwickelt. Und was mindestens genauso wichtig ist ... du hast doch sicherlich sowohl von der halbasiatischen Produktionsweise als auch vom verdinglichten Bewußtsein gehört. Und vom Warenfetisch und dem notwendig falschen Denken.«

»Nein.« Ein leuchtend rotes Auge blinzelte ihn neugierig an. »Erzähl mir davon, bitte!«

Das tat Jon-Tom, so sorgfältig und ausführlich er es vermochte.

Sie hatten keine Probleme. Falameezar konnte mit einem Schnapper mehr Fisch fangen als die ganze Reisegruppe an einem Tag, und der Drache war gern bereit, seinen Fang zu teilen – und ihn zu kochen.

Die gesicherte, bequeme Zufuhr frischer Nahrung ließ Mudge und Caz übermäßig faul werden. Jon-Toms größte Sorge war nicht, Falameezars Gedanken zu beschäftigen, sondern daß einer der beiden Müßiggänger in einem Gespräch beiläufig eine Bemerkung fallenlassen konnte, die dem Drachen klarmachte, daß sie genausowenig Marxisten waren, wie sie dem Zölibat huldigten.

Zumindest waren sie keine Handelsherren oder Kaufleute. Mudge, Talea und Caz fungierten als freie Jäger und Mietlinge. Jon-Tom konnte die Definition ihrer früheren Tätigkeiten nicht weit genug ausdehnen, um sie als Handwerker zu qualifizieren. Clodsahamp konnte als Philosoph betrachtet werden, und Pog war sein Eleve. Mit etwas Nachhilfeunterricht durch Jon-Tom war der Schildkrötenhexer in der Lage, Konzepte wie den dialektischen Materialismus semantisch in den Griff zu bekommen und so bei der Konversationslust des Drachen ein wenig auszuhelfen.

Das war notwendig, denn Jon-Toms oberflächliche Beschäftigung mit dem Marxismus lag drei Jahre zurück. Die Einzelheiten kehrten widerwillig in sein Gedächtnis zurück. Und jede wurde von dem neugierigen Falameezar auf die Probe gestellt, der sich irgendwie an jedes Wort einer halb verstandenen und halb gelesenen marxistischen Handbibliothek erinnerte, die zudem noch nach höchst obskuren Gesichtspunkten zusammengestellt schien.

Jedesmal, wenn das Thema Revolution zur Sprache kam, fragte sich der Drache, ob nicht ein Angriff auf diese oder jene Stadt oder Ansammlung von Händlern angebracht sei. Aber ohne große praktische Grundlage, von der aus sich vorgehen ließ, wurde er schnell verwirrt, und Jon-Tom steuerte ihre Debatte jeweils auf weniger gewalttätige Aspekte der sozialen Veränderung.

Glücklicherweise befuhren nur wenige Händler den Fluß, die den Zorn des Drachen hervorrufen konnten; und die verließen, sobald sie der schwarzen Silhouette Falameezars ansichtig wurden, hastig sowohl ihre Boote als auch das Wasser. Der Drache beschwerte sich, daß er nicht mit den Besatzungen reden und die Kapitäne einäschern konnte, mußte aber traurig zugeben, daß es ihm augenscheinlich an der Fähigkeit mangelte, nahe genug an die Leute heranzukommen.

»Sie begreifen nicht«, sagte er eines Morgens leise. »Ich möchte doch nur als Gleicher unter Gleichen, als Angehöriger des Proletariats anerkannt werden. Sie wollen nicht einmal zuhören. Natürlich, die meisten haben nicht das nötige Verständnis und den Überblick über die sozioökonomischen Probleme ihrer Gesellschaft. Sie schwadronieren, schwärmen, dreschen phantastische Phrasen und gehen im allgemeinen so mißbräuchlich miteinander um, daß ich Magengrimmen bekomme.«

»Ich erinnere mich an das, was du über die unabhängige Grundhaltung deiner Mitdrachen gesagt hast. Kannst du sie denn überhaupt nicht organisieren?« fragte Jon.

Falameezar stieß ein angewidertes Schnauben aus, das gelbrotes Feuer über die Wasseroberfläche sandte. »Sie wollen nicht einmal zuhören. Sie begreifen die notwendige Voraussetzung für Glück und Erfolg nicht – daß nämlich alle zusammenarbeiten müssen, daß jeder seinem Genossen hilft, während wir auf die glorreiche, klassenlose, sozialistische Zukunft zusteuern.«

»Ich wußte nicht, daß es bei Drachen Klassen gibt.«

»Es ist mir peinlich, das zuzugeben, aber es gibt unter uns welche, die sich für besser halten als die anderen.« Er schüttelte betrübt den Kopf. »Es ist eine wirklich traurige, verwirrte Welt, in der wir leben, Genosse. Traurig und ausbeuterisch.«

»Nur zu wahr«, pflichtete ihm Jon-Tom bereitwillig bei.

Der Drache blickte freundlicher. »Aber das macht die Herausforderung um so größer, nicht wahr?«

»Absolut, und die Herausforderung, der wir jetzt begegnen müssen, ist die größte, der sich die Welt jemals gegenüber sah.«

»Vermutlich«, sagte Falameezar nachdenklich. »Aber etwas verwirrt mich. Sicher gibt es unter all den Invasoren doch *ein paar* Arbeiter? Sie können nicht alle Bosse sein.«

Oh, Gott! Was jetzt, Jon-Tom? »Das ist der Fall, vermute ich«, antwortete er so schnell wie möglich. »Aber sie sind alle von dem unumstößlichen Verlangen beseelt, größere Bosse zu werden, als jene, denen sie augenblicklich dienen.« Falameezar schien immer noch unsicher.

Inspiration half Jon aus. »Falls sie den Rest der Welt erobern – die Warmlande und alles andere –, hoffen sie folgerichtig darauf, kapitalistische Bosse über die Arbeiter hier zu werden, während ihre alten Bosse ihre Herren bleiben. Und von daher werden sie (ihren Erfolg vorausgesetzt) der unerbittlichsten Klasse von Kapitalisten zum Aufstieg verhelfen, die die Welt je kannte: einer Klasse von Bossen über Bosse.«

Falameezars Stimme hallte mit Lawinengewalt über das Wasser: »Das darf nicht geschehen!«

»Da stimme ich dir zu.« Jon-Toms Aufmerksamkeit hatte sich in der letzten Stunde immer mehr auf die Uferlinie gerichtet, wo sich jetzt anstelle flacher Strände Hügel erhoben; linkerhand waren sie sogar in fast hundert Meter hohe Felswälle übergegangen. Der Drache schwenkte jetzt langsam nach rechts.

»Stromschnellen voraus«, erklärte er. »Ich bin nie über diesen Punkt hinaus gereist. Mir gefällt es nicht zu laufen, und ich schwimme viel lieber, wie es sich für einen Flußdrachen gehört. Aber für die Sache«, erklärte er tapfer, »werde ich natürlich alles wagen; also erklimme ich auch die Schnellen.«

»Natürlich«, murmelte Jon-Tom.

Es wurde dunkel. »Wir kampieren an der ersten Stelle, wo du problemlos an Land klettern kannst, Genosse Falameezar. Mit etwas Glück sollten unsere Jäger«, – er warf einen angewiderten Blick auf Mudge und Caz, die hinter ihm auf einer flachen Rückenplatte mit Würfeln spielten –, »etwas anderes außer Fisch zum Essen finden. Schließlich«, murmelte er mit bösem Grinsen, »muß jeder zum Wohlergehen des Ganzen beitragen.«

»Nur zu wahr«, sagte der Drache und fügte höflich hinzu: »Nicht, daß es mir etwas ausmachen würde, euch Fisch zu fangen.«

»Das ist es nicht.« Jon-Tom genoß den Gedanken, daß die beiden schläfrigen Spieler durch den Schlick kriechen mußten, um genügend Fleisch für den unersättlichen Drachen zu finden. »Es ist an der Zeit, daß ein paar von uns wirkliche Arbeit für dich leisten. Du hast verdammt viel für uns getan.«

»Gut gesagt, Genosse. Wir müssen uns den gesellschaftlichen Anstandsformen beugen. Eine Abwechslung vom Fisch würde mir gefallen.«

Das hügelige Ufer begrenzte eine Landschaft aus verfilztem Unterholz und vereinzelten Bäumen mit niedrigen dikken Stämmen. Trotz seiner Erklärung, Wasser mehr zu mögen als Land, hatte der Drache keine Probleme, sich durch das Bollwerk des dichten Grüns zu quetschen, welches das Wasser säumte.

Bald war eine kleine Lichtung in der Nähe des Wassers gefunden. Man bereitete das Lager im Licht des aufgehenden Mondes. Flußaufwärts rauschte das unablässige und beruhigende Dröhnen der Stromschnellen, die Falameezar am nächsten Tag überwinden mußte.

Jon-Tom ließ eine Ladung Holz neben das Feuer fallen, wischte sich Borke und Schmutz von den Fingern und fragte Caz: »Wie werden Schiffe, die weiterfahren wollen, mit den Stromschnellen fertig?«

»Die meisten sind so konstruiert, daß sie sie gefahrlos passieren können, wenn sie Richtung Glittergeist fahren«, erklärte der Hase. »Wenn sie flußaufwärts reisen, müssen sie über eine Landbrücke geschafft werden. Es gibt Stellen, die sich dazu eignen. Dort liegen runde Klötze auf uralten gut bekannten Pfaden. Darauf werden die Schiffe dann unter Zuhilfenahme eines primitiven groben Zellulose-Schmiermittels entlanggezogen, bis ruhigeres Wasser erreicht ist.« Er deutete neugierig mit dem Kopf auf den Drachen, der selbstzufrieden, den Schwanz um die Kiefer gewickelt, auf der anderen Seite der Lichtung lag.

»Wie ist es dir nur gelungen, das Ungeheuer dazu zu bewegen, uns auf seinem Rücken statt in seinem Bauch zu transportieren? Ich verstand weder etwas von dem Rätsel und deiner Antwort noch von dem langen Gespräch, das ihr anschließend führtet.«

»Mach dir nichts draus!« sagte Jon-Tom und schürte das Feuer mit einem Ast. »Ich kümmere mich um die philosophischen Debatten. Du mußt nur versuchen, so wenig wie möglich zu ihm zu sagen.«

»Keine Angst, mein Freund! Er ist nicht das, was ich mir unter einem geistvollen Gesprächspartner vorstelle. Und ich habe auch kein Verlangen danach, als irgend jemandes Mittagsmahl zu enden, nur weil ich ein, zwei falsche Worte gesagt habe.« Er schlug Jon-Tom auf den Rücken und grinste.

Trotz der gewissen Zurückhaltung, die der Hase manchmal zeigte, mochte ihn Jon-Tom irgendwie. Caz verfügte über eine ihm eigene Liebenswürdigkeit und hatte sich bereits als freundlich und gefälliger Begleiter erwiesen. Hatte er sich nicht völlig freiwillig zur Teilnahme an etwas entschlossen, das sich wahrscheinlich als gefährliche Reise erweisen würde? Um ganz fair zu sein: Er war der einzige wirklich Freiwillige unter ihnen.

Oder gab es irgendein anderes Motiv hinter der Teilnahme des Hasen, das er bisher gut verborgen hatte? Der Gedanke ließ Jon-Tom unerwartet zusammenfahren. Er betrachtete die nach hinten laufenden Ohren. Vielleicht hatte Caz seine eigenen Gründe, flußaufwärts zu reisen, Gründe, die nichts mit ihrer Mission zu tun hatten. Er konnte sie bei der ersten passenden Gelegenheit verlassen.

Jetzt denkst du wie Clodsahamp! schalt er sich ärgerlich. Es gibt genug, worüber du dir Sorgen machen mußt; du mußt nicht auch noch versuchen, die Gedanken deiner Mitreisenden zu analysieren.

Apropos Mitreisende! Wohin zum Teufel hatte sich Mudge verdrückt? Caz war vor wenigen Augenblicken mit einem fetten molchähnlichen Wesen zurückgekehrt. Es war von Talea, der designierten Köchin für den heutigen Abend, mit einigen abfälligen Kommentaren bedacht worden: also hatten sie es dem erfreuten Falameezar überlassen.

Aber Mudge war jetzt schon ziemlich lange weg. Jon-Tom glaubte nicht, daß der Otter sie gerade in einer so einsamen Gegend verließe, hatte er doch einzigartige Gelegenheiten in vertrauterer Umgebung vorübergehen lassen.

Er ging ums Feuer herum auf Clodsahamp zu, der wie üblich allein saß. Sein Gesicht schimmerte im Licht des Feuers, und er murmelte leise vor sich hin. Jon-Tom fragte sich, was hinter diesen leisen Äußerungen stecken mochte; es lag wirkliche Magie in den Worten des Zauberers, eine nie versiegende Quelle des Staunens für Jon-Tom.

Das Gesicht des Hexers zeigte Anspannung, wie es zu jemand paßte, auf dessen Schultern (oder Schild) das Verhindern eines möglichen Weltuntergangs ruhte.

Clodsahamp sah ihn, ohne aufzublicken. »Einen guten Abend, mein Junge. Irgend etwas bedrückt dich.« Jon-Tom überraschte die Empfindsamkeit des Hexers schon lange nicht mehr.

»Es ist Mudge.«

»Wieder dieses schurkische Schandmaul?« Das greise Gesicht blickte zu ihm auf. »Was hat er diesmal getan?«

»Es ist nicht so sehr das, was er getan hat, sondern mehr, das, was er nicht getan hat: nämlich zurückzukommen. Ich bin besorgt. Caz ist seit einer Weile wieder hier, aber er ist nicht sehr weit in den Wald hineingegangen, und er hat Mudge nicht gesehen.«

»Vielleicht jagt er immer noch.« Der größte Teil von Clodsahamps Geist schien sich mit weit entfernten Angelegenheiten zu beschäftigen.

»Auch dann müßte er inzwischen längst zurück sein. Und ich glaube nicht, daß er weggelaufen ist.«

»Nein, nicht hier, mein Junge.«

»Könnte er versucht haben, etwas zu fangen, das statt dessen ihn gefangen hat? Es paßt zu Mudge, sich mit einer fetten Beute präsentieren zu wollen.«

»Nicht dieser eindeutige Feigling, Junge. Aber daß er irgend jemandem mal als Mahlzeit dient – dieses Risiko besteht für jeden, der als einzelner Jäger in einen unbekannten Wald dringt. Du solltest allerdings bedenken, daß unser Otter, wenngleich etwas langsam beim Treppensteigen, so doch insgesamt behenden Fußes ist. Er ist schnell wie der Blitz. Es ist denkbar, daß irgend etwas ihn überwältigt; aber es müßte ihn zuerst überraschen. Beides ist nicht wahrscheinlich.«

»Er könnte sich verletzt haben«, drängte der besorgte Jon-Tom weiter. »Selbst der geschickteste Jäger kann nichts gegen ein gebrochenes Bein tun.«

Clodsahamp wandte sich von ihm ab. Ein Hauch von Ungeduld schlich sich in seine Stimme. »Übertreib es nicht, Junge! Ich habe an wichtigere Dinge zu denken.«

»Vielleicht sollte ich nach ihm sehen.« Jon-Tom blickte abschätzend auf den dünnen Ring aus Bäumen, der die Lichtung umgab.

»Vielleicht.« Der Junge meint es gut, dachte Clodsahamp, aber er neigt dazu, die Dinge nicht zu überdenken, sondern seinen Gefühlen nachzugeben. Besser, du behältst ihn gut im Auge, damit er seinen Neigungen und Einbildungen nicht unterliegt. Halte ihn auf Trab!

»Ja, das ist ein vernünftiger Gedanke. Geh los und finde ihn! Wir haben ausreichend Nahrung für die Nacht.« Sein Blick blieb auf etwas gerichtet, das jenseits des Horizonts einfacher Sterblicher liegt.

»Ich bin bald mit ihm zurück.«

Der schlaksige junge Mann drehte sich um und begab sich in den Wald.

Clodsahamp versank schnell in die ersehnte Trance. Während sein Geist dahinwirbelte, piekte ihn irgend etwas beharrlich und nachdrücklich. Es hatte mit diesem Gebiet des an den Tailaroam grenzenden Landes zu tun. Es herrschte jetzt vollständig Nacht, und auch das war irgendwie von Bedeutung.

Gab es irgend etwas, das er dem Jungen hätte sagen müssen? Hatte er ihn unvorbereitet auf etwas losgeschickt, dem er begegnen würde? Ach, du egozentrischer alter Narr! schalt er sich. Und du hast *ihn* beschuldigt, die Dinge nicht zu durchdenken.

Aber er war schon zu tief in seiner Trance, um einfach in die Wirklichkeit zurückgleiten zu können. Die nagenden Sorgen blieben hinter seinem sondierenden, suchenden Geist zurück.

Er ist ein tapferer junger Bursche. Er wird auf sich selbst achtgeben können ...

Ungezählte Meilen entfernt, unter den fiebrigen Nebeln der Grünauen in der Feste Cugluch, legte sich die irisierende Kaiserin in ihre blutroten Kissen zurück. Sie wiederholte im Geist die Worte ihres Hexers, kostete jede Silbe mit dem Vergnügen aus, das sie bei der Vorahnung von Zerstörung und Vernichtung durchpulst hatte.

»Madame.« Er beugte sich behutsam über diese neueste Verkündigung. »Mit jedem Tag enthüllt die *Manifestation* Kräfte, zu denen selbst ich nichts Vergleichbares kenne. Ich glaube jetzt, daß wir noch vollständiger und umfassender erobern können, als wir uns je erträumten.«

»Wie das, Hexer? – Und du bereitest dich besser darauf vor, alle Versprechungen zu halten, die du mir machst.« Skrritch beäugte bewundernd seine knorrigen Beine.

»Ich werde Euch ein Rätsel anstelle eines Versprechens geben«, sagte Eejakrat mit kühner Widerspenstigkeit. Skrritch nickte.

»Wann werden wir die Vernichtung der Warmlande abgeschlossen haben?« fragte er.

»Wenn sich jeder Warmlander vor mir beugt«, antwortete sie, ohne zu zögern.

Der Hexer schwieg.

»Wenn jeder Warmlander zu einer toten Hülle geleert wurde?«

Er sagte immer noch nichts.

»Sprich Hexer!« befahl Skrritch gereizt.

»Die Warmlande werden unser sein, Majestät, wenn jeder warmblütige Sklave in die Krume der Erde zurückgeschickt wurde und an seinem Platz ein Mitglied des Gepanzerten Volkes steht. Wenn die Gehöfte, Geschäfte und Städte des Westens von Angehörigen unseres Volkes neu belebt sind, wird Euer Reich keine Grenzen kennen.«

Skrritch sah ihn an, als sei er wahnsinnig geworden, und begann die Spitzen ihrer Klauen zu putzen. Eejakrat trat einen vorsichtigen Schritt zurück, aber seine Worte ließen die Kaiserin mitten in der Bewegung innehalten.

»Madame, ich versichere Euch, daß die *Manifestation* die Macht hat, ganze Rassen von Warmlandern einzuäschern. Ihre Todesmacht ist so allumfassend und durchdringend, daß wir sie nicht nur zertreten, sondern völlig aus der Erinnerung löschen werden. Eure Untertanen werden in ihre Städte einmarschieren und von völligem Schweigen willkommen geheißen werden.«

Jetzt lächelte Skrritch ihr unheimliches Allesverschlinger-Lächeln. Der Hexer und seine Kaiserin versenkten die Blicke ineinander, und obwohl keiner von beiden wirklich das Ausmaß an Zerstörung verstand, das ihnen zur Verfügung stand, vibrierte die Luft unter ihrer tückischen Besessenheit, es herauszufinden ...

Es war sehr dunkel im Wald. Der Mond verwandelte die Bäume in blutlose Gespenster und unglückliche Felsbrokken in granitene Scheusale und Dämonen. Das Buschwerk verbarg Legionen winziger klickender Dinge, die interessiert zusahen und sich untereinander austauschten, als der lange Zweibeiner an ihren Heimen vorbeischritt.

Jon-Tom war frohen Mutes. Der nächtliche Regen hatte noch nicht eingesetzt. Nur der übliche dichte Nebel näßte ihm das Gesicht.

Er trug eine aus den Ölbinsen des Flußufers hergestellte Fackel. Trotz des hartnäckigen Nebels fingen die leicht entzündlichen Fasern bereitwillig Feuer, als er sie mit ordentlich behextem Zünder ansteckte, den Caz ihm geliehen hatte; dann brannte die Fackel mit zufriedenstellender Langsamkeit.

Einen Moment lang dachte er daran, seine Duar zu nehmen und zu versuchen, ein oder zwei Taschenlampen herbeizubannen. Vorsicht ließ ihn gegen den Versuch entscheiden. Die Fackel tat ausreichende Dienste, und bisher hatte seine Genauigkeit, was Beschwörungen anging, noch einiges zu wünschen übriggelassen.

Der Boden war feucht von den Liebkosungen der spätabendlichen Nebel, und Mudges Spuren waren deutlich zu erkennen. Einmal wurde der Abstand zwischen den Abdrücken abrupt länger, und sie vermischten sich mit winzigen runden Spuren; Anzeichen dafür, daß Mudge etwas verfolgt hatte. Die runden Abdrücke verschwanden bald, und die des Otters zeigten wieder eine kleinere Schrittweite. Jon-Tom konnte allerdings nicht erkennen, ob der Otter erfolgreich gewesen war oder nicht. Er war sich nicht im mindesten bewußt, daß er sich beständig tiefer in den Wald hinein bewegte, und folgte weiter den Spuren. Unerwartet machte das Unterholz einer Fläche massiver, harter Erde Platz, die sich mehrere Zentimeter über die Ebene des übrigen Bodens erhob. Die Fußspuren führten zu dieser Plattform hinauf und schienen zu verschwinden. Jon-Tom benötigte einige Minuten, um ein paar schwache Hinweise auf Mudge zu entdecken; im wesentlichen undeutliche Eindrücke von den Stiefelabsätzen des Otters. Sie zeigten an, daß dieser sich auf dem künstlichen Gebilde nach rechts gewandt und parallel zu dessen Kante weitergegangen war.

»Komm zurück, Mudge!« Es kam keine Antwort, und der Wald verschluckte jedes Echo. »Caz hat schon etwas mitgebracht, und alle machen sich Sorgen, und meine Füße beginnen zu schmerzen!« Er war dabei, wieder von der Plattform hinunterzusteigen.

»Komm schon, verdammt noch mal! Wo zum Teufel hast ...«

Das ›du‹ wurde nie geäußert. Es wurde durch ein überraschtes Aufkeuchen ersetzt, als die Füße unter ihm wegrutschten ...

XVII

Er spürte, daß er eine leichte Schräge hinunterschlitterte. Sie war rauh und nur so wenig abschüssig, daß er nach ein paar Metern von selbst anhalten konnte. Die Fackel kam in der Nähe zur Ruhe, sie war fast erloschen. Er beugte sich hinüber und blies in die schwach flackernde Flamme, bis sie wieder heller brannte. Trotzdem gelang es ihm nicht, daß mehr als die Hälfte des Lichts zustande kam, das die Fackel zuvor zur Verfügung gestellt hatte.

Der schwache Schein reichte indessen, ihm zu zeigen, daß er in einen offensichtlich künstlichen Tunnel gestürzt war. Der Boden war eben, leicht geneigt und mit einer matt reflektierenden Steinart gepflastert. Gerade Wände ragten etwa anderthalb Meter hoch und vereinigten sich mit einer etwas höheren gewölbten Decke.

Nachdem er sich vergewissert hatte, daß sie nicht auf ihn zu fallen drohte, machte er Bestandsaufnahme von sich selbst. Er hatte nur ein paar Quetschungen, die Duar war zerkratzt, aber nicht zerbrochen. Vor ihm lag eine Schwärze, die weit umfassender und einschüchternder war als die freundliche Nacht. Er bereute es, seinen Stab im Lager zurückgelassen zu haben; er hatte nur das Messer an seinem Gürtel.

Er stand auf und stieß prompt mit dem Kopf gegen die Decke. Indem er sich vorsichtig umschaute, ging er unbeholfen zu dem Kreis aus Mondlicht zurück, durch den er gefallen war. Aus den Tiefen des Tunnels drang nichts, ihn anzufallen; die Nackenhaare richteten sich ihm trotzdem auf. Es ist immer einfacher, den Rücken einem bekannten Feind zuzuwenden als einem unbekannten.

Er kletterte die schiefe Ebene wieder hinauf und blickte bald auf den vertrauten Wald hinaus. Der Rand der Öffnung war mit sauber verarbeiteten Steinen eingefaßt, in die komplizierte Muster und Schnörkel geschnitten waren.

Viele der Gravuren wanden sich um sich selbst und waren mit demselben schwach reflektierenden Gestein abgesetzt, das als Tunnelboden diente.

Er wollte gehen – und zögerte. Die letzten Abdrücke von Mudges Stiefeln hatten in diese Richtung gewiesen. Eine kurze Untersuchung des Lochrandes zeigte nichts, aber die Erde war dort zu Betonhärte verkrustet. Hier hätte kaum ein Stahlstab einen Abdruck hinterlassen, der Stiefel eines Otters noch viel weniger.

Das Pflaster der schiefen Ebene und des Tunnels bestand aus noch härterem Material; als er jedoch mit der Fackel darüber hinwegstrich, fiel ihr Licht auf etwas weit Aufschlußreicheres als einen Stiefelabdruck: einen Pfeil, wie ihn Mudge in seinem Jagdköcher bei sich trug.

Jon-Tom kroch wieder hinein und marschierte in den Tunnel. Bald stieß er auf einen weiteren Pfeil. Der erste mochte dem Otter aus seinem Köcher gefallen sein, aber dieser hier war eindeutig zerbrochen. Er nahm ihn auf und hielt ihn dicht an die Fackel. An der Spitze war kein Blut. Er war vielleicht auf irgend etwas abgeschossen worden, hatte nicht getroffen und war dann am Boden oder den Wänden zerschellt.

Es war möglich, sogar wahrscheinlich, daß Mudge irgendeine höhlenbewohnende Beute verfolgte, die es sich in dem Tunnel heimisch gemacht hatte. In diesem Fall mochten sich Jon-Toms Sorgen als grundlos herausstellen. Der Otter war vielleicht genau vor ihm und nahm geschäftig seine Beute aus. Um nur das Fleisch zum Lager tragen zu müssen.

Die Vorstellung, in die Erde hinunterzusteigen und den freundlichen Eingang immer weiter zurückzulassen, beunruhigte ihn einigermaßen; aber er konnte wohl kaum umkehren und erklären, er habe zwar die Spur des Otters gefunden, sei dann aber zu ängstlich geworden, um ihm die letzten paar Schritte zu folgen.

Außerdem bestand immer noch die Möglichkeit, daß seine erste Vermutung richtig war und das Wesen, dem

Mudge gefolgt war, den Otter angegriffen und verletzt hatte. In diesem Fall mochte sein Gefährte nicht weit entfernt im Tunnel liegen, lebend, aber hilflos und blutend.

Auf seine zwiespältige Art *hatte* Mudge sich um ihn gekümmert. Jon-Tom schuldete ihm zumindest etwas Hilfe, entweder bei seiner gewichtigen Beute oder bei den Wunden, die er davongetragen hatte.

Mit beträchtlicher Angst ging er weiter in den Tunnel hinein, der mit stetiger schwacher Neigung nach unten führte. Von Zeit zu Zeit enthüllte das Fackellicht Schriftzeichen an den Wänden. Es gab auch vereinzelte Steintafeln, die sauber in Aussparungen eingelassen waren. Richtungshinweise vielleicht ... oder Warnungen? Er fragte sich, was er tun sollte, falls er zu einer Stelle kam, an der der Tunnel sich teilte oder mehrfach verzweigte.

Er hatte keine Lust, sich tief in einem unterirdischen Irrgarten zu verlaufen, weit entfernt von seinen Freunden. Niemand wußte, wo er war; und der Nachtregen würde sowohl seine als auch Mudges Spuren löschen.

Die Fackel nach rechts vorgestreckt, ging er weiter nach unten.

»Mmmmmm-m-m-m-m-m ...«

Er hielt jäh inne. Das unheimliche Stöhnen erreichte ihn trotz der verzerrenden Akustik des Tunnels ganz deutlich. Er kniete nieder, atmete schwer und lauschte.

»Mmmm-lllll-l-l-l-l ...«, klang das Stöhnen etwas lauter wieder auf. Welches unvorstellbare Monster mochte sich jetzt auf ihn zu bewegen? Die Fackel zeigte immer noch Schwärze vor ihm. Hatte die Kreatur den armen Otter bereits verspeist?

Er zog sein Messer und wünschte sich noch einmal seinen Stab mit der fußlangen Speerspitze herbei. In dem engen Tunnel wäre er eine besonders wirksame Waffe gewesen.

Es ist sinnlos, dich unnötig selbst zu opfern, überlegte er. Er wollte sich gerade anschicken umzukehren, als das Stöhnen in einen Strom von Flüchen überging, die ebenso vertraut wie entschieden waren:

»Mmmm-l-l-l-laßt mich ge'en, oder ich verarbeite euch zu Suppenfleisch! Ich werd euch 'übsch ordentlich filetieren und aus euren Köpfen Räder machen! Ich werde eure kleinen Augäpfel aus den 'öhlen springen lassen, ihr verdammten, blindgesichtigen, mistigen Ghoule!«

Ein lautes *Bumms,* gefolgt von einem schmerzerfüllten Aufbellen und erneutem Fluchen aus einem fremden Mund. Die Quelle der ursprünglichen Verwünschungen stand nicht mehr in Zweifel, und wenn Mudge so überreichlich fluchte, meinte er wahrscheinlich einen Gegner, der nicht nur zu tierhafter Wut, sondern auch zum Verstehen und Begreifen imstande war.

Jon-Tom hastete den Gang entlang, rannte, so schnell es ihm seine gebückte Gangart erlaubte. Es waren immer noch keine Lichter vor ihm, so daß er, als er um eine Ecke bog, direkt auf den geschäftigen Trupp zustürzte, bevor er es richtig bemerkte.

Unwillkürlich stieß er bei dem Anblick einen Schrei aus, fiel gegen die Wand, riß die Arme hoch und wedelte mit Messer und Fackel in der Luft herum, um das Gleichgewicht zu halten. Die Wirkung, die er damit unter Mudges Angreifern erzielte, war unerwartet, aber höchst zufriedenstellend.

»Da, ein Monster! ... Dämon aus der Außenwelt! Rettet euch! Jeder für sich selbst ...!«

Zwischen dem Schreien und Kreischen konnte er die Geräusche winziger Füße wahrnehmen, die sich, über Stein huschend, von ihm entfernten. Darunter mischte sich der Lärm von Gegenständen (Waffen vielleicht?), die von ihren panikerfüllten Besitzern in großer Hast weggeworfen wurden.

Ihm wurde klar, daß der Anblick eines riesigen Menschen, der vollständig in Schwarz und Indigo gekleidet war, mit einem grünen Echsenhautumhang blitzte und mit Fakkel und Messer herumfuchtelte, einen Tunnelbewohner wirklich in Aufregung versetzen konnte.

Als das Echo der Flucht schließlich verklungen war, hatte er die Kontrolle über sein Innenleben wiedergewonnen und senkte die Fackel zu der am Boden verbliebenen Gestalt.

»'Abt ihr also genug, ihr verdammten Quälgeister?« Die Stimme bramarbasierte genauso wie vorher, war allerdings durch Luftmangel etwas leiser. »Bist du es, Kumpel?« Eine Pause, während die Augen des Otters das Licht der Fackel reflektierten. »Tatsächlich, tatsächlich! Dann binde mich los, Kumpel, oder gib mir das Messer, damit ich mich ...«

»Wenn du nur eine Bewegung machst, Außenweltler«, sagte eine neue Stimme, »werde ich das aufschlitzen, was ich für die Kehle deines Freundes halte. Ich kann sie erreichen, bevor du mich hast.«

Jon-Tom hob die Fackel höher. Zwei Gestalten lagen am Tunnelboden. Eine war Mudge. Die Beine waren an Knöcheln und Knien gebunden, die Arme an Handgelenken und Ellbogen. Zwischen den Fesseln steckte ein Tragestab.

Über den Otter beugte sich ein pelziges Wesen, etwa einen Meter zwanzig groß. Sein Äußeres war verblüffend farbenprächtig. Es trug eine gelbe Weste, die mit polierten blauen Gemmen besetzt war und vor der Brust mit blauen Tressen zusammengehalten wurde. Zusätzliche Tressen verbanden den unteren Rand der Weste fest mit etwas, das wie krachlederne Hosen aussah.

Ein schmaler Ring, einem dünnen Diadem ähnlich, saß schief auf dem braunen Kopf. Er war mit gelben Schnüren unter dem Kinn befestigt. Die Füße wurden von breiten Schnürsandalen geschützt, deren Öffnungen an den Zehen wahrscheinlich den langen dicken Klauen Bewegungsfreiheit zum Graben ließen.

Eine Hand steckte in einem gelben Metallhandschuh. Dieser bedeckte das Gesicht des Wesens, während es seitwärts durch kaum gespreizte Finger spähte und nahezu erfolglos versuchte, Jon-Tom und seine Fackel direkt anzusehen.

Die andere Hand hielt die sichelförmige Waffe, die auf der Kehle des Otters ruhte. Mudges eigene Waffen waren auf dem Boden verstreut, selbst sein geheimes Stiefelmesser.

Sie leisteten den Speeren und Hellebarden Gesellschaft, die von den Wesen zurückgelassen worden waren, die bei Jon-Toms Auftauchen geflohen waren.

»Ich sag es dir noch mal«, sagte der Ziesel entschlossen, während er sein Sichelmesser fester umklammerte. »Wenn du dich bewegst, öffne ich den Hals dieses Diebes und lasse sein Leben zwischen den Steinen verrinnen.«

»Dieb?« Jon-Tom runzelte die Stirn, als er auf den festverschnürten Otter blickte.

»Oh, du mondgesichtiger Würmerfresser, das ist die größte Lüge, seit Esaticus der Adler behauptete, es fliegend unter Wasser getrieben zu haben!«

Jon-Tom lehnte sich gegen die kühle Wand und ließ bewußt sein Messer sinken, ohne es allerdings zurück in die Scheide zu stecken. Der Ziesel beobachtete ihn unsicher.

»Was war hier los, Mudge?« fragte Jon den Otter leise.

»Das kann ich dir sagen, Kumpel! Ich 'abe nach unserem Abendessen gejagt, 'nen 'übsch fetten Broyt, als ich stolperte. Ich fiel in dieses Loch des Schreckens, wo prompt eine 'Orde rasender Kannibalen über mich 'erfiel. Sie sind Bluttrinker, Kumpel. Besser, du kümmerst dich mit deinen magischen Kräften um den 'ier ...«

»Das reicht, Mudge.« Jon sah den Ziesel an. »Du kannst die Sichel oder das Messer oder wie immer du es nennst, beiseite legen. Diese Haltung dürfte nicht besonders bequem sein.« Er stellte die Fackel gegen die Wand. »Es tut mir leid, wenn mein Licht deinen Augen weh tut.«

Der Ziesel war noch immer argwöhnisch. »Bist du nicht der Freund von dem hier?«

»Ich bin sein Gefährte bei einer Reise. Und ich bin ein Anhänger und Freund der Wahrheit. Ich verspreche, dich nicht anzugreifen, während wir reden, oder sonst irgend etwas Feindseliges zu tun.«

»Kumpel, du weißt nich, was du sagst! In dem Moment, da du dein Messer wegsteckst, wird er dich wahrscheinlich ...«

»Mudge ... halt den Mund! Und sei froh, daß ich da bin

und nicht Clodsahamp. Der ließe dich hier vielleicht einfach zurück.« Der Otter murmelte nur noch leise und unverständlich vor sich hin.

»Du hast mein Wort«, informierte Jon-Tom den Ziesel. »Als Reisender in deinem Land und als ...« Er überlegte rasch »... und als Hexer, der dir nichts Böses will. Ich schwöre dir, bei meinem, äh, heiligen Eid als Bannsänger, daß ich dir nichts antun werde.«

Der Ziesel bemerkte die Duar. »Hexer magst du sein, obwohl du eher eine dämonische Wirkung auf meine Leute hattest.« Zögernd zog sich die Sichelklinge von Mudges Kehle zurück.

»Ich bin Jon-Tom.«

»Und mich nennt man Abelmar.« Der Ziesel nahm die Hand von den Augen und blinzelte den Menschen schmerzerfüllt an. »Es war sowohl dein Licht als auch deine Erscheinung, die meinen Trupp überraschte und erschreckte. Er besteht größtenteils aus Maulwürfen, und für sie ist Licht noch weit qualvoller als für mich: Meine Gattung unternimmt hin und wieder Beutezüge bei Tageslicht, wenn die Belange der Stadt es erfordern. Einige Tagesaktivitäten sind nötig, um den normalen Handel aufrechtzuerhalten. Hauptsächlich ziehen wir von Pfeiffunmunter es aber vor, unter uns zu bleiben.« Er blickte bedeutungsvoll auf Mudge hinunter. »Außer wenn Halsabschneider und Diebe bei uns eindringen.«

»Das is 'ne verdammte Lüge!« protestierte Mudge. »Wenn ich diese verflixten Schnüre los bin, werde ich so in dich eindringen, daß du es nie vergessen wirst. Komm jetzt, Kumpel«, sagte er zu Jon-Tom, »binde mich los!«

Jon-Tom ignorierte den sich windenden und drehenden Otter. »Ich wollte nirgendwo eindringen und niemanden belästigen, Abelmar. Mein Freund sagt, daß ihr ihn angegriffen habt. Du hast ihn einen Dieb genannt.«

»Ich habe die Aufsicht über die Morgenpatrouille der Ostbezirke«, erklärte der Ziesel. Er sah besorgt zurück in den Tunnel. »Die Bürger werden bald ihren Nachtgeschäften nachgehen, wenn sie aus dem Schlaf des Tages erwacht sind. Es wäre peinlich für sie, mich so zu sehen. Und doch muß ich meine Pflicht erfüllen.« Er versteifte sich.

»Dein Reisebegleiter ist des versuchten Diebstahls schuldig. Ein traurigerweise verbreitetes Verbrechen, dem wir uns fortwährend gegenübersehen, wenn wir es mit Außenländlern zu tun haben. Doch sind es nicht so sehr die Diebereien, die uns Sorgen machen, sondern der Wandalismus.«

»Wandalismus?« Jon-Tom sah Mudge vorwurfsvoll an.

»Ja, er ist nicht ernstlich, aber wenn er unüberprüft bleibt, könnte er zu einer Gefahr für unsere ordentlich organisierte und aufgebaute Gemeinschaft werden. Hast du irgendeine Vorstellung, Jon-Tom, wie die Steuern steigen, wenn die öffentlichen Hauptverkehrsadern von Fremden zerrissen und zerstört werden?«

»Er lügt schon wieder durch seine übergroßen Zähne, Kumpel«, protestierte Mudge, allerdings mit weniger Überzeugung diesmal. »Warum sollte ich 'erumlaufen und diese vermaledeite Straße aufreißen?«

Abelmar seufzte. »Ich nehme an, wir haben selbst schuld, aber wir sind Ästheten von Natur. Wir genießen ein wenig Glanz in unserer Stadt, was uns allerdings Probleme mit ignoranten Reisenden wie dem da beschert.« Bei diesen Worten trat er Mudge in das Hinterteil. »Aber ich sehe, daß du immer noch nicht verstehst.« Er hatte sich an Jon-Toms Fackel gewöhnt und mußte nicht mehr blinzeln.

»Sieh her!« Er beugte sich über Mudge.

»Vorsichtig!« Jon-Tom trat einen Schritt vor und hob sein Messer.

»Ruhig Blut, Jon-Tom Fremder!« sagte der Ziesel. »Wenn du meinen Bewegungen mißtraust, dann sieh statt dessen auf deine Füße. Kann es denn wirklich sein, daß du dir unsere schönen Straßen noch nicht genauer angesehen hast?«

Jon-Tom kniete vorsichtig nieder und behielt den Ziesel weiter im Auge. Er nahm die Fackel und starrte die eng gepflasterten Steine intensiv an. Sie schimmerten genauso matt wie die am Tunneleingang; als er die Fackel jedoch direkt darüber hielt, verstärkte sich das Schimmern. Die Steine warfen ein vertrautes rötlich-gelbes Licht zurück.

»Gold?« fragte er unsicher.

»In Pfeiffunmunter ziemlich häufig und alltäglich«, sagte der Ziesel mit einem Hauch von Bitterkeit, »aber nicht für jene, die hier vorbeikommen und dann versuchen, es aus unseren wunderschönen Wegen und Straßen zu reißen. Es macht sich gut als Straßenpflaster, findest du nicht?«

»Jetzt kannst du bestimmt die Versuchung verste'en und verzei'en, Kumpel«, sagte Mudge. »Man sollte's nich glauben, aber diese Grabbuddler sind so gierig, daß sie 'nem armen Reisenden nicht mal 'n paar Pflastersteine gönnen.«

»Entschuldige!« Jon-Tom stand auf und stieß fast mit dem Kopf gegen die Decke. »Ich bitte um Verzeihung für jeden angerichteten Schaden, Abelmar.«

»Er ist nicht so schlimm. Aber du mußt verstehen: Wenn sich diese Dinge wiederholen und die Nachricht sich in der Außenwelt verbreitet, hätten wir sehr bald Horden von Sonnenlebenden hier unten, die unsere öffentlichen Verkehrsadern, unsere Straßen und Wege, ja sogar unsere Heime zerstören würden. Es wäre das Ende der Zivilisation, wie wir sie kennen.«

Er hielt inne. Hinter ihm, in den Tiefen des Tunnels, wurden Geräusche laut. »Reisende, die zu einem Abendspaziergang herauskommen«, vermutete der Ziesel, »oder meine Leute, die feigen Bastarde, die zurückkommen, um nachzusehen, ob irgend etwas von mir übrig geblieben ist.« Er seufzte. »Ich habe meine Pflichten, aber ich verschließe mich auch nicht der Realität, Freund Bannsänger. Ich muß zugeben, daß ich jetzt mehr daran interessiert bin, meine Leute zu bestrafen als deinen unbedeutenden, armseligen Diebesfreund.

Wenn du ihn von hier wegschaffst und mir versprichst, daß er nicht zurückkehren wird, und das bewerkstelligst, ohne irgendwelche städtischen Einrichtungen zu beschädigen, werde ich den Zwischenfall nicht dem Magistrat melden oder deinem Freund die Kehle aufschlitzen. Obwohl er es durchaus verdient!«

»Ich weiß das zu schätzen, bedanke mich und stimme zu«, erklärte Jon-Tom.

»Und ich auch, Chef.« Mudge lächelte breit zu dem Ziesel auf.

Abelmar zögerte, dann durchtrennte er die Fesseln des Otters mit seiner geschwungenen Klinge, bevor er sie in eine Schlinge seiner Lederhose hängte. Mudge kroch zu Jon-Tom hinüber, stand auf und löste, sich wohlig strekkend, die Verkrampfungen seiner Muskulatur.

»Jetzt, Kumpel, schnell jetzt, solange noch Zeit is!« Er beugte sich zum Boden und hob einen der losen Pflastersteine auf. »Deck mich mit deinem Messer, und ich stecke 'n paar von den Dingern in meinen Köcher und in die 'Osen!« Er beeilte sich, seine Waffen einzusammeln. »Du bist größer als ich und 'ast das Licht.«

Als der Otter seine Besitztümer eingesammelt hatte, sagte Jon-Tom müde: »Also gut, Mudge. Leg das Gold hin, und dann verschwinden wir.«

Der Otter starrte ihn an, die Arme voller schimmernder Pflastersteine. »Bist du verrückt geworden, Kumpel? Ich 'abe 'ier 'n kleines Vermögen. Wir 'aben die Chance ...«

»Leg es hin, Mudge!« Das Messer schwenkte drohend herum, aber nicht zu dem Ziesel. »Oder ich lasse dich so zurück, wie ich dich gefunden habe, das schwöre ich dir!«

»Himmel!« schimpfte der Otter leise. Widerwillig öffnete er die Arme. Mit schwerem Klicken schlugen die Goldziegel auf das Straßenpflaster. Abelmar nickte und blickte zufrieden drein. Die Rufe der näherkommenden Patrouille waren jetzt deutlich zu verstehen. Jon-Tom spähte in den Tunnel und sah undeutliche Gestalten mit großen Schnauzen. Sie trugen goldene Ohrringe, Kleidung, die der Abelmars glich, und sehr dunkle Sonnenbrillen. Ihre neubeschafften Waffen glitzerten im schwachen Licht der Fackel. Jon-Tom bemerkte am Rand, daß die Sichel des Ziesels aus Gold war.

»Du bist ein Mann, der zu seinem Wort steht«, bemerkte der Ziesel, »was bei den Sonnenlebenden selten ist. Geh in Frieden!« Er warf Mudge einen bösen Blick zu. »Und falls ich je wieder über deinen flohstichigen Körper stolpern sollte, werde ich dafür sorgen, daß er gehäutet und vor die Aasherden geworfen wird.«

Mudge machte schnellen Gebrauch vom mittleren Glied seiner rechten Hand. »Steig mir das Fell rauf, Mondgesicht!« Er wandte sich an Jon-Tom. »Also dann, es is gelaufen. Du 'ast deinen Teil von dem verdammten 'Andel einge'alten, aber du 'ast keine Garantie, daß seine Männer das auch tun werden.«

»Dann wollen wir gehen.« Sie machten sich auf den Weg zurück zum Ausgang.

»Kein Grund, sich Sorgen zu machen!« rief ihnen Abelmar hinterher. »Meine Leute werden stark beschäftigt sein.« Er drehte sich zur anderen Seite des Tunnels um. »Jetzt seid ihr Feiglinge also zurückgekommen, wie?«

Aus den Reihen der bewaffneten Maulwürfe, zwischen denen sich hier und da ein Ziesel befand, klang ärgerliches Gemurmel auf. »Sie entkommen!« rief einer der Maulwürfe und deutete den Tunnel hinunter.

»Wenn ich mit euch fertig bin, werdet ihr wünschen, mit ihnen gegangen zu sein!« brüllte Abelmar und ließ einen Strom von Flüchen folgen, deren Echo zwischen den Tunnelwänden hin und her sprang und Mudge und Jon-Tom folgte.

»Vorwärts, Mudge!« Jon-Tom schob den Otter sanft, aber unwiderstehlich an.

»Immer langsam, Kumpel! Keine Panik, ja? Dieser Offizier hält seine Truppe jetzt erst mal 'ne ordentliche Standpauke. Es gibt hier immer noch 'ne Menge Pflastersteine.« Er stampfte mit dem Stiefel auf den Straßenbelag. »Es tut bestimmt keinem weh , wenn wir uns 'nen Moment Zeit nehmen und 'n bißchen arbeiten. Dieser langzähnige, flachgesichtige Polyp wird nie wissen, daß wir dafür verantwortlich waren. Wenn ich vielleicht einfach nur ...«

»Wenn ich dir vielleicht einfach nur diese Fackel in den Hintern schiebe«, antwortete ihm Jon-Tom.

»Schon gut, schon gut! Es war nur 'ne Überlegung, Kumpel.«

Der Mond schien hell, als sie wieder aus der Öffnung auftauchten. Es gab keine Anzeichen für eine Verfolgung, obwohl Jon das Gefühl hatte, daß sich etwas hinter ihnen bewegte. Es war ein entferntes Grummeln; die Erde transportierte die Geräusche, die anzeigten, daß die Höhlen- und Tunnelstadt Pfeiffunmunter zu einer weiteren geschäftigen Nacht erwachte.

»Sei froh, daß ich noch rechtzeitig eingetroffen bin!« sagte er zu dem Otter. »Er hätte dir die Kehle durchschneiden können, ohne dich dem Magistrat zu präsentieren.«

»'Eckmeck«, schnaubte Mudge. »Ich 'ätte mich möglicherweise selbst befreit.« Er zupfte seine Weste zurecht und zog sich die Kappe fest auf den Kopf. »Das schöne Gold!« Er schüttelte bedauernd den Kopf. »Mehr Gold, als 'Exer machen können! Und diese verdammten Dreckfresser schänden es, indem sie einfach darauf 'erumspazieren.«

»Das ist besser als andersherum.«

»'Äh?« Mudge sah den jungen Mann perplex an. »Is das 'n 'Exerrätsel, Kumpel?«

»Ganz und gar nicht.« Jon-Tom machte sich auf den Rückweg durch den Wald.

Der Otter blickte verwirrt und nachdenklich drein. »Du bist entweder der pfiffigste Bannsänger, der je unterm Mond wandelte, oder der größte Dummkopf über'aupt.«

Jon-Tom lächelte verhalten. »Nicht gerade ein überschwenglicher Dank an jemanden, der dir das Leben gerettet hat.« Er drückte sich durch das dichte Unterholz.

»Besser sterben beim Versuch, reich zu werden, als in Armut weiterleben«, grummelte der Otter.

»In Ordnung! Dann geh zurück zum Eingang. Ich werde nicht versuchen, dich aufzuhalten. Sieh zu, ob du dir etwas von dem Bodenbelag verschaffen kannst. Ich bin sicher, daß Abelmar und sein Trupp dich freudig begrüßen werden.

Oder glaubst du, er ist so närrisch, uns sosehr zu vertrauen, daß er den Eingang unbewacht läßt?«

»Andererseits«, sagte Mudge, ohne seine Schritte zu unterbrechen, »ist der als klug anzuse'en, der seine Zeit abwartet und seine Chancen abwägt. Ich 'abe dir erzählt, daß ich kein Spieler bin, nich wie der alte Caz. Aber falls du mit zurückkommen und mir 'elfen würdest, Kumpel ...«

»Nichts da!« Jon schüttelte den Kopf. »Ich habe mein Wort gegeben.«

Der Otter sah ihn niedergeschmettert an, schob einen Ast beiseite und fluchte über sein widriges Schicksal, als er über eine vorstehende Wurzel stolperte.

»Falls du die Absicht 'ast, 'ier etwas aus dir zu machen, Kumpel, wirst du diese anderweltlichen ethischen Anschauungen ablegen müssen.«

»Das aus deinem Mund zu hören, ist schon komisch, Mudge. Wenn du einen Moment nachdenkst, wirst du dich erinnern, daß du dich auf einer Reise mit ethischer Zielsetzung befindest.«

»Unter Zwang«, betonte Mudge.

Jon-Tom blickte zurück und lächelte ihn an. »Weißt du, ich glaube, du nimmst das als willkommene Entschuldigung, um nicht deine wahren Empfindungen preisgeben zu müssen.« Der Otter brummte leise etwas vor sich hin.

»Wir werden ihnen sagen, daß du eine erfolglose Jagd hinter dir hast, was kaum eine Lüge ist. Das wird besser für dich sein, als ihnen zu berichten, was für ein gieriger, egozentrischer kleiner Schwanz du wirklich bist.«

»Ah, das tut mir in der Seele weh«, sagte Mudge in gespieltem Schmerz.

»Dir hätte noch viel mehr weh getan, wenn du mit Armen voller Gold zurückgekehrt wärst und Falameezar dich gesehen hätte. Oder hast du dir darüber gar keine Gedanken gemacht? In Anbetracht der Stärke seiner Gefühle, was die Ansammlung persönlichen Reichtums angeht, hätte wahrscheinlich nicht einmal ich ihn davon abbringen können, gerösteten Otter aus dir zu machen.«

Mudge schien ehrlich und völlig überrascht. »Weißt du was, Kumpel? Ich 'abe wirklich keinen Gedanken an das große Unge'euerchen verschwendet. Es is 'n bißchen 'eißblütig, selbst für 'nen Drachen.«

»Nein, überhaupt nicht heißblütig«, wandte Jon-Tom ein. »Er glaubt nur einfach an seine ethischen Anschauungen ...«

Als sie in den Schein des Feuers traten, waren die ersten Ansätze wirklicher Beunruhigung und Sorge im Lager aufgekommen. Falameezar hatte feierlich gelobt, den ganzen Wald abzubrennen, um Jon-Tom zu finden, während Pog sich freiwillig bereitgefunden hatte, einen nächtlichen Suchtrupp zu führen.

Es fiel Jon-Tom schwer, ihnen nicht die Wahrheit zu sagen, als er sah, wie Talea und Flor den Otter umschmeichelten.

»Fehlt dir auch nichts?« fragte Flor und fuhr ihm besorgt mit der Hand durch das Stirnfell.

»Was ist da draußen passiert?« Talea zeigte mehr Besorgnis, als sie es seit dem Beginn der Reise für irgend jemand getan hatte.

»Es war 'n Chamäleon«, erklärte Mudge voller Tapferkeit und setzte sich wie jemand, der lange und schnell gerannt war, auf einen Stein neben dem Feuer. »Du weißt, wie gefährlich sie sein können, Talea. Passen ihre Farbe der Landschaft an und warten mit großen klebrigen Zungen auf unvorsichtige Reisende.«

»Chamäleons?« Flor blickte verwirrt zu Jon-Tom herüber. Der murmelte etwas über Büffelgröße, die das reptilische Leben auf dieser Welt annehmen könnte und weshalb Chamäleons da eine Ausnahme bilden sollten.

»Ich 'abe mich gerade angeschlichen und spanne meinen Bogen«, sagte Mudge, der sich für seine Geschichte zu erwärmen begann, »als das Viech mich vor einem Leuchtborken-Baum sieht. Dreht sich prompt zu mir um, die drei 'Örner blitzen im Mondlicht auf, und es is mir so na'e, daß ich den stinkenden Atem riechen kann.«

»Was passierte dann?« fragte Flor und beugte sich gespannt vor. Der augenscheinlich erschöpfte Otter lehnte den Kopf gegen das Kissen ihres Busens und versuchte sich unter Schwierigkeiten auf seine fesselnde Erfindung zu konzentrieren, während Talea lindernd über einen gelähmten Arm strich.

»Ich 'öre dieses glitschige, raschelnde Geräusch, das sie machen, wenn sie die Kiefer direkt vorm Zustoßen öffnen, also ducke ich mich genau zwischen zwei Bäume. Die Zunge kommt so schnell 'inter mir 'er, als 'ätte sie Flügel. Zischt zwischen den Bäumen 'inter mir 'er und so dicht über meinem Kopf weg, daß sie die Spitze meiner Kappe berührt. Ich fange an zu laufen, rückwärts, damit ich es nich aus den Augen verliere. Das verdammte, hartnäckige Vieh folgt mir weiter, immer seiner Zunge nach. Ich sage dir, sein Nasen'orn war nich weiter von meinem 'Erz entfernt als ich jetzt von dir.« Er tätschelte die Kissen, an denen er ruhte.

»Wie bist du entkommen?« fragte die hingerissene Flor; das schwarze Haar vermischte sich mit dem kurzen Pelz.

»Nun, es kommt so schnell und rücksichtslos 'inter mir 'er, so gierig ist es nach meinem Fleisch, daß es sich selbst zwischen den Stämmen festpiekt, das rechte 'Orn 'alb durch den einen Stamm gestoßen. Wahrscheinlich ist es immer noch da, rupft und zieht und versucht sich zu befreien.« Seine Schnurrhaare zuckten, und der Otter wischte sich über die Stirn.

»Das war na'e dran, Liebchen.«

Der angewiderte Jon-Tom warf ägerlich Zweige ins Feuer. Eine warme Pfote legte sich ihm auf die Schulter. Caz lächelte auf ihn herunter; das Feuerlicht blitzte im Monokel gelbrot auf, enthüllte große Nagezähne.

»Irgend etwas nicht ganz zutreffend an der Erzählung unseres Freundes, Jon-Tom?« Ein weiterer Zweig flog in die Flammen. »Ich weiß Bescheid, ich habe ihn schon früher sein Garn spinnen hören. Was ihm an geistiger Bildung fehlt, gleicht er durch eine höchst fruchtbare Vorstellungskraft aus. Sobald er zum Ende kommt, wird er fast glauben, daß es sich tatsächlich so ereignet hat.«

»Es macht mir nichts aus, daß er sich etwas zusammendichtet«, sagte Jon-Tom. »Mich stört, wie die beiden es fressen.«

»Laß das nur nicht an dir bohren, mein Freund!« sagte der aristokratische Hase. »Wie ich bereits erwähnte, ist es sein Enthusiasmus, der seine Geschichten trägt. Schon bald weicht Raffinesse unwillkürlich einem natürlichen Mangel an Subtilität, verbunden mit der Unfähigkeit, es genug sein zu lassen.«

Als Bestätigung drang von der anderen Seite des Feuers ein überraschter Aufschrei herüber, gefolgt von dem Geräusch einer Hand, die auf bepelztes Fleisch schlug. Worte einer Auseinandersetzung füllten die diesige Nachtluft. Jon-Tom sah sowohl Flor als auch Talea von dem protestierenden Otter wegstolzieren.

»Siehst du?« Caz klang mißbilligend. »Mudge ist ein guter Kerl, aber von ungeschliffenem Gemüt. Kein Stil.«

»Und wie stehts mit dir?« Jon-Tom blickte neugierig zu seinem neuen Gefährten auf. »Was ist dein Stil? Was erwartest du von dieser Reise?«

»Mein Stil ... manifestiert sich darin, ich selbst zu sein, mein Freund.« Das war mit Überzeugung gesprochen. »Zu mir selbst und zu meinen Freunden ehrlich zu sein, und meinen Feinden zu vergeben.«

»Auch denjenigen, die dich vom Schiff warfen?«

»Ach! Ihre Gefühle waren gerechtfertigt, wenn auch nicht ihre extremen Reaktionen.« Er blinzelte mit dem monokelfreien Auge. »Ich hatte mich zweifellos einiger unfeiner Fingerfertigkeiten beim Würfeln schuldig gemacht. Mein Fehler war, daß sie es entdeckten.

Natürlich – hätten sie mich tatsächlich gefangen und getötet, wäre ich etwas bestürzter gewesen.«

Jon-Tom mußte unwillkürlich grinsen.

»Und was ich von dieser Reise erwarte? Nun, dieser trefflichen und würdigen Sache dienlich sein zu dürfen, ist

Grund und daher Befriedigung genug. Du warst zu lange in Gesellschaft des liebenswürdigen, aber amoralischen Schlags eines Mudge und einer Talea. Ich glaube vorbehaltlos alles, was unser gegenwärtig in Trance befindlicher Hexenmeister sagt.

Ich habe ihn in den vergangenen Tagen eingehend studiert. Jeder Idiot kann klar erkennen, daß alle Nöte und Sorgen dieser Welt schwer auf seiner Seele lasten. Ich bin kein Held, Jon-Tom, aber ich bin auch kein Narr, nicht zu erkennen, daß die Zerstörung der gegenwärtigen Welt auch das Ende meiner angenehmen Lebensweise bedeutet. Und sie gefällt mir so wirklich ziemlich gut.

Du siehst also, daß es in meinem eigenen Interesse ist, mit euch zu gehen und euch zu helfen, wie es das für jeden Warmlander wäre, der mit seinem Dasein zufrieden ist. Ich werde Clodsahamp auf jede mir mögliche Weise helfen. Ich bin kein guter Soldat, aber ich verfüge über einige Fertigkeiten in der Verwendung von Worten. Selbst ihm ist klar, glaube ich, daß er die Neigung hat, Narren gegenüber ungeduldig zu sein. Ich andererseits bin ziemlich geübt darin, mit ihnen zurechtzukommen.«

»Diese Gruppe könnte bestimmt einen Diplomaten gebrauchen«, stimmte ihm Jon-Tom zu. »Ich habe nach besten Kräften versucht zu vermitteln, aber ... ich habe wohl nicht genug Erfahrung dafür.«

»Setz nicht das herab, worüber du keine Kontrolle hast, nämlich deine Jugend, mein Freund! Du scheinst mir sehr gereift für deine Jahre. Das ist mehr, als man erwarten kann, wenn ich bedenke, daß du nicht freiwillig hier bist. Mir scheint, daß es dir mehr um Fähigkeiten als um Ziele geht.

Obwohl ich über mehr Erfahrung verfüge als du, bin ich stets bereit, anderen zuzuhören und zu lernen. Ich könnte nie tun, was du mit dem Drachen getan hast. Es gibt Erfahrungen, und es gibt andere Erfahrungen. Du kümmerst dich um den, aus dessen Mund Feuer kommt, und ich kümmere mich um die, bei denen es Beleidigungen und Drohungen sind. Wir werden einander ergänzen. Einverstanden?«

»Einverstanden.« Mensch und Hase schüttelten einander warm die Hand. Die Empfindung überraschte Jon-Tom nicht mehr. Es war, als gäbe er jemandem die Hand, der Fäustlinge trug.

Im Lager wurde es ruhig, und der Nachtregen setzte zögernd und verspätet ein.

»Siehst du?« Caz deutete auf die regungslose Gestalt Clodsahamps, der immer noch auf seinem Baumstamm saß. Er schien sich nicht bewegt zu haben, seit Jon-Tom das Lager auf der Suche nach Mudge verlassen hatte. Jetzt saß er da mit glasigem Blick und bemerkte den Regen nicht.

»Unser Freund brütet über bedeutenderen Angelegenheiten. Und doch liegt der größere Schaden oft in der mangelnden Aufmerksamkeit für das Geringe.«

»Was heißt das?«

»Das heißt, daß wir keine Wachen aufgestellt haben. Dies Land ist für uns alle fremd.«

»Ich glaube, daß wir uns in diesem Fall keine Sorgen machen müssen. Du vergißt etwas.« Jon-Tom streckte den Arm aus.

»Bei meiner Seele«, lachte der Hase, »das vergaß ich tatsächlich.« Er klang leicht verlegen. »Es ist nicht leicht, einen Drachen zu vergessen. Wie still er doch ist!«

»Träumt bestimmt süße Träume von einer klassenlosen Gesellschaft.«

Caz nahm das Monokel heraus und putzte es geistesabwesend mit dem Saum seines schönen Hemdes. »Dann können auch wir selbst beruhigt schlafen. Die Gegenwart des Drachen ist mehr wert als hundert Wachtposten. Ich werde es genießen, in der sicheren Nähe eines so mächtigen Verbündeten zu schlafen.«

»Paß nur auf, daß er sich nicht im Schlaf herumwälzt!« Caz winkte ihm lächelnd zu, und Jon-Tom sah zu, wie der weiße Schwanz sich hüpfend dem schwarzen Klumpen näherte, der ihr Lager beschirmte.

Freundlich drang noch einmal Caz' Stimme zu ihm herüber. »Drachen werfen sich im Schlaf nicht herum, sie sind nicht dazu gebaut. Aber ich hoffe entschieden, daß er nicht schnarcht. Es würde mir nicht sonderlich gefallen, mit brennenden Unterhosen aufzuwachen.«

Jon-Tom lachte mit ihm. Pog schlief schon, hing wie eine große dunkle Frucht am Ast eines vorgeneigten Baumes. Auf der anderen Seite des Feuers plauderten Talea und Flor leise unter ihrem Bettzeug. Er dachte daran, sich zu ihnen zu gesellen, zuckte die Achseln und breitete seine eigene Decke aus. Er war todmüde, und es würde schon bald Morgen werden.

Momentan brauchte sein Körper Erquickung nötiger, als seine Seele ...

XVIII

Während der nächsten zwei Tage erklommen sie die Stromschnellen. Die einzige Gefahr, die Jon-Tom zu bewältigen hatte, war das Brennen seiner Ohren, während er die immer blumenreicheren Ausschmückungen von Mudges Fluchtgeschichte ertragen mußte. Als das gehörnte Chamäleon zur doppelten Größe von Falameezar angewachsen war, drohte selbst Flor dem Otter Prügel an.

Am vierten Tag waren sie wieder im Wasser und stießen auf Anzeichen von Zivilisation: Gepflügte Felder, Häuser mit hübschen Strohdächern oder Schieferschindeln, rauchende Schornsteine und kleine Landestege mit vertäuten Booten glitten an ihnen vorbei.

Falameezar glitt tief im Wasser dahin, hielt nur Augen, Ohren und Passagiere über die Oberfläche und atmete durch die Kiemen. Jeder, der die Reisenden vom Ufer aus sah, nahm an, sie saßen in einem sonderbar niedrigen Boot.

Am zehnten Tag bemerkte Clodsahamp linkerhand in größerer Entfernung eine Kette niedriger Hügel. Direkt vor ihnen lagen wieder Stromschnellen, die allerdings bei weitem nicht so reißend waren wie die, die unweit vom unterirdischen Pfeiffunmunter durch die Dugakurra-Hügel schnitten.

»Du kannst uns hier an Land setzen, Freund Drache. Wir sind der Stadt ziemlich nahe.«

»Aber warum?« Falameezar klang enttäuscht. »Der Fluß ist immer noch tief und die Strömung nicht besonders stark.« Er stieß Rauchwölkchen aus. »Ich komme leicht voran.«

»Ja, aber deine Gegenwart könnte die Einwohner in Panik versetzen.«

»Ich weiß.« Der Drache stieß einen deprimierten Seufzer aus. »Dann werde ich euch also an Land setzen. Was soll ich als nächstes tun?«

Jon-Tom warf Clodsahamp einen Blick zu, und der Hexer

sank in der Achtung des jungen Mannes. »Ich werde mit den Kommissaren der Polastrindu-Kommune reden. Vielleicht akzeptieren sie dich als Mitglied.«

»Glaubst du wirklich? Ich hatte keine Ahnung, daß eine so aufgeklärte Gemeinschaft existiert.« Feurige Augen starrten Jon-Tom hoffnungsvoll an. »Das wäre wundervoll. Ich bin selbstverständlich bereit, meinen Anteil an Arbeit zu leisten.«

»Du hast mit dieser Reise bereits mehr als das getan, Genosse Falameezar. Clodsahamp hat allerdings recht mit seinem Vorschlag, du solltest hier am Fluß warten. Selbst gebildete Genossen reagieren manchmal gedankenlos, wenn sie sich mit dem Unvertrauten konfrontiert sehen.« Er beugte sich vor, und der Drache senkte den Hals, als Jon-Tom ihm zuflüsterte: »Die Konterrevolutionäre sind überall!«

»Ich weiß. Sei wachsam. Genosse Jon-Tom!«

»Das bin ich.«

Der Drache ließ sich am Ufer nieder. Sie marschierten vom Rücken über den Schwanz auf den Strand und reichten ihr Gepäck von Hand zu Hand weiter. Ein stark benutzter Weg, mehr als nur ein breiter Pfad, aber noch keine Straße, führte über die Hügel. Jon-Tom sah einem Moment lang zurück. Die anderen hatten sich bereits in Bewegung gesetzt. Flor war schrecklich aufgeregt wegen der Aussicht, die fremde Stadt kennenzulernen; ihre Begeisterung ließ sie geradezu aufglühen.

Jon winkte dem Drachen zu. »Laß es dir wohl ergehen, Genosse! Es lebe die Revolution!«

»Es lebe die Revolution!« rumpelte der Drache zurück und grüßte ihn mit einem Feuer- und Rauchstoß. Dann senkte sich der grimmige Kopf unter die Oberfläche. Aufschäumende Blasen und schwindende konzentrische Wellen markierten als Wasserblume die Stelle, wo der Drache versank. Dann war auch sie verschwunden.

Jon-Tom schritt kräftig aus, die langen Beine und der Wanderstab brachten ihn trotz der Last der Schuld, die er trug, bald zu seinen Begleitern. Falameezar war ein viel zu netter Drache, um so schändlich betrogen zu werden. Aber vielleicht hatten sie ihn ja glücklicher zurückgelassen, als er zuvor gewesen war.

»Was wird er wohl tun?« Caz gesellte sich zu Jon-Tom. »Wird er auf deine Rückkehr warten?«

»Wie soll ich das wissen? Ich bin kein Experte für die Beweggründe von Drachen. Seine politischen Überzeugungen scheinen unerschütterlich, aber er neigt wohl mehr zum Philosophieren als zum Handeln. Vielleicht langweilt er sich bald und schwimmt zu seinen Futtergründen zurück.« Er blickte den Hasen scharf an. »Warum? Rechnest du mit Ärger in Polastrindu?«

»Das kann man nie wissen. Je größer die Stadt, desto arroganter die Bürger, und wir sind nicht gerade Überbringer guter Nachrichten. Wir werden sehen.«

Nach einer Stunde hatten sie die Kuppe des letzten Hügels erreicht. Endlich lag das Ziel so vieler Tagesreisen vor ihren Augen.

Es ist wundervoll, ja, aber warum soll sich diese Stadt so sehr von irgendeiner anderen unterscheiden? dachte Jon sarkastisch, als sie den Hügel hinabschritten.

Eine massige Steinmauer umgab die Stadt. Sie war mit komplizierten mächtigen Basreliefs geschmückt und mit Strebepfeilern abgestützt. Mehrere Tore unterbrachen die Mauer, durch die nur spärlicher Verkehr passierte.

Es war kein Markttag, wie Caz erläuterte; weder brachten Bauern ihre Produkte in die Stadt noch Handwerker und Händler ihre Waren.

Im Süden der Stadt herrschte etwas mehr Aktivität. Dort reichte die große Mauer fast bis ans Meer. Mindestens ein Dutzend Schiffe war an den verrottenden Docks vertäut. Einige ähnelten dem Segel- und Stakschiff, von dem Caz geflohen war. Jon-Tom fragte sich, ob es sich wohl unter den Schiffen befand, die da sanft auf und ab schaukelten. Barken und Fischerboote stellten den Rest der buntgemischten, aber zweckdienlichen Flottille.

»Das Haupttor befindet sich auf der anderen Seite der Stadt, im Nordwesten gegenüber der Schwertgau«, erklärte Caz weiter.

»Was ist das?« fragte Flor. »Bist du schon da gewesen? Mir scheint, du warst bereits überall.«

Caz räusperte sich. »Nein, ich war noch nicht hier, und ich bin nur durchschnittlich weit herumgekommen, würde ich sagen. Die Schwertgau ist ein gewaltiger – manche sagen ein endloser – Ozean aus Vegetation, von widerwärtigen Urwesen und gefährlichen Kreaturen bewohnt. Wir müssen nicht um die ganze Stadt herumlaufen. Das Hafentor bietet einen bequemen Zugang.«

Sie folgten weiter dem gewundenen Pfad, der sich jetzt auf Straßenbreite ausgedehnt hatte. Andere Reisende blickten der ungewöhnlichen Gruppe neugierig nach.

Von Echsen gezogene Wagen und Karren rumpelten an ihnen vorüber, dazwischen drängte sich hin und wieder ein Reiter auf einer Hüpf- oder Laufechse. Einmal begegneten sie sogar einer wohlhabenden Familie auf einer Reitschlange.

Clodsahamp war zufrieden und guter Dinge. Es fiel ihm erheblich leichter, den Hügel hinunterzusteigen, als ihn hinaufzuklettern. Sein Blick richtete sich nach oben. »Pog! Hast du irgend etwas zu berichten, du nutzloser Tunichtgut?«

Die Fledermaus flog tiefer und schrie nach unten: »Die übliche Luftpatrouille. Vor 'n paar Minuten schind 'n paar bewaffnete Eichelhäher über uns weggeflogen. Ich glaube aber nicht, dasch schie unsch mit dem Drachen geschehen haben. Schie schind schon längscht wieder umgekehrt und schum Bericht schurückgeflogen. Haben schich nicht scho verhalten, alsch ob schie aufgeregt wären.«

Clodsahamp schien zufrieden. »Gut. Ich habe keine Zeit für Zwischenträger. Polastrindu ist zu groß, als daß sie sich um jede sonderbare Reisegruppe kümmern könnten, selbst wenn wir ein wenig sonderbarer sind als die meisten.«

»Von der Luft aus mögen wir gar nicht so erscheinen«, stellte Jon-Tom fest.

»Sehr richtig, mein Junge.«

Sie schlenderten in die Docks, ohne daß sie jemand anrief. Sie sahen, wie geschäftige Schauerleute, hauptsächlich breitschultrige Wölfe, Luchse und Tigerkatzen, mühselig Stöße aus Kisten und Ballen verluden. Exotische Güter und Handwerkserzeugnisse wurden ordentlich am Ufer aufgestapelt oder sorgfältig auf Lastkarren verstaut, die sie in die Stadt transportierten.

Direkt an den Docks war der Geruch durchdringend, aber nicht ganz so exotisch. Selbst das Wasser war hier dunkler als in der Mitte des Flusses. Die graue Färbung stammte nicht aus dem hiesigen dunklen Erdreich, sondern von einer Vielzahl von Röhren und Kloaken, die sich in den Strom ergossen. Die primitive Kanalisation stumpfte den Glanz merklich ab, den Jon ursprünglich mit Polastrindu assoziiert hatte.

Flors Gesicht verzog sich angewidert. »In der Stadt wird es doch bestimmt nicht so schlimm sein.«

»Das hoffe ich doch.« Talea schnaubte und versuchte ihren Geruchssinn auszuschalten.

»Es heißt, je größer die Stadt, desto schmutziger die Angewohnheiten der Bewohner.« Caz schritt leichtfüßig über das schmierige Pflaster, um das Leder seiner ellenlangen Schuhe nicht mehr als nötig zu beschmutzen. »Das erwächst aus der Konzentration der Bewohner auf den Erwerb von Geld. Luxus folgt auf finanzielle Unabhängigkeit, nicht auf harte Arbeit.«

Ein schmaler Steinbogen überbrückte einen offenen Graben. Als sie ihn überquerten, ließ der Gestank Flor fast ohnmächtig werden. Jon-Tom und Caz mußten sie stützen. Auf der anderen Seite war sie imstande, allein zu stehen und in tiefen Zügen etwas bessere Luft einzuatmen.

»*Mierda,* welch ein Geruch!«

»Er dürfte nicht mehr so überwältigend sein, wenn wir das Stadttor hinter uns haben.« Clodsahamp klang nicht sonderlich entschuldigend. »Dort sind wir weiter von den Hauptausgängen der Kloaken entfernt.«

Eine rasselnde Warnung fiel auf sie herunter, als Pog herabtauchte. »Meischter, vom Tor kommen Scholdaten. Vielleicht war die Patrouille, die unsch überflogen hat, doch nicht scho gleichgültig, wie esch schien. Vielleicht schteht unsch Ärger bevor.«

Clodsahamp wedelte ihn beiseite wie eine übergroße Hausfliege. »Sehr gut, Pog, aber du machst dir zuviel Sorgen. Ich werde mich ihrer annehmen.«

Der Trupp von Soldaten, der bald in Sicht kam und auf sie zu marschierte, war bunt gemischt, aber gut bewaffnet. Zwischen zwanzig und dreißig, schätzte Jon-Tom. Er nahm seinen Keulenstab aus den Schnüren, die ihn hielten, und stützte sich erwarungsvoll darauf. Andere Hände bewegten sich in die Nähe von Schwertgriffen. Mudge machte eine Schau daraus, seinen Bogen zu inspizieren.

Der Trupp wurde von einem schwer gepanzerten Biber angeführt, einem untersetzten Burschen mit grimmig entschlossenem Schimmern in den Augen. Die Stauer und Matrosen, die die Marschkolonne sahen, verdrückten sich in irgendwelche Ecken. Hatten sie die Neuankömmlinge anfangs übersehen, mieden sie sie jetzt, als hätten sie die Pest.

Stiefel, Sandalen und nackte Füße erzeugten ein sonderbares leises Geräusch, als sich auch andere und weiter entfernte Zuschauer schutzsuchend zurückzogen. Zehn Soldaten trennten sich mit betonter Beiläufigkeit vom Haupttrupp. Eilig marschierten sie links an den Neuankömmlingen vorbei, um hinter ihnen zu sein und ihnen jeden möglichen Rückzug abzuschneiden.

»Das sieht nicht gut aus.« Jon-Tom umklammerte seinen Stab fester, während er das Manöver beobachtete.

»Ruhig, mein Freund!« Der unerschütterliche Caz trat vor. »Ich werde das erledigen.«

»Sie würden es nicht wagen, uns anzugreifen«, sagte Clodsahamp wutentbrannt. »Ich bin ein Emissär des Rates der Hexer und als solcher in meiner Person unantastbar und unverletzlich.«

»Sagen Sie das nicht mir, guter Hexer, sagen Sie das denen da!« meinte Caz und zeigte auf den näher kommenden Trupp. »Sagen Sie es ihnen!«

Jetzt waren die Stadtmauern drohend und nicht mehr schön. Die Steintürme warfen dräuende Schatten auf die Reisenden. Von den Schiffen und anderen Orten der Verschanzung war das Murmeln der zusehenden Matrosen und Handelsleute zu hören.

Schließlich kam der Haupttrupp der Soldaten heran und stellte sich den Reisenden gegenüber in einem Halbkreis auf. Ihr Anführer trat vor, schob seinen Helm mit einer muskulösen Pfote halb aus der pelzigen Stirn und betrachtete sie neugierig. Zusätzlich zu Kettenpanzerhemd, Helm und dicken Stahlplatten, die besonders verwundbare Stellen schützten, war eine ungewöhnliche Eisenplatte an den dicken breiten Schwanz geschnürt. Sie war von scharfen Spitzen übersät und bildete im Nahkampf sicher eine verheerende Waffe.

»Nun, wats haben wir hier?« fragte er mit deutlichem Lispeln. »Tswei Giganten, eine hartgetsotten autssehende kleine Frau«, – Talea spuckte auf den Boden –, »eine verrufen scheinende Ottertype, einen Geck und ein älteres Semester der amphibischen Tsorte.«

»Guter Herr«, Caz verbeugte sich leicht, »wir sind Reisende aus dem unteren Flußbereich und auf einer Mission, die von großer Bedeutung für Polastrindu und die ganze Welt ist.«

»Dats itst höchtst interretsant. »Wen reprätsentiert ihr?«

»Im großen und ganzen repräsentieren wir uns gegenwärtig selbst, hauptsächlich in der Person des großen Hexers Clodsahamp.« Caz deutete auf den ungeduldigen alten Zauberer. »Er bringt Informationen, von denen unser aller Überleben abhängt und die er dem Stadtrat unterbreiten muß.«

Der Biber wirbelte beiläufig einen häßlichen Schädelspalter von Streitkolben herum. »Dats itst allets tsehr nett, aber ets bleibt dabei, dats ihr keine Bürger dietser Tstadt oder dietsets Betsirkts tseid. Tsumindetst vermute ich dats. Natürlich nur tso lange, wie ihr nicht eure Identitätsmarken vorweitsen könnt.«

»Identitätsmarken?«

»Jeder, der in Polatstrindu oder im Betsirk der Tsatdt lebt, hat eine Identitätsmarke.«

»Nun, da wir weder aus der Stadt noch aus dem Bezirk kommen, wie du gerade informiert wurdest, verfügen wir offensichtlich nicht über so ein Ding«, sagte Jon-Tom gereizt.

»Dats itst nicht notwendigerweitse tso«, meinte der Biber. »Wir haben viele Betsucher. Tsie alle haben ordentlich geprägte Identitätsmarken. Um frei in die Tstadt eingelatsen tsu werden, mütst ihr nur um eine ordentliche Marke nachtsuchen und tsie in Empfang nehmen.« Er lächelte und enthüllte enorme Zähne. »Ets wird mir ene Freude tsein, euch damit autsustatten.«

Jon-Tom entspannte sich ein wenig. »Gut. Wir brauchen sieben.«

»Du bitst tsehr komisch, grotser Mann. Da du über tsoviel Humor verfügtst, wird ets für deine Gruppe nur«, – der Biber überlegte schweigend –, »tsiebenhundert Tsilberstücke kotsten.«

»Siebenhundert!« stieß Clodsahamp aus. »Das ist erpresserischer Wucher! Offener, brutaler Raub! Ich bin in meiner Ehre zutiefst gekränkt. Ich, der große, kluge und weise Clodsahamp, bin seit hundert Jahren nicht mehr so gröblich beleidigt worden!«

»Ich glaube, daß der Führer unserer Gruppe«, erklärte Caz ruhig, »nicht gewillt ist zu zahlen. Wenn du also bitte nur die Nachricht über unsere Ankunft an deine Vorgesetzten weitergeben würdest! Wenn man erfährt, warum wir gekommen sind ...«

»Tsie werden tsich nicht anhören, warum ihr gekommen tseid«, unterbrach ihn der Biber, »tsolange ihr nicht betsahlt habt. Und tsie werden auch nicht hören, warum ihr überwältigt wurdet, wenn ihr nicht betsahlt.« Er grinste wieder. Seine mächtigen Zähne waren durch irgendeine braune

Flüssigkeit unappetitlich verfleckt. »Eigentlich itst der Betrag für eine Identifikationskarte achttsig Tsilberstücke pro Individuum, aber meine Männer und ich mütsen ja auch irgendwie leben, nicht wahr? Tsoldaten werden tsiemlich schlecht betsahlt.«

Ärgerliches Murmeln in dem Trupp hinter ihm bestätigte seine Worte.

»Dann werden wir uns friedlich entfernen«, erklärte Caz.

»Dats glaube ich nicht«, erklärte der Biber. Die zehn Soldaten, die sich vorhin hinter die Reisenden geschlichen hatten, kamen jetzt dicht heran und schnitten ihnen den Weg ab. »Ich möchte nicht, dats ihr autsen herum tsu den anderen Toren geht.«

»Sind alle eure Städte so gastfreundlich?« flüsterte Flor Mudge zu.

Der hob die Schultern. »Wo es Wohlstand gibt, Liebchen, da gibt es Korruption. Und in Polastrindu gibt es ziemlich viel Wohlstand, wa?« Nervös beäugte er die Soldaten.

Einige hantierten bereits erwartungsvoll an Schwertern und Keulen herum. Sie sahen gesund und wohlgenährt, wenn auch nicht besonders hygienisch aus.

»Also, Euer 'Exerschaft, warum bezahlen wir nich einfach? Diese Kerle sehen aus, als käme ihnen 'n 'übsches kleines Massaker nur gelegen. Wenn wir noch länger warten, werden wir keine große Wahl mehr 'aben.«

»Ich werde nicht zahlen.« Clodsahamp rückte halsstarrig seine Brille zurecht. »Außerdem kann ich mich gerade nicht auf den dummen Silberspruch besinnen.«

»Du willtst nicht tsahlen, hä?« Der Biber watschelte heran, bis er und der Schildkrötenhexer sich wild in die Augen starrten. »Du bitst altso ein grotser Hexer, wie? Wollen mal tsehen, wie hexerisch du wirklich bitst!« Er schwenkte den Streitkolben herum, knickte das Handgelenk ein und schlug Clodsahamp quer über den Schnabel.

Der Zauberer stieß einen verblüfften Schrei aus und setzte sich hart auf die Straße. »Also du unverschämtes junges Balg!« Er tastete nach seiner Brille, die von ihrem Platz gerutscht, aber nicht zerbrochen war. »Ich werde dir zeigen, wer ein Hexer ist. Ich werde dich ausweiden, ich werde ...«

»Legt an!« bellte der Biber. Augenblicklich zeigte eine Sammlung von Speeren und Keulen direkt auf die Reisenden. »Ich habe jetst wirklich genug von euren Narreteien«, erklärte der Offizier säuerlich. »Ich weits nicht, wer ihr seid, woher ihr kommt oder wats für ein Tspiel ihr mit mir vorhabt. Aber wir tsind hier nicht betsonders freundlich zu Landtstreichern. Tsu den Tsellen werdet ihr geschleppt, und tswar unvertsüglich, wenn ihr nicht mit Barem rausrückt.«

Rechts von ihm erhob sich eine Steinmauer, vorn und hinten drohte scharfer Stahl, aber Jon-Tom wurde nicht aufgehalten, als er sich zum Wasserrand vorarbeitete. Er legte die Hände an den Mund und schrie verzweifelt: »Falameezarrrr!«

»Wats denn, dann gibt ets noch mehr von euch?« Die Schnurrhaare des Bibers zuckten, als er sich umdrehte, um auf das träge schmutzige Wasser zu blicken. »Wo itst derjenige? Vertsteckt tsich wohl in einem Boot? Dats wird euch weitere hundert Tsilbertstücke kotsten. Ich habe jetst genug. Entweder ihr betsahlt jetst oder ...« Drohend wirbelte er seinen Streitkolben durch die Luft.

Ein lautes, müdes Krachen übertönte die letzten Worte der Drohung, als zwei Schiffe leibhaftig beiseite gedrängt wurden. Dockplanken gaben unwiderstehlichem Druck von unten nach. Darunter tauchte ein gewaltiger schwarzer Schädel auf, von dem Wasser und zerschmetterte Bohlen regneten. Große Klauen, gruben sich in zerbrochenen Stein, und Kohlenaugen starrten wild auf die Gruppe hinunter.

Der Biber stierte offenen Mundes auf die feuchten schimmernden Zähne, die sich direkt über ihm schlossen. »D-d-d-d ...« Es gelang ihm nicht, das vollständige Wort auszusprechen, aber er schaffte es, an der Hälfte seiner Untergebenen vorbeizuwatscheln, die mit ihm zum Stadttor rannten.

Matrosen verließen ihre Schiffe, Händler und Stauer ließen ihre Waren im Stich, alles raste wie verrückt zum Tor. Auf der Stadtmauer brach Panik aus, brutal aufgescheuchte Truppen rannten sich beinahe gegenseitig um, als sie ihre Verteidigungspositionen einnahmen.

Die jetzt einsame Reisegruppe ergriff ihre eigenen Waffen.

»Genau zum richtigen Zeitpunkt aufgetaucht, Genosse Falameezar!« rief Jon-Tom. »Ich hoffte, daß du noch in der Nähe warst, hatte aber keine Ahnung, daß es so nahe war.«

Falameezar blickte auf die entsetzten Gesichter, die über den Mauerrand spähten. »Was ist los mit ihnen?« Er war mehr neugierig als ärgerlich. »Ich hörte deinen Ruf und kam wie versprochen, aber ich dachte, sie behandeln euch als Genossen und Waffenbrüder in dem bevorstehenden großen Streit.«

»Ja, aber erinnerst du dich an das, was ich dir über die Anwesenheit von Konterrevolutionären sagte?« fragte Jon-Tom düster.

»Oho, so ist das also!« Falameezar stieß ein wildwütendes Zischen aus, und drei kleine nebeneinanderliegende Läden brachen in Flammen aus.

»Vorsichtig! Wir wollen nur hineinkommen, aber nicht die Stadt niederbrennen.«

Ein massiger Schwanz peitschte ins Wasser, und die Flammen wurden augenblicklich gelöscht, was den unschuldigen Geschäften ebensowenig guttat wie das Feuer.

»Halt deine Wut unter Kontrolle, Falameezar!« riet ihm Jon-Tom. »Ich bin sicher, daß wir alles aufklären werden, sobald wir mit den Stadtkommissaren sprechen können.«

»Das will ich doch meinen!« sagte der Drache gereizt. »Die Vorstellung, daß Konterrevolutionäre unschuldigen Reisenden etwas verbieten dürfen!«

»Es ist oft schwer, die Revolutionäre von ihren geheimen Feinden zu unterscheiden.«

»Das wird wohl so sein«, gab der Drache zu.

»Es könnte sogar noch schlimmer kommen«, informierte

ihn Jon-Tom, als sie alle zu dem festverschlossenen Holztor hinübergingen.

»In welcher Hinsicht, Genosse?«

»Revisionisten«, flüsterte Jon-Tom.

Falameezar schüttelte den Kopf und murmelte müde: »Gibt es denn keinen Anstand mehr in der Welt?«

»Beherrsch dich ein wenig!« bat Jon-Tom. »Wir wollen ja nicht unabsichtlich irgendwelche ehrlichen Proletarier einäschern.«

»Ich werde vorsichtig sein«, versicherte ihm der Drache, »aber innerlich zittere ich vor Empörung. Doch selbst ein schmutziger Revisionist kann umerzogen werden.«

»Ja, es ist klar, daß der Aufbau von Instruktionskadern hier Vorrang haben sollte«, pflichtete ihm Jon-Tom bei.

Polastrindu hatte plötzlich das Aussehen einer Geisterstadt. Mit dem Näherkommen des Drachen waren alle interessierten Gesichter von der Mauer verschwunden. Nur hier und da zeigte sich ein schwankender Speer, das war alles.

Jon-Tom spürte die Blicke der verborgenen Matrosen und Schauerleute im Rücken, aber aus dieser Richtung waren keine Probleme zu erwarten. Tatsächlich war so gut wie überhaupt nichts zu befürchten, solange Falameezar bei ihnen blieb.

Er sah Caz an. Der Hase lächelte und nickte ihm zu. Da er derjenige war, der die Kontrolle über den Drachen hatte, oblag die Gesprächsführung Jon-Tom. Also marschierte er zum Tor und klopfte arrogant gegen das Holz.

»He, Torhüter, zeig dich!« Als weder eine Antwort noch ein Anzeichen von Bewegung erfolgte, fügte er hinzu: »Zeig dich, oder wir brennen dein Tor nieder und machen dich zum Aschehüter!«

Von der anderen Seite drangen die Geräusche eines Streits herüber. Dann öffnete sich mit hölzernem Stöhnen ein Portal gerade weit genug, um eine vertraute Gestalt durchzulassen, und schloß sich rasch hinter ihr.

»Das ist besser.« Jon-Tom musterte den Biber, der jetzt

erheblich weniger streitlustig aussah. »Wir haben über irgendwelche Identitätsmarken diskutiert.«

»Tsie werden in dietsem Augenblick vorbereitet«, unterrichtete ihn der Offizier, dessen Blick immer wieder zu dem feueräugigen Gesicht des Drachen hochschnellte.

»Das ist nett. Es war auch die Rede von einer großen Zahl von Silberstücken.«

»Nein, nein, nein! Tsei doch nicht albern! Ein abtsurdets Mitsverständnits!«

Einen Augenblick später breitete sich Dankbarkeit über sein Gesicht, als sich das Tor wieder öffnete. Er verschwand im Innern und kehrte mit einer Handvoll winziger Metallrechtecke zurück. In jede Karte waren winzige Symbole und ein paar Worte geprägt.

»Bitte tsehr!« Er reichte sie rasch herüber. »Ihr mütst eure Namen hier eingravieren latsen.« Er zeigte auf eine unbeschriftete Fläche auf einer der Marken. »Wenn es euch beliebt, natürlich«, fügte er unterwürfig hinzu.

»Aber es sind nur sieben Marken.« Der Biber sah ihn verwirrt an. »Hast du vergessen, daß unsere Gruppe jetzt aus acht Individuen besteht?«

»Ich vertstehe nicht«, murmelte der nervöse Offizier. Er wies mit einer angedeuteten Kopfbewegung in Falameezars Richtung. »Tsicherlich wird *das da* nicht in die Tstadt kommen.«

»Die bourgeoiseste Äußerung, die ich je hörte!« Der Drache beugte sich so weit vor, daß der Geruch von Feuer und Schwefel den Gestank der Abwässer überdeckte. Daß er den Biber mit einem Biß verschlucken konnte, war ein Umstand, der dem wackeren Streiter nicht entging.

»Nein, nein ... ein Mitsverständnits, dats itst allets. Ich ... es tut mir ehrlich leid, Herr Drache. Ets war mir nicht klar, dats Ihr ein Mitglied dietser Gruppe tseid ... nicht genau ... wenn Ihr mich bitte entschuldigt!« Er verschwand schneller, als Jon-Tom es bei solchen Säbelbeinen für möglich gehalten hätte.

Diesmal vergingen einige Minuten, bis er wieder auftauchte. »Die letste Marke«, sagte er keuchend und streckte die frischgeprägte Metallplatte vor.

»Ich werde auf sie achtgeben.« Jon-Tom ließ sie in eine Hemdtasche gleiten. »Und wenn du jetzt so freundlich wärst, das Tor zu öffnen!«

»Macht auf da drinnen!« schrie der Offizier. Die Neuankömmlinge schlenderten hinein. Falameezar mußte den Kopf einziehen und schaffte es kaum, seinen Körper durch die Öffnung zu quetschen.

Sie fanden sich auf einem verlassenen umbauten Platz wieder. Hunderte interessierter Augen beobachteten sie durch kaum geöffnete Fensterläden.

Auf allen Seiten erhoben sich mächtige Steinbauten. Wie in Lynchbany erweckten sie den Eindruck, als seien sie aus Dutzenden kleinerer Gebäude zusammengewachsen, nur daß hier der Maßstab größer war. Die Stadt vermittelte das Bild einer grauen Sandsteinburg. Einige der Gebäude waren sechs oder sieben Stockwerke hoch. Zerklüftete Wohnbauten zeigten sonderbar geformte Fenster und unterschiedlichste Balkone.

Die Straßen, die sie sahen, waren erheblich breiter als im provinziellen Lynchbany, obwohl vorstehende Erker und Fensterkästen sie schmaler erscheinen ließen. Da die Straßen über den Platz alle zum Hafentor führten, war es verständlich, daß sie breiter waren als der Durchschnitt. Zweifellos verfügte auch diese Stadt über ihren Anteil an Gassen und verwinkelten Hinterhöfen.

Hinweise auf relativ starken Verkehr waren überreichlich vorhanden, von den abgenutzten Pflastersteinen bis zu den gewaltigen Haufen weggeworfenen Abfalls. Mehrere Dutzend Verkaufsstände und Buden umringten den großen Platz.

Jon-Tom vermutete, daß sie noch vor kurzem von geschäftigen Verkäufern bevölkert gewesen waren, die ihre Waren an Matrosen und andere Käufer verhökert hatten. Ein paar Kaufleute kauerten sich immer noch in ihnen zusammen, zu schwach oder zu gierig, um zu fliehen. Die meisten der Gesichter waren bepelzt, ein paar menschlich glatt.

»Sieh sie dir an, wie sie sich 'inter ihre Bäuche zurückzie'en!« Mudge schnitt den halbverborgenen Zuschauern beleidigende Grimassen. Falameezars Masse direkt hinter sich, fühlte er sich so gut wie unverletzlich. »Willkommen im wundervollen Polastrindu! Pah! Die Straßen stinken, die Leute stinken. Je e'er wir mit der ganzen Sache fertig sind und in den sauberen Wald zurückkehren können, desto besser wird es diesem Otter 'ier gefallen.« Er legte die Pfoten an den Mund und rief lauthals:

»'Ört ihr mich, ihr zitternden, feigen, blutschänderischen Lumpen? Eure ganze Stadt ist ein miefiges Stinkloch! Will sich jemand mit mir darüber streiten?«

Niemand wollte. Mudge sah befriedigt aus und wandte sich zu Jon-Tom: »Und was jetzt, Kumpel?«

»Wir müssen uns mit den örtlichen Zauberern und dem Stadtrat treffen«, sagte Clodsahamp entschieden. »Und während dieses Treffens wirst du mir den Gefallen tun, deine pubertären Ergüsse zurückzuhalten.«

»Ah, sie verdienen nichts anderes, Chef!«

»Rat?« Das fragende Rumpeln kam von Falameezar.

»Rat der Kommissare«, erklärte Jon-Tom hastig. »Es ist alles eine Frage der Semantik.«

»Ja, natürlich.« Der Drache klang verlegen.

Jon-Tom sah sich um und entdeckte den Biber, der unsicher in einem nahegelegenen Durchgang herumlungerte. »Du da, komm her!« Der Biber zögerte so lange wie möglich.

»Ja, du!«

Zögernd trat der Offizier aus dem Schatten. Auf der Hälfte des Weges, als er sich der möglicherweise vielen zuschauenden Augen bewußt wurde, schien er etwas von dem Stolz und der Würde zurückzugewinnen, die er anfänglich gezeigt hatte. Falls er schon in den Tod ging, so schien seine Überlegung zu sein, konnte er auch eine gute Figur dabei machen. Jon-Tom mußte seinen Mut bewundern, wenn er auch ein wenig spät kam.

»Nun gut«, sagte der Biber ganz ruhig. »Ihr habt euch durch Einschüchterung euren Weg in die Tstadt erzwungen.«

»Was notwendig war, weil du uns draußen einzuschüchtern versuchtest«, erinnerte ihn Jon-Tom. »Sagen wir, wir sind quitt. Schwamm drüber!«

Der Biber warf der bewegungslosen Gestalt Falameezars einen schnellen Blick zu, bevor er Jon-Tom wieder fragend ansah.

»Meinen Tsie dats wirklich tso? Tsie wollen tsich nicht an mir rächen?«

»Nein. Schließlich hast du«, fügte Jon-Tom in der Hoffnung hinzu, einen hiesigen Verbündeten zu gewinnen, »nur deine Pflicht getan, wie du, äh, sie gesehen hast.«

»Ja. Ja, dats tstimmt.« Der Offizier zögerte immer noch in seinem Glauben, daß man nicht über ihn herfallen wollte und daß Jon-Toms Freundschaftsangebot echt war.

»Wir hegen keinen Groll gegen dich, genausowenig wie gegen jeden anderen Bürger Polastrindus. Wir sind hier, um euch zu helfen.«

»Und jedem intelligenten Bewohner der Warmlande«, ergänzte Clodsahamp gewichtig.

Der Biber grunzte. Offensichtlich zog er es vor, mit Jon-Tom zu sprechen, obwohl ihm das dauernde Aufblicken zu dem hochragenden Menschen im Nacken schmerzte.

»Wats kann ich dann altso tun, um dir behilflich tsu tsein, mein Freund?«

»Du könntest ein Treffen mit dem Stadtrat, den militärischen Befehlshabern und den Repräsentanten der Hexer dieser Region für uns vereinbaren«, teilte ihm Jon-Tom mit.

Die Augen des Bibers weiteten sich. Schwere Schneidezähne klickten gegen ihre kürzeren Gegenstücke. »Dats itst wirklich ein Wunsch, Freund! Hatst du eine Ahnung, worum du da bittetst?«

»Es tut mir leid, wenn das schwierig für dich wird, aber wir können uns wirklich mit nichts Geringerem zufriedengeben. Wir wären nicht diesen weiten Weg gereist, wenn es sich nicht um eine Sache von entscheidender Bedeutung handeln würde.«

»Dats glaube ich schon. Aber ihr mütst verstehen, dats ich nur ein Unteroffitsier bin. Ich bin nicht in der Potsition, um ...«

Hinter ihm klangen Rufe auf. Mehrere seiner Soldaten tauchten aus der Tür auf, hinter der sie sich verborgen hatten, und deuteten die Hauptstraße hinauf.

Dort näherte sich eine kunstvolle Sänfte. Sie wurde von sechs keuchenden Mäusen getragen, die beim ersten Anblick Falameezars zögerten. Aber Rufe aus dem Innern der Sänfte und ein Peitschenknall des elegant in Spitze und Seide gekleideten Sänftenführers, eines Hamsters, zwangen sie weiter.

Die Sänfte hielt in maßvoller Entfernung. Der keinen Meter große Hamster stieg rasch von seinem Sitz und öffnete mit tiefer Verbeugung die Tür des feudalen Transportmittels. Die mißbrauchten Träger sackten ihn ihren Geschirren zusammen, rangen nach Atem. Sie waren offensichtlich den größten Teil der Strecke gerannt.

Das Individuum, das sich durch die Tür zwängte, war in eine mehr dekorative denn zweckdienliche Rüstung gekleidet. Sie war massiv vergoldet und verschnörkelt und entsprach der hohen Stellung und dem hochmütigen Gebaren ihres Besitzers. Dieser begutachtete die Situation auf dem Platz und schlenderte herüber.

Als der Neuankömmling herangekommen war, salutierte der Biber, indem er sich mit der offenen Pfote auf die linke Brust schlug. Ein schwaches Winken war alles an Gegengruß, was der Offizier bekam.

»Ich bin Major Ortrum, Kommandant der Stadtwache«, sagte der Waschbär salbungsvoll. Es gelang ihm bemerkenswerterweise, Falameezar zu ignorieren, während er zu den Ankömmlingen sprach.

Der Drache lenkte Jon-Toms Aufmerksamkeit auf sich, der sich neben die schwarze Masse stellte, während der Waschbär mit gelangweilt klingender Stimme irgendeine offizielle Begrüßung herunterspulte.

»Diese armen Burschen da«, sagte der Drache verärgert und wies mit dem Kopf auf die erschöpften Sänftenträger, »scheinen mir der konzentrierte Ausdruck des ausgebeuteten Arbeiters zu sein. Und der, der da gerade redet, gefällt mir ganz und gar nicht.«

Jon-Tom dachte sehr schnell. »Ich schätze, daß sie sich abwechseln. Das ist nur fair.«

»Vermutlich«, sagte der Drache zweifelnd. »Aber diese Arbeiter«, – er wies mit dem Kopf auf die keuchenden Mäuse –, »gehören alle zur selben Art, während der Sprecher eindeutig anders ist.«

»Jaa, schon, aber was ist mit dem Führer? Er ist auch anders.«

»Ja, aber ... ach, vergiß es! Das ist meine mißtrauische Natur.«

Fast zu mißtrauisch, dachte Jon-Tom und stieß innerlich einen erleichterten Seufzer aus, weil er den Drachen einmal mehr getäuscht hatte. Er hoffte inbrünstig, daß der Major es sich nicht erlaubte, einem der Träger einen Tritt zu verpassen.

»Ich denke mir«, sagte der Waschbär und nahm geziert etwas Schnupftabak, »daß ihr in irgendeiner albernen wichtigen Mission hier seid.«

»Das trifft zu.« Clodsahamp betrachtete den Major angewidert.

»Ah, Ihr müßt der Hexer sein, der mir gegenüber erwähnt wurde.« Ortrum vollführte eine glatte aristokratische Verbeugung. »Ich beuge mich vor dem, der die geheimen Künste gemeistert hat und zu dem alle aufblicken müssen.« Der über ihnen flatternde Fledermaus-Famulus stieß ein kurzes heftiges Lachen aus, aber Clodsahamps Einschätzung des Majors erfuhr einen radikalen Wandel.

»Endlich jemand, der den Wert von Wissen erkennt! Vielleicht kommen wir jetzt weiter.«

»Das kommt darauf an«, meinte der Major. »Man sagt

mir, daß Ihr vor dem Rat und den magischen Repräsentanten zu sprechen wünscht.«

»Genau«, sagte Mudge, »und wenn sie wissen, was gut für sie is, werden sie uns genau zu'ören, werden sie.«

»Oder ...?«

»Oder ...« Mudge blickte Clodsahamp hilflos an.

»Eine Krise, die die gesamte zivilisierte Welt bedroht, kommt mit jedem Tag näher«, erklärte der Hexer. »Ihr zu begegnen, wird alle Reserven der Warmlande erfordern.«

»Bitte begreift, daß ich nicht Eure Erklärung in Zweifel ziehe, Wissender«, sagte der Major und klappte seine silberne Schnupftabakdose zu, »aber ich bin nur höchst unzureichend dazu gerüstet, solche Angelegenheiten zu beurteilen. Daher, vermute ich, werdet Ihr Eure Zuhörerschaft haben müssen. Ihr müßt Euch aber darüber im klaren sein, wie schwierig es sein wird, alle Notabeln, die ihr zu sehen wünscht, in einer kurzen Zeitperiode zu versammeln.«

»Nichtsdestotrotz muß es getan werden.«

»Und vor der Versammlung werdet Ihr selbstverständlich Eure Behauptungen konkretisieren und erhärten.«

»Natürlich«, erwiderte der Hexer gereizt.

Jon-Tom bemerkte die versteckte Drohung in der Äußerung des Majors. Hinter Ortrum steckte mehr, als sich dem Auge oder der Nase enthüllte. Es bedurfte bemerkenswerten Mutes, um da zu stehen und offensichtliche Mißachtung für die massige Gegenwart Falameezars zu zeigen. Sogar Jon-Tom ließ viele Bewohner dieser Welt auf den ersten Blick stutzen.

Dann fiel ihm ein, daß Mut gar nichts damit zu tun haben mochte. Er fragte sich, was die Schnupftabakdose wirklich enthielt. Es konnte durchaus sein, daß Major Ortrum total bekifft war.

»Es wird ein wenig dauern.«

»Sobald wie möglich dann also!« sagte Clodsahamp mit ungeduldigem Schniefen.

»Natürlich werdet Ihr mich über die näheren Umstände dieser angenommenen Gefahr informieren, damit die Zauberer zumindest wissen – entschuldigt meine Kühnheit! –, daß sie nicht wegen der Wahnideen eines altersschwachen Hochstaplers aus ihren Lagern und Höhlen gerissen werden.« Er hob beschwichtigend die Hand. »Aber, aber. Überlegt doch bitte einen Moment! Sicherlich würdet auch Ihr eine gewisse Sicherheit wünschen, wenn die Lage umgekehrt wäre.«

»Das scheint mir angemessen vernünftig. Die Hexer der größeren Territorien sind eine hochmütige Bande. Sie müssen dazu gezwungen werden, die Gefahr zu begreifen. Ich werde Ihnen ausreichende Informationen mitgeben, um sie dazu zu bewegen, die Versammlung zu besuchen.« Er durchforschte die Schubladen in seinem Panzer.

»Hier!« Er holte eine Handvoll winziger Schriftrollen hervor. »Sie sind fluchversiegelt.«

»Ja, ich sehe das Zeichen«, erwiderte der Waschbär, als er sie vorsichtig entgegennahm.

»Nicht, daß es etwas ausmachen würde, falls Sie ihren Inhalt sehen würden; die ganze Welt wird sehr bald davon erfahren. Aber es gibt bestimmte snobistische Typen, die das Eindringen bloßer Laien in Zaubererangelegenheiten übelnehmen.«

»Seid versichert, daß sich niemand unbefugt an ihnen zu schaffen machen wird«, erklärte der Major mit albernem Lächeln und verstaute die Rollen in einer Seitentasche.

»Und jetzt zu weniger schrecklichen Dingen. Es wird spät. Ihr müßt doch durch die Ereignisse des Tages«, – er warf dem unglücklichen Biber einen scharfen Blick zu –, »und durch eure anstrengende Reise müde sein. Außerdem würde es die Bevölkerung beruhigen, wenn ihr euch zurückzögt.«

Caz strich geziert über seine Spitzenmanschetten und sagte: »Ich für meinen Teil hätte mit Sicherheit gute Verwendung für ein Bad. Ganz zu schweigen von etwas Feinerem als Lagerküche. Ah, ein Süßzwiebel- und Großbohnensalat mit gewürzter Sauerrahmsoße zum Beispiel!«

»Ein Feinschmecker.« Major Ortrum sah den Hasen mit

neuem Interesse an. »Sie werden meine Offenheit sicherlich entschuldigen, aber ich verstehe nicht, wie Sie in diese Art von Gesellschaft geraten konnten.«

»Ich empfinde meine gegenwärtige Gesellschaft durchaus zufriedenstellend, danke.« Caz lächelte dünn.

Ortrum zuckte die Schultern. »Das Leben versetzt uns oft in die unerwartetsten Situationen.« Es war offensichtlich, daß er sich für so etwas wie einen Philosophen hielt. »Wir werden ein Bad für Sie finden und Quartier für alle.«

Der Biber beugte sich herüber, immer noch in steifer Habachtstellung, und wies mit dem Kopf auf den Drachen. »Quartier, Major? Selbst für das da?«

»Ja, was ist mit Falameezar?« fragte Jon-Tom. »Genossen sollten nicht getrennt werden.« Der Drache strahlte.

»Überhaupt kein Problem«, versicherte der Waschbär. »Das dritte große Gebäude links hinter Ihnen«, sagte er mit ausgestrecktem Arm, »ist sowohl Kaserne als auch Militärlagerhaus. Es wird gegenwärtig nur von einem kleinen Instandhaltungstrupp bewohnt, der abgezogen werden wird. Sollte Ihr beträchtlicher reptilischer Freund wünschen, in seine natürliche nasse Umgebung zurückzukehren, sei es nun auf Dauer oder nur zu einem kurzen Bad, wird er den Fluß dichtbei finden. Und ansonsten ist dort ausreichend Raum für Sie alle, so daß Sie zusammenbleiben können.

Wenn Sie mir bitte folgen wollen?« Er ging zu seiner Sänfte zurück. Deren Führer kletterte auf seinen Sitz und stieß mit schriller, quäkender Stimme Befehle aus, gefolgt von Flüchen, die sich durch außergewöhnliche Bösartigkeit auszeichneten.

Teile und fördere einige auserwählte Wenige! dachte Jon-Tom wütend. So sorgt man dafür, daß die Unterdrückten spuren. Die Art, wie die kleineren Nager behandelt wurden, war eine Quelle beständigen Unbehagens für ihn.

Sie folgten der Sänfte zum Eingang eines mächtigen Holzgebäudes. Zwei hohe Schiebetüren boten Platz genug, um Falameezar einzulassen.

»Dieser Bau wird oft zur Unterbringung großer Maschinen verwendet«, erklärte Ortrum. »Daher die Notwendigkeit für das übergroße Portal.

Ich werde euch hier verlassen. Ich muß zurück, um meinen Bericht abzufassen und die Einladungen einzuleiten, um die ihr gebeten habt. Falls ihr irgend etwas braucht, zögert nicht, die Angehörigen des Stabs im Innern um Hilfe zu bitten. Ich heiße euch als Gäste der Stadt willkommen.«

Er winkte mit der Hand, die Sänfte wendete und entfernte sich leicht schwankend auf den angespannten Muskeln der Mäuse ...

XIX

Ihre Unterkünfte waren spartanisch, aber zufriedenstellend. Falameezar erklärte sich mit dem von den Ställen hereingebrachten Stroh zufrieden. Es war in der Konsistenz natürlich trockener, aber ansonsten dem vertrauten Schlamm seines Lieblingsflußbodens vergleichbar.

»Es gibt da einige Weiterungen der kommunalen Verwaltung, die ich gern mit dir diskutieren möchte, Genosse«, sagte er zu Jon-Tom, als dieser zu seiner Unterkunft ging.

»Später, Falameezar!« Jon-Tom gähnte, war durch den hektischen Tag völlig erschöpft. Draußen war es dunkel geworden. Die Fenster Polastrindus waren wie ein Schwarm Feuerfliegen zum Leben erwacht.

Außerdem war er es ziemlich leid, die unermüdliche Neugier des Drachen zu befriedigen. Sein begrenztes Wissen über den Marxismus wurde langsam etwas fadenscheinig, und in ihm wuchs die Sorge, einen gefährlichen philosophischen Fehler zu machen. Falameezars Freundschaft beruhte auf einer vermuteten gemeinsamen Zuneigung zu einem bestimmten sozioökonomischen System; unter den irisierenden Schuppen lag aber auch eine verheerende Reizbarkeit. Eine Hand umfaßte seinen Arm, und er fuhr zusammen. Es war nur Mudge.

»Nimm's ein bißchen leichter, Kumpel! Du bist ja verknoteter als 'n Jungferngürtel. Wir 'aben es bis 'ier'er geschafft, und das is das Wichtige, wa? Heute abend ge'en wir aus und suchen uns 'n paar weniger streitbare Damen als die, mit denen wir unterwegs sind, und machen uns 'ne vergnügte Nacht, hm?«

Jon-Tom machte entschlossen seinen Arm frei. »Oh, nein! Ich erinnere mich an das letzte Mal, als du mich in eine Taverne mitnahmst. Es hätte nicht viel gefehlt, und mir wäre der Bauch aufgeschlitzt worden. Ganz zu schweigen davon, wie du mich in der Gildenhalle sitzenließest.«

»Nun, dafür war Talea verantwortlich, nich ich.«

»Wofür war ich verantwortlich?« Der Rotschopf tauchte in der vor ihnen liegenden Tür auf.

»Ach nichts, Liebchen!« sagte Mudge unschuldig.

Sie betrachtete ihn noch einen Moment und entschied dann, seine Bemerkung zu überhören. »Hat jemand bemerkt, daß an beiden Enden dieses Schuppen Schlafsäle liegen? Und zwar voller Soldaten. Sie haben uns die Offiziersunterkünfte zugewiesen; aber es gefällt mir nicht, von den anderen umgeben zu sein.«

»Angst, im Schlaf ermordet zu werden?« Mit dieser Bemerkung gesellte sich Flor zu der Gruppe.

Talea funkelte sie an. »Es ist bekannt, daß so etwas passiert, besonders solchen, die ihre Betten für sicher halten. Außerdem behauptete dieser Major Maskengesicht, hier lebte normalerweise nur ein Instandhaltungstrupp. Wo kommen dann diese Söldnertypen her, und warum?«

»Wie viele sind es?« wollte Caz wissen.

»Mindestens fünfzig an jedem Ende. Opossums, Wiesel, Menschen – eine hübsche Mischung. Für eine Bande von Besenschwingern sahen sie doch ziemlich wachsam aus. Sind außerdem gut bewaffnet.«

»Es ist nur natürlich, daß man in der Stadt wegen unserer Anwesenheit nervös ist«, argumentierte Jon-Tom. »Ein paar Wachen sind verständlich.«

»Ein paar, ja – um die hundert, ich weiß nicht.«

»Willst du damit sagen, daß wir Gefangene sind?« fragte Flor.

»Ich will sagen, daß ich nicht gut schlafen werde, wenn ich weiß, daß über hundert nervöser, gut bewaffneter Soldaten gleich nebenan schlafen.«

»Wäre nicht das erste Mal«, murmelte Mudge.

Sie blickte ihn scharf an. »Was? Was hast du gesagt, du struppelgesichtiger kleiner Furz?«

»Daß es nicht das erste Mal wäre, daß wir umzingelt sind, Liebchen.«

»Oh!«

»Es gibt eine Möglichkeit, das herauszufinden.« Caz ging zu der kleinen Tür, die in eines der riesigen Schiebepaneele eingelassen war. Er öffnete sie und sprach mit jemand Unsichtbarem. Schließlich tauchte der Biberoffizier auf, den sie schon kannten. Er sah unglücklich aus und versuchte ihre Blicke zu meiden.

»Wie ich höre, wünscht ihr ein Abendmahl.«

»Das ist richtig«, antwortete Caz.

»Die Tspeitsen werden unvertsüglich hereingebracht, dats Betste, wats die Tstadt tsu bieten hat.« Er wollte gehen, Caz hielt ihn zurück.

»Einen Moment, bitte! Das ist ein wirklich freundliches und großzügiges Angebot, aber ein paar von uns zögen es doch vor, sich Ort und Art ihrer Mahlzeit selbst zu wählen.« Er zupfte sich abwesend am Schwanz; die Schnurrhaare zuckten. »Das geht doch in Ordnung, oder?«

Er machte einen Schritt in Richtung der geöffneten Tür.

Der Offizier vertrat ihm zögernd den Weg. »Ets tut mir ehrlich leid ...« Er klang, als sei es ihm ernst. »Aber Major Ortrum gab tstrickte Intstruktionen, wie ihr untergebracht und vertsorgt werden sollt. Eure Tsicherheit itst der Verwaltung autserordentlich wichtig. Ets herrscht die Tsorge, dats betstimmte radikale Narren unter der Bevölkerung vertsuchen könnten, euch antsugreifen.«

»Diese Sorge um unser Wohlergehen ist höchst freundlich«, erwiderte Caz, »aber nicht notwendig. Wir können auf uns selbst achtgeben.«

»Dats weits ich durchauts«, gab der Biber zu, »aber meine Vorgetsetsten tsehen dats anderts. Ets itst tsu eurem eigenen Schuts.« Er zog sich rückwärts gehend zurück und schlöß die Tür fest hinter sich.

»Das wäre es dann«, schnappte Talea wütend. »Wir stehen unter Hausarrest. Ich wußte, daß sie irgend etwas vorhatten.«

Flor spielte mit ihrem Messer und reinigte sich die langen Fingernägel. Wie sie so mit überkreuzten Beinen an der Wand lehnte und ihr schwarzer Umhang die Figur umschmeichelte, fand Jon sie wieder einmal wirklich hinreißend.

»Das ist doch kein Problem. *Un poco sangre,* und wir gehen, wohin wir wollen, *no es verdad?* Oder wir wecken Johnny-Toms feuerspuckenden *compadre* und machen Holzkohle aus diesem Holz.« Sie deutete mit dem Messer auf die mächtigen Schiebepaneele.

»Die Leute hier sind nicht der Feind, Flor. Jetzt ist die Zeit für Diplomatie«, sagte er zu ihr. »Auf jeden Fall kann ich es nicht riskieren, Falameezar alleinzulassen.«

Schwarze Augen blitzten ihn an, sie stieß sich von der Wand ab und rammte ihr Messer in das Holz. »Vielleicht, aber hier geht es mir wie Talea. Ich mag es nicht, wenn man mir sagt, wohin ich gehen darf und wohin nicht, selbst wenn es möglicherweise zu meinem ›eigenen Schutz‹ ist! Ich habe zwanzig Jahre mit älteren Brüdern und Schwestern hinter mir. Ich will verdammt sein, wenn ich mir jetzt dasselbe von irgendeinem übergroßen affektierten Waschbären diktieren lasse.«

»Tz, tz ... Kinder, Kinder!«

Sie wandten sich alle um. Clodsahamp beobachtete sie und schnalzte mißbilligend mit der Zunge.

»Ihr werdet in dem bevorstehenden Krieg auf dem Schlachtfeld alle von großem Wert sein, aber dieser Krieg findet noch nicht statt, nicht hier. Die Fleischtöpfe der Stadt interessieren mich nicht im mindesten, also werde ich«, – er lächelte zu Jon-Tom hoch –, »hierbleiben, um das Bedürfnis deines großen Freundes nach Konversation zu befriedigen.«

»Ich habe mir euer Geplauder genau angehört, und du hast mich gut eingewisen. Die zugrunde liegenden Prinzipien der Anschauungen, denen der Drache so fanatisch verhaftet ist, sind leicht zu handhaben. Ich kann mit ihm fertig werden. Außerdem gehört es zur Natur von Drachen und Hexern, daß sie gut miteinander auskommen. Es gibt andere, gemeinsame Themen über die wir reden können.

Ihr aber solltet alle gehen, wenn ihr es wünscht. Ihr habt bisher alles getan, worum ich bat, und verdient ein wenig

Entspannung. Also werde ich die Aufmerksamkeit des Drachen beanspruchen, falls nötig, und euch dabei helfen wegzuschleichen.«

»Ich weiß nicht recht.« Jon-Tom blickte auf die schnarchende Gestalt des Drachen. »Er hat ein außergewöhnlich eindringliches und scharfes Einspurdenken.«

»Ich werde mich bemühen, unser Gespräch von der Ökonomie wegzulenken. Das scheint sein Hauptinteresse zu sein. Nachdem ihr gegangen seid, werde ich die Tür wieder von außen verriegeln ... eine kleine Levitationsübung. Die Riegel an Ort und Stelle und Gesprächsfetzen von innen werden die Wachen vermuten lassen, daß ihr immer noch da seid.

Das müßte sich 'übsch leicht 'inkriegen lassen, wa?«

Mudge zuckte zusammen. Der Hexer hatte seine Stimme perfekt nachgeahmt.

Eine dunkle Gestalt löste sich aus den Dachbalken. »Wasch ischt mit mir, Meischter?« Pog sah Clodsahamp fast flehend an.

»Geh mit ihnen, wenn du willst! Ich habe heute abend keine Verwendung für dich. Aber bleib den Bordellen fern! Das hat dich erst in diese Lage gebracht, vergiß das nicht! Du wirst damit enden, daß du dich einem zweiten Meister verpflichtest.«

»Keine Schorge, Bosch. Und danke!« Er verbeugte sich in der Luft.

»Ich glaube dir nicht, aber ich will dich nicht zurückhalten, wenn ich die anderen gehen lasse. Moralische Auszehrung«, murmelte er angewidert. Pog blinzelte Jon-Tom einfach nur zu.

»Sie werden uns helfen hinauszukommen? Was werden Sie tun?« wunderte sich Flor. »Die Wand auflösen?«

Clodsahamp runzelte die Stirn, soweit sein starres Gesicht das zuließ. »Du unterschätzt die Mittel, die einem so erfahrenen und kultivierten Zaubermächtigen, wie ich es bin, zur Verfügung stehen. Falls ich so vorginge, wie du es vorschlägst, würde unseren Wächtern sofort offenbar, was sich ereignet hat. Eure zeitweilige Abwesenheit muß unbemerkt vonstatten gehen.

Sobald es ein wenig dunkler ist, werde ich es euch ermöglichen, sicher und ungesehen in die Stadt zu gelangen.«

Also standen sie nach einiger Zeit zusammengedrängt in einer schmalen Seitenstraße und sahen sich ihre Umgebung an. Öllampen flackerten im Nachtnebel, Licht kämpfte sich hinter geschlossenen Fensterläden hervor. Um sie herum trieben die leisen Geräusche einer Stadt durch die Dunkelheit, die zu groß und zu geschäftig war, um nachts zu schlafen.

Hinter ihnen, auf der anderen Seite des verlassenen Platzes, zeichneten sich die schattenhaften Umrisse des scheunenartigen Gebäudes ab, in dem sie noch vor wenigen Augenblicken eingesperrt waren.

Jon-Tom hatte von Clodsahamp etwas Außergewöhnliches erwartet – daß er sie zum Beispiel in einem anderen Gebäude materialisierte.

Statt dessen war der Hexer zu einer anderen kleinen Seitentür gegangen und hatte dort mit der magisch oder nichtmagisch nachahmenden Stimme einer dösenden Wache wüste Beleidigungen auf die Vorfahren eines Kameraden ausgestoßen. Der weckte seinen vermeintlich pöbelnden Kollegen unsanft auf, und bald ging ihre mündliche Auseinandersetzung in eine körperliche über.

An diesem Punkt war es Talea und Caz ein leichtes, hinter die Streithälse zu schleichen und durch den sinnvollen Einsatz loser Pflastersteine den Disput für den weiteren Verlauf des Abends zu beenden.

Das war zwar nicht gerade die wundersame Handhabung von Magie, die Jon-Tom von Clodsahamp erwartet hatte, aber er mußte zugeben, daß sie wirkungsvoll war.

Sie wurden von niemandem gestört oder behindert, als sie durch die verlassene Straße schlenderten. Die Bürger machten freiwillig oder auf Befehl einen großen Bogen um den Militärbereich.

Die Gruppe stieß jedoch schon bald auf den abendlichen

Fußgängerverkehr, erregte aber trotz Jon-Toms und Flors hohem Wuchs wenig Aufmerksamkeit. Talea und Mudge waren noch nie in einer Stadt von der Größe Polastrindus gewesen. Sie gaben sich alle Mühe, blasiert zu wirken, aber ihre wahren Empfindungen reichten an ehrfürchtiges Staunen.

Da auch Jon-Tom, Flor und Pog die Stadt nicht kannten, lag es unausgesprochen an Caz, sie zu führen. Nach einer Weile fühlte Jon-Tom sich fast wohl dabei, das Cape über den Kopf geschlagen, durch die regennassen Straßen zu gehen. Mit ihren überhängenden Balkonen und den flackernden Öllampen waren sie den Gassen Lynchbanys nicht unähnlich. Der grundlegende Unterschied bestand darin, daß die Geräuschkulisse weit lauter war: das Schimpfen und Zanken, die Laute der Liebe und des Spiels, das Fluchen und das Weinen und Kreischen von Jungen.

Wie in Lynchbany waren die oberen Stockwerke von den verschiedensten flügeltragenden Bürgern bevölkert: Fledermäusen wie Pog oder kilttragenden Vögeln. Nachtinsekten füllten den Himmel, tanzten vor der halb hinter Wolken verborgenen Mondsichel.

Eine Gruppe betrunkener Wasch- und Nasenbären schlenderte an ihnen vorbei. Ihre Umhänge und Westen zeigten Wein- und Bierflecken. In ihrer Mitte ging ein weiblicher Rotfuchs. Sie trug ein wundervolles fließendes Kleid und einen breitrandigen Hut. Mit ihrem kurzen zuckenden Schwanz und den in die Nacht spähenden Augen hatte sie etwas Elfenhaftes; die Art und Weise, wie ihr Nasenbärbegleiter sie betätschelte, war indessen alles andere als märchenhaft.

Dann kam ihnen ein Trupp aus Opossums und Fuchskusus auf dem Weg zur Arbeit entgegen. Gerade von langem Tagschlaf erwacht, hatten es die Arbeiter eilig, zu ihren Jobs zu kommen. Die Zecher wollten sie nicht vorbeilassen. Es gab einiges – hauptsächlich gutgelauntes – Geschiebe und Gedränge, bis die Arbeiter ihren Weg fortsetzen konnten.

»Hier entlang!« dirigierte sie Caz. Sie schwenkten in eine

schmale gewundene Straße ein. Hier war die Beleuchtung greller, der Lärm aus den diversen geschäftigen Etablissements lauter und rauher. Hinter einer Vielzahl von Fenstern stellten stark geschminkte Gesichter extreme Haut- und Pelzfarben zur Schau; ihre durchaus nicht durchgängig weiblichen Träger winkten ihnen auffordernd zu. Besonders Flor studierte sie so interessiert, als handelte es sich um einen Studienkurs über das Theater des neunzehnten Jahrhunderts.

Hin und wieder betrachteten diese Gesichter sie mit mehr als dem üblichen Interesse. Die intensiven Blicke galten hauptsächlich Flor und Jon-Tom. Einige der Kommentare, die dieses Starren begleiteten, waren ebenso anerkennend wie saftig obszön.

»Meine Füße tun mir langsam weh«, wandte sich Jon-Tom an Caz. »Wie weit ist es noch? Weißt du, wo du uns hinbringst?«

»In genereller Weise ja, mein Freund. Wir suchen nach einem Etablissement, das das Bestmögliche aller Welten in sich vereint. Nicht jede Taverne bietet Sport an. Nicht jedes Spielhaus kann mit Erfrischungen dienen. Und unter den wenigen, die alles bieten, gibt es nicht viele, die so achtbar und anständig sind, daß man den Fuß hineinsetzen könnte.«

Sie bogen um eine weitere Ecke. Zu seiner Überraschung bemerkte Jon-Tom, daß Talea dicht neben ihm ging.

»Es ist angenehm, draußen zu sein«, sagte er im Plauderton. »Nicht, daß es in den Quartieren unbequem gewesen wäre, aber es geht ums Prinzip. Wenn die merken, daß sie uns in unserer Bewegungsfreiheit einschränken können, werden sie das immer mehr verstärken und außerdem Clodsahamps Informationen gegenüber weniger respektvoll sein.«

»Das ist schon so«, sagte sie mit belegter Stimme. »Aber das macht mir momentan keine Sorgen.«

»Nein?« Er legte probehalber seinen Arm um ihre Schulter. Sie widersetzte sich nicht. Er dachte an jenen Morgen zurück, als er im Wald aufgewacht war und sie zusammengerollt an seiner Schulter gelegen hatte. Dieselbe Wärme wie damals drang jetzt durch ihr Hemd und ihren Umhang, wanderte durch seine Finger und seinen Arm bis in tiefere Regionen.

»Was macht dir dann Sorgen?« fragte er warmherzig.

»Daß man uns seit ein paar Minuten verfolgt.« Verblüfft wollte Jon-Tom sich umsehen, als ihm eine Hand schmerzhaft in die Rippen stieß.

»Sieh sie nicht an, du Idiot!« Resolut zwang er seinen Blick nach vorn. »Es sind sechs oder sieben, glaube ich.«

»Vielleicht ebenfalls nur Vergnügungssüchtige«, meinte er.

»Das glaube ich nicht. Sie sind die ganze Zeit immer im gleichen Abstand hinter uns geblieben.«

»Was sollen wir dann also tun?« fragte er.

»Vielleicht in die nächste Taverne einkehren. Wenn sie irgend etwas von uns wollen, wird ein Raum voller Zeugen sie möglicherweise bremsen.«

»Dessen können wir nicht sicher sein. Warum schicken wir nicht Pog zurück, um sie zu überprüfen«, schlug er schlau vor, »bevor wir irgendwelche Entscheidungen treffen? Zumindest wird er uns genau sagen können, wie viele und wie gut bewaffnet sie sind.«

Sie sah ihn anerkennend an. »Das läßt sich hören! Je mißtrauischer du wirst, Jon-Tom, desto länger wirst du leben. Pog! *Pog!?«* Die anderen blickten sich neugierig zu ihr um.

»Pog! Nichtsnutziger, schmarotzender, geflügelter Dreckskerl, wo zum Teufel ...?«

»Bremsch dich, Schwester!« Die Fledermaus flatterte unvermittelt vor ihnen in der Luft. »Ich habe schlechte Nachrichten für euch.«

»Das wissen wir schon«, sagte Talea.

Er schien verblüfft und blieb flatternd vor ihnen in der Luft hängen, während sie weitergingen. »*Tatschächlich?* Wie dasch? Ich flog vorausch, weil mir langweilig wurde, und ihr könnt doch bestimmt nicht schehen ...?«

»Warte, warte eine Sekunde!« bat Jon-Tom. »*Voraus?*« Er wies mit dem Daumen über die Schulter. »Aber wir sprechen von dem Trupp, der ...«

»Das ist weit genug!« rief eine fremd klingende Stimme aus.

»Whupp ... wir sehen uns!« Pog schoß plötzlich senkrecht in die Dunkelheit davon.

Jon-Tom suchte hastig die Straße ab. Die nächste offene Tür, aus der Musik und Gelächter drangen, war mindestens einen halben Block entfernt. Direkt neben ihnen waren nur zwei dunkle Portale; das linke führte in eine kurze Sackgasse, die in ein Labyrinth von Treppen überging; das andere war massiv mit eisenverstärkten Läden verbarrikadiert.

Sonst war niemand zu sehen, weder ein einzelner herumstreunender Zecher noch, was viel besser gewesen wäre, eine der Nachtstreifen der Stadtwache.

Vor ihnen wartete etwa ein Dutzend schwerbewaffneter Menschen. Die meisten hatten langes wirres Haar und noch längere Gesichter. Sie trugen Keulen, Streitkolben, Bauernspieße und Bolas, eine insgesamt beeindruckende Ansammlung von Waffen. Es war allerdings (ohne daß es Jon und seinen Begleitern auffiel) keine einzige tödliche Waffe darunter, weder ein Messer noch ein Speer oder ein Schwert.

Die Menschen hatten sich im Halbkreis über die Straße verteilt und blockierten sie vollständig. Jon-Tom sah sich noch einmal die schmale Sackgasse an, sie machte mehr den Eindruck einer Falle als den einer Fluchtmöglichkeit.

Zwei Drittel der Menschen waren männlich. Anständige Kleidung oder überhaupt ein ansprechendes Aussehen war nirgends zu erkennen. Alle hatten in etwa Taleas Größe, selbst Caz überragte die meisten. Ihre Aufmerksamkeit galt Jon-Tom und Flor, die sie mit unverhohlenem Interesse betrachteten.

»Wir würden es begrüßen, wenn ihr mit uns kämt.« Diese Aufforderung kam von einem stämmigen blonden Burschen in der Mitte der Gruppe. Sein Vollbart schien einschließlich des Schnäuzers direkt in die Behaarung seiner unbedeckten

Brust überzugehen. Tatsächlich stellte er soviel Haar zur Schau, daß Jon-Tom sich in der Dunkelheit fragte, ob er wirklich ein Mensch und nicht einer der pelzigen Bürger der Stadt war.

Das brachte ihn dazu, über die ungewöhnliche Einheitlichkeit des Trupps nachzudenken. Bisher waren alle Gruppen und Ansammlungen, denen er begegnet war, rassisch gemischt gewesen.

Er sah sich um. Der Trupp, der ihnen gefolgt war, hatte sich verteilt, um jeden Rückzug zu blockieren, und – ja! – war ebenfalls ausschließlich menschlich und vergleichbar bewaffnet.

»Das ist sehr nett von euch«, erwiderte Caz auf die Einladung, »aber wir haben unsere eigenen Pläne.« Er sprach für alle seine Begleiter. Jon-Tom holte beiläufig seinen Stab vom Rücken und schob die Duar aus dem Weg. Taleas Hand senkte sich auf ihr Schwert. Unter den Menschen, die ihnen gegenüberstanden, gab es unruhiges Gedränge.

»Es tut mir leid. Wir bestehen darauf.« Die beiden Gruppen begannen die Reisenden von vorn und hinten einzukreisen.

Mit einem leisen metallischen Klingen erschien Taleas Schwert in ihrer Hand. »Die erste von euch Pestbeulen, die es wagt, Hand an mich zu legen, wird zu kaltem Fleisch.«

Im schummrigen Licht der Öllampen schien sie Jon-Tom schöner denn je. Aber das galt auch für Flores Quintera, die mit kurzem Schwert und ausgestrecktem Streitkolben amazonengleich dastand; das Licht schimmerte auf der Sägezahnkante des Stahls.

»*Qvejas y putas,* kommt und holt uns ... wenn ihr könnt!«

»Meine Damen, bitte!« protestierte Caz, entsetzt über die Art, wie seine Diplomatieversuche von hinten unterminiert wurden. »Es wäre besser, wenn ... oh, Verzeihung!« Er hatte zu Talea und Flor zurückgeblickt, ihre Belagerer aber nicht aus den Augen verloren. In dem Moment, als einer von diesen vorgesprungen war und versucht hatte, Caz eine kleine Keule über den Schädel zu ziehen, war dieser zur

Seite gehüpft und hatte seinen Fuß der Schuhgröße fünfundsiebzig ausgestreckt. Sein Angreifer war darüber gestürzt.

»Tut mir schrecklich leid«, murmelte Caz. Seine Entschuldigung bremste den darauf folgenden Ansturm der beiden Menschengruppen nicht.

Die Enge der Straße vereinfachte die Verteidigung. Die Angegriffenen stellten sich Rücken an Rücken in einem engen Kreis auf und schlugen und hackten auf ihre Gegner ein, die sich mit schockierend selbstverleugnerischer Verwegenheit gegen den gezückten Stahl warfen. Das Licht, der Schweißgeruch und die Schreie verschwammen für Jon-Tom ineinander. Die Duar schlug ihm als schweres Gewicht unter den Arm, als das stumpfe Ende seiner Stabkeule nach ungeschützten Gesichtern oder Unterleibern suchte.

Ihm fiel ein, daß ein wenig Magie die Angreifer vielleicht verscheucht hätte. Er verfluchte sich, weil ihm der Gedanke nicht früher gekommen war. Jetzt war es zu spät zum Singen; er konnte seine Verteidigung nicht lange genug unterbrechen, um die Duar herumzuschwingen.

Drei entnervte Angreifer versuchten, seine enorme Reichweite zu umgehen; er hielt sie mit dem Keulenende zurück. Einer schlüpfte schließlich doch unter dem Stab durch und hob einen Streitkolben. Jon-Tom preßte einen der Stifte des Stabs und schwenkte ihn herum, wie man es ihm gezeigt hatte. Die herausgefederte Speerspitze schnitt quer über die Schenkel des Kolbenschwingers, der zusammenklappte und sich stöhnend die Beine hielt.

Irgend etwas Dunkles legte sich über Jon-Toms Augen, als er von unten am Hinterkopf getroffen wurde. Wild mit dem Stab herumfuchtelnd, wandte er sich um. Der Stab traf auf etwas Nachgiebiges, das einmal aufjaulte.

Etwas Schweres legte sich über seine Sinne, einschließlich seiner Augen. Dann verwischte und verschwamm alles. Seine Gedanken trieben träge dahin, als versuchte er durch zähen Sirup hindurch zu denken. Undeutlich und weit entfernt konnte er noch das Schreien und Kreischen der fortdauernden Schlacht vernehmen.

Er erkannte die hellstimmigen Herausforderungen Taleas, in die sich die Schmähungen und Flüche von Mudge mischten. Flor stieß Kriegsschreie in einer interessanten Mischung aus Spanisch und Englisch aus. Das letzte, was er sah, bevor das schwarze Tuch oder was immer es war, über seinen Kopf glitt, war ein klarer Sternenhimmel mit sich auflösenden Regenwolken und einer Mondsichel, die bläulich zwischen Spitzdächern hindurchschien, die wie gefaltete Hände über der Straße hingen. Er hoffte, daß sie diese Haltung zu einem Gebet für ihn eingenommen hatten.

Dann schwand selbst dieser Wunsch zusammen mit den letzten Resten von Bewußtsein ...

XX

Zuerst dachte er, daß sich irgendwie eine Fliege in sein Gehirn verirrt habe. Sie flog gegen die Schädelknochen und versuchte herauszukommen. Als das Fliegengefühl der Gewißheit wich, daß das Summen einen anderen Ursprung hatte, öffnete er die Augen und suchte danach.

Eine Öllampe brannte auf einem schlicht geschreinerten Holztisch. Irgend jemand, den er nicht sehen konnte, gab mürrisch bekannt:

»Er ist wach!«

Dem folgte das Tappen vieler Füße. Jon-Tom kämpfte sich in eine sitzende Position. Schwerkraft oder irgend etwas anderes versuchte seinen Hinterkopf abzureißen. Er wimmerte vor Pein. Der Schmerz sickerte langsam den Hals hinunter und löste sich auf.

Er entdeckte, daß er auf der Kante einer Pritsche saß. In dem gedämpften Lampenlicht konnte er die vertrauten Formen seines Stabes und der Duar erkennen, die an der gegenüberliegenden Wand des Raumes lehnten.

Rechts und links neben seinen Besitztümern standen zwei der Menschen, die ihn angegriffen hatten. Einer trug einen Verband, der über die Stirn und ein Ohr verlief, der andere hatte eine tiefviolette Schwellung über dem Auge, und irgend etwas war mit seinem Mund passiert.

Normalerweise ein außergewöhnlich pazifistischer Charakter, erlebte Jon-Tom, daß ihn eine uncharakteristische Welle der Freude über den Schaden durchflutete, den er und seine Freunde angerichtet hatten. Er beschloß gerade, sich auf seinen Stab zu stürzen, als sich links von ihm eine Tür öffnete und ein halbes Dutzend Leute hereinmarschierte.

Er beugte sich vor und war enttäuscht, als er durch die Tür nichts weiter erkennen konnte als einen schwach beleuchteten Gang; im Hintergrund konnte er allerdings Gesprächsfetzen hören.

Die Neuankömmlinge verteilten sich im Raum. Drei von ihnen nahmen vor der Tür Stellung; zwei zusätzliche Lampen wurden entzündet. Alle Anwesenden sahen sehr entschlossen aus. Ein weiteres Trio nahm an dem Tisch Platz, ein anderer setzte einige grob gehämmerte Pokale und zwei Platten ab, auf denen sich dampfendes Fleisch und nahe Verwandte gekochter Kartoffeln häuften.

Der Raum hatte keine Fenster. Das einzige Licht kam von den drei Öllampen und dem Spalt unter der Tür. Einige lange Minuten begutachteten Gefangener und Fänger einander interessiert.

Dann sprach einer der am Tisch Sitzenden, und Jon-Tom erkannte in ihm den Blonden, der sie auf der Straße angesprochen hatte.

»Hungrig?« Jon-Tom schüttelte den Kopf. »Durstig?« Wieder die verneinende Bewegung, diesmal begleitet von einem Lächeln und einer obszönen Geste. Jon-Tom dachte jetzt nicht wie ein zukünftiger Rechtsanwalt. Er war immer noch wirr im Kopf und vielleicht sogar ein wenig verrückt.

Sein Tun und sein Schweigen schienen den Fragesteller nicht zu stören; er zuckte die Achseln und sagte: »Wie du willst. Ich bin's.« Er nahm ein Kartoffelding hoch und überzog es mit einer durchsichtigen Soße, die er mit einem Löffel aus einem kleinen Gefäß holte. Dann biß er ein Stück ab und kaute lautstark, die Soße rann ihm übers Kinn auf die Brust.

Als er die Knolle halb verspeist hatte, sah er wieder Jon-Tom an und fragte: »Kopfweh?«

»Das weißt du verdammt gut«, erwiderte Jon-Tom, während er nach der Beule am Hinterkopf tastete.

»Das tut uns leid.« Und zu Jon-Toms Überraschung klang der Mann ehrlich zerknirscht. »Aber du wolltest nicht freiwillig mit uns kommen, und wir hatten nicht viel Zeit zum Reden. Die Streife hätte kommen können.«

»Wenn du in einer unbekannten Straße zwölf Bewaffneten gegenüberstehst – kommst du dann mit?«

Der Blonde lächelte schief. »Wahrscheinlich nicht. Wir

verstehen nicht viel von Takt, nehme ich an. Aber es war unumgänglich, daß du mitkamst, und wir mußten dich von den Tieren trennen.«

Das ließ Jon-Tom einen weiteren Blick durch den Raum werfen. Keine Frage, er war der einzige anwesende Gefangene.

»Wo sind die anderen? Wo sind meine Freunde?

»Wo wir sie zurückgelassen haben. Verstreut in den Gassen des Verruchten Viertels. Oh, sie schienen nicht ernstlich verletzt«, fügte er rasch hinzu, als Jon-Tom Anstalten machte, von der Pritsche aufzustehen. »Weit weniger jedenfalls als unsere eigenen Leute. Wir haben den Kampf einfach von dir weggeführt, nachdem wir dich erst mal betäubt und unter Kontrolle hatten.«

»Warum ich?« Er lehnte sich gegen die Felswand. »Was ist so interessant an mir?«

Der untersetzte Sprecher starrte ihn intensiv an. »Es heißt, daß du ein Hexer bist, ein Bannsänger aus einer anderen Welt.« Er schien gleichermaßen skeptisch wie auch begierig, die Skepsis widerlegt zu bekommen.

»Ja ... ja, das ist richtig.« Jon-Tom streckte die Arme aus und wedelte mit den Fingern. »Und wenn ihr mich hier nicht in zehn Sekunden rauslaßt, werde ich euch alle in Pilze verwandeln!«

Der Anführer schüttelte den Kopf, blickte zu Boden und dann wieder lächelnd zu Jon-Tom. Er faltete die Hände im Schoß.

»Jeder Bannsänger braucht sein Instrument, um Magie zu machen.« Er wies mit dem Kopf auf die gut bewachte Duar. »Du drohst vergebens. Ich habe gehört, daß du einen Flußdrachen kontrollierst. Das und dein Eingeständnis sind Beweis genug für mich.«

»Woher willst du wissen, daß ich den Drachen kontrolliere? Vielleicht versuche ich nur, dir Angst zu machen, damit ihr mich freilaßt, ohne ein Bannsänger zu sein. Clodsahamp, der Schildkröterich, ist immer noch in unseren Unterkünften, und er ist ein mächtiger Hexer, weit mächtiger, als ich es bin. Vielleicht kontrolliert er den Drachen und setzt gerade einen Zauber in Gang, der euch alle im Handumdrehen auflöst.«

»Wir wissen von dem hartschaligen Wichtigtuer, der dich begleitete. Wir wissen auch, daß er und der große Drache in der Hafenkaserne in dieser Minute Absurditäten diskutieren. Wir wissen das nicht durch Magie, sondern durch unser gut organisiertes Netz von Beobachtern und Spionen.« Wieder das Lächeln. »Das ist manchmal mehr wert als Magie.«

Netz? dachte Jon-Tom. Spione? Dieses ganze Gerede über Netze und Spione und der Umstand, daß sie nicht mit tödlichen Waffen angegriffen hatten, sprach dafür, daß es sich um weit mehr als einfache Straßenräuber handelte.

»Für wen spioniert ihr? Seid ihr nicht alle Bürger Polastrindus, der Stadt oder des Bezirks?«

»Durch Geburt, ja«, gab der Mann zu, und von den anderen kam zustimmendes Gemurmel. »Aber nicht durch Neigung oder Glaube.«

»Da komme ich nicht mit.«

»Das möchten wir nicht«, sagte der Mann und entfaltete seine Hände wieder. »Wir möchten, daß du mit uns kommst, daß du dich uns anschließt.«

»Ich mich euch anschließen? Wobei? Ich habe keine Zeit, mich an irgend etwas anzuschließen. Ich stecke bereits in etwas, das lebenswichtig ist für eure ganze Welt. Die Gepanzerten«, setzte er an, »sie bereiten die größte Invasion ihrer Geschichte vor, und sie haben ...«

»Das wissen wir alles«, sagte eine der anwesenden Frauen ungeduldig.

Jon-Tom starrte sie mit offenem Mund an. Sie gehörte zu dem Trio, das die Tür bewachte. »Ihr wißt es?« Von einigen anderen kam ein bestätigendes Nicken.

»Aber ich dachte ... Clodsahamp sagte, er sei der einzige, der empfänglich genug ist, um ... aber *wie, woher* wißt ihr es?«

»Geduld!« verlangte der Blonde. »Es wird alles erklärt.

Du fragst, ob wir Bürger der Stadt seien und worin du dich uns anschließen sollst. Wir sind Bürger dieser Stadt, ja, und wir sind mehr, glauben wir. Und wenn du fragst, welcher Sache du dich anschließen sollst – du sollst dich uns anschließen.«

»Was zum Teufel meinst du mit *uns?* Irgendeine Art von politischer Organisation?«

Der Mann schüttelte den Kopf. »Nicht eigentlich. Uns. *Uns* ... uns Menschen.« Er sprach geduldig, als erklärte er einem Kind etwas.

»Ich kann dir immer noch nicht folgen.«

Der Mann sah seine Kameraden in erbitterter Verzweiflung an. Dann wandte er sich wieder Jon-Tom zu. »Hör mir genau zu, Bannsänger! Seit zehntausend Jahren ist der Mensch gezwungen, in erniedrigender Gleichheit mit den Tieren zu existieren. Mit den Horden stinkender, schmieriger, haariger Viecher, die uns offensichtlich unterlegen sind.« Das sagte er mit beiläufiger Nichtachtung der eigenen verfilzten Haarmatte. »Mit jenen, denen das gleiche Geschick bestimmt ist wie den Ratten und Mäusen, die sie so bereitwillig als minderwertig benachteiligen.«

Jon-Tom antwortete nicht. Der Mann sprach voller Inbrunst auf ihn ein. »Bestimmt hast du doch auch die Unangemessenheit, die Unnatürlichkeit dieser Situation gespürt?« Er schritt vor Jon-Toms Pritsche auf und ab und warf gelegentlich die Fäuste hoch.

»Wir sind mehr als Tiere – oder nicht? Die Natur beabsichtigt eindeutig unsere Überlegenheit; doch irgendwelche unnatürlichen Mächte oder Umstände hindern uns daran, unser Geburtsrecht zu erlangen. Die Zeit, das zu ändern, ist endlich nahe! Schon bald wird der Mensch diese Welt erben, wie die Natur es beabsichtigte.«

»Dann sprichst du also«, sagte Jon-Tom langsam, »von einem Rassenkrieg?«

»Nein!« Der Anführer sah ihn zornig an. »Dies wird ein Krieg für die Rasse, für die menschliche Rasse, um sie in ihre rechtmäßige Position als Führerin der Zivilisation zu bringen.« Er beugte sich vor und starrte suchend in Jon-Toms Gesicht. »Sag mir eins, Bannsänger: Existieren die Menschen deiner Welt gleichberechtigt neben den Tieren?«

Mein Gott! dachte Jon-Tom voller Panik. Was antworte ich? Wie empfindsam sind sie? Können sie durch Magie oder sonstwie eine Lüge bemerken? Und wenn sie die Wahrheit erfahren, werden sie sie dazu benutzen, um unter den Menschen dieser Welt Unterstützung für ihre haßerfüllten Pläne zu bekommen?

Aber sind sie wirklich so haßerfüllt? Haßt du, was dieser Mann sagt, Jon-Tom, oder haßt du den Gedanken, daß du mit ihm übereinstimmen könntest?

»Nun?« hakte der Mann nach.

Keine Antwort war schlimmer als irgend etwas zu sagen, überlegte Jon-Tom. »Die Menschen, denen ich hier begegnete, sind den Tieren an Intelligenz und Größe gleich. Einige haben sich als verdammt darunter liegend erwiesen. Was läßt euch denken, daß ihr überlegen seid?«

»Glaube und inneres Wissen«, kam die unverzügliche Antwort. »So wie es jetzt ist, kann die Natur es nicht gewollt haben. Irgend etwas stimmt nicht. Aber du hast noch nicht meine Frage bezüglich der Beziehung zwischen Menschen und Tieren in deiner Welt beantwortet.«

»Wir sind allesamt Tiere. Intelligenz ist der ausschlaggebende Faktor, und die anderen *Personen,* denen ich hier begegnete, waren in ihrer Intelligenz sehr gleich.«

»Ah ... die anderen Tiere, denen du *hier* begegnet bist. Was ist mit den Tieren deiner Welt?«

Verwirrung ließ Jon-Toms Stimme laut werden. »Verdammt, Form und Größe haben nichts damit zu tun!«

»Das bestätigt, was die Traumsucher uns sagten«, murmelte jemand im Hintergrund des Raums. Es gab weiteres Gemurmel, dünkelhaft und selbstzufrieden. Jon-Tom empfand es als beunruhigend.

»Trotzdem, ich werde mich euch jedenfalls nicht anschließen.« Er verschränkte die Arme. »Und ich bezweifle, daß das viele tun werden. Ich kenne bereits eine Menge

Menschen, die ohne viel Nachdenken zwischen zivilisiert und unzivilisiert unterscheiden können, zwischen intelligent und dumm, und es hat keinen Deut mit Körpergeruch zu tun. Also könnt ihr euren ›Glauben‹ und euer ›inneres Wissen‹ nehmen und euch irgendwo hinstecken! Das sind genau die unsinnigen halbgaren Pseudogründe, die in der ganzen Geschichte von Diktatoren benutzt wurden, um andere zu diskriminieren und als minderwertig darzustellen; und ich will nicht das geringste damit zu tun haben.

Außerdem sind Menschen hier einfach eine weitere Säugetierminderheit. Selbst wenn sie alle durchdrehen und sich euch anschließen, seid ihr zahlenmäßig immer noch so unterlegen, daß der von euch ins Auge gefaßte Massenmord keinerlei Erfolgschance hat.«

»Du hast in allen Punkten recht«, sagte der Blonde, »bis auf einen.«

»Ich glaube nicht, daß ich etwas übersehen habe.«

»Vielleicht ist es besser, wenn *ich* es erkläre.« Die Stimme war von einer Heiserkeit, die an eine schwere Erkältung oder Kehlkopfentzündung denken ließ. Ihr Besitzer trat ins Licht. Er war so untersetzt wie der Anführer und noch zottiger. Langes schwarzes Haar fiel schwer über die Schultern, und der Bart verdeckte das Gesicht fast völlig. Ein zeltähnlicher Umhang aus braunem und blauem Leder fiel ihm von den Schultern.

Jon-Tom war inzwischen fast zu wütend, um noch klar denken zu können. »Wer zum Teufel bist du, Typ?« Er dachte an Mudge und Clodsahamp, an den aristokratischen, aber freundlichen Caz und den sardonischen Pog. Die Vorstellung, daß dieser bunt zusammengewürfelte Mob von Halbwilden sich für gut genug hielt, über seine frischgewonnenen pelzigen Freunde zu herrschen, ging an die Grenze dessen, was er verdauen konnte.

»Meine Identität ist wohl besser gezeigt als behauptet«, sagte die schwarzhaarige Gestalt, während sie hochgriff und vorsichtig ihren Kopf entfernte.

Der so enthüllte Schädel war kleiner als ein Menschenkopf, beanspruchte aber wegen der vorgewölbten leuchtend grünen Facettenaugen fast genausoviel Volumen. Das Chitin war strahlendblau und von gelben Flecken übersät, die Mandibeln zeigten sich dunkelbraun. Antennen senkten sich in abwechselnder Bewegung Jon-Tom entgegen.

Es sprach wieder, derselbe rauhe, rasselnde Ton. Der Mund bewegte sich nicht. Jon-Tom wurde klar, daß das Insekt eine ungefähre Annäherung an normales Sprechen erzeugte, indem es den durch seine Atemöffnungen fließenden Luftstrom kontrollierte.

»Ich bin Hanniwuz«, erklärte die Erscheinung heiser. »Der Anzug, den ich trage, ist notwendig, damit die Einheimischen mich nicht beim ersten Anblick töten. Sie hegen einen unsinnigen Haß gegen mein Volk und verfolgen uns seit Tausenden von Jahren.«

Jon-Tom hatte sich von seinem ersten Schock erholt. »So wie ich gehört habe, ist es dein Volk, das Haß empfindet, und seit undenklichen Zeiten versucht, hier einzufallen und die Einheimischen zu versklaven.«

»Ich will nicht bestreiten, daß wir versuchen, die Kontrolle zu erlangen, aber wir wollen nicht erobern. Es ist zu unserem Schutz. Wir verlangen eine gewisse Sicherheit. Die Warmlander werden beständig stärker. Eines Tages wird ihr Haß ihre Trägheit überwinden, und sie werden sich in Massen erheben, um das Volk der Gepanzerten abzuschlachten. Haben wir kein Recht auf Selbstverteidigung?«

O Mann! dachte Jon-Tom. Geschichte und Recht! Er fühlte sich plötzlich richtig heimisch. »Versuch nicht, mich zum Narren zu halten! Wann immer eine Nation ›sichere Grenzen‹ zu einer anderen beansprucht, ist es gewöhnlich die gegenüberliegende Grenze des Nachbarlandes und nicht die gemeinsame. Dieses ›Grenz‹-Land wird geschluckt, und die sicheren Grenzen müssen wieder nach außen verlegt werden – und dann noch einmal. Es ist ein nie endender Prozeß. Das Bedürfnis nach Sicherheit wird auf diese Weise wohl nie befriedigt, die Raffgier aber zumindest zeitweilig.«

Der Kopf des Insekts fuhr herum, um den blonden Mann anzusehen. »Bannsänger oder nicht, ich denke, der hier ist eher gefährlich denn nützlich. Ich glaube nicht, daß er für uns von Wert sein kann.« Jon-Tom wurde kalt und ruhig.

»Nein, er ist nicht so sicher, wie er klingt.« Der Anführer wandte sich auffordernd lächelnd wieder an den schlaksigen jungen Mann. »Bitte sag Hanniwuz, daß du dich uns anschließen wirst.«

»Ich verstehe nicht, welche Verbindung zwischen euch besteht.«

»Die Gepanzerten erkennen an, daß unter allen Warmlandern nur wir Menschen wie sie denken. Nur wir haben die Fähigkeit, unvoreingenommen Krieg zu führen und dann vernünftig zu regieren. Das ist unser natürliches Recht, und die Gepanzerten sind gewillt, das anzuerkennen. Falls wir ihnen helfen, werden sie uns erlauben, an ihrer Statt zu regieren. Das wird ihnen die Sicherheit geben, die sie suchen.«

»Glaubt ihr das wirklich? Dann seid ihr entweder absolut dämlich oder moralisch völlig heruntergekommen. Ihr habt kein ›natürliches Recht‹, irgend etwas zu beherrschen. Die Gene haben sich hier anders entwickelt.«

Eine der Wachen sagte bsorgt: »Vorsicht, er spricht magische Worte!« Öllampenlicht glitzerte auf dem Metallwald, der plötzlich drohend auf Jon-Tom wies.

»Gib acht, was du sagst, Fremder! ... Versuch nicht, uns zu magierieren!«

»Siehst du, welche Wirkung er hat?« Der blonde Anführer wandte sich an Hanniwuz. »Bedenke, welch wichtiger Verbündeter für die Sache er sein könnte.«

»›Sein könnte‹ sind die Schlüsselworte, mein Freund.« Der Insektengesandte hob eine Hand, drehte den Kopf zur Seite und putzte seine Ommatidien. »Er bleibt heftig abgeneigt, wenn nicht feindselig.«

Der untersetzte Blonde kam auf Jon-Tom zu, der sich anspannte; aber der Mann legte ihm nur die Hand auf die Schulter.

»Hör mir zu, Bannsänger! Du hast den Wuchs und das Verhalten eines Kriegers und dazu deine Gabe der Magie. Du könntest ein Führer unter uns sein, einer, der über diese Lande herrscht. Das Klima hier ist nichts für die Gepanzerten. Sie benötigen unsere Dienste jetzt, und sie werden sie benötigen, wenn der Krieg vorbei ist.«

»Das sagen sie.« Jon-Tom betrachtete das reglose Insekt. »Es ist erstaunlich, wie schnell ein Eroberer sich akklimatisieren kann.«

»Kontrolliere deine ersten Reaktionen, Bannsänger! Denke rational und ohne Bitterkeit über das nach, was ich sage. Mit deiner Statur und deinen Fähigkeiten könntest du ganze Bezirke beherrschen, große Teile der Lande. Ein Dutzend oder mehr Städte wie Polastrindu könnten unter deiner absoluten Kontrolle stehen. Alles was du dir wünschst, könnte dein sein, indem du einfach danach verlangst: Reichtümer, edelste Güter und Waren, Sklaven jeder Gattung und jeden Geschlechts.

Du bist ein junger Mann. Welche Zukunft bietet dir dein Mentor Clodsahamp im Vergleich dazu? Die Chance, einen unangenehmen Tod zu erleiden? Ist es so falsch, daß die Menschen über die Tiere herrschen? Du kannst also nicht mit der moralischen Rechtfertigung unserer Sache übereinstimmen – nun gut. Kannst du dir nicht ausrechnen, was es dir persönlich brächte?

Denke scharf nach, Bannsänger, denn es ist dem Volk der Gepanzerten bestimmt, diesmal zu siegen, ganz egal, was oder wer sich ihnen entgegenstellt. Es ist leicht, einen Märtyrertod für andere zu unterstützen ... aber was ist mit dir selbst? Ist das das, worauf du dein ganzes Leben gehofft hast: jung und tapfer zu sterben?« Seine Hand peitschte durch die Luft. »Das ist dumm.«

»Ich glaube nicht, daß euer Sieg schon jetzt sicher ist«, sagte Jon-Tom ruhig. »Trotz ... aller Kollaborateure, die ihr anwerben könnt«, gelang es ihm gerade noch zu sagen, nachdem er die Worte ›trotz eurer geheimen Magie‹ unterdrückt hatte. »Außerdem glaube ich nicht, daß es so viele sein werden«, fügte er nach einem Moment hinzu.

»Dann gibt es also keine Umstände, unter denen du erwägen könntest, dich uns anzuschließen? Überleg genau! Die Welt kann dein sein.«

»Mist! Ich wüßte gar nicht, was ich mit ihr anfangen sollte. Ich habe nicht ...« Er unterbrach sich.

Auf der anderen Seite der Tür erhoben sich Schreie und lautes Rufen, und alle Augen wandten sich in diese Richtung. Dann war die Öffnung voll von fliegenden Körpern, huschenden Bewegungen und Stahl. Talea schoß aus dem Gedränge heraus und wieder hinein, ihr Schwert schnitt Kostproben aus größeren und muskulöseren Körpern. Caz führte ein Rapier, elegant natürlich, aber auch mit weit größerer Wildheit, als Jon-Tom ihm zugetraut hätte – ein pelziger weißer Dämon. Mudge stürzte sich mitten in das dichteste Kampfgetümmel, seine Energie und Tatkraft glichen seinen üblichen Mangel an gutem Urteilsvermögen aus.

Trübes Licht wurde von schnell bewegtem Metall reflektiert. Schreie, Flüche und das Geräusch von Fleisch, das auf Stein trifft. Blut spritzte Jon-Tom ins Gesicht und blendete ihn vorübergehend. Flores Quintera überragte den Mob, ihre schwarze Mähne wehte durch die Luft, als sie mit Streitkolben und Sägezahnklinge nach jedem hieb, der ihr zu nahe zu kommen versuchte.

Über dem allen hing Pog riskant in einer Spalte der Decke und stieß gelegentlich von oben ein Messer in den durcheinanderwirbelnden Haufen.

Das erklärte, wie die anderen Jon gefolgt waren. Als der Kampf in der Straße sich von ihm entfernt hatte, hatte Pog die Schlacht klugerweise verlassen, um Jon-Tom und seine Häscher zu beschatten. Dann war er zurückgekehrt, um die anderen zu führen.

Ein großer gespickter Streitkolben hob sich in Jon-Toms Blickfeld. Der Mann, der ihn führte, blutete heftig am Hals, und in seinem Blick flackerte Wahnsinn.

»Dann stirb, du anderweltliches Ding!«

Jon-Tom schloß die Augen und bereitete sich auf das Nichts vor. Ein schmerzhafter Aufprall – auf der rechten Schulter, nicht auf dem Kopf. Er öffnete die Augen und sah den Mann über seine Beine gebreitet. Er sah zu, wie der Mann sterbend zu Boden glitt.

Talea stand über der Leiche, ein Messer in jeder Hand. Sie blickte über die Schulter in den Raum. In der gegenüberliegenden Ecke hatte sich eine weitere Tür geöffnet. Die wenigen überlebenden Geheimbündler setzten sich durch den neuen Ausgang ab. Von Hanniwuz war nichts zu sehen.

Der Rotschopf atmete schwer, ihre Brust hob und senkte sich unter dem Hemd. In ihren Augen lag ein wilder Blick; doch er wurde besorgt, als er auf die zusammengesunkene Gestalt Jon-Toms fiel. Der hielt sich die pochende Schulter und blinzelte sie an.

»Ich bin in Ordnung, aber nur noch gerade so eben. Danke.« Er blickte an ihr vorbei. »Pog? Bist du hierfür verantwortlich?«

»Dasch ischt 'ne Tatschache. Manchmal ischt der Weg desch Feiglingsch der beschte. Alsch ich schah, dasch der Kampf schich um dich konschentrierte, wuschte ich, dasch schie hinter dir her waren. Alscho hielt ich mich in Rescherve, für den Fall, dasch ich dir folgen oder Hilfe bringen muschte.«

»Das wette ich, daß du dich in Reserve ge'alten 'ast, du schein'eiliger 'Euchler!« brüllte Mudge quer durch den Raum. Der letzte der noch bewegungsfähigen Verschwörer war geflohen, und der Otter ging, sich einen Schnitt auf der Brust reibend, zum Tisch hinüber.

»Hätten mir fast meine beste Weste ruiniert, Dreckskerle! Hat mich fünfzig Kupferstücke gekostet.« Dann lächelte er Jon-Tom an und stieß einen erfreuten, langgezogenen Pfiff aus. »Aber das is' nich so wichtig, Kumpel, weil du in Ordnung bist.«

»Deine Weste ist in einem besseren Zustand als meine Schulter.« Jon-Tom setzte sich mit Taleas Hilfe auf. Sie betastete ihn unsanft, und er schrie auf.

»Benimm dich nicht wie ein Junges! Sie ist nicht gebrochen, aber du wirst die nächsten paar Wochen 'nen teuflischen Bluterguß haben.« Sie reinigte ein Messer an einem Hosenbein und deutete dann damit auf ein Eisengitter an der Decke. Jon-Tom stellte sich darunter und blickte hoch; von seinem Sitzplatz auf der Pritsche war es nicht zu sehen gewesen.

»Platz zum Raufklettern da oben. Wir haben dich mit dieser Bande reden gehört, bevor wir uns zu der Party einluden.« Sie sah ihn interessiert an. »Worüber habt ihr gesprochen?«

»Nicht viel.« Er blickte zur Seite. »Sie wollten, daß ich bei ihnen mitmache.«

»Hoho! Mitmachen wobei?«

»So'ne Art Verbrecherbande«, murmelte er unbehaglich.

»Und was wolltest du tun?«

Er sah sie böse an. »Ich habe natürlich keinen Gedanken daran verschwendet!« Er hoffte, daß er ausreichend wütend schien. »Wofür hältst du mich?«

Sie betrachtete ihn einen Moment lang schweigend und sagte dann: »Für einen verwirrten, sturen, naiven, prachtvollen und – wie ich hoffe – sensiblen Burschen.«

Damit verließ sie ihn und schloß sich Flor bei der Untersuchung der Fluchttür an.

Caz stand hinter ihm und löste seine Fesseln. »Ziemlich mißliche Situation, mein Freund.«

»'Ee nun, sie war verdammt mehr als nur mißlich, Großohr!« Mudge hatte jetzt, da der Kampf vorüber war, wieder die vertraute Großspurigkeit. »Als ich sah, wie dieser Streitkolben runterkam, fürchtete ich schon das Schlimmste. Gut, daß unser süßer Flammenkopf genauso schnell mit den 'Änden is wie mit den 'Üften.« Dabei blickte er rasch über die Schulter, um sicherzugehen, daß Talea ihn nicht gehört hatte.

»Es geht mir soweit gut, Mudge.« Die Fesseln lösten sich. Das Blut kehrte in seine Handgelenke zurück. Er rieb sie, stand auf und überragte seine Retter wieder.

Mudge, Caz, Pog. Sie waren nicht nur keine Tiere, entschied er, sie waren weit menschlicher als die sogenannten Menschen, die ihn gefangengehalten hatten. Die Vorstellung, ihr Vertrauen zugunsten der Gepanzerten zu verraten, bereitete ihm jetzt fast körperliches Unbehagen. Die Träume von Macht und Herrschaft verschwanden jetzt endgültig aus seinen Gedanken. Nicht weil sie unerreichbar oder moralisch verwerflich waren, sondern weil Jon-Tom schon immer unfähig gewesen war, etwas anderes als *das Richtige* zu tun.

Ich gäbe einen lausigen Anwalt ab, dachte er. Und wenn ich von Macht und Herrschaft in Versuchung geführt werde, nun, ich bin auch nur ein Mensch.

Wenn ich mich sehr anstrenge, sagte er sich, gelingt es mir vielleicht, das zu überwinden.

»Da war ein Insektengesandter bei ihnen«, sagte er. »Einer von den Gepanzerten. Sie versuchen Verbündete unter den Einheimischen zu gewinnen. Wir müssen die Behörden informieren.«

»Das werden wir ganz bestimmt tun, Kumpel«, erklärte der verblüffte Mudge. »'Immel, daran zu denken, daß einer von den großen 'äßlichen Käfern in diesem Teil der Welt 'erumschleicht!«

»Wie konnte er hier hereinkommen?« wunderte sich Caz.

»Er sah so menschlich aus wie alle anderen«, erklärte ihnen Jon-Tom. »Clodsahamp muß davon erfahren.«

Talea kletterte aus der kleinen Geheimtür zurück. »Von keinem mehr etwas zu sehen.«

Jon-Tom sammelte seine Besitztümer ein. Die glatte Wölbung der Duar unter dem Arm, den Stab in den Händen, das war ein gutes Gefühl. Seine Freunde bildeten einen schützenden Kordon um ihn, Mudge überprüfte den Gang und das Treppenhaus vor der Tür. Alles leer. Dann stürzten sie durch die Tür und die Stufen hinunter, Jon-Tom und Flor nahmen immer zwei Stufen auf einmal. Mudge und Talea platzten in den Nebel hinaus, er sah nach rechts, sie nach links.

»Alles klar!« rief Talea zurück. Gleich darauf standen auch die anderen auf dem Pflaster.

Rasch eilten sie zwischen den dunklen Gebäuden dahin, ihre Augen suchten die Fenster nach gespannten Bogen oder anderen Anzeichen von Bewegung ab; Pog überflog die Straßen und hielt Ausschau nach einem Hinterhalt. Aber es gab keine Hinweise darauf, daß jemand sie aufzuhalten versuchte.

Jon-Tom stolperte einmal, als in seiner Schulter Schmerz aufflammte. Talea war sofort neben ihm. Und sie blieb dort, obwohl er versicherte, daß es ihm gutgehe.

»Diese Verbrecherbande!« sagte sie, während sie mißtrauisch die vor ihnen liegende Straße beäugte. »Hast du wirklich nicht daran gedacht, bei ihnen mitzumachen? Es könnte ihnen ganz gut ergehen, wenn die Gepanzerten sie unterstützen.«

»Warum sollte ich so etwas Dummes tun?« schnappte er. »Ich habe nichts übrig für Insekten.«

»Sie haben dir und den Deinen nichts getan. Warum solltest du nicht genauso bereit sein, dich ihnen anzuschließen wie uns?«

Wieviel hatte sie durch den Gitterrost mitgehört? fragte er sich. Dann fiel ihm auf, daß sie nervös war, nicht verärgert. Dieses ungewohnte und unerwartete Aufscheinen von Verletzlichkeit gab ihm plötzlich ein sonderbares Gefühl innerer Wärme.

»Ich mochte diese Leute nicht«, erklärte er ihr ruhig. »Ich mochte diesen Gesandten Hanniwuz nicht. Ich mag dich. Und Caz und Mudge und die anderen.«

»So einfach?«

»So einfach, Talea.«

Sie schien noch etwas sagen zu wollen, vergrößerte aber statt dessen ihre Schrittweite. »Beeilen wir uns!« Sie setzte sich an die Spitze, und die anderen, selbst der Bannsänger und Flor mit ihren langen Beinen, hatten Schwierigkeiten, Schritt zu halten.

Plötzlich flatterte Pog völlig verstört zu ihnen herunter.

»Jon-Tom, Jon-Tom! Da vorn schtimmt irgend etwasch nicht!«

»Was? Was stimmt nicht, Pog?«

»Rieschiger Aufruhr, Tumult, Bosch! Viele Leute rennen, alsch ob der Naganuph hinter ihnen her ischt. Ich kann die Urschache noch nicht schehen.«

Sie gingen um eine Ecke und wurden fast niedergetrampelt – Dutzende von Bürgern rannten die breite Straße hinunter, rempelten einander und die Neuankömmlinge an. Besorgte Waschbären bargen ängstlich ihren Nachwuchs in den Armen, Eichhörnchenschwänze tanzten hysterisch auf und nieder, und Ameisenbären in Nachthemden stolperten in panische Affen. Alle kreischten, schrien und brüllten vor Angst und rannten offensichtlich vor etwas ganz und gar Schrecklichem davon.

»Was ist los? Was gibt es?« wollte Talea von einem der fliehenden Bürger wissen.

Der angegraute Luchs schlug vergeblich mit seinem Spazierstock nach ihr. »Laß mich gehen, Frau! Er ist verrückt geworden, wahnsinnig. Er wird uns alle töten. Laß mich gehen!«

»Wer ist verrückt geworden. Was ...?«

In der anderen Hand trug der Luchs eine schwere Börse, die vielleicht den Goldschatz der Familie enthielt. Damit schlug er auf Taleas Handgelenk und befreite sich so aus deren Griff.

In dem Mob befanden sich auch Menschen in Nachtgewändern und Schlafmützen. Mit ihren weiträumigen Schritten überholten sie einige ihrer kurzbeinigeren Nachbarn, waren aber genauso in Panik wie diese. Nur die wenigen Känguruhs kamen selbst an ihnen vorbei.

»Falameezar. Er muß es sein«, sagte Jon-Tom besorgt. »In der Kaserne ist irgend etwas schiefgegangen.«

»Vielleicht wär es besser«, sagte Mudge ein wenig langsamer werdend, »wenn ein paar von uns 'ier warten. Pog und ich könnten in Reserve bleiben, für den Fall, daß ...«

»Ich nicht«, erklärte der Eleve nachdrücklich. »Mein

Meischter könnte in Problemen schtecken. Ich musch ihm helfen, wenn dasch scho ischt.«

»Loyalität von dir, Pog?« fragte Jon-Tom unwillkürlich laut.

»Loyalität für meinen fliegenden Hintern!« schnaubte der Fledermäuserich. »Diescher schenile, hartschalige alte Schildkröterich und ich haben einen Vertrag, und er wird nicht ausch ihm rauschkommen, indem er einfach irgend'ne wildgewordene überhitschte Echsche auf sich trampeln läscht!« Er schoß vor und suchte sich, hin und her jagend, seinen Weg zwischen den hysterischen Vögeln und Fledermäusen, die ihm entgegenkamen.

Eine Zeitlang schien es, als würden sie es nie bis zu ihren Unterkünften schaffen. Schließlich wurde der Flüchtlingsstrom dünner. Dann war er ganz verebbt.

Vor ihnen leuchtete der Nachthimmel. Sie gingen um eine letzte Ecke und befanden sich auf dem offenen Platz gegenüber der Kaserne. Das Gebäude war ein Feuermeer. Von einigen in der Nähe befindlichen Häusern leckten bereits Flammen in den Himmel, aber der Brand hatte noch nicht auf die großen dichtgedrängten Wohnhäuser übergegriffen, die den Platz umgaben. Die Stadtmauer bestand aus solidem Fels und war den Flammen gegenüber immun, aber Zelte, Fahnen und anderes brennbare Material in der Umgebung der Kaserne brannte lichterloh und sackte langsam zu schwarzer Asche zusammen.

Dicht neben dem Haupttor standen mehrere Gruppen nervöser Zuschauer. Einige trugen Uniform, andere nur teilweise. Hinter ihnen waren mehrere große dreiachsige Wagen mit mächtigen Handpumpen zu sehen. Die rauh aus ihrem Schlummer gerissenen Soldaten warteten und umklammerten ihre Waffen, während die Tierführer hinter ihnen verzweifelt versuchten, die zischenden und dumpf bellenden Echsen unter Kontrolle zu bringen, die vor die Wagen gespannt waren.

Von den Pumpen führten Röhren wie braune Schlangen durch das teilweise geöffnete Tor und von dort zweifellos in den Fluß. Es war klar, daß die Feuerwehr Polastrindus zum Kampf gegen die Flammen gerüstet war, gegen den schwarzen und purpurblauen Drachen, den man hinter der Flammenwand rasen und röhren hörte, allerdings nicht.

»Clodschahamp! Wo ischt Clodschahamp?« schrie Pog, als die kleine Gruppe auf das Tor zu eilte.

Der Führer einer der Löschgruppen sah die Fledermaus einen Augenblick verständnislos an, bevor er erwiderte: »Der Schildkrötenhexer meinst du?« Er deutete vage nach links. Dann wandte er den Blick wieder der sich ausbreitenden Feuersbrunst zu, offensichtlich in stillem Kampf, ob der Versuch, zumindest die Flammen einzudämmen, es wert war, die Aufmerksamkeit des Drachen zu wecken.

Sie fanden Clodsahamp auf einer Bank sitzend, wo er sinnend auf das Feuer starrte. Von Zeit zu Zeit waren irgendwo aus dem Innern der lodernden Kaserne donnerndes Gebrüll und vulkanische Drohungen zu hören.

Sie sammelten sich um den regungslosen Hexer und sahen ihn hilflos an. Er schien tief in Gedanken versunken.

»Was ist passiert, Herr Hexer?« fragte Flor besorgt.

»Was?« Er sah sich verständnislos um. »Passiert? Ah, ja. Der Drache. Der Drache und ich, wir unterhielten uns freundlich. Ich machte meine Sache ziemlich gut, Junge.« Die Brille des Hexers war verbogen und hing ihm gefährlich schief auf dem Schnabel. Sein Rückenschild war verrußt, und Jon-Tom fand, daß er sehr alt aussah.

»Ich vertrat meinen Diskussionsstandpunkt mit effizienter Rationalität, als sich unerwarteterweise zwei unserer Wachen zu uns gesellten. Sie wunderten sich, daß ihr nicht da wart, und ich informierte sie dahingehend, daß ihr alle schlafen gegangen wärt, aber sie blieben trotzdem. Ich denke, sie versuchten ihren Mut unter Beweis zu stellen, indem sie die Gegenwart des Drachen ertrugen.

Falameezar begrüßte sie als Genossen, ein Wort, das ich ihnen erklärte. Wir alle begannen zu reden. Ich hätte versucht, uns zu entschuldigen, aber der Drache war begeistert von der Möglichkeit, ein ernsthaftes Gespräch mit Angehörigen des hiesigen Proletariats zu führen.« Trotz der Nähe der Flammen lief Jon-Tom ein kalter Schauer über den Rükken.

»Falameezar fragte nach ihren Wünschen und ihrem Trachten für ihre große Kommune und ihren sich daraus ergebenden Hoffnungen für die Stärkung der proletarischen Solidarität. Das ergab für die Wachen natürlich alles keinen Sinn, aber für mich ja eigentlich auch nicht. Also war es ziemlich schwierig für mich, ihre Erwiderungen umzudeuten.

Doch daran entzündete sich nicht – um es so auszudrükken – das Problem. Schon bald begannen nämlich beide Wachen unkontrolliert damit zu prahlen, welche Pläne sie nach dem Verlassen der Armee hätten und wie reich sie werden wollten. Ich gab mir Mühe, sie zum Schweigen zu bringen; aber zwischen diesem Versuch und jenem, dem Drachen Erklärungen zu geben, geriet ich durcheinander. Es war mir unmöglich, einen Zauber zu bewirken, der ihnen den Mund verschloß.

Sie erzählten und erzählten, über ihre vermeintlich reichen Freunde, von denen einer ein Händler war, für den hundertsechzig Leute arbeiten, sich abrackern, um Gewänder und Tuche herzustellen. Sie protzten damit, wie niedrig er sie bezahle, wie hoch seine Profite seien und daß sie hofften, eines Tages auch soviel Glück zu haben.

Ich glaube, was den Drachen schließlich explodieren ließ, war ein Angebot, das einer der beiden ihm machte. Der wollte ihn in einer Gießerei beschäftigen, um Waffen dafür herzustellen, daß die hiesige Polizei die Straßen von den armseligen Bettlern befreit, die ordentliche Nachbarschaften heimsuchen und unsicher machen. Das schien ihn jenseits aller Vernunft zu bringen. Ich konnte nicht mehr länger mit ihm kommunizieren.

Er begann wie rasend über verratene Revolutionen und kapitalistische Geldmacher zu schwadronieren und fing dann an, in alle Richtungen Feuer zu spucken. Ich entkam nur, weil ich meinen Kopf in meine Schale zurückzog und so schnell wie möglich fortkroch – eine höchst unwürdige Situation. Die beiden Hasenwachen, fürchte ich, verbrannten wie explodierende Fackeln, als der Drache sie anblies.« Clodsahamp seufzte schwer.

»Jetzt besteht er darauf, die ganze Stadt einzuäschern. Ich fürchte, das einzige, was ihn bisher von der totalen Zerstörung abhielt, ist seine eigene rasende Wut. Sie erstickt ihn geradezu, so daß er sich nicht auf die Erzeugung von Feuer konzentrieren kann.«

»Warum hältst du ihn nicht auf, Hexer?« Talea beugte sich vor und schrie ihm direkt ins Gesicht. »Du bist der allmächtige Zauberer. Der große Meister der Magie. Halt ihn auf!«

»Aufhalten, ja? Ich habe nachzudenken versucht.« Clodsahamp stützte das Kinn auf die stummeligen Finger. »Drachensprüche sind so kompliziert wie ihre Gegenstände, wißt ihr. Für einen wirkungsvollen Zuschnitt sind die richtigen Ingredenzien nötig. Ich weiß nicht ...«

»Du mußt etwas tun!« Sie blickte wieder auf die sengenden Flammen. Dann sah sie Jon-Tom an, und alle anderen auch.

»Nun, nun, der Junge is willig und freundlich«, sagte Mudge mahnend, »aber er is kein Narr. Nich, Kumpel?« Der Otter wurde zwischen gesundem Otternverstand und dem Wunsch, seine eigene, leicht brennbare Haut zu retten, hin und her gerissen.

Aber Jon-Tom hatte seine Duar bereits vor den Bauch gezogen und versuchte sich ein geeignetes Lied einfallen zu lassen. Er konnte sich an mehrere Regensongs erinnern, aber das würde den Drachen wahrscheinlich nur verärgern und das Problem mit Sicherheit nicht lösen. Falameezar würde Polastrindu dann zwar nicht niederbrennen; aber nach den schmetternden und krachenden Geräuschen zu urteilen, die hinter den Flammen hervordrangen, schien er Jon-Tom durchaus imstande, die ganze Stadt zu schleifen.

Er marschierte auf die Kaserne zu, überhörte den einzigen Einspruch, der von Flor kam. Keiner der anderen versuchte, ihm abzuraten. Sie hatten nicht das Recht dazu, und sie wußten, daß er es versuchen mußte. Sie wollten, daß er es versuchte.

Die Vorderseite der Kaserne brach plötzlich in einem Sturzbach glühender Kohlen und heißer Steine zusammen. Er schirmte sich mit der Duar und seinem grünen Umhang ab. In seinen Ohren lagen das Röhren der Flammen und das Knallen explodierenden Holzes.

»*Du!* Abweichler! Konterrevolutionär!« Die Kennzeichnungen kamen schnell und anklagend aus dem Feuer, wurden aber bisher nicht von Flammenstrahlen begleitet. Jon-Tom blickte unter seinem Umhang hervor und fand sich nur ein paar Meter vom glühenden Gesicht Falameezars entfernt. Rote Augen brannten sich in seine, und unterarmlange Zähne schimmerten in dem gelbroten Licht, als der Drachenschädel sich zu ihm heruntersenkte ...

XXI

»Lügen, Lügen, Lügen! Du hast mich angelogen!« Ein schwerer Klauenfuß deutete in Richtung Innenstadt. »Dies ist keine Kommune, nicht einmal teilweise, sondern ein giftiges Nest kapitalistischer Verderbtheit. Es muß nicht verbessert, sondern *gesäubert* werden!«

»Jetzt wart mal einen Moment, Falameezar!« Jon-Tom mühte sich, rechtschaffen zu klingen. »Was gibt dir das Recht zu entscheiden, was mit allen diesen Arbeitern geschehen soll?«

»Arbeiter ... pah!« Feuer sengte über das Kopfsteinpflaster neben Jon-Tom. »Sie üben die Tätigkeiten von Arbeitern aus, haben aber die Seelen von Imperialisten! Und was mein Recht angeht: Ich gehe in rein philosophischer Gelassenheit vor und bin meinen Zielen und Anschauungen verschrieben. Ich kann erkennen, wann eine Gesellschaft imstande ist, einen edleren Zustand zu erreichen ... oder sich bereits jenseits der Erlösung befindet! Und außerdem«, – er spuckte gereizt einen Feuerstrahl auf einen in der Nähe stehenden Marktstand, der unverzüglich in Flammen aufging –, »hast du mich angelogen.«

Da Unschlüssigkeit offensichtlich der Weg zu augenblicklicher Einäscherung war, antwortete Jon-Tom tapfer: »Ich habe dich *nicht* angelogen, Falameezar. Dies ist eine mögliche zukünftige Kommune, und der größte Teil der Bevölkerung besteht aus Arbeitern.«

»Das bedeutet gar nichts, wenn sie sich bereitwillig dem System unterordnen, das sie ausbeutet.«

»Welche Wahl hat ein unterdrückter Proletarier, Genosse Falameezar? Es ist leicht, von Revolutionen zu reden, wenn man zwanzigmal größer ist als alle anderen und Feuer und Vernichtung speien kann. Du verlangst schrecklich viel von einem armen Arbeiter, der eine Familie hat, für die er sorgen muß. Verantwortlichkeiten dieser Art hast du nicht, oder?«

»Nein, aber ...«

»Dann verurteile nicht einen armen Burschen, weil er seine Familie schützt. Du verlangst von ihnen, daß sie ihre Jungen, ihre Kinder, opfern. Und außerdem: Sie haben nicht dein Wissen. Du erwartest revolutionäre Differenzierung und Intellekt von ungebildeten Arbeitern. Solltest du nicht zuvor versuchen, sie zu bilden, ihnen dein Wissen zu vermitteln? Wenn sie sich dann der sozialistischen Sache verweigern und weiterhin üble kapitalistische Verderbtheit akzeptieren, mit der sie leben, dann ist es Zeit für eine Säuberung.«

Und zu dieser Zeit, dachte er hoffnungsvoll, werden wir in sicherer Entfernung von Polastrindu sein.

»Sie dulden immerhin bereitwillig ein antibourgeoises Leben«, meinte Falameezar grummelnd und schien seiner Sache nicht mehr ganz so sicher.

Währenddessen hatte Jon-Tom in wilder Verzweiflung versucht, sich an einen Anti-Drachen-Song zu erinnern. Er kannte keinen einzigen. ›Puff the Magic Dragon‹, war nett und freundlich, aber kaum hemmend. Denk nach, Mann! Denk nach!

Aber er hatte keine Zeit, an Songs zu denken. Er war zu sehr damit beschäftigt, die Gedanken des Drachen semantisch zu verknoten.

»Wäre es nicht das beste für alle Beteiligten, wenn eine Warnung ...«

Falameezars Kopf fuhr hoch. »Ja, eine Warnung! Die üblen Einflüsse ausbrennen, damit die neue Ordnung errichtet werden kann. Nieder mit der ausbeuterischen Industrie und den Fabriken und Kapitalisten! Die Kommune unter dem Banner des wahren Sozialismus neu aufbauen. Ja!«

»Hast du nicht gehört, was ich gerade sagte?« Jon-Tom trat besorgt einen Schritt zurück. »Du wirst die Heime der unschuldigen, unwissenden Arbeiter zerstören.«

»Das wird gut für sie sein«, erwiderte Falameezar entschlossen. »Sie werden ihre Häuser mit eigenen Händen und kooperativ wieder aufbauen müssen, anstatt in Gebäuden zu leben, die den Grundeigentümern und Kapitalisten gehören. Ja, dem Volk muß die Möglichkeit gegeben werden, neu zu beginnen.« Abwägend wandte er sich dem nächstgelegenen mehrstöckigen Gebäude zu und schien darüber nachzudenken, wie es am wirkungsvollsten zu ›säubern‹ sei.

»Aber sie hassen ihre Bosse.« Jon-Tom rannte neben dem galoppierenden Drachen einher. »Es gibt keinen Grund, sie in Regen und Kälte auszusetzen. Was hier gebraucht wird, ist nicht Gewalt, sondern kluge revolutionäre Dialektik!«

Falameezar polterte weiter über den Platz.

»Denk an die Arbeiter!« Jon-Tom schüttelte die Faust gegen den nicht ansprechbaren Drachen. »Bedenk ihre Unwissenheit und ihre persönliche Zwangslage.« Dann, ohne nachzudenken, flogen seine Finger über die Saiten der Duar, die notwendigen Worte und die entsprechende Melodie waren plötzlich da.

»Wacht auf, Verdammte dieser Erde,
Die stets man noch zum Hungern zwingt!
Das Recht wie Glut im Kraterherde
Nun Macht zum Durchbruch dringt.
Reinen Tisch macht mit dem Bedränger!
Heer der Sklaven, wache auf!
Ein Nichts zu sein, tragt es nicht länger,
Alles zu werden, strömt zuhauf!
Leeres Wort: des Armen Rechte!
Leeres Wort: des Reichen Pflicht!
Unmündig nennt man uns und Knechte,
Erduldet die Schmach nun länger nicht!
Es rettet uns kein höh're Wesen,
Kein Gott, kein Kaiser noch Tribun,
Uns aus dem Elend zu erlösen,
Können wir nur selber tun!«

Bei den ersten aufwühlenden Worten der ›Internationale‹ war Falameezar wie vom Blitz gerührt stehengeblieben.

Langsam schwenkte der Kopf herum, und die roten Augen starrten Jon-Tom leer an.

»Paß auf, Kumpel!« drang leise die Stimme von Mudge über den Platz. Entsprechende Warnungen kamen von Caz, Flor, Talea und Pog.

Aber der Drache war völlig gebannt. Die Ohren blieben aufmerksam nach vorn gerichtet, während die Stimme des Sängers anstieg und wieder abfiel.

Schließlich war Jon-Tom mit seinem nicht ganz originalgetreuem Vortrag zu Ende. Als seine Finger ein letztes Mal über die Saiten strichen, tauchte Falameezar allmählich aus seiner betäubten Starre auf und nickte langsam.

»Ja, du hast recht, Genosse. Ich werde tun, was du sagst. Einen Moment lang vergaß ich, was wirklich wichtig ist. Mitgefühl unterlag meinem Verlangen, die richtigen Anschauungen im Proletariat verbreitet zu wissen. In meiner Wut und meiner kleinlichen Ungerechtigkeit hatte ich die wichtigere Aufgabe vergessen, die uns bevorsteht.« Er ließ den Kopf hängen.

»Ich habe die Kontrolle über mich verloren, und ich bitte um Verzeihung für den angerichteten Schaden.«

Jon-Tom wirbelte herum, winkte wild mit den Armen und schrie sein Alles-klar. Augenblicklich zockelten die Wagen der Feuerwehr vorwärts. Hände und Pfoten wurden an Pumpen gelegt, und bald griff Wasser die brennende Kaserne an. Dickerer, dunkler Rauch füllte den Himmel, als die Flammen zurückgedrängt wurden und erhitzte Steine zischten.

»Ich werde keinen Ärger mehr machen«, sagte der niedergeschmetterte Drache. »Ich werde es nicht wieder vergessen.« Dann drehte sich der große Schädel zur Seite, und ein purpurnes Auge sah Jon-Tom an. »Aber schon bald *werden* wir hier revolutionäre Fortschritte machen, und die Bosse werden für immer hinausgeworfen.«

Jon-Tom nickte schnell. »Natürlich. Vergiß nur nicht, daß wir zuerst die unterdrückerischsten, brutalsten Bosse von allen besiegen müssen.«

»Ich werde es nicht vergessen.« Falameezar seufzte, und eine Rauchwolke stieg aus seinem Maul. Jon-Tom zuckte unwillkürlich zusammen, aber es gab keine Flamme. »Wir werden kämpfen, um die Arbeiter zu schützen.« Er rollte sich zusammen wie eine große Katze und legte den Kopf auf das rechte Vorderbein.

»Ich bin jetzt sehr müde. Ich überlasse die Nacht deinen Händen, Genosse.« Damit schloß er die Augen und schlief, die Aktivitäten, den Rauch und die Schreie um ihn nicht achtend, friedlich ein.

»Danke, Genosse Falameezar!« Jon begann zu zittern – die Hitze auf seiner Haut und die wilde Wut im Blick des Drachen, als er ihm gegenübergetreten war, wurden ihm erst jetzt richtig bewußt.

Seine Freunde rannten auf ihn zu. In ihren Gesichtern lag eine Mischung aus Erleichterung und Ehrfurcht.

»Was zum Teufel, hast du da gesungen? ... Was für einen Bann hast du benutzt? ... Wie hast du es gemacht?« lauteten einige der erstaunten Kommentare.

»Ich weiß nicht, ich bin nicht sicher. Die Worte kamen einfach hoch. Alter Lernstoff, der haften geblieben ist«, murmelte er, als sie zum Stadttor zurückgingen.

Dort wartete Clodsahamp, der ihm ernst die Hand bot. »Eine große Leistung, eines wahren Hexers wert. Ob du nun glaubst, einer zu sein, oder nicht, mein Junge. Ich gratuliere dir. Du hast unsere Reise gerettet.«

»Ich fürchte, mein Hauptmotiv zu guter Letzt war, mich selbst zu retten.« Er wich dabei dem Blick des Hexers lieber aus.

»Pah, Motiv! Es sind Ausführung und Resultat, die zählen. Ich heiße dich in der Bruderschaft der Magier willkommen.« Der Griff des gealterten Hexers schloß sich kühl, aber nachdrücklich um Jon-Toms Hand.

»Es wäre vielleicht gut, wenn du mich die Worte dieses Bannliedes lehren würdest, für den Fall, daß dir etwas geschieht. Meine Stimme ist nicht besonders wohlklingend, aber ich hätte zumindest die Worte. Es klang besonders machtvoll und könnte dazu dienen, die Bestie ein anderes Mal zu kontrollieren.«

»Es dient speziell der Kontrolle – für alle Arten von Bestien«, erwiderte Jon-Tom.

Auch die anderen hörten zu, als er ein zweites Mal sang, aber die Worte hatten keine besondere Wirkung auf sie. Auf der anderen Seite des Platzes brachte die Feuerwehr die letzten Reste des Brandes unter Kontrolle. Falameezar schnarchte unbekümmert in der Nähe, seine Wut war verbraucht, sein Gewissen beruhigt.

Vielleicht war Falameezars Koller die Ursache; auf jeden Fall kam am nächsten Tag die Einladung zum Rat. Ein sehr unterwürfiger Biber informierte sie, daß die Repräsentanten, mit denen sie zu sprechen wünschten, bereits auf sie warteten.

Jon-Tom hatte einen Großteil der vergangenen Nacht damit verbracht, Caz in sozialistischem Jargon zu unterweisen, da klar war, daß Clodsahamp diesmal nicht bei Falameezar bleiben konnte. Es freute Jon-Tom, daß der Hase freiwillig bereit war, zurückzubleiben und ein Auge auf den immer noch schlummernden Drachen zu haben.

Es freute ihn gar nicht, daß Flor und Talea beschlossen hatten, ihm dabei zu helfen. Also war er schlechter Laune, als sie sich dem Rathaus näherten.

»Mein Junge«, sagte Clodsahamp, »falls du auch nur halb so alt werden solltest wie ich, wirst du lernen, daß Liebe etwas Dauerhaftes ist. Lust hingegen etwas Vorübergehendes. Bist du sicher, daß du dir über Grad und Richtung deiner Gefühle im klaren bist? Denn falls du im ersteren ertrinkst, hast du von ganzem Herzen meine Unterstützung. Falls es nur das letztere ist, dann habe ich nur Mitgefühl für deine Abhängigkeit von den Torheiten und Narreteien der Jugend, die eng mit rein körperlichen Angelegenheiten verknüpft sind.«

»Für *mich* ist es nun mal körperlich.« Jon rammte das Keulenende seines Stabs bei jedem Schritt in die Straße. »Und überhaupt, Sie können darin nicht objektiv sein. Sind Schildkröten in solchen Angelegenheiten nicht von Natur aus langsam und träge?«

»Gelegentlich ja, manchmal nein. Wichtig ist die geistige Reaktion, die man hat, denn es ist der Geist, der zwischen Liebe und Lust unterscheidet, nicht der Körper. Laß deine Keimdrüsen für dich denken, mein Junge, und du bist nicht besser als eine Echse.«

»Für Sie ist das leicht zu sagen; ich kann mir vorstellen, daß das innere Feuer nach zweihundert und mehr Jahren kaum noch glimmt.«

»Wir sprechen nicht über meine Situation, sondern über deine.«

»Nun, ich versuche mich zu kontrollieren.«

»Gut, mein Junge. Dann schlage ich vor, daß du nicht weiter versuchst, Wasser unter der Straße zu finden.«

Jon-Tom entlastete seinen Stab.

Mudge schlenderte selbstbewußt neben dem jungen Mann her. Er badete übermütig in der Aufmerksamkeit der Passanten, die stehen blieben und ihnen nachstarrten. Pog flatterte majestätisch über ihnen dahin, schoß an luftigen Wohnungen vorbei, an deren Bewohnern scheinbar uninteressiert. Obwohl Clodsahamp nicht mit Verrat rechnete, bestand er doch darauf, daß sein Gehilfe sicher außer Pfeilschußweite blieb. Pog war ihre Verbindung zu der unausgesprochenen Drachen-Gefahr, die beim Hafentor schlief.

»Wir tsind da, meine Herren.« Der Biber blieb stehen und dirigierte sie weiter. Sie erklommen einige Steinstufen. Auf beiden Seiten des gewölbten Eingangs standen zwei Wachtposten. Sie salutierten zackig, ihre Rüstungen glänzten in der Sonne und waren Beweis für fleißiges Polieren. Beulen im Metall legten Zeugnis von anderen Aktivitäten ab.

Das Leben um den Brunnen auf dem kleinen Rathausplatz kehrte schnell zur Alltäglichkeit zurück. Jon-Tom hielt inne, um die friedliche Szenerie zu betrachten.

Eine junge Wölfin bemutterte zwei Junge. Hasen- und Bisamkinder spielten eine Art Hockey. Zwei Alte plauderten über irgend etwas, vielleicht über das Wetter oder über Politik. Das grauhaarige Opossum hing an einem Eichenast, während sein Partner, ein fetter Fuchs in einem dicken Mantel, unter ihm auf einer Bank saß. Der Umstand, daß der eine die entgegengesetzte Haltung zur Schwerkraft einnahm wie der andere, hatte keinen Einfluß auf ihr Gespräch.

Ein Uhrmacher und der Besitzer eines Kerzenladens standen in den Türen ihrer Geschäfte und unterhielten sich angelegentlich. Ein Kunde betrat das Uhrengeschäft, und sein Eigentümer, ein Gibbon mit einer Schürze, folgte ihm widerwillig, um seinem Geschäft nachzugehen.

Vielleicht ist der warme Tag ein gutes Omen, überlegte Jon-Tom. Es war schwer, sich vorzustellen, daß alle, die hier tratschten oder herumtollten, schon bald tot oder in Sklaverei sein mochten.

Es sah herzzerreißend normal aus. Er hatte das Gefühl, nur blinzeln zu müssen, um seinen Geist umzustellen – und wenn er die Augen wieder öffnete, säßen dort alte Männer und würden reden, Mädchen und Jungen würden rennen und spielen. Und doch waren dort ja alte Männer, Jungen und Mädchen, nur daß sie von unterschiedlicher Gestalt und von warmem Pelz bedeckt waren. Es war das warme Blut, das zählte. Alles übrige war äußerlich, oberflächlich.

Er wandte sich um und blickte in den vor ihnen liegenden Durchgang. Sie würden einem wohl feindseligen, auf jeden Fall mißtrauischen Rat gegenübertreten und ihn von der drohenden Gefahr überzeugen müssen. Irgendwie würde er die Magie meistern müssen, die seiner Duar und seiner Stimme innewohnte. Er trat keiner Gruppe von Hochschullehrern gegenüber, hatte nicht vor, eine Magisterarbeit über irgendeinen unbedeutenden Abschnitt der Geschichte vorzulegen. Millionen von Leben standen auf dem Spiel. Die Zukunft dieser Welt und vielleicht die seiner eigenen.

Nur ... daß dies jetzt seine Welt war, und die dunkle Zukunft, die Clodsahamp vorhergesehen hatte, war seine Zukunft. Seine Freunde standen neben ihm, bereit zu helfen und Mut zuzusprechen. Er würde laut sprechen und schweigend hoffen.

»Gehen wir! Und möge die Kraft unserer Vorfahren bei uns sein!« verkündete Clodsahamp und watschelte die letzten Stufen hinauf.

Jon-Tom konnte ihm nur zustimmen, doch als sie unter den abschätzenden Blicken der Wachen einherschritten, die zu beiden Seiten des Durchgangs postiert waren, wünschte er sich inbrünstig ein wenig Gras – aber nicht solches, wie es draußen auf dem Platz wuchs.